Die Geige im Rapsfeld

für meinen geliebten Ehemann

Elisabeth Kraft

Die Geige im Rapsfeld

Geschichten aus Schleswig Holstein

Bibliografische Information der Deutschen Nationalbibliothek:
Die Deutsche Nationalbibliothek verzeichnet diese Publikation in der Deutschen
Nationalbibliografie; detaillierte bibliografische Daten sind im Internet über
dnb.dnb.de abrufbar.

© 2020 Elisabeth Kraft
Satz, Umschlaggestaltung, Herstellung und Verlag:
BoD – Books on Demand, Norderstedt
ISBN 978-3-7526-3393-1

Inhalt

Der Kuss 7

Kalt 16

Die Geige im Rapsfeld 22

Adele 35

Frag doch Isabelle 44

Almas Lottoschein 52

Holstenbummel 60

Angekommen 66

Versöhnung nach dem Tod 73

Der Traum 86

Onkel Alberts Erbe 105

Fünfundzwanzig Jahre 126

Sieglinde kauft ein 140

New York, New York 147

Der Fahrschein 155

Die Fahrt nach Lübeck 163

Am Bad Segeberger Kalkberg 170

Das Geburtstagsgeschenk 184

Graue Stadt am grauen Meer 190

Der Bischof aus Schleswig 204

Neubeginn in Bordesholm 208

Die Frage 216

Hoch auf dem Abschleppwagen 222

Du gehörst zu mir 233

Sailing 242

Entscheidendes Spiel 249

Der Unfall 256

Wozu sonst? 268

Der Kuss

Selig löst sie sich wieder von ihm und schaut ihn mit strahlenden Augen an. So wie er hat sie zuvor noch niemand geküsst – so intensiv, ausgiebig, nachhaltig und verführerisch – einfach ganz und gar vollkommen. »Hm, du schmeckst nach Himbeere,« sagt er. Thekla ist glücklich, unbeschreiblich glücklich. Dass ein so gut aussehender Mann wie Rainer ausgerechnet sie liebt, erscheint ihr immer noch wie ein Wunder. Nicht dass sie hässlich wäre, aber um an der Seite eines so begehrenswerten Mannes glänzen zu können, wäre sie schon gern etwas attraktiver und vor allem ein paar Jahre jünger gewesen. Doch Rainer liebt sie nicht nur, er hat sie auch geheiratet, und die Flitterwochen mit ihm sind das Wunderbarste gewesen, das sie jemals erlebt hat.

Eigentlich hat sie gar nicht mehr damit gerechnet, dem Mann ihres Lebens noch zu begegnen. Nach dem viel zu frühen Tod ihrer Mutter hat sie bereits mit zwölf Jahren den kleinen Zweipersonenhaushalt geführt, ohne die Schule allzu sehr zu vernachlässigen. Ihr Vater hat sich zunehmend von anderen Menschen ferngehalten, und sie hat es ihm gleichgetan. Thekla ist für ihn dagewesen, wann immer er sie gebraucht hat.

Nach ihrem Abitur hat sie das Studium der Betriebswirtschaft in kürzester Zeit absolviert, um danach ihrem Vater in seinem Unternehmen helfen zu können. Er ist ein begnadeter Architekt gewesen, der sich durch Schwimmbadkonstruktionen, Modernisierungen historischer Gebäude und Neubauten von Firmenniederlassungen einen Namen gemacht hat. Thekla hat nicht nur seinen Kieler Betrieb mit über zwanzig Mitarbeitern geleitet, sondern darüber hinaus zwei weitere Niederlassungen in Lübeck und Pinneberg verwaltet, für die ihr Vater mehrere vielversprechende junge Architekten eingestellt hatte.

Theklas Vater hat sich nie wieder verliebt und dafür immer mehr in seine Arbeit gestürzt, auch an den Wochenenden. Er hat ihr schönes

Zuhause am Düsternbrooker Gehölz zu einem wahren Traumhaus umgestaltet, danach eine prachtvolle Villa auf Sylt gebaut, zudem ein herrliches Anwesen am Plöner See mit Blick auf das Schloss und zuletzt noch ein modernes Feriendomizil an der Costa del Sol. Thekla hat ihn in jedem dieser Projekte unterstützt und sich mit ihm zusammen um stilgerechte Inneneinrichtungen gekümmert. Dann ist er an einem Hirntumor erkrankt und viel zu früh daran gestorben.

Auf einmal ganz auf sich allein gestellt hat Thekla länger gearbeitet als je zuvor und sich noch mehr von anderen Menschen abgekapselt. Lediglich mit ihrer Schulfreundin Maren hat sie sich hin und wieder getroffen. Maren hat sie sogar dazu gebracht, einmal in der Woche mit ihr zusammen zum Sport zu gehen. Im Urlaub hat sich Maren dann ausgerechnet in einen Italiener verliebt. Sie ist ihm nach Mailand gefolgt, zwei Jahre später haben sie geheiratet, und nun sehen sich die beiden Freundinnen nur ein- bis zweimal im Jahr, abwechselnd in Kiel und Mailand.

Thekla selbst hat bei der Suche nach einem Freund zunächst kein Glück gehabt. Die wenigen Männer, die sie in den vergangenen Jahren kennengelernt hat, hatten es eindeutig mehr auf ihr Vermögen abgesehen als auf sie. Eines schönen Tages, kurz nach ihrem fünfunddreißigsten Geburtstag, ist ihr Rainer über den Weg gelaufen – jungenhaft, unbekümmert und voller Schwung, mit dem er sie in der Eingangstür eines Kaufhauses beinahe umgerannt hätte. Vom ersten Moment an hat sie sich in ihn verliebt – und er sich in sie.

Ganz bewusst hat sie ihm damals nicht erzählt, dass sie vermögend ist, und ihn in dem Glauben gelassen, sie wäre lediglich eine kleine Angestellte. Rainer hat das überhaupt nicht gestört – ganz im Gegenteil! Er ist Verkäufer in einem Autohaus gewesen und hat nur gesagt: »Wir kleinen Leute müssen zusammenhalten.« Dabei hat er sie liebevoll angesehen, sie in seine Arme genommen und so fest an sich gedrückt, dass sie fast keine Luft mehr bekommen hat.

Mit ihm zusammen hat sie sich wieder jung gefühlt und angefangen, all die versäumten Jahre nachzuholen. Schon bald ist ihr klar gewesen, dass Rainer der Mann für ihr Leben ist. Sie haben geheiratet, und als Hochzeitsgeschenk hat sie ihm seinen eigenen Autosalon gekauft.

»Woran denkt meine Prinzessin?«, holt Rainer sie zurück in die Wirklichkeit. »Daran, wie glücklich du mich machst und wie froh ich darüber bin, dich gefunden zu haben,« antwortet sie mit Inbrunst. »Dann haben wir gerade das gleiche gedacht. Wie könnte ich nur jemals wieder ohne dich leben? Du bist die Erfüllung aller Träume, die ein Mann nur haben kann, der sich nach Liebe sehnt. Wie schaffst du es nur, neben deiner vielen Arbeit immer für mich da zu sein?« Voller Zärtlichkeit schaut er sie an, mit einem Lächeln, das ihn einfach unwiderstehlich macht. »Und darüber hinaus hast du in letzter Zeit sogar an deinen Kochkünsten gearbeitet.«

Theklas Gesicht überzieht sich mit einer leichten Röte. Sie weiß, dass ihre Fähigkeiten als Köchin für ihren Vater und sie selbst ausgereicht haben, ansonsten aber doch beschränkt sind. Sie und Rainer essen meistens in einem der vielen guten Restaurants ihrer Umgebung. Doch da sie ihn so unendlich liebt, wagt sie sich hin und wieder ans Kochen, um eine besondere Leckerei für ihn zu zaubern. Sie hat schon verschiedene raffinierte Rezepte ausprobiert – natürlich nicht ohne an seine Nussallergie, seine Abneigung gegen Klöße und Mehlspeisen überhaupt oder an seine Vorliebe für Krabben, Hummer und zartes Rinderfilet zu denken. Es gibt kaum etwas Schöneres für sie, als ihm eine Freude zu bereiten und dabei in seine strahlenden Augen zu sehen.

»Rainer, ich liebe dich so sehr,« sagt sie aus vollem Herzen. Er nimmt sie in seine Arme und gibt ihr noch einen Kuss. »Schade, dass du heute Abend fort musst,« meint er bedauernd. Fragend sieht sie ihn an. »Soll ich lieber hier bleiben? Ich kann meinen Sport ruhig einmal ausfallen lassen.« »Nein, geh nur, ich finde es wunderbar, dass du dich fit hältst. Ach so, das hätte ich fast vergessen: wann kommt deine Freundin Maren aus Mailand? Ich möchte sie endlich kennenlernen.« »Ja, zu schade, dass sie nicht zur Hochzeit kommen konnte! Sie weiß noch nicht genau, ob es klappt, aber sie möchte uns gern über Pfingsten besuchen und sich dann ein paar Tage frei nehmen.« »Das ist ja schon bald,« freut sich Rainer, »also dann bis nachher, und viel Spaß beim Sport!« Thekla nimmt ihre Sporttasche und macht sich widerstrebend auf den Weg. Sie wäre heute lieber bei Rainer geblieben. Andererseits fühlt sie sich nach einer Sportstunde und der anschließenden Dusche immer besonders wohl, und wenn es ihm ähnlich geht wie ihr, kann es doch noch ein wunderschöner Abend werden.

Schon vor der Sporthalle kommen ihr zwei junge Frauen aus der Aerobic-Gruppe entgegen. »Heute ist kein Sport, Steffi ist krank,« sagt die eine zu Thekla. Tatsächlich, an der Eingangstür zur Sporthalle hängt ein Zettel: ‚Aerobic und Stepptanz fallen am Mittwoch und Donnerstag wegen Krankheit aus.‘ Thekla lächelt. Sie wird Rainer überraschen und einen wunderbaren Abend mit ihm verbringen. Doch dann ermahnt sie sich selbst: *Wie kann ich nur so egoistisch sein und nicht an Steffi denken!* Sie nimmt sich vor, ihr gleich morgen früh einen Blumengruß zu schicken.

Mit sich und der Welt zufrieden geht sie fröhlich vor sich hin summend nach Hause. Nahezu lautlos öffnet sie die Haustür, damit ihre Überraschung auch gelingen kann. Sie schleicht die Treppe hinauf und ins Badezimmer, um sich frisch zu machen. Nebenan telefoniert Rainer im Schlafzimmer. Thekla will gerade ganz leise die Tür zum Bad schließen, als sie plötzlich ihren Namen hört.

»Thekla? Sei nicht so ungeduldig! Ich leide viel mehr als du, vor allem, wenn sie glaubt, wieder einmal für mich kochen zu müssen. … Ja doch, jeder im Büro glaubt, dass wir uns abgöttisch lieben, aber wir müssen trotzdem noch warten. Immerhin habe ich sie erst vor drei Monaten geheiratet. …Nein, nicht mehr lange, bestimmt! Über Pfingsten kommt ihre Freundin Maren aus Italien zu Besuch. …Ja! Stell dir vor, sie hat nur diese eine! …Na du kennst mich doch! Da werde ich noch einmal mein ganzes schauspielerisches Talent entfalten. … Natürlich wird niemand etwas ahnen, ein bedaulicher Unfall, einfach tragisch! ... Doch, das kriege ich schon alleine hin. Du kannst dir überlegen, ob du lieber in Kiel, am Plöner See oder auf Sylt wohnen möchtest, den Winter über können wir es uns in Spanien gut gehen lassen. ...Nein wie denn! Selbst mit Sportschuhen trampelt sie so laut die Treppe hinauf, das würde ich mitkriegen ...«

Kreidebleich sackt Thekla in sich zusammen. Das kann nicht wahr sein – sie muss sich verhört haben. Sie wird jetzt sofort zu Rainer ins Schlafzimmer gehen und das Missverständnis aufklären. Aber die Beine versagen ihr den Dienst; reglos bleibt sie neben der Badewanne hocken. Ununterbrochen kreisen seine Worte in ihrem Kopf – »ich leide viel mehr als du, nicht mehr lange, niemand wird etwas ahnen, ein Unfall, einfach tragisch,« – und ganz allmählich beginnt sie zu begreifen, dass sich ihre Welt in nichts aufgelöst hat. Ihr ganzes großes Glück, ihre Liebe, die unbeschreiblich schönen Zärtlichkeiten – all das hat es nie wirklich gegeben, es ist ein einziger Betrug, eine ebenso wunderschöne wie grausame Fata Morgana.

Dicke Tränen tropfen auf ihre Sportjacke. Am liebsten würde sie jetzt so hocken bleiben und nur noch weinen. Aber sie muss sich zusammenreißen. Rainer darf auf keinen Fall mitbekommen, dass sie Bescheid weiß. Er, von dem sie geglaubt hat, sich ein Leben lang auf ihn verlassen zu können, ist plötzlich zu einer Gefahr geworden. Ihr einziger Schutz ist ihre Unwissenheit. Sollte er mitbekommen, dass sie sein Telefonat belauscht hat, gäbe es kein Entkommen mehr für sie, dann würde er jetzt gleich zur Tat schreiten. Mit übermenschlicher Anstrengung schafft sie es, das Badezimmer nahezu geräuschlos wieder zu verlassen, mit den Schuhen in der Hand die Treppe hinunter zu schleichen und aus dem Haus zu gehen, ohne dass er es bemerkt.

Draußen läuft sie so schnell sie kann die Straße entlang, den kleinen Weg ins Düsternbrooker Gehölz hinein und weiter, immer weiter, nur weg von ihm. Atemlos bleibt sie schließlich stehen und versucht, wieder zur Besinnung zu kommen. Nicht einmal eine Stunde bleibt ihr, um zu einem Entschluss zu kommen, wie es nun weitergehen soll, dann erwartet Rainer sie von ihrem Sportkurs zurück. Kann er derart grausam sein, ihr den Tod zu wünschen?

Thekla muss sich plötzlich erbrechen, so schlecht fühlt sie sich. Zitternd setzt sie sich auf eine Bank. Eine ganze Weile lang bleibt sie so sitzen, lässt den Kopf hängen und blickt wie erstarrt vor sich hin. Schließlich beginnt sie zu weinen, schluchzend und ohne Pause, als könnte sie nie wieder aufhören.

Irgendwann sind keine Tränen mehr da, sie fühlt sich einfach nur leer. Doch dann füllt sich diese Leere wieder, und Thekla spürt, wie eine ungeheure Wut in ihr aufsteigt. Die ganze Zeit über hat Rainer sie aufs Übelste betrogen. Ganz bewusst hat er den Zusammenstoß mit ihr herbeigeführt und ihr vorgespielt, nichts von ihrem Vermögen zu wissen. Plötzlich ist er nicht mehr der gut aussehende, liebevolle, begehrenswerte Mann, sondern nur noch eine miese Kreatur – abscheulich und ekelerregend, widerlicher Abschaum.

Auf einmal spürt Thekla, wie zusammen mit ihrer Wut neuer Lebensmut in ihr aufsteigt. Sie wird sich nicht so einfach geschlagen geben, sie nicht! Sie wird einen Ausweg finden und dafür sorgen, dass er der Verlierer seines niederträchtigen, intriganten Spiels ist.

Wieder zu Hause angelangt hat sie keine Probleme damit, Rainer von ihrem Unwohlsein zu überzeugen, so blass und erbarmungswürdig sieht sie aus. Er geht sofort in die Küche, um ihr einen Kräutertee zu kochen, und bringt ihr ein Tablett mit Tee, Zwieback und einer Banane ans Bett. »Es tut mir so leid, Schatz! Hoffentlich geht es dir bald wieder besser. Kann ich sonst irgendetwas für dich tun?« »Nein, danke, Rainer. Bitte sei mir nicht böse, weil ich im Gästezimmer schlafe, aber ich brauche jetzt Ruhe.« »Natürlich, mein Liebling, das verstehe ich doch.«

Rainer versucht, mitfühlend und traurig auszusehen, aber hinter dieser aufgesetzten Fassade erkennt Thekla seine Erleichterung. *Wieso ist mir so etwas früher nie aufgefallen?*, fragt sie sich. *Ich bin wirklich blind vor Liebe gewesen. Wie konnte ich nur glauben, dass er mich um meinetwillen geheiratet hat!* Laut sagt sie nur: »Danke, Rainer, schlaf gut!«

Als er ihr Zimmer wieder verlassen hat, lässt sie sich erleichtert in die Kissen zurückfallen. Trotzdem dauert es noch mehrere Stunden, bevor sie völlig erschöpft in einen unruhigen Schlaf fällt. Irgendwann schreckt sie voller Entsetzen aus einem Albtraum hoch. Sie sieht noch das lange Messer vor sich, das Rainer in seiner rechten Hand hält, während er sie bösartig grinsend ansieht. »Du dummes Ding! Wer will schon mit einem hässlichen Entlein wie dir verheiratet sein! Jetzt ist deine Zeit zu Ende …«

Damit ist die Nacht für Thekla vorbei. Ruhelos dreht sie sich im Bett von einer Seite auf die andere und zermartert sich den Kopf darüber, wie sie aus dieser Situation heil wieder herauskommen kann. Es muss doch eine Möglichkeit geben, irgendeinen Ausweg! Wie soll sie sich Hilfe holen, ohne ihn misstrauisch zu machen, wie nur! Sie hat nicht einen einzigen Beweis für seine bösen Absichten, und ihr gemeinsames Testament könnte sie nicht ohne sein Wissen ändern. *Was soll ich nur tun?*, denkt sie immer wieder, *was, was, was?*

Am nächsten Morgen bringt ihr Rainer frischen Tee ans Bett. »Und, wie geht es dir heute?«, fragt er, »wie hast du geschlafen?« »Nicht so besonders,« erwidert sie wahrheitsgemäß, »ich werde wohl im Bett bleiben müssen. Im Büro habe ich mich schon abgemeldet.« »Natürlich kannst du heute nicht arbeiten, du siehst noch ganz blass aus. Soll ich Doktor Gehrke holen?« »Nein danke, ich bin einfach nur schlapp und fühle mich noch elend. Vielen Dank für den Tee! Der Zwieback liegt noch hier, mehr brauche ich jetzt nicht.« »Ganz wie du meinst, Schatz! Dann gehe ich mal in meinen Autosalon, etwas Geld verdienen. Bis heute Abend!«

Als die Haustür hinter ihm ins Schloss fällt, atmet Thekla auf. *Vorerst bin ich sicher,* weiß sie, *vor Marens Besuch wird er nichts gegen mich unternehmen. Aber wie soll ich es auch nur einen Tag länger mit ihm aushalten? Im Gegensatz zu ihm bin ich eine miserable Schauspielerin.* Und ihr bleibt nicht mehr viel Zeit, um darüber nachzudenken, wie sie die drohende Gefahr abwenden kann.

Als Rainer nach seiner Arbeit in ihr Zimmer kommt, tut sie so, als würde sie schon schlafen. Sie hat endlich einen Entschluss gefasst. *Es wird nicht leicht sein,* denkt sie, *aber ich habe keine Wahl.* In dieser Nacht schläft sie wenigstens einige Stunden. Ihr Wecker geht so früh, dass sie das Haus verlassen kann, bevor Rainer aufsteht. Auf dem Frühstückstisch hat sie ihm die Nachricht hinterlassen, dass es ihr besser geht und sie ihn darum bittet, sie gleich nach Feierabend von der Arbeit abzuholen.

Noch nie ist ihr ein Tag gleichzeitig so entsetzlich lang und trotzdem viel zu kurz vorgekommen, und nie zuvor hat sie so wenig zustande gebracht wie heute. Vor dem, was vor ihr liegt, hat sie Angst, begründete Angst. *Was ist, wenn mein Plan nicht funktioniert,* denkt sie, *oder wenn Rainer etwas merkt? Ich kann nicht gut lügen, also muss ich mich zusammenreißen, das ist meine einzige Chance.*

Auch dieser Arbeitstag geht irgendwann seinem Ende entgegen. Thekla tritt vor den Spiegel und gibt sich besonders viel Mühe mit ihrem Aussehen. Die Ringe unter ihren Augen überdeckt sie mit einer dicken Schicht Schminke. Rainer muss glauben, dass alles so ist wie immer. Als er schließlich vor ihr steht, hat sie sich gründlich auf das Treffen vorbereitet. »Lass uns heute wieder einmal zu unserem Lieblingsplatz fahren!«, bittet sie ihn. »Wir sind so lange nicht dort gewesen, und ich habe eine Überraschung für dich.«

Für einen kaum wahrnehmbaren Moment sieht Rainer erschrocken aus. Hätte Thekla ihn nicht so genau beobachtet, hätte sie nur sein breites Lächeln gesehen. *Natürlich,* denkt er entsetzt, *das ist es! Ihre Übelkeit, das blasse Aussehen! Aber sie hat die Pille doch erst vor kurzem abgesetzt, und ich habe so aufgepasst – was mache ich denn nun!* Laut sagt er hingegen: »Eine Überraschung, wie schön! Da bin ich aber gespannt. Kannst du es mir nicht jetzt schon verraten?« »Leider nicht!

Aber es dauert ja nicht allzu lange, bis wir dort sind.« Lächelnd windet sie sich aus seinen Armen, als er sie küssen will.

Eine gute Stunde später stehen sie vollkommen allein auf einer kleinen Anhöhe im Dänischen Wohld – fernab von Häusern und Straßen. Von hier aus kann man die blausilbern glänzende Ostsee erkennen, darüber erstreckt sich ein strahlend blauer Himmel. Genau hier hat Rainer sie damals zum ersten Male geküsst. »So, mein Schatz, jetzt bin ich auf deine Überraschung gespannt,« sagt Rainer so gefasst wie möglich. »Nur noch einen Moment,« erwidert sie, »erinnerst du dich an unseren ersten Kuss?« »Nur allzu gerne!«, erwidert er.

Krächzend fliegen ein paar Raben hoch, als Thekla sich eng an ihn schmiegt. Da nimmt er sie in seine Arme und küsst sie – küsst sie so lange, bis er ein unangenehmes Kribbeln auf der Zunge verspürt, das sich schnell in seinem ganzen Körper ausbreitet. Sein Gesicht wird krebsrot und schwillt an, seine Luftnot wird rasch stärker, dann sackt er kraftlos zu Boden.

Thekla wartet ab, bis Rainer das Bewusstsein verloren hat. Nach der Anspannung der vergangenen Tage wird sie auf einmal ganz ruhig. Es ist, als wäre sie unbeteiligt und würde lediglich einen Film sehen, dessen Ende sie nicht beeinflussen kann. Nach einer Weile holt sie ihr Handy aus der Tasche und gibt die Nummer des Rettungsdienstes ein. »Bitte kommen sie schnell, mein Mann hat einen allergischen Schock!«, sagt sie mit drängender Stimme und gibt so gut es geht ihren Standort an.

Noch einmal schaut sie zu ihm hinunter. »Der Krankenwagen wird leider zu spät eintreffen, Rainer. Diesmal hat der Kuss nach Nüssen geschmeckt, nicht wahr?« Doch er kann sie nicht mehr hören.

Kalt

Es ist kalt geworden, richtig kalt. Tagelang hat es geschneit, und das im März. Danach hat es ein paar Tage lang so ausgesehen, als ob es Frühling würde. Aber die Sonne hat nur einen Bruchteil der gewaltigen Schneemassen auftauen können, hat nur gerade lange genug geschienen, um die Pfützen aus aufgetautem Schnee in spiegelglatte Eisflächen zu verwandeln.

Genau das richtige Wetter, denkt Marc, nimmt den Autoschlüssel in die Hand und blickt sich ein letztes Mal in der geschmackvoll eingerichteten Wohnung um. Ja, es ist alles genau so, wie es sein soll – nicht zu unordentlich, aber auch nicht penibel aufgeräumt. Die Zeitung liegt wie immer auf dem Küchentisch, die Kissen auf der Sitzbank sind leicht zerknautscht und sein leerer Becher steht wieder auf dem Bord über der Kaffeemaschine. Nur der Brief, den er auf Fionas Schreibtisch gelegt hat, wird von dem Chaos in seinem Inneren berichten.

Er hat lange darüber nachgedacht, was er ihr hinterlassen soll, ob er diesen Brief überhaupt schreiben soll. Doch sie hat es nicht verdient, im Ungewissen zurückgelassen zu werden. Es ist ihm nicht leicht gefallen, die Abgründe der eigenen Seele zu Papier zu bringen, genau die Worte zu finden, die ihr erklären sollen, warum er es tun muss, warum ihm keine andere Wahl bleibt.

Natürlich weiß Fiona, dass ihm seine Krankheit immer mehr zusetzt. Er leidet sehr darunter, nicht mehr so beweglich zu sein wie früher. Noch kann er sich allein und mit Hilfe eines Stockes in der Wohnung hin und her bewegen. Noch kann er bei schönem Wetter nach draußen und dort ein wenig spazierengehen. Bei schönem Wetter, nicht bei Eis und Schnee wie heute. Aber allzu bald werden ihm seine Beine nicht mehr gehorchen und er wird im Rollstuhl sitzen müssen, mit nicht einmal vierzig Jahren. Er, der frühere Tennischampion aus Gettorf, der jahrelang im Kreis Rendsburg-Eckernförde die Pokale abgeräumt hat, etliche Turniere in Kiel und einmal sogar in Hamburg gewonnen hat. Sein Blick gleitet wie automatisch über das Regal im Wohnzimmer mit den vielen glänzenden Pokalen, die er seiner eisernen Disziplin beim Training und seinem ungebeugten Siegeswillen zu verdanken hat. Ein kleiner Rest dieses eisernen Willens wird ihn heute für immer von seinen Qualen befreien – ihn und Fiona. Dass sie nicht mehr so glücklich ist wie früher spürt er schon länger. Ihr fröhliches Lachen ist nahezu verschwunden, und ihr müdes Lächeln erinnert nicht im Entferntesten an die Fiona von früher, die ihn immer mit strahlenden Augen angesehen hat. Vor einer Woche hat er ihr Lachen noch ein einziges Mal gehört. Doch es hat nicht ihm gegolten, sondern seinem Schulfreund Tim. Das hat ihn endgültig niedergeschmettert. Seit diesem Moment weiß er, dass es keinen anderen Ausweg für ihn gibt.

Vielleicht hat sie ihn sogar schon betrogen? Tim und Fiona – bei diesem Gedanken wird ihm kalt. Eine Klammer aus Eis legt sich um seine Schultern und lässt ihn nicht mehr los. Die Kälte kriecht weiter in seine Arme und Beine, bis sie seinen Körper ganz durchdrungen hat. Unwillkürlich berührt er mit der Hand den Heizkörper unter dem Wohnzimmerfenster. Er ist angenehm warm, aber die Wärme dringt nicht bis zu seinen Gliedmaßen vor. Es ist so, als wolle sein Körper nicht mehr warm werden, als wisse er bereits um die Kälte, die ihm bevorsteht. Eine Kälte, die unausweichlich auf ihn zukommt, eine endgültige Kälte.

Seine Augen suchen das Bild, das ihm so sehr ans Herz gewachsen ist. Fiona steht mit den Füßen im Wasser, hält eine weiße Herzmuschel in ihrer Hand und blickt ihn freudestrahlend an. Alles an ihr lacht: ihr Mund, ihre Augen und sogar ihre Hände, während ihre blonden Locken im Wind hin und her flattern. Dieser Urlaub auf Sylt hat sein Leben verändert. Zusammen mit Fiona sind Liebe und Glück bei ihm eingezogen. Mit ihr hat er die schönsten Jahre seines Lebens verbracht, und er ist froh um jede Minute, die er mit ihr zusammen gewesen ist.

Jetzt ist ihm nicht mehr kalt. Ruhig steht er vor ihrem Bild und betrachtet es so intensiv wie nie zuvor. Dieses Bild möchte Marc in seinen letzten Sekunden vor Augen haben, mit ihrem Lächeln in seinem Herzen will er dem Tod entgegensehen. Die Zeit der Ungewissheit ist vorbei, es ist richtig, was er vorhat. Er wird kein unwürdiges Leben führen, in dem er wie ein kleines Kind betreut und versorgt werden muss. So einen Menschen kann Fiona nicht gebrauchen, niemand kann so jemanden gebrauchen. Und sie hat es nicht verdient, mit einem verbitterten alten Mann im Rollstuhl zusammenzuleben, mit einem Mann, der ihr nur das Leben schwer macht.

Fiona ist wie ein Vogel, der fröhlich und unbeschwert in einer bunten Welt herumfliegt. Jemand wie sie darf keine Fesseln an den Flügeln haben, das könnte er nicht ertragen. Noch ist Marc sein eigener Herr, noch kann er selbst darüber entscheiden, wie er leben möchte und wie nicht. Nein, er wird nicht abwarten, bis sie einen neuen Partner gefunden hat oder bis er in einem dieser schrecklichen Heime gelandet ist, in denen keine Selbstbestimmung mehr möglich ist. Genau das hat er ihr in seinem Abschiedsbrief geschrieben.

Eisiger Wind bläst ihm entgegen, als er die Haustür hinter sich schließt. Mühsam humpelt Marc zum Auto und kratzt die vereisten Scheiben frei. Am liebsten würde er jetzt zurück in die warme Wohnung gehen und noch einen Kaffee trinken. Doch er hat seinen Entschluss gefasst, und nichts soll ihn davon abhalten.

Bei diesem Wetter schleppt sich der Verkehr quälend langsam durch die kleine Gettorfer Innenstadt. Hoch ragt der Turm der alten Backsteinkirche über den übrigen Gebäuden empor. Es ist ein imposantes gotisches Bauwerk, eine Sehenswürdigkeit, die ihresgleichen sucht. In jedem Sommer kommen zahlreiche Touristen nach Gettorf, um sich diese Kirche anzusehen. Doch Marc versetzt ihr Anblick einen schmerzhaften Stich ins Herz. Muss er gerade jetzt an seine Hochzeit mit Fiona erinnert werden? Muss er in diesem Moment darauf hingewiesen werden, dass er vor Gott und den Menschen gelobt hat, in guten wie in schlechten Tagen zu ihr zu halten? Ist der Weg, auf dem er sich jetzt befindet, nicht so schon schwer genug? Aber genau genommen hält er sich ja an sein Versprechen. Er bleibt mit ihr zusammen, bis dass der Tod sie scheidet. Nichts anderes hat er vor.

Die meisten Autofahrer vor ihm biegen ab auf die B76, aber Marc fährt weiter geradeaus. Die Bundesstraße ist für sein Vorhaben zu gut geräumt und viel zu dicht befahren. Er möchte auf keinen Fall andere Verkehrsteilnehmer gefährden oder verletzen. Die Nebenstrecke über Osdorf ist viel geeigneter für sein Vorhaben. Er kennt diesen Weg gut, weil er ab und zu den Sondermüll zum Recyclinghof am Kubitzberg gebracht hat. Die Straße ist nicht sehr befahren und besitzt mehrere Kurven, in denen er seinen Wagen frontal gegen einen Baum lenken kann, ohne andere Autofahrer in Gefahr zu bringen.

In Osdorf biegt er rechts ab. Wieder kriecht eisige Kälte in ihm empor, aber er verweigert sich ihr nicht. Diese Kälte ist sein Verbündeter, sie wird ihm dabei helfen, seine Tat schnell zu Ende bringen zu können. Hinter dem Ortsschild beschleunigt er den Wagen. Die Fahrbahn ist notdürftig geräumt und rutschig, doch das Lenkrad liegt ruhig und sicher in seiner Hand. Er muss nur noch eine geeignete Linkskurve abwarten. In Gedanken beschwört er das Bild seiner Frau herauf – Fiona, wie sie mit den Füßen in der Nordsee steht und ihn anlacht, mit ihrem ganzen Wesen – ihn anlacht, nur ihn.

Ein plötzliches Geräusch weckt ihn aus seinem tranceartigen Zustand. Auf der Gegenfahrbahn ist ein Auto ins Schleudern gekommen, dreht sich einmal um sich selbst, schlittert von der Straße hinunter und kracht gegen einen Baum. Ohne zu überlegen tritt Marc auf das Bremspedal, rutscht selbst am rechten Fahrbahnrand entlang und kommt schlingernd vor einem Gebüsch zum Stehen. Er greift seinen Stock, klettert mühsam aus dem Auto heraus und humpelt so schnell er kann über die Straße auf das Unfallauto zu. Nicht umsonst ist er jahrelang ein aktives Mitglied der Johanniter Unfallhilfe gewesen. Er weiß, dass Hilfe schnell kommen muss, wenn sie Erfolg haben soll.

Hinter der Beifahrertür erscheint eine kleine Frau, sieht ihn mit schreckensbleichem Gesicht an und stammelt: »Helfen Sie mir, da, mein Mann, bitte, bitte!« Marc hat schon verstanden, öffnet die Fahrertür, schüttelt den Kopf und reicht ihr sein Handy. »Rufen Sie den Rettungsdienst, schnell!« Dankbar nimmt sie das Handy entgegen, nun kann sie wenigstens etwas für ihren Mann tun.

Marc fasst unter den Fahrersitz, drückt den Hebel nach oben und zerrt solange am Sitz, bis der ein wenig nach hinten gerutscht ist. Nach mehreren vergeblichen Versuchen gelingt es ihm tatsächlich, den eingeklemmten Körper des Mannes zwischen Sitz, Gurt und dem aufgeblasenen Airbag hervorzuholen.

Ich habe gar nicht gewusst, wie viel Kraft noch in meinen Armen steckt, denkt er erstaunt. Vorsichtig zieht er den Bewusstlosen aus dem Auto heraus, bis dessen Körper auf dem gefrorenen Boden neben dem Auto liegt. Ungeachtet der Kälte um ihn herum lässt sich Marc neben dem Mann auf die Knie nieder und hält eine Hand dicht vor das Gesicht des Unfallopfers. Wie befürchtet spürt er nicht den leisesten warmen Hauch. Rasch tastet er nach dem Puls des Bewusstlosen, aber da gibt es nichts mehr zu fühlen, das Herz dieses Mannes hat bereits aufgehört zu schlagen.

Sofort beugt er sich hinunter, überstreckt den Kopf des Mannes, hält ihm die Nase zu und umschließt mit seinen Lippen den Mund des Bewusstlosen. Dreimal bläst er ihm Luft in seine Lungen hinein. Dann öffnet er hastig die Jacke des Unfallopfers, führt seine Hände über dessen Oberkörper zusammen und drückt mit seinen Handballen immer wieder fest auf den Brustkorb des Mannes, genau dort, wo das Herz sitzt. Danach beatmet er ihn erneut. In gleichmäßigem Wechsel sorgt er dafür, dass die Lungen des reglos vor ihm liegenden Mannes den lebensnotwendigen Sauerstoff erhalten und das Blut aus dem Herzen in die Arterien gepumpt wird.

Eine schier endlos andauernde Minute vergeht, aber Marc gibt nicht auf. Er spürt die Kälte nicht mehr, von der Anstrengung sind ihm die Hände warm geworden. Zum ersten Mal seit langem fühlt er sich wirklich gebraucht, weiß er, dass er helfen kann, nur er allein. Während die kleine Frau neben ihm kniet und ein Stoßgebet nach dem anderen über ihre Lippen kommt, geschieht das Wunder: das Herz des Mannes beginnt wieder zu schlagen, sein Brustkorb hebt sich zu einem ersten Atemzug.

»Sie hat der Himmel geschickt!«, sagt die Frau inbrünstig. »Sie auch,« erwidert Marc leise, aber das kann sie natürlich nicht verstehen. Es bleibt auch keine Zeit, ihr das zu erklären, denn jetzt geht alles ganz schnell. Der Mann am Boden schlägt die Augen auf, seine Frau beugt sich über ihn und reibt mit ihren Händen sein Gesicht warm, während Marc ihn fest in seinen eigenen Wintermantel hüllt, damit der Verletzte nicht auskühlt. »Ist Ihnen nicht kalt?«, fragt ihn die Frau, aber Marc schüttelt mit dem Kopf. »Nein,« sagt er, »mir ist nicht kalt, behalten Sie den Mantel!«

Der Krankenwagen mit dem Verletzten und seiner Frau ist längst auf dem Weg ins Krankenhaus, als Marc immer noch weinend hinter dem Steuerrad seines Wagens sitzt. Es sind erlösende, heilsame Tränen. Er weiß jetzt, dass er immer noch gebraucht wird, dass sich das Leben unvermittelt ändern kann und niemand die nächsten Monate oder Jahre vorherzuberechnen vermag.

Beim Gedanken an Fiona wird ihm warm ums Herz. In der letzten Zeit hat er viele Fehler begangen, besonders ihr gegenüber. Er hat nur noch an seine eigene Situation gedacht, ist kalt und abweisend gewesen. Aber das ist nun, Gott sei Dank, Vergangenheit.

Mit zitternden Fingern dreht Marc den Autoschlüssel und startet den Wagen. Er muss unbedingt wieder zu Hause sein, bevor Fiona den Brief findet, aber er muss auch sehr vorsichtig fahren, denn draußen ist es immer noch glatt und kalt.

Die Geige im Rapsfeld

Sorgfältig faltet er den Briefbogen und steckt ihn so hinter die rechte Ecke des Bildes, dass er weit genug hervorguckt. *Hier wird sie ihn ganz bestimmt finden,* denkt er, *sie geht nie aus dem Haus, ohne einen Blick aus dem Fenster zu werfen, und das Bild hängt direkt daneben.* Dieses Bild zieht ihn immer noch in seinen Bann, auch nach so vielen Jahren. Die gelben Rapsblüten leuchten in der Sonne, Bienen fliegen aufs Feld hinaus oder kehren mit gelblich gepuderten Beinchen zurück zum Bienenstock. Roter Mohn und blaue Kornblumen setzen farbliche Akzente. Und über dem Feld, direkt vor dem blauen Himmel, sieht man verschiedene Musikinstrumente, die dort zu tanzen scheinen. Wie vom Winde verweht sehen sie aus, oder sind es nur Wolken, die bestimmte Formen angenommen haben? Am deutlichsten erkennbar ist die Geige in der Mitte des Feldes, sie scheint direkt aus den Rapsblüten emporzuschweben. Und wieder muss er daran denken, was damals geschehen ist.

»Warte auf mich, Mareile!«, ruft Johann seiner Schwester zu. »Ich helfe dir tragen!« Mareile bleibt stehen und dreht sich um, wobei ihr Pferdeschwanz auf entzückende Weise hin und her wippt. Sie ist erst zwölf Jahre alt, trägt einen großen Schulranzen auf dem Rücken, in der linken Hand ihre Sporttasche und in der rechten einen sperrigen Geigenkasten. »Danke, Johann!«, seufzt sie erleichtert. Er lächelt sie liebevoll an, hängt sich ihre Sporttasche über die Schulter und nimmt ihr den Geigenkasten ab.

Johann ist fast sechs Jahre älter als seine kleine Schwester. Jahrelang hatte er sich einen Bruder zum Fußballspielen gewünscht, aber als Mareile geboren wurde, hat er das kleine hilflose Bündel sofort lieb gewonnen. Voller Stolz hat er sie auf dem Arm herumgetragen, liebevoll mit ihr gespielt und geduldig alles aufgehoben, was ihr heruntergefallen ist. Vor ihrem sechsten Geburtstag hat er ihr das Lesen beigebracht, und seit zwei Jahren unterrichtet er sie im Geige spielen. Wenn er im nächsten Jahr Abitur macht, wird sie schon mit dreizehn Jahren im Schulorchester mitspielen dürfen.

»Und, hast du deinen Aufsatz zurückbekommen?«, fragt er sie. »Ja, hab ich,« erwidert sie tonlos. »Oh weh, hast du eine schlechte Note bekommen? Du hattest doch so ein gutes Gefühl!« »Nein.« »Nun sag schon, was ist denn passiert?« »Ach, Frau Gössen hat mich gelobt und aus meinem Aufsatz vorgelesen, vor der ganzen Klasse! Du weißt schon, wie ich die angefahrene Katze aufgehoben und zu Onkel Hermann gebracht habe. Wir sollten darüber schreiben, was wir später einmal werden wollen, und ich möchte doch Tierärztin werden. Nach der Stunde haben mich die blöden Jungs wieder geärgert und »heile heile Gänschen, Mareile mit dem Schwänzchen« gerufen und »Streberin, Streberin, bist 'ne dumme Bäuerin!«

»Das ist gemein, Mareile. Aber die sind nur neidisch auf deine guten Zensuren. Zum Glück sind ja nicht alle so! Was haben denn deine Freundinnen dazu gesagt?« »Ach, die haben selber Angst vor denen und hatten es sehr eilig, nach Hause zu kommen.« »Nun, jetzt bin ich ja da. Am Montag fahren wir zusammen zur Schule, und in den Pausen werde ich immer in deiner Nähe sein. Die sollen sich nur trauen, dann werden sie schon sehen, was sie davon haben!«

In diesem Moment klingeln mehrere Fahrradklingeln gleichzeitig, und direkt neben Mareile, im Abstand von nur wenigen Zentimetern, fahren in schnellem Tempo mehrere Fahrräder an ihr vorbei. Vor lauter Schrecken verliert sie das Gleichgewicht und fällt auf den Boden, noch ehe Johann sie auffangen kann. »Ihr Blödmänner ihr!«, brüllt er wütend, legt den Geigenkasten für einen Moment zur Seite und hilft seiner Schwester wieder hoch. In diesem Moment kommt noch ein Radfahrer, stoppt für einen Moment, schnappt sich die Geige und fährt mit ihr davon.

»Haltet den Dieb!«, brüllt Johann und ruft Mareile zu: »Warte auf mich an der Bushaltestelle!«, während er schon hinter dem Dieb her läuft. *So eine Unverschämtheit,* denkt er wütend. *Wenn ich den Kerl erwische, kann er sich auf was gefasst machen!* Die Geige hat er nämlich von seinem Großvater geerbt, und sie ist ziemlich wertvoll. Falls Johann sie nicht wiederbekommt, können Mareile und er das Geige spielen vergessen. Niemand in ihrer Familie hat auch nur annähernd Geld genug, um ein derart teures Instrument kaufen zu können.

Jetzt stellen sich ihm auch noch die Fahrradfahrer von vorhin in den Weg. »Nicht so hastig!«, ruft ihm einer der Jungen höhnisch zu. Wortlos packt Johann das nächste vor ihm stehende Rad, zerrt den Fahrer vom Sattel, steigt selbst auf das Rad und fährt los. Er kann gerade noch erkennen, wie der Dieb in einen Feldweg einbiegt, doch als er selbst die Abzweigung erreicht, ist der Radfahrer bereits verschwunden.

Ohne zu zögern fährt Johann hinterher, vorbei an Äckern und Feldern. An jedem noch so schmalen Seitenweg steigt er kurz ab, um nach frischen Reifenspuren zu suchen. Er schaut sogar hinter den Gebüschen nach, hinter denen man sich verstecken könnte, doch jedes Mal vergeblich.

Irgendwann kommt ihm ein junger Mann entgegen. Beim Näherkommen erkennt er ihn, es ist Werner, ein Junge aus dem Schulorchester. »Hallo Werner, hast du einen Fahrradfahrer gesehen?«, fragt er ihn völlig außer Atem. »Wieso, hast du deinen Beifahrer verloren?«, meint der grinsend.

»Mir ist nicht nach Witzen zumute,« erwidert Johann ernst und erzählt ihm von dem Dieb auf dem Fahrrad, der die wertvolle Geige mitgenommen hat. »Ich habe so eine Wut im Bauch!«, sagt Johann ganz erregt. »Der scheint überhaupt nicht zu wissen, wie wertvoll die Geige ist und wie leicht so ein Instrument zu Schaden kommen kann! Ich verstehe das nicht, er kann sich doch nicht in Luft aufgelöst haben.«

»Ja, das ist merkwürdig,« meint Werner, »ich habe keinen Menschen getroffen. Hier wohnt ja auch niemand. Wie gemein, dir deine Geige zu stehlen!« Er zeigt Johann einen Strauß aus Mohn- und Kornblumen. »Schau, die habe ich gerade gepflückt, die sind für Irene. Sie liebt solche Blumen.« »Ja, sehr schön,« erwidert Johann abwesend, »na, dann muss ich wohl umkehren. Bis dann!«

Johann wendet das Fahrrad und fährt zurück. Auf der Straße kommt ihm einer der Jungen entgegen, die Mareile so erschreckt haben. Wortlos übergibt ihm Johann das Fahrrad und läuft zur Bushaltestelle. Dort sitzt Mareile wie ein Häufchen Elend. Erst jetzt bemerkt Johann, dass ihr rechtes Knie blutet. »Entschuldige bitte, dass es so lange gedauert hat! Tut es sehr weh?« »Nein, fast gar nicht,« erwidert sie leise, »was ist mit der Geige?« »Ich habe den Kerl leider nicht einholen können. Weißt du vielleicht, wer das war?« Mareile schüttelt den Kopf. »Nein, ich habe ihn ja nur von hinten gesehen. Ich bin so froh, dass du wieder da bist!«

Zu Hause schlägt ihre Mutter die Hände über dem Kopf zusammen, als sie Mareile kreidebleich und mit blutendem Knie zu sehen bekommt. Sie desinfiziert die Wunde und klebt ein großes Pflaster darüber. Weder Mareile noch Johann erwähnen den Diebstahl der Geige. Sie wissen genau, dass sich ihre Eltern fürchterlich darüber aufregen würden.

»Was machen wir denn jetzt wegen der Geige?«, fragt Mareile, als sie mit Johann allein im Kinderzimmer ist. »Die hole ich mir schon wieder, keine Sorge, Schwesterchen!«, erwidert er und versucht, dabei so zuversichtlich wie möglich zu klingen. Aber in Wahrheit hat er keine Ahnung, wie er das bewerkstelligen soll.

Wo habe ich nur wieder meine Schlüssel, denkt Angelika, durchwühlt die Flurkommode, sucht in ihrem Arbeitszimmer und dann im Esszimmer. Dort muss sie lächeln. *Natürlich, ich habe sie extra neben meinen Platz gelegt!*

Sie steckt ihr Schlüsselbund in die Hosentasche und schaut aus dem Fenster, um zu sehen, ob sie lieber einen Schirm mitnehmen sollte. Dabei streift ihr Blick unwillkürlich das Bild neben dem Fenster. *Die Geige im Rapsfeld,* denkt sie, *irgendwie ist es immer noch mein Lieb-*

lingsbild. Aber was ist das denn? Sie geht zum Bild und nimmt den Briefbogen in die Hand, der rechts oben hinter dem Bildrand steckt.

»Nimm dir heute Abend frei, ich komme etwas früher,« steht dort in kleinen Buchstaben in der regelmäßigen, schön geschwungenen Schrift, die sie besser kennt als jede andere. Sie überlegt angestrengt, ob heute ein besonderer Tag ist, den sie vergessen haben könnte. Doch heute ist weder ihr Hochzeitstag noch jährt sich der Tag, an dem sie ihren Mann kennengelernt hat, oder der wunderschöne Tag am Nordseestrand, an dem er sie im rotgoldenen Schein der Abendsonne gefragt hat, ob sie seine Frau werden möchte.

Sie schaut wieder auf das Bild, das sie vor vielen Jahren selbst gemalt hat und mit dem damals ihr Erfolg als Malerin begann. Wie immer, wenn ihr Blick darauf fällt, muss sie an das sechzehnjährige Mädchen denken, das sie damals war, unbekümmert und voller Abenteuerlust.

»So, Angelika, nun geht's los!«, sagt Opa Gerd zu seiner Enkelin und nimmt vorsichtig die Schutzbezüge von den Bienenstöcken. Gespannt wartet sie darauf, was gleich geschehen wird. Es ist Sonntag, und sie hat ihrem Großvater dabei geholfen, die beiden Bienenstöcke aufzubauen, direkt neben dem Rapsfeld, das auf einer kleinen Anhöhe oberhalb des Weges beginnt. Wie jedes Jahr im Mai leuchten die Blüten in einem wunderschönen Gelb, das sich fast bis zum Horizont erstreckt. Angelika hat ihren Zeichenblock mitgebracht und brennt schon darauf, den blühenden Raps auf einem Bild festzuhalten, am besten zusammen mit rotem Klatschmohn und blauen Kornblumen. Aber zunächst möchte sie den spannenden Moment verfolgen, in dem die Bienen zu fliegen beginnen.

Zuerst wagen sich nur wenige Bienen ins Freie, danach immer mehr, und schließlich schwärmen sie in großer Schar aus dem Dunkel ans Licht und zu den sonnengelben Blüten. Es scheinen Hunderte von Bienen zu sein, die von einer Blüte zur nächsten fliegen und mit ihren feinen Saugrüsseln den Nektar aufnehmen.

Aufmerksam verfolgt Angelika die kleinen Flugkünstler. Mit der Hand über den Augen schützt sie sich vor den blendenden Sonnenstrahlen. Opa Gerd hat sich ein wenig abseits auf seinen dreibeinigen Klapphocker gesetzt und seine Pfeife angesteckt. »Das is' gut gegen die Bienenstiche,« hat er ihr einmal erklärt. Doch inzwischen weiß sie, dass er es genießt, so in der Sonne zu sitzen und dabei ein wenig zu ,schmöken', wie er es nennt.

Angelika klettert die kleine Anhöhe hinauf und kann nun das ganze Rapsfeld überblicken. Sie sucht den Feldrand mit ihren Augen nach Klatschmohn und Kornblumen ab, aber heute kann sie nicht eine einzige Blüte erkennen. Enttäuscht will sie zu ihrem Großvater zurückkehren, da entdeckt sie einen Pfad, der mitten in das Feld hinein führt. *Ist Bauer Jensen hier längsgegangen?*, überlegt sie. Aber dann schüttelt sie den Kopf. Der Bauer wäre niemals so lieblos mit seinem Raps umgegangen. Hier ist jemand rücksichtslos durchs Feld getrampelt.

Aufmerksam sieht sie sich um, aber es ist niemand zu sehen. Da beschließt sie, dem Pfad durch das Rapsfeld zu folgen. *Ich wüsste zu gern, wer hier gewesen ist,* denkt sie, *und vor allem warum.* Nach einigen Metern gibt es auf der rechten Seite des Weges eine Stelle, an der die Rapspflanzen großflächig am Boden liegen. *Was mag hier passiert sein?,* überlegt sie, *hat jemand etwa mitten im Feld ein Picknick veranstaltet?*

Der Trampelpfad führt immer weiter, richtig tief in das Feld hinein. Irgendwann kommt Angelika an eine Stelle, an der er abbiegt und wieder zurück zur Straße zu führen scheint. Hier sind besonders viele Rapspflanzen zertreten. *Na wunderbar,* denkt sie, *noch mehr zertretene Pflanzen! Hätte dieser Idiot nicht wenigstens auf dem gleichen Weg zurückgehen können? Aber was ist das denn!* Nur wenige Meter von hier entfernt liegt etwas auf dem Boden.

Das ist ja eine Geige, denkt sie überrascht. *Merkwürdig, eine Geige, hier?* Erstaunt und ein wenig ratlos schaut sie sich um. Aber es ist niemand da, der etwas mit diesem seltsamen Fund zu tun haben könnte.

So eine Geige ist doch viel zu wertvoll, die wirft man nicht so einfach weg! Und wenn doch, warum liegt sie dann hier, so weit draußen auf dem Feld? Angelika schüttelt den Kopf, doch dann hat sie eine Idee. *Natürlich, denkt sie, die hat jemand hier im Feld versteckt, und bestimmt nicht ihr Besitzer. So eine Gemeinheit!* Sie bückt sich und hebt die Geige auf. Darunter liegen ein paar zerbrochene Teile von etwas, das einmal der Geigenbogen gewesen sein muss. Angelika hebt sie ebenfalls auf und läuft so schnell sie kann den Trampelpfad zurück zu ihrem Großvater. »Guck mal Opa, was ich im Feld gefunden habe,« ruft sie ihm völlig außer Atem zu. »Und sieh nur, der Bogen ist ganz kaputt!«

Opa Gerd nimmt die Geige in die Hand, untersucht sie sorgfältig und betrachtet den Bogen. Er ist mehrfach zerbrochen, so dass man ihn nicht mehr reparieren kann. Die Geige selbst ist voller Blütenstaub, zwei ihrer Saiten sind gerissen, doch ansonsten scheint sie nicht weiter beschädigt zu sein. »Nee, so was aber auch,« sagt er, »was für eine ausgefuchste Gemeinheit!« Gemeinsam überlegen sie, wie sie jetzt am besten vorgehen sollten: die Geige zum Fundbüro bringen, eine Anzeige im Tagesblatt aufgeben oder herumfragen, wer wohl im Ort Geige spielt und sein Instrument vermisst.

»Ich hab's!«, sagt Angelika schließlich. »Das sieht alles ganz nach einem bösen Schülerstreich aus. Am besten frage ich morgen Herrn Riemke, unsern Musiklehrer, ob jemand seiner Schüler eine Geige vermisst.« »Das ist eine gute Idee, Angelika, das machst du! Und ich nehme die Geige mit nach Haus und versuche, sie wieder ein bisschen schmucker und sauberer zu machen.«

Am Montagmorgen fährt Angelika wie immer mit dem Bus zur Schule nach Preetz. Da sie noch eine Viertelstunde Zeit hat, bis der Unterricht beginnt, nimmt sie ihren Mut zusammen und klopft ans Lehrerzimmer. Erst nach dem zweiten, nicht ganz so zaghaften Versuch öffnet sich die Tür, und Herr Hagen, ihr Deutschlehrer, steht vor ihr. »Hallo Angelika, was gibt's?«

»Guten Tag, Herr Hagen! Ist Herr Riemke da?« »Herr Riemke? Moment mal!« Der Lehrer verschwindet wieder hinter der Tür und kommt kurz darauf kopfschüttelnd zurück in den Flur. »Leider nicht, Angelika! Vielleicht ist er im Musikraum, schau dort einmal nach!« »Vielen Dank, Herr Hagen,« antwortet sie und läuft nach oben zum Musikraum.

Schon von weitem hört sie den Klang mehrerer Blockflöten, die noch etwas unsicher Beethovens ‚Freude, schöner Götterfunken‘ spielen. Leise betritt sie den Musikraum und bleibt ganz hinten stehen, um nicht zu stören. »Ja, das war schon viel besser!«, hört sie schließlich Herrn Riemke mit seiner volltönenden Bassstimme sagen. »Wenn ihr weiter fleißig übt, schaffen wir das bis zur Aufführung am Schuljahrsende. Wir sehen uns dann am Donnerstag, wieder zur nullten Stunde.«

Die Jungen und Mädchen packen ihre Instrumente ein und gehen. »Nun, Angelika,« fragt Herr Riemke freundlich, »möchtest du auch im Schulorchester mitspielen?« »Nein, äh, ja, vielleicht im nächsten Schuljahr,« sagt sie verlegen. Von ihren Eltern hat sie gelernt, dass Kinder nicht ungefragt mit Erwachsenen sprechen sollen, also wartet sie ab, bis der Musiklehrer von sich aus zu fragen beginnt. »Warum bist du dann zu mir in den Musikraum gekommen?«

»Mein Großvater und ich, wir sind gestern mit seinen Bienen beim Rapsfeld gewesen. Und dann habe ich mitten im Feld eine Geige gefunden. Mein Großvater meint, dass sie sehr gut gearbeitet ist und bestimmt wertvoll. Deshalb wollte ich Sie fragen, ob vielleicht einer Ihrer Schüler eine Geige vermisst.«

Erstaunt blickt Herr Riemke sie an. »Eine Geige, mitten im Rapsfeld? Das ist äußerst ungewöhnlich.« Er überlegt einen Moment lang. »Nein, da fällt mir niemand ein, aber vielleicht weiß ich nach der Orchesterprobe mehr. Komm doch morgen noch einmal bei mir vorbei!« »Ja gerne, Herr Riemke.«

In diesem Moment hört man ein schrilles Klingeln. Angelika schreckt zusammen. Dies ist schon das zweite Läuten, und sie will auf keinen Fall zu spät zum Unterricht kommen. Sie verabschiedet sich hastig und läuft aus dem Musikzimmer, rennt den Flur entlang und zwei Stockwerke nach unten. Gerade noch rechtzeitig vor dem Mathematiklehrer erreicht sie ihre Klasse.

Wieder zu Hause beeilt sie sich mit den Hausaufgaben, um möglichst bald wieder bei ihrem Opa am Rapsfeld zu sein. Enttäuscht erzählt sie ihm, dass sie nicht herausfinden konnte, wem die Geige gehört. Ihr Großvater hat sich ebenfalls erkundigt und dabei erfahren, dass niemand in seiner Nachbarschaft Geige spielt. »Vielleicht sollten wir doch eine Zeitungsanzeige aufgeben?«, fragt Angelika ihn. Doch er wiegt seinen Kopf ein paar mal hin und her und meint: »Warte man noch 'n bisschen!«

Am Montagmorgen kann sich Johann kaum auf seine Unterrichtsstunden konzentrieren. Ständig muss er daran denken, wie er seinem Musiklehrer erklären soll, dass er nicht an der Orchesterprobe teilnehmen kann. Er hasst es zu lügen, aber ihm wird wohl nichts anderes übrig bleiben, wenn seine Eltern nichts vom Verschwinden der Geige erfahren sollen. *Eigentlich gibt es nur einen Grund dafür, dass ich nicht mitspielen kann,* denkt er, *ich muss eine Verletzung vortäuschen.*

In der großen Pause geht er nach oben zum Musikraum, wo Herr Riemke gerade seine Eintragungen ins Klassenbuch vornimmt. Johann wartet ab, bis er damit fertig ist und eine Schülerin mit dem Klassenbuch unter dem Arm den Raum wieder verlassen hat. »Nun, Johann, was kann ich für Sie tun?«, fragt der Musiklehrer freundlich. Johann ist einer seiner begabtesten Schüler und hat in der letzten Zeit große Fortschritte erzielt. Mit Freude hat Herr Riemke ihm vor kurzem mitgeteilt, dass er in diesem Jahr beim Abschlusskonzert die erste Geige spielen darf.

»Es tut mir sehr leid, Herr Riemke,« sagt Johann leise, »ich habe mir gestern die Hand verletzt und kann die Finger der linken Hand nicht genug krümmen.« »Nanu, wie ist das denn passiert! Ihre Hand zeigt doch nur ein paar kleine Ratscher, ist das wirklich so schlimm?«

Johann senkt den Blick und murmelt: »Ja.« »Nun, das tut mir leid für Sie! Dann wird wohl doch wieder Werner die erste Geige spielen müssen. Das ist sehr schade, denn in diesem Jahr sind Sie eindeutig der bessere Spieler.« *Wie dumm!*, denkt der Musiklehrer bei sich, *ich hätte es diesem eingebildeten Fatzke so sehr gegönnt, einmal nicht die erste Geige spielen zu dürfen.* »Dann kann ich Ihnen nur gute Besserung wünschen. Gehen Sie auf alle Fälle mit der Verletzung zum Arzt!« »Ja, mache ich, danke schön!«

Johann will gerade den Musikraum verlassen, da kommt Herrn Riemke eine Idee. »Sie haben nicht vielleicht Ihre Geige verloren?« Erschrocken fährt Johann zusammen. »Nein, natürlich nicht!« Für einen Moment lang sieht es so aus, als ob der Musiklehrer lächelt. »Sicher, Johann, aber vielleicht sollten Sie sich einmal mit einer jungen Dame unterhalten, sie heißt Angelika Visser und besucht die Untersekunda.«

Verwirrt verlässt Johann den Musikraum wieder. *Wie kommt er bloß darauf, dass ich die Geige verloren haben könnte?*, denkt er. *Und was hat diese Angelika Visser damit zu tun?* Gleich in der nächsten Pause geht er zum Klassenraum der Untersekunda. Doch da ist niemand, auch in der darauffolgenden Pause nicht. Johann kann ja nicht wissen, dass Angelikas Klasse eine Doppelstunde Sport hat und danach frei. *Ich muss einfach noch einmal gründlich alles absuchen, vielleicht finde ich irgendeine Spur, die mir weiterhilft*, denkt er, *diese Angelika kann ich auch morgen noch fragen.*

Am Nachmittag fährt er mit seinem Fahrrad genau dorthin, wo er den Dieb zuletzt gesehen hat. Immer weiter folgt er dem Feldweg, vorbei an Feldern und kleinen Knicks. Er untersucht jede Abzweigung und alle Seitenwege, schaut hinter die Bäume und durchsucht alle Büsche, auch wenn er nicht wirklich daran glaubt, dort seine Geige wiederzufinden. Aber er will einfach alle Möglichkeiten in Betracht ziehen, um Gewissheit zu haben.

Auf einmal lenkt ihn ein helles Lachen von seinen düsteren Gedanken ab. *So fröhlich wäre ich jetzt auch gern!*, denkt er sehnsüchtig. Da erklingt dieses wundervolle Lachen schon wieder. Neugierig fährt er bis zur nächsten Kurve weiter und erblickt eine schlanke Gestalt, die vor einem sitzenden Mann hin und her hüpft.

»Na, wo hab ich deine Pfeife wohl, rechts oder links?«, fragt Angelika gerade lachend ihren Großvater. Der versucht, so ernst wie möglich auszusehen. »Nun gib sie schon her, Kind, wo bleibt dein Respekt vor Erwachsenen!«, sagt er mit gespielter Entrüstung. »Erst musst du raten, Opa!«, erwidert sie fröhlich, und dann erklingt wieder ihr helles Lachen. »Na gut, also rechts!«, sagt ihr Großvater. »Rechts von dir aus oder rechts von mir aus?« »Ganz egal, Hauptsache, ich bekomme sie wieder, bevor sie ausgeht.«

»Wählen Sie ihre rechte Hand!«, ruft Johann, der inzwischen nahe genug herangekommen ist, um die Situation zu überblicken. Überrascht blicken Angelika und ihr Großvater den Neuankömmling an. »Ja guten Tag auch und vielen Dank!«, sagt Opa Gerd und greift nach Angelikas rechtem Arm.

»Spielverderber!«, ruft sie schmollend und reicht ihrem Großvater die Pfeife. Doch dann blitzen ihre Augen den jungen Mann fröhlich an. »Ich bin Angelika, und du?« »Ich bin Johann, Johann Heinrich.« »Johann Johann Heinrich? Und welche Namen hast du sonst noch? Hast du auch einen Nachnamen?«

»Nun bring den jungen Mann doch nicht ganz durcheinander, Angelika!«, sagt Opa Gerd lächelnd. Dann wendet er sich an Johann: »Ich bin der Opa von dieser kleinen Verrückten hier, Gerd Visser ist mein Name.« »Visser?«, fragt Johann erstaunt und dreht sich zu Angelika um. »Dann bist du vielleicht Angelika Visser aus der Untersekunda?«

Verblüfft sieht sie ihn an. »Ja, die bin ich. Und warum willst du das wissen?« »Mein Musiklehrer, Herr Riemke, hat mir gestern ans Herz gelegt, mich mit dir zu unterhalten.« In diesem Moment beginnen ihre Augen zu strahlen. »Na Opa, habe ich dir nicht gesagt, ich sollte ihn fragen?« Johann blickt ratlos von einem zum anderen. »Ich verstehe nicht …,« beginnt er. »Wirst du gleich!«, sagt Angelika zu ihm, nimmt seine Hand und zieht ihn hinter sich her. »Komm mit!«

Sie führt ihn zu dem schmalen Trampelpfad und dann vorsichtig durch das Rapsfeld bis hin zu der Stelle, an der sie ihren merkwürdigen Fund gemacht hat. »Genau hier habe ich eine Geige gefunden, und ich glaube, dass sie dir gehört.« »Hier? Wirklich hier? Jemand hat meine Geige mitten ins Rapsfeld geworfen? Was für eine bodenlose Gemeinheit!« »Ja,« sagt Angelika, »das ist richtig fies, und ich freue mich riesig, dass ich sie gefunden habe. Aber der Bogen ist leider kaputt, an mehreren Stellen einfach durchgebrochen.« »Das ist ja wohl das Allerletzte! Wie kann jemand nur so bösartig sein.« »Das kann ich auch nicht verstehen. Wirst du dir einen neuen kaufen können?« »Das werde ich wohl müssen. Ja, irgendwie werde ich das Geld dafür schon zusammenbekommen.«

»Wie ist das eigentlich passiert, dass dir jemand die Geige wegnehmen konnte?«, will Angelika jetzt wissen. Johann berichtet ihr von dem niederträchtigen Dieb auf dem Fahrrad und der vergeblichen Verfolgung. Dabei kommt ihm auf einmal ein schrecklicher Verdacht. *Ist Werner vielleicht der Dieb gewesen? Werner, der sonst in diesem Jahr einmal nicht die erste Geige gespielt hätte? Und zu dem es überhaupt nicht passt, Blumen zu pflücken?*

»Natürlich!«, sagt Angelika, als er ihr von seinen Überlegungen erzählt. »Sein Fahrrad hat er auch im Rapsfeld versteckt, an der anderen Stelle, wo der Raps so heruntergetrampelt ist, ziemlich weit vorne.« »Und mir hat er den Unschuldigen vorgespielt, dieser Fiesling! Meinst du, dass der Geigenkasten auch noch hier irgendwo liegt?« »An den habe ich noch gar nicht gedacht, aber wir werden ihn bestimmt auch finden.« »Ja, irgendwo muss Werner ihn ja gelassen haben. Wenn ich nur beweisen könnte, dass er es war!« »Musst du gar nicht,« erwidert Angelika. »Freu dich einfach auf den Moment, in dem er sieht, dass du an seiner Stelle die erste Geige spielst.«

»Aber was sage ich Herrn Riemke?«, überlegt Johann laut. »Die

Wahrheit natürlich!«, meint Angelika mit fester Stimme. »Er wird dieselben Schlüsse daraus ziehen wie wir, und er wird dir schon nicht den Kopf abreißen. Ich glaube eher, dass er sich ziemlich freuen wird.« »Ja, da könntest du Recht haben. Und, wirst du dir unser Konzert anhören?« Bittend sieht er sie an. »Na klar, Johann, auf jeden Fall!«

Das ist nun schon über dreißig Jahre her, denkt Angelika. Das Leben kann ganz schön verrückt sein. Ich hätte nie gedacht, dass mich eine Geige im Rapsfeld zum Mann meiner Träume führen würde. Was er wohl heute Abend mit mir vorhat?

Neun Stunden später steht Johann mit einem großen Blumenstrauß vor ihr. »Und, was machen wir heute?«, fragt sie ihn spitzbübisch und ihre Augen strahlen ihn an, genauso wie damals am Rapsfeld, als er sich Hals über Kopf in sie verliebt hat.

Adele

»Mutter, kann ich dich wirklich hier allein lassen?« »Aber ja doch, Andreas, mach dir bitte um mich keine Sorgen! Ich habe ein schönes Zimmer mit einem herrlichen Blick aus dem dritten Stock und werde bestimmt viele nette Menschen kennen lernen. Fahre du nur wieder nach Hause! Kümmere dich ein bisschen mehr um Christine, die Kinder gehen jetzt ihren eigenen Weg und sie ist in einem Alter, in dem sie dich besonders braucht.«

»Du bist bewundernswert! Christine schmeißt dich quasi aus dem Haus und du hast sogar noch Mitgefühl für ihre Situation. Du weißt, dass ich die Sache anders sehe, aber ich habe diesmal nicht die Kraft gehabt, mich gegen sie durchzusetzen, schon gar nicht, wo sie in letzter Zeit oft so niedergeschlagen ist. Versprich mir aber, dass du mich anrufst, wenn es Probleme gibt. Dann setze ich mich nach Feierabend ins Auto und hole dich sofort wieder ab – Plön ist ja nicht allzu weit.«

»Ist schon gut, Andreas, du bist ein lieber Junge. Mache dir um mich nicht so viele Gedanken, ich selbst habe es euch ja angeboten, hierher zu ziehen.« »Und du bist sicher, dass du dir nicht lieber eine eigene kleine Wohnung in unserer Nähe suchen möchtest? Schließlich bist du erst sechsundsiebzig und noch ziemlich fit.« »Ach Junge, lass gut sein! Ich habe noch nie allein gewohnt und immer Leben um mich herum gehabt. Mir wird es hier schon gefallen, schließlich ist dies kein einfaches Altenheim, sondern eine Seniorenresidenz mit vielen Möglichkeiten zur Freizeitgestaltung. Und nun fahre zu deiner Christine und mach dir um mich nicht so viele Gedanken!«

Adele umarmt ihren Sohn zum Abschied, dann ist sie allein. Sie geht zum Fenster und schaut hinaus, das hat sie immer schon gern getan. Ihr Blick ruht eine Weile auf den maigrünen Büschen und Bäumen, schweift weiter in die Ferne und bleibt schließlich am Plöner Schloss hängen, das weiß und majestätisch über dem See thront. Sie lächelt in sich hinein. Genauso wie dieses Schloss, das schon seit Jahrhunderten dort steht, wird auch sie ihren Platz behalten. Sie fühlt sich viel zu jung fürs Altenheim, in das sie sich für drei Monate auf Probe eingemietet hat. Dieses Vierteljahr ist für sie lediglich ein notwendiger Umweg, aber das hat sie Andreas natürlich nicht verraten.

Beim Mittagessen stellt die Heimleiterin Adele den übrigen Bewohnern vor und macht sie mit ihrer neuen Tischnachbarin bekannt. Sie heißt Agathe und ist zu Anfang etwas schüchtern, taut während des Essens jedoch zusehends auf. Gegenüber sitzen Ferdinand, ein charmanter Achtzigjähriger, und Evelyn, eine zierliche Person von nahezu neunzig Jahren. Adele ist fröhlich und unkompliziert, und an ihrem Tisch geht es schon bald recht munter zu. Als sie von ihrem Nachtisch einen weißen Sahnefleck auf die Nase bekommt, gibt es ein derart herzhaftes Gelächter, dass die anderen neugierig zu ihnen hinüber sehen.

Nach dem Essen verabreden sich Adele und Agathe zu einem Spaziergang. Sie durchqueren den Park und schlendern ganz bis zum Plöner See hinunter, wo sie sich auf eine Bank setzen. Agathe schaut über den See und seufzt tief auf: »Sag mal, wie schaffst du das nur! Du bist so fröhlich und unbeschwert, als hättest du gerade das große Los gezogen. Dabei bist du doch erst heute aus dem Haus deines Sohnes ausgezogen – ich bewundere dich.« »Das brauchst du nicht. Schau, ich bin nur zu Besuch im Heim und will meine Zeit hier so richtig genießen. Vor allem will ich einmal nicht sparen. Siehst du dort hinten das Restaurant? Ich hätte große Lust, am Sonntagnachmittag dort Kaffee zu trinken, die haben bestimmt einen leckeren Erdbeerkuchen. Du bist hiermit herzlich eingeladen.«

»Moment, Adele, ganz so schnell bin ich nicht. Wieso nur zu Besuch? Glaubst du etwa, dass deine Schwiegertochter ihre Meinung ändern wird? Oder willst du nach drei Monaten gegen ihren Willen in deine alte Wohnung zurückkehren?« »Bis dahin wird sie mich wiederhaben wollen, da bin ich mir ganz sicher. Aber nun erzähl mir etwas von dir!

Du machst mir nicht gerade den Eindruck, als ob du hier glücklich wärst.« »Wer ist das schon im Altenheim, fern von der Familie. Aber was soll ich machen? Mein Sohn ist Journalist in Südamerika, und meine Tochter ist mit einem Hotelier auf Mallorca verheiratet.« »Südamerika ist tatsächlich etwas weit, aber Mallorca hört sich fantastisch an! Das Klima dort ist auch im Winter mild, das wäre doch ideal, oder?«

Agathe schaut sehnsüchtig vor sich hin. »Ja, Mallorca wäre wunderbar! Aber es ist eben nur ein Traum, die beiden können mich dort sicher nicht gebrauchen. Den Mann möchte ich sehen, der mit seiner fünfundsiebzigjährigen Schwiegermutter zusammen wohnen möchte.« »Aber gesagt hat er dir das nicht, oder?« »Nein, natürlich nicht! Ramon ist ein überaus freundlicher Mensch, doch ein temperamentvoller Mann wie er kann mit mir bestimmt nichts anfangen. Eigentlich kann ich sehr froh darüber sein, dass er meine Stefanie so glücklich macht, und hier ist es ja auch ganz schön.«

Adele schaut sie verwundert an. »Soll das etwa heißen, dass deine Tochter und dein Schwiegersohn überhaupt nichts davon wissen, wie gern du bei ihnen wärst?« »Natürlich nicht! Ich will mich doch niemandem aufzwingen.« »Bist du nie auf die Idee gekommen, dass die beiden dich dort vielleicht brauchen könnten? Ich kenne da ein Restaurant in Malente, einen kleinen Familienbetrieb, der ohne die Mutter der Besitzerin gar nicht laufen würde. Sie geht abends von Tisch zu Tisch und begrüßt die Gäste, die sich dadurch sehr geehrt fühlen und gerne wieder kommen. Sprich doch einmal mit deiner Tochter darüber!«

»Ach ich weiß nicht. Wenn Stefanie mich bei sich haben wollte, hätte sie mir das längst gesagt. Aber danke, dass du dir so viele Gedanken um mich machst.« Agathe schaut über den See. Ihr Blick scheint alles zu durchdringen, so sehr ist er in die weite Ferne gerichtet.

Die folgenden Wochen vergehen für Adele wie im Fluge. Sie nimmt sich fast jeden Tag etwas vor, geht häufig mit ihrer neuen Freundin

Agathe ins Café am See und mindestens zweimal in der Woche ins Konzert oder Theater. Die Taxifahrer ihrer neuen Umgebung kennen sie bald als die temperamentvolle Seniorenheimbewohnerin, die so gar nicht in das normale Schema hineinpasst. Der eine oder andere schüttet ihr sogar sein Herz aus und erzählt ihr von seiner eigenen Mutter. »Ihre Unternehmungslust müsste sie haben, dann würde sie sich nicht so einsam fühlen.« »Ach ja,« antwortet sie dann, »die Menschen sind eben so, wie sie sind. Bestimmt ist Ihre Mutter nicht so gesund wie ich oder hat in ihrem Leben nicht so viel Positives erlebt. Schenken sie ihr ab und zu ein paar Blumen oder sagen Sie ihr etwas Nettes, das wirkt oft Wunder.«

Adele hat nie Probleme damit, für ihre Ausflüge ins Konzert oder in die Oper eine Begleitung aus ihrem Heim zu finden, ganz im Gegenteil: jeder, der dafür gesundheitlich noch fit genug ist, geht gern mit ihr zusammen aus, weil sie so viel Zuversicht und Lebensfreude ausstrahlt. Auch der Tanztee am Sonnabend erfreut sich seit ihrer Ankunft großer Beliebtheit. Es ist kaum zu glauben, wie viel Positives die Anwesenheit eines einzigen zufriedenen und fröhlichen Menschen in seiner Umgebung bewirken kann.

Für das vierte Wochenende hat sich Adele mit ihrem Sohn Andreas und seiner Frau Christine verabredet. Die beiden kommen am späten Sonntagvormittag an und müssen eine Weile lang suchen, bis sie Adele schließlich im Garten finden, wo sie mit zwei anderen Heimbewohnern zusammen Boole spielt. Adele hat gerade einen besonders guten Wurf getan und freut sich sehr darüber. Als sie ihren Besuch erblickt, begrüßt sie die beiden fröhlich und sagt: »Unser Spiel ist bald zu Ende, macht doch in der Zeit einen kleinen Spaziergang, hier im Park ist es ganz entzückend.«

Leicht pikiert wendet sich Christine an Andreas: »Wozu sind wir eigentlich hergekommen? Deine Mutter scheint uns überhaupt nicht zu brauchen – stattdessen lässt sie uns hier warten. Dabei hat sie alle Zeit der Welt, während auf mich noch ein ganzer Berg Bügelwäsche wartet.«

Sie beißt sich auf die Lippen – das mit der Bügelwäsche hat sie auf keinen Fall erwähnen wollen. Früher hat Adele nämlich immer das Bügeln übernommen. Sie hat sich das Bügelbrett im Wohnzimmer aufgebaut, dahinter einen Stuhl gestellt und während der Arbeit ihre Lieblingsserie im Fernsehen angeschaut. Das hat zwar etwas länger gedauert, aber Adele hat ja Zeit genug gehabt, während Christine nun nach Feierabend oder am Wochenende bügeln muss.

Beunruhigt sieht Christine zu Andreas hinüber, aber der hat ihre mürrische Bemerkung offenbar gar nicht gehört. Er ist zu tief in seine eigenen Gedanken versunken. Seine Mutter fühlt sich hier offensichtlich wohl, vermisst sie ihn denn überhaupt nicht? Bei ihrer Ankunft in der Altenresidenz hatte sie ihn gebeten, frühestens nach vier Wochen wieder bei ihr vorbeizuschauen. Er hat die ganze Zeit über geglaubt, dass sie auf diese Weise ihren Trennungsschmerz besser verarbeiten könne. Doch nun ist er sich da nicht mehr so sicher. Anscheinend hat sie sogar schon neue Verehrer gefunden. Hat sie ihre Freunde zu Hause so schnell vergessen?

Nach einer guten Viertelstunde kehren Andreas und Christine zurück, aber sie müssen noch ein paar Minuten warten, bis Adele ihr Spiel beendet hat. »Glückwunsch, Hartmut!«, ruft sie fröhlich und schüttelt einem älteren Herrn die Hand. Danach wendet sie sich endlich ihrem Sohn zu und geht mit ihm und Christine zusammen durch den Park. Sie fragt nach Andreas Geschäften, und als Christine ihr etwas von den Kindern berichten will, winkt sie nur ab. »Danke, aber das weiß ich alles schon, die beiden rufen mich regelmäßig an.«

Schon wieder fühlt sich Christine zurückgestoßen und ungerecht behandelt. *Wie kann das sein!*, denkt sie. *Wie schafft es Adele nur immer wieder, dass ich mich so schlecht fühle.* Dieser Besuch verläuft ganz anders, als sie es sich vorgestellt hat.

Als ob Adele ihre Gedanken gelesen hat, bemerkt sie in bester Laune zu ihrer Schwiegertochter: »Christine, ich bin dir richtig dankbar dafür, dass ich hierher gekommen bin. Manchmal muss man einen Menschen wohl zu seinem Glück zwingen. Ich habe so viele liebenswerte Menschen kennen gelernt. Außerdem brauche ich mich jetzt um rein gar nichts mehr zu kümmern und werde rund um die Uhr verwöhnt. Mit meiner Freundin Agathe gehe ich regelmäßig ins Seecafé, und ein- bis zweimal pro Woche bin ich im Theater oder Konzert. Vorgestern Abend bin ich mit Ferdinand im Kieler Schloss gewesen, es gab ‚My fair Lady'. Die Neuinszenierung der Kölner Kammeroper hat mich sehr beeindruckt.«

Während Christine vor lauter Erstaunen ihren Mund offen stehen lässt, fragt Andreas völlig verwirrt: »Du bist hier glücklich?« »Ach mein Junge, was heißt das schon! Richtig glücklich war ich, als dein Vater noch lebte. Aber hier geht es mir sehr gut und ich bin zufrieden. Ein Leben lang habe ich gearbeitet und mich um andere gekümmert; nun kümmern sich Köche, fachkundige Betreuerinnen, Ärzte, Fitness- trainer, ein Tanzlehrer und – nicht zu vergessen – ein wirklich guter Masseur um mich. Das ist doch nicht schlecht, oder?«

Inzwischen sind sie bei einem kleinen Restaurant angekommen, und Adele bittet ihren Sohn und seine Frau hinein. »Ich lade euch zum Mittagessen ein, in der Residenz habe ich mich bereits abgemeldet. Sie haben hier vorzügliche Fischgerichte, und der Wein ist auch nicht zu verachten. Zum Nachtisch empfehle ich euch ein Erdbeerparfait, das ist eine ihrer Spezialitäten.«

Als Christine die Speisekarte aufschlägt, staunt sie über die Preise, und ihr rutscht die Frage heraus: »Bist du öfters hier? Das ist ja ganz schön teuer!« »Das stimmt schon, aber Georg fände das sicher gut so. Er hat die Lebensversicherung schließlich dafür abgeschlossen, dass ich im Alter auch ohne ihn zurechtkomme, und mitnehmen kann ich mein Geld ja nicht.«

Christine stellt voller Verwunderung fest, dass sie tatsächlich auf ihre alte Schwiegermutter neidisch ist. Sie selbst würde liebend gern öfter ausgehen – zum Essen, ins Theater oder in ein Konzert des Schleswig- Holstein-Musikfestivals. Andreas ist dazu meistens zu müde und sitzt abends lieber vor dem Fernseher. Auch einen Besuch beim Masseur hätte sie genauso nötig wie Adele. Hat sie nicht jahrelang Kinder groß gezogen und sich für andere aufgeopfert? Wenn sie nachmittags abgehetzt vom Büro nach Hause kommt, wartet schon ein ganzer Berg Arbeit auf sie. Zwischen den Blumen im Vorgarten wuchert das Unkraut, aber sie kommt einfach nicht dazu, sich darum zu kümmern. Früher hat Adele das immer gemacht, sie hat ein gutes Händchen für Blumen und natürlich Zeit genug gehabt. Und wie schön war es, sich an den gedeckten Tisch zu setzen, wenn Adele ab und zu für sie gekocht hat.

Christine seufzt leise vor sich hin, doch Andreas unterhält sich gerade angeregt mit seiner Mutter und bemerkt es nicht. Da fühlt sie wieder die alte Eifersucht in sich hochsteigen. Genau deshalb hat sie ihre Schwiegermutter nicht mehr im Haus haben wollen, weil Andreas sich mehr um seine Mutter gekümmert hat als um sie. Jedenfalls hat sie immer das Gefühl gehabt, dass es so ist. Zu ihrem Unglück hat sie in den vergangenen Wochen jedoch feststellen müssen, dass die Abende ohne Adele kaum anders verlaufen sind als vorher. Gut, zweimal hat Andreas sie zum Essen ausgeführt, doch an den meisten Abenden sitzt er nach wie vor in seinem Lieblingssessel vor dem Fernseher und schaut sich seine Sportsendungen an, nur eben ohne seine Mutter, während sie selbst noch dies und das im Haushalt zu erledigen hat. Andreas gibt sich zwar in letzter Zeit viel Mühe, nett zu ihr zu sein, aber er kann sich natürlich nicht plötzlich von einem begeisterten Fußballfan in einen Theatergänger oder einen Liebhaber für klassische Musik verwandeln.

Auf der Rückfahrt sitzt Christine so schweigsam wie selten neben ihrem Mann. Die unterschiedlichsten Gedanken gehen ihr durch den Kopf, vor allem aber versucht sie sich endlich darüber klar zu werden, was sie in letzter Zeit so unzufrieden macht. Natürlich sind da auch die Wechseljahre, in denen sie sich gerade befindet, aber das allein ist es nicht. In Gedanken sieht sie immer wieder Adele vor sich – wie sie fröhlich Boole spielt, im Konzert sitzt oder im Restaurant schon als Stammgast begrüßt wird. Und sie selbst?

In den nächsten Tagen verfällt Christine immer wieder ins Grübeln. Und als sie beim Einkaufen ein verlockendes Plakat mit der Ankündigung einer Opernpremiere in Kiel entdeckt, holt sie kurz entschlossen ihr Handy hervor, verabredet sich mit einer Freundin und besorgt zwei Opernkarten. Soll sich doch zu Hause die Arbeit stapeln, sie hat schließlich auch ein Anrecht auf ein wenig Freude und Freizeit. Der Opernabend wird ein voller Erfolg. Sie freut sich nicht nur über die gelungene Aufführung, sondern trifft in der Pause zwei frühere Arbeitskolleginnen, die ein Abonnement für die ganze Spielzeit besitzen. Gemeinsam beschließen sie, für die nächste Spielsaison vier zusammenhängende Plätze zu buchen.

Mit einem Mal geht ihr zu Hause die Arbeit viel leichter von der Hand, und ganz bewusst lässt sie auch einmal Dinge liegen, um ihre kostbare Freizeit für sich nutzen zu können. Als sie gut zwei Wochen nach einem erlebnisreichen Abend angeregt und fröhlich nach Hause kommt, reift in ihr ein Entschluss. Nachdem sie ihn noch einmal in Ruhe überschlafen hat, bittet sie ihren Mann um ein ausführliches Gespräch.

Am selben Abend klingelt bei Adele das Telefon, und was Andreas ihr dann erzählt, lässt ihre Augen glücklich strahlen. So bald schon hätte sie nicht damit gerechnet! Mit verschmitztem Lächeln ist sie wenig später bei Agathe und erzählt ihr, dass sie bereits am nächsten Wochenende wieder zu ihrem Sohn ziehen wird. Agathe umarmt sie freudestrahlend. »Das ist ja wunderbar! Ganz wie du es vorausgesagt hast – ich freue mich riesig für dich!« Adele schaut ihr aufmerksam ins Gesicht. »Und du beneidest mich ein bisschen, stimmt's? Aber mach dir keine Sorgen, bevor ich hier ausziehe, werde ich mich auch um deine Zukunft kümmern.« »Und wie willst du das anstellen?«

In diesem Moment klingelt das Telefon. »Das könnte Stefanie sein.« Agathe will zum Hörer greifen, da streckt Adele bereits ihre Hand aus. »Lass mich das machen, nur dieses eine Mal, bitte! Wenn es deine Tochter ist, kannst du anschließend mit ihr sprechen.«

Ehe Agathe weiß, wie ihr geschieht, hat Adele den Hörer in die Hand genommen, sich freundlich gemeldet und erzählt, dass sie eine Freundin von Agathe ist, die gerade im Bad sei und leider erst in einer Minute ans Telefon kommen könne. »Ihre Mutter ist ein sehr liebenswerter Mensch, wir alle mögen sie,« fährt Adele fort. »Sie ist noch so fit, dass wir lange Spaziergänge zusammen unternehmen. Ich werde schon in kurzer Zeit zu meinem Sohn ziehen, da wird sie sich leider jemand anderen suchen müssen, um den sie sich kümmern kann. Vielleicht wird sie auch endlich ihre schon lange geplante Reise ans Mittelmeer unternehmen, sie ist ja noch so abenteuerlustig! Stellen Sie sich vor, sie hat sich sogar einen Sprachführer gekauft und einige Brocken Spanisch gelernt.«

Jetzt lächelt Adele, hört interessiert zu und sagt nur hin und wieder ein paar Worte wie »aber natürlich,« »das würde sie bestimmt gern machen,« »nein nein, sie redet so liebevoll von Ihnen und Ihrem Mann,« und zum Schluss »das fragen Sie sie am besten selbst!«

Mit zitternden Händen nimmt Agathe den Hörer entgegen und kann es fünf Minuten später kaum glauben, was ihre Tochter da gerade gesagt hat. »Stell dir vor, Adele, sie hat mich nur nicht aus meiner gewohnten Umgebung reißen wollen. Dass ich mich in meinem Alter noch an ein anderes Land mit einer fremden Sprache gewöhnen könnte hat sie nicht für möglich gehalten. Aber jetzt freut sie sich riesig und meint, dass sie mich in ihrem Hotel sehr gut brauchen kann. Dort machen viele ältere Menschen Urlaub, die aus Deutschland kommen und um die ich mich ein wenig kümmern soll. Oh, ich werde Tanztees einführen, so wie hier, vielleicht ein Quiz über Mallorca, und … ach, Adele, tausend Dank, ich bin ja so glücklich!«

»Das freut mich ungemein, Agathe! Erinnere mich daran, dass wir gleich morgen früh zusammen einkaufen fahren.« »Ja natürlich, ich brauche leichte Sommerkleidung für Mallorca.« »Das auch, aber ich habe jetzt eher an einen Sprachführer gedacht.«

Frag doch Isabelle

Frau Boll reißt die Tür zum Sprechzimmer auf. »Ich kündige, Herr Doktor, ich kündige!«, schreit sie Doktor Wagner an. »Nicht einen Tag länger bleibe ich in diesem Irrenhaus, was zu viel ist, ist zu viel!« Ihr Gesicht ist dunkelrot angelaufen, ihre Hände zittern, und es kümmert sie überhaupt nicht, dass der Tierarzt nicht allein ist.

Julius Wagner steht vor seinem Arbeitstisch und hält mit der linken Hand einen hellbraunen Hundewelpen fest, während er mit seiner rechten Hand eine Spritze auf die Ablage über dem Tisch legt. Neben ihm steht ein ungefähr zwölfjähriges Mädchen, das genau verfolgt, was mit dem kleinen Hund passiert. Am liebsten würde Julius Frau Boll mit Gewalt aus dem Behandlungsraum hinauswerfen, aber er nimmt sich zusammen und antwortet in sachlichem Tonfall: »Einen Moment bitte, Frau Boll, ich bin gleich für Sie da.«

Vorsichtig nimmt er das kleine Fellknäuel hoch und gibt es dem Mädchen in die Hände. Ganz warm klingt seine Stimme, als er sagt: »So, Valentina, dein kleiner Freund Benni ist geimpft und wird hoffentlich nicht krank werden. Er hat sich sehr tapfer gehalten, genau wie du. Gib ihm noch ungefähr drei Monate lang sein Welpenfutter, dann wird er sich zu einem prächtigen kleinen Hund entwickeln.« Valentina lächelt ihn an: »Ist gut, werd ich machen. Auf Wiedersehen, Herr Doktor, und vielen Dank!« Der hält ihr die Tür auf, während sie Benni so vorsichtig im Arm hält, als würde sie eine kostbare Porzellanvase tragen.

»Das nenne ich ein gut erzogenes Mädchen, an der sollte sich Ihre ungezogene Göre mal ein Beispiel nehmen!«, schimpft Frau Boll. Julius Wagner muss sich alle Mühe geben, nicht grob zu werden. Niemand hat das Recht, so in seine Praxis hereinzuplatzen und obendrein noch seine Tochter eine ungezogene Göre zu nennen. Nicht gerade freundlich erwidert er: »Frau Boll, es warten noch mehr Patienten auf mich. Sagen Sie mir bitte, was passiert ist!«

»Ihre Mia, dieses freche Ding, hat sich mal wieder gehörig daneben-benommen. Was glaubt sie wohl, wie sie mit mir umspringen kann? Ihre Sachen liegen überall auf dem ganzen Fußboden 'rum, und ihre dreckigen Taschentücher muss ich mühsam aus ihrem Papierkorb 'raussuchen. Als ich sie eben zum hundertsten Mal auf ihre fürchter-liche Unordnung hingewiesen habe, hat sie ein schnippisches Gesicht gezogen und mich so beleidigt, dass ich Sie glatt verklagen könnte. ‚Eine blöde Schreckschraube wie Sie will ich nie wieder in meinem Zimmer sehen!‘, hat sie gebrüllt und mir beinah die Tür an den Kopf geknallt. Auch wenn Mia ohne Mutter aufgewachsen ist, wenigstens ein paar Manieren hätten Sie ihr beibringen müssen! Ich kündige fristlos, so etwas muss ich mir nicht bieten lassen! Gepackt habe ich schon, rufen Sie mir ein Taxi, ich brauche dringend frische Luft und warte draußen.«

»Wie Sie wünschen,« sagt Julius beherrscht, und wenig später sitzt Frau Boll bereits im Taxi. *Das war's dann wohl mal wieder,* denkt er. Sie ist die fünfte innerhalb der letzten eineinhalb Jahre, die ihn vor-schnell verlassen hat. Doch diesmal ist er nicht traurig darüber. Eine Frau, die ihn und seine Tochter derart beleidigt, hat in seinem Haus nichts verloren. Es stimmt schon, Mia ist schnell gereizt und manch-mal richtig aufsässig. Aber sie ist dreizehn, ein schwieriges Alter, und wächst zudem ohne Mutter auf. Man muss Geduld mit ihr haben und sie einfühlsam behandeln. Es war ein Fehler, Frau Boll über-haupt einzustellen, sie ist viel zu derb und ungehobelt, um mit Mia zurechtzukommen. Doch hat er eine andere Wahl gehabt? Auf seine letzte Anzeige hin hat sich außer ihr niemand gemeldet. Marlene fehlt eben immer noch an allen Ecken und Enden, auch wenn sie schon seit sechs Jahren tot ist.

Aber jetzt ist keine Zeit für Selbstmitleid, denkt er. *Es muss doch mög-lich sein, eine Haushälterin einzustellen, die mit Mia zurechtkommt, eine die spürt, dass hinter ihrem abweisenden Wesen eine verletzte Seele wohnt. Aber wie und wo finde ich so jemanden?*

Auf einmal muss er lächeln. Ihm fällt die Zeit mit Isabelle wieder ein, einer jungen Frau, die er damals kurz nach Marlenes Tod eingestellt hat. Sie ist gut mit Mia zurechtgekommen und hat sich liebevoll um sie gekümmert. Als Haushaltshilfe ist sie jedoch eine Katastrophe gewesen, weil sie weder kochen noch richtig bügeln konnte.

Aber sie hat fröhliches Lachen in sein Haus zurückgebracht und dafür gesorgt, dass es Mia besser ging. Sie hat gewusst, dass Mias Probleme und Nöte für ihren Vater wichtiger sind als alles andere. Auf Isabelle hat er sich immer verlassen können. Wenn er selbst keine Zeit für seine Tochter gehabt hat, hat er Mia liebevoll angesehen und gesagt: »Frag doch Isabelle!«, und Mia hat sich immer häufiger damit zufrieden gegeben. Nur schade, dass Isabelle schon nach eineinhalb Jahren gekündigt hat, um im Geschäft ihres Mannes mitzuarbeiten. Seitdem hat er etliche Hilfen gehabt, die sich in der Küche gut ausgekannt haben, aber mit Mia ist niemand auch nur halb so gut zurechtgekommen wie Isabelle.

Doch jetzt fehlt ihm weniger eine Kinderfrau als eine Haushaltshilfe mit Humor und Erfahrung mit pubertierenden Mädchen. *Wie schnell sind doch die Jahre vergangen*, denkt er, *Mias Kindheit ist vorbei, ohne dass ich allzu viel davon mitbekommen habe.* Aber als Tierarzt auf dem Lande hat er eben wenig Zeit für sie gehabt. Auf den umliegenden Höfen müssen die Tiere geimpft und von Krankheiten geheilt werden. Julius ist häufig bei Geburten von Kälbern oder Fohlen dabei, insbesondere wenn es zu Komplikationen kommt. Manchmal verletzt sich ein Tier, das zu groß ist, um in der Praxis versorgt zu werden, dann muss er ebenfalls dorthin fahren. So ist er häufig unterwegs gewesen und hat Mia viel zu oft mit der jeweiligen Hilfe allein lassen müssen. *Nur gut, dass ich wenigstens die Praxis direkt neben meinem Haus habe,* denkt er.

In diesem Moment klingelt das Telefon. »Hallo Julius, ich bin's, Heidemarie. Bleibt es bei Sonntag? Ich könnte euch so gegen elf Uhr abholen.« »Natürlich, ich freue mich schon darauf! Das Wetter soll gut bleiben, wir werden bestimmt eine schöne Aussicht haben. Und iss vorher nicht allzu viel, ich lade dich zum Mittagessen ein.« »Glaubst du wirklich, dass es eine gute Idee ist, Mia mitzunehmen?« »Ja. Es wird Zeit, dass ihr euch näher kennenlernt, so schlimm wird es schon nicht werden.«

Julius hat Heidemarie vor ungefähr einem Jahr kennengelernt. Die hübsche Musiklehrerin aus Lütjenburg hat plötzlich neben ihm gestanden, als er sich ein Plakat mit Veranstaltungen des Schleswig-Holstein Musik Festivals angesehen hat. »Sie sollten sich das Konzert in Salzau nicht entgehenlassen,« hat sie gesagt. »Das Orchester spielt fantastisch, und das Herrenhaus aus dem neunzehnten Jahrhundert besitzt einen unwiderstehlichen Charme.«

Julius ist lange nicht bei einem Konzert gewesen. Dabei liegt die gepflegte Gutsanlage von Salzau gar nicht weit von ihm entfernt. Kurz entschlossen hat er die junge Frau neben sich zu dem Konzert eingeladen. Nach der Vorführung ist er mit Heidemarie durch den wunderschönen alten Park geschlendert und hat sich so wohl gefühlt wie lange nicht mehr. Von da an haben sie sich regelmäßig getroffen. Am Sonntag will er mit ihr und Mia zum Hessenstein fahren, einem alten Aussichtsturm auf dem Pilsberg, von wo aus man einen herrlichen Rundblick hat. Für ihn ist dies ein besonderer Platz. Das letzte Mal ist er dort an Mias drittem Geburtstag gewesen. Mias Mutter Marlene und er haben Luftballons aufgeblasen und Mia hochgehoben, damit sie sehen konnte, wie ihre Ballons hinuntergesegelt sind.

Am Sonntag werde ich sie fragen, genau dort oben, denkt er, *ich habe lange genug gewartet.* Julius will nicht länger allein leben. Nach den Jahren der Trauer möchte er endlich wieder eine Frau an seiner Seite haben, und er hofft sehr, dass Mia sich nicht allzu sehr dagegen sperren wird.

Nachdem er seine Patienten versorgt hat, geht er nach nebenan ins Wohnhaus, die quietschende Holztreppe nach oben und klopft an Mias Zimmertür. Doch er bekommt keine Antwort. Er klopft noch einmal und öffnet vorsichtig die Tür.

Mia sitzt auf dem Fußboden in einem mittelgroßen Chaos und sieht ihn mit trotzigem Blick an. Ihre roten Augen verraten, dass sie geweint hat. »Ich werde mich nicht bei Frau Boll entschuldigen, sie hat mir so gemeine Dinge gesagt.« »Das brauchst du auch nicht,« erwidert Julius sanft, »du brauchst sie nie wieder zu sehen, sie hat von sich aus gekündigt, und ich bin froh darüber.« Mia sieht ihn fragend an, dann fängt sie wieder an zu weinen. »Ist ja gut,« sagt Julius, hockt sich neben seine Tochter und nimmt sie in den Arm.

Am Sonntag scheint die Sonne. Es ist genau das richtige Wetter für einen Ausflug zum Hessenstein. Von der Aussichtsplattform haben sie eine herrliche Aussicht. »Ist ja toll, wie weit man gucken kann!«, ruft Mia fröhlich. Sie ist wie ausgewechselt und zerrt ihren Vater von einer Stelle zur nächsten. »Was ist das, Papa? Guck doch mal, da hinten!«

Heidemarie lässt sie eine Weile gewähren und betrachtet allein die Aussicht. Schließlich geht sie zu Julius und Mia und sagt: »Weißt du eigentlich, Mia, dass der Hessenturm schon ziemlich alt ist? Er ist ein alter Backsteinturm und wurde schon vor über 150 Jahren gebaut. Der Landgraf Friedrich von Hessen hat ihn erbauen lassen, deshalb heißt er Hessenturm.« »Danke schön, aber das hat Papa mir alles schon erzählt,« antwortet Mia schnippisch und geht zur gegenüberliegenden Seite der Aussichtsplattform.

»Siehst du?«, sagt Heidemarie zu Julius, »ich kann mir noch so viel Mühe geben! Mia mag mich nicht, sie ist abweisend und unfreundlich zu mir.« »Nimm es nicht so tragisch,« versucht Julius sie aufzuheitern und legt seinen Arm um ihre Schulter. »Mir gegenüber ist Mia auch oft abweisend. Vielleicht solltest du sie lieber mal etwas fragen anstatt sie zu belehren.« »Vielleicht solltest du lieber auch für mich Verständnis aufbringen und nicht nur für Mia,« entgegnet Heidemarie gekränkt.

Auch das anschließende Mittagessen in einem Gasthof an der Hohwachter Bucht mit wunderschönem Blick auf die Ostsee kann die gedrückte Stimmung nicht heben. Mia und Heidemarie wechseln kaum ein Wort miteinander. Nein, diesen Tag hat Julius sich ganz anders vorgestellt. Die kleine, sorgfältig eingepackte Schachtel mit dem goldenen Ring bleibt tief in seiner Jackentasche verborgen. Er denkt darüber nach, ob er am Abend mit Mia sprechen und sie um etwas mehr Freundlichkeit Heidemarie gegenüber bitten soll, aber er glaubt zu fühlen, dass heute nicht der richtige Tag dafür ist.

Am Mittwoch hat Julius mehrere Bewerbungsunterlagen vor sich auf dem Tisch liegen. *Diesmal kann ich mir wenigstens eine aussuchen,* denkt er erleichtert. Sorgfältig liest er die Bewerbungen durch und versucht, sich ein Bild von der jeweiligen Person zu verschaffen. Die Unterlagen einer rüstigen Dame, die neben einer Verwirklichung im Haushalt auch ihr privates Glück bei dem Herrn Doktor sucht, sortiert er gleich aus. Eine Schülerin, die einen Ferienjob sucht, kommt für ihn ebenfalls nicht in Frage.

Zwei Unterlagen bleiben übrig. Die erste zeigt eine Frau in mittleren Jahren, die ihn ein wenig an Irene Boll erinnert. Ihre Zeugnisse sind gut und ihre abgeschlossene Ausbildung als Hauswirtschaftsleiterin qualifiziert sie uneingeschränkt für die Hausarbeit. Trotzdem legt er ihre Papiere erst einmal zur Seite, weil er das Gefühl hat, dass diese Frau mit den herben Gesichtszügen und Mia überhaupt nicht zueinander passen.

Auf dem letzten Schriftstück erblickt er voller Überraschung ein bekanntes Gesicht. Das ist ja Isabelle! »Lieber Herr Doktor Wagner,« schreibt sie, »durch Zufall habe ich Ihre Annonce in der Zeitung gelesen, als ich am Wochenende eine Freundin in Kiel besucht habe. Ich arbeite vorübergehend in einem Lampengeschäft in Neumünster, aber die Arbeit bei Ihnen hat mir damals viel mehr Spaß gemacht. Im Haushalt habe ich einiges dazugelernt, und wenn Sie möchten, koche ich Ihnen gern ein Menü zur Probe. Bitte grüßen Sie Mia herzlich von mir, ich hoffe sehr, dass es ihr gut geht. Mit freundlichen Grüßen, Ihre Isabelle Singer.«

Bei dem Namen Singer stutzt er. Hat sie nicht früher anders geheißen? Aber egal, er wird Isabelle schreiben, dass sie ihm in seinem

Haushalt sehr willkommen ist. Doch vorher wartet er ab, bis Mia aus der Schule zurückgekehrt ist. Vielleicht möchte sie jetzt mit dreizehn Jahren gar nicht an ihre Kindheit erinnert werden? Aber zu seinem Glück ist Mia sehr damit einverstanden, dass Isabelle wieder zu ihnen kommt. »Nimm sie,« bittet sie ihn, »auch wenn sie nicht kochen kann!«

Mit Isabelle ändert sich einiges im Haus der Wagners. Mia beschwert sich kein einziges Mal über das Essen, auch wenn es ab und zu abenteuerliche Zusammenstellungen sind, die jetzt auf den Tisch kommen: Hähnchen mit Spaghetti, Pommes frites mit Tomatensalat oder Tortellini mit Fischstäbchen. »Muss ich das wirklich zusammen essen?«, fragt Julius, als es eines Abends Pfannkuchen mit Schinken und Käse gibt. Mia und Isabelle sehen sich verschwörerisch an und fangen an zu kichern. »In Holland ist das ganz normal,« erklärt ihm Mia schließlich, »da kannst du sogar Pfannkuchen mit Schokoladeneis bekommen.«

Ab jetzt trifft sich Julius mit Heidemarie allein und ungestört. Sie gehen am Selenter See spazieren, fahren zur Hohwachter Burg oder nach Fehmarn und besuchen hin und wieder zusammen ein Konzert. Er lädt sie jedoch nicht mehr zu sich nach Hause ein, um weitere Komplikationen vermeiden. *Auf Dauer kann das nicht so weitergehen, irgendwann muss ich mit Mia über Heidemarie und unsere gemeinsame Zukunft reden,* sagt er sich immer wieder.

Die Stimmung im Haus der Wagners ist mittlerweile richtig gut geworden. Irgendwie hat Isabelle es geschafft, dass Mia sie eher wie eine Freundin oder Schwester sieht, nicht wie eine Haushaltshilfe. Und trotz der abenteuerlichen Zusammenstellung der Gerichte freut Julius sich jeden Abend auf das gemeinsame Essen. Immer gibt es irgendeinen Anlass, fröhlich zu sein, und wenn es nur das ansteckende Lachen von Isabelle ist. Auch sonst ist das Leben von Julius leichter und schöner geworden. Nach getaner Arbeit fühlt er sich viel seltener erschöpft, und nachts schläft er so gut wie lange nicht mehr.

Eines Tages kommt Mia mit strahlendem Gesicht aus der Schule. »Ich habe eine Zwei in Englisch, ist das nicht toll? Isabelle hat mit mir geübt. Im nächsten Sommer möchte ich unbedingt nach London fahren. Meinst du, das klappt?« »Das muss klappen, wenn meine Tochter mit einer Zwei nach Hause kommt. Das hast du ganz fantastisch gemacht!«, sagt Julius. Er glaubt, dass jetzt der richtige Moment gekommen ist, um mit Mia über die Zukunft zu reden. »Ich bin auch noch nie in London gewesen. Was hältst du davon, wenn wir zu dritt fahren – meinst du, damit könntest du klar kommen?«

»Zu dritt?«, fragt Mia misstrauisch. »Wen willst du denn mitnehmen?« »Kannst du dir das nicht denken?«, erwidert Julius. »Ich möchte Heidemarie bitten, mitzukommen. Ich möchte nicht mehr allein leben und sie vorher gerne fragen, ob sie meine Frau werden will, wenn du damit einverstanden bist.«

Eine Weile lang ist es ganz still. Nur Mias Gesicht verrät, dass in ihrem Inneren ein kleiner Kampf tobt. Schließlich sieht sie ihn ganz fest an, und der Blick ihrer dunklen Augen bohrt sich direkt in sein Herz. »Frag doch Isabelle,« sagt sie, »die wohnt sowieso schon hier!«

Julius ist verwirrt. »Isabelle? Ich bin sehr froh darüber, dass sie uns im Haushalt hilft und vor allem darüber, dass du sie magst. Ich mag sie auch, sehr sogar, aber auf ganz andere Weise. Sie ist schließlich verheiratet.«

Mia sieht ihn vorwurfsvoll an. »Du hast dich noch kein einziges Mal mit ihr unterhalten, stimmt's? Hast du dich gar nicht gewundert, warum Isabelle anders heißt als früher? Sie ist schon lange nicht mehr verheiratet, sonst würde sie gar nicht bei uns sein. Und sie ist tausendmal sympathischer als deine Heidemarie, viel fröhlicher und vor allem nicht so besserwisserisch! Zufällig weiß ich sogar, dass Isabelle dich Dickschädel gern hat.«

Julius weiß nicht, was er sagen soll, so erstaunt ist er. »Jetzt kannst du deinen Mund ruhig wieder zumachen,« sagt Mia zu ihrem Vater. Der ist immer noch sprachlos. Er versucht zu begreifen, was sie ihm da gerade erzählt hat, und ganz allmählich dämmert es ihm, dass seine Tochter vielleicht Recht haben könnte mit ihrem ‚Frag doch Isabelle‘.

Almas Lottoschein

Alma schaut aus dem Fenster. In ihrem Garten hinter den Dünen blüht es prachtvoll, und die Apfelbäume, die dem Nordseewind schon so viele Jahre lang getrotzt haben, tragen zahlreiche kleine Früchte an ihren Zweigen. *Das wird im Herbst eine gute Ernte geben*, denkt sie. Aber in diesem Jahr kann sie sich nicht einmal darüber freuen. Dabei würden sie viele Menschen um dieses Haus und den wunderschönen Garten dahinter beneiden. Ihr Grundstück liegt direkt hinter den Dünen auf der wunderschönen Nordseeinsel Sylt, am Rande der kleinen Gemeinde Kampen.

Schon ihr Großvater hatte hier gewohnt, als Fischer seinen Lebensunterhalt bestritten und den ältesten Teil des Hauses errichten lassen. Sein einziger Sohn, Almas Vater, hatte es großzügig ausgebaut, während ihre Mutter sich um den Garten gekümmert hatte. Alma ist hier geboren und aufgewachsen, sehr behütet und in einer einzigartigen Natur. Nur sehr reiche Menschen können es sich leisten, Wohnraum in dieser einmalig schönen Umgebung zu besitzen, oder eben Menschen wie sie, deren Vorfahren schon hier gelebt haben.

Zum hundertsten Mal wünscht sich Alma, die Zeit zurückdrehen zu können. Warum hat sie sich nur darauf eingelassen, hätte sie doch nur einen Kredit aufgenommen! Aber damals war es eben Liebe. Ist es möglich, dass sich ein Mensch derart verändert? Oder steckte das alles längst in ihm, ohne dass sie eine Ahnung davon hatte?

Nie wird sie vergessen, wie sie Detlef damals kennen gelernt hat. Unendlich hilflos und verlassen wirkte er, als er mutterseelenallein am hintersten Tisch des kleinen Cafés saß, in dem sie damals als Servierin tätig war. Im November verirrt sich normalerweise nur selten ein Nordseetourist dorthin. Weil er so trübsinnig vor sich hin starrte, war sie besonders freundlich zu ihm. Zwei Jahre zuvor hatte sie selbst ihre Eltern bei einem Unwetter auf See verloren, und so konnte sie gut nachempfinden, wie schrecklich es ist, allein zu sein. Von diesem Tag an saß Detlef jeden Nachmittag dort, bis sie schließlich einwilligte, sich mit ihm zu verabreden. Und dann kam alles so, wie es wohl kommen musste. Im folgenden Jahr übernachtete er während seines Urlaubes auf Sylt in ihrem Haus, und noch ein Jahr später heirateten sie.

Als gelernter Installateur hat Detlef zunächst keine Probleme damit gehabt, auf der Insel Arbeit zu finden. In seiner Freizeit hat er sich zudem daran gemacht, ihr Elternhaus zu renovieren und vor allem das Dach auszubauen. Auf diese Weise sind zwei hübsche kleine Ferienwohnungen entstanden. Alma ist ihm unendlich dankbar dafür gewesen, dass er nicht nur seine Arbeitskraft, sondern auch sein erspartes Geld in den Umbau ihres Hauses gesteckt hat. Ohne zu zögern hat sie ihn zum Miteigentümer gemacht, als er ihr diesen Vorschlag unterbreitet hat. Seitdem gehört ihm eine der beiden Ferienwohnungen, was ihr damals nur recht und billig erschienen ist. Sie hat es lediglich bedauert, dass ihre Eltern weder Detlef noch das wunderschön erneuerte Haus jemals zu Gesicht bekommen haben.

Seit dieser Zeit hat sie nur noch nachmittags im Café gearbeitet und sich ansonsten um die Ferienwohnungen und ihre Gäste gekümmert. Es hat ihr viel Freude bereitet, ihnen den Aufenthalt auf Sylt so gut wie möglich zu verschönern. Für jeden neuen Gast hat sie Blumen und eine Schale Obst aufs Zimmer gestellt. Auf Wunsch hat sie nicht nur ein ausgiebiges Frühstück zubereitet, sondern auch abends für ihre Urlaubsgäste gekocht, ihnen Tipps gegeben und ihre Fragen nach dem schönsten Strand oder den besten Einkaufsmöglichkeiten beantwortet. Und wenn ab und zu ein alleinstehender Feriengast jemanden zum Reden brauchte, hat sie sich gern die Zeit dafür genommen. Detlef hat sich derweil um die handwerklichen und technischen Arbeiten gekümmert, und da sie nie besonders anspruchsvoll gewesen ist, hat dies völlig zu ihrem Lebensunterhalt gereicht.

Ungefähr zehn Jahre später hat Detlef damit aufgehört, sich auf der Insel zusätzlich Arbeit zu beschaffen. Er ist morgens länger im Bett geblieben, hat sich von Alma das Frühstück machen lassen und danach die paar Handgriffe erledigt, die es für ihn zu tun gab. Weil Alma nachmittags keine Zeit für ihn hatte, ist er immer öfter ausgegangen und häufig erst nach Mitternacht zurückgekehrt. An anderen Tagen wiederum ist er zu Hause geblieben und hat Alma bei der Hausarbeit oder im Garten geholfen. Dann ist sie wieder fast so glücklich gewesen wie in ihrer ersten gemeinsamen Zeit. Zu ihrem großen Bedauern sind solche Tage jedoch immer seltener geworden.

Irgendwann ist Detlef dazu übergegangen, sich das Geld von den Mietern persönlich aushändigen zu lassen. Lediglich einen Bruchteil davon hat er Alma überlassen, mit dem übrigen Geld ist er aufs Festland gefahren, hat sich ein paar schöne Tage gemacht und ist ohne einen einzigen Cent zurückgekommen. Alma hat das wohlwollend darauf geschoben, dass er eben ein Stadtmensch ist und ihm der Alltag auf der Insel zu wenig zu bieten hat, vor allem im Winter.

Großzügig hat sie über alle seine Eskapaden hinweggesehen, bis er ihr vor wenigen Wochen von seiner neuen Freundin erzählt hat. Mit grinsendem Gesicht hat er ihr eröffnet, dass er sich von ihr trennen werde. »Tja, Alma, deine Zeit ist eben abgelaufen,« hat er gesagt. »Du bist jetzt zu alt für mich und viel zu langweilig.«

Zuerst hat sie seine Worte nicht ernst genommen, weil er ihr schon häufiger angedroht hat, sie zu verlassen, um das eine oder andere Zugeständnis von ihr zu erpressen. Doch wenige Tage später hat er tatsächlich die Frechheit besessen, eine Frau mit nach Hause zu bringen und ihr eine der beiden Ferienwohnungen zu überlassen. »Diese Wohnung gehört schließlich mir,« hat Detlef gesagt, »da kannst du dich jetzt schon mal an Freia gewöhnen.«

In diesem Augenblick ist für Alma eine Welt zusammengebrochen. Dass ihr Mann sich mit den Jahren verändert hat, nun, damit hat sie irgendwie leben können, nicht jeder Mensch ist für ein dauerhaftes Inseldasein geboren. Doch dass er sie wegen dieser Frau verlassen hat, hat ihr das Herz gebrochen. Vom Alter her könnte die rothaarige Geliebte gut und gern seine Tochter sein, doch ihrem Verhalten nach würde sie viel besser in eine billige Hafenkneipe passen als ausgerechnet in Almas liebevoll eingerichtetes Haus hinter den Dünen.

Hätte ich ihn doch damals im Café nur in Ruhe gelassen, wünscht sich Alma immer wieder, *und hätte ich ihn vor allem niemals zum Miteigentümer gemacht!* Über diese Tatsache regt sie sich ganz besonders auf, denn Detlef denkt nicht im Geringsten daran, auszuziehen. Er wohnt jetzt dauerhaft mit seiner Geliebten im oberen Stockwerk, und es scheint ihm Freude zu bereiten, Alma immer wieder zu demütigen. »Du kannst mich ja auszahlen, wenn dir mein Gesicht hier nicht mehr passt,« hat er sie wissen lassen.

Das nötige Geld hierfür besitzt Alma natürlich nicht. Hätten sie in den letzten Jahren genauso sparsam gelebt wie in ihren ersten Ehejahren, wäre Geld kein Problem gewesen. Doch Detlef hat nicht nur einen Großteil der Einnahmen aus den Ferienwohnungen ausgegeben, sondern auch noch das mühsam ersparte Geld ihres gemeinsamen Bankkontos verschwendet. Ein Haus auf Sylt mit einem Grundstück dieser Größe besitzt zwar einen enormen Wert, doch sie müsste es verkaufen, um Detlefs finanziellen Forderungen nachzukommen.

Was soll ich nur tun?, denkt sie immer wieder voller Verzweiflung. Es würde ihr das Herz brechen, ihr Elternhaus zu verlieren, aber der Gedanke, in Zukunft mit Detlef und dieser Frau zusammen unter einem Dach leben zu müssen, erscheint ihr ebenso unerträglich. *Wenn nicht noch ein Wunder geschieht, wird mir nichts weiter übrig bleiben, als mein geliebtes Zuhause aufzugeben,* denkt sie traurig. Dabei liebt sie die Insel und ihr Leben hier mit jeder Faser ihres Herzens. In Kampen ist sie aufgewachsen, hier sind ihre Wurzeln, und hier leben alle die Menschen, die ihr wichtig sind.

Es muss doch eine andere Lösung geben, denkt Alma verzweifelt. Seit einiger Zeit versucht sie ihr Glück beim Lotto, aber leider vergeblich. Auch an diesem Samstag hat sie wieder nicht eine einzige richtige Zahl. Über fünf Millionen Euro sind diesmal im Jackpot – das hätte sich richtig gelohnt! Seufzend legt sie den Lottoschein zu den anderen in die Küchenschublade. Als ihr Blick auf den Schein der vergangenen Woche fällt, stutzt sie, und dann wird ihr ganz elend zumute. Vor einer Woche hat sie genau die Zahlen getippt, die diesmal gezogen worden sind. Vor so viel Ironie des Schicksals ist sie machtlos. Mit zitternden Händen will sie den Lottoschein gerade wieder in die Schublade legen, als Detlef hereinkommt.

»Du spielst Lotto? Lass doch mal sehen, Alma!«, sagt er. »Vielleicht hast du ja gewonnen? Ich könnte etwas Geld gut gebrauchen, die Zeiten sind nicht mehr so gut wie früher.« »Nein, ich habe nichts gewonnen,« erwidert Alma tonlos. Doch Detlef hört nicht auf sie, reißt ihr den alten Lottoschein aus der Hand und geht damit zum Computer. »Wollen wir doch mal sehen,« murmelt er vor sich hin. Wutentbrannt kehrt er kurze Zeit später zu Alma zurück. »Von wegen nichts gewonnen! Du hast sechs Richtige plus Zusatzzahl, weißt du, was das für uns bedeutet?«

»Für uns?«, fragt sie. »Wenn überhaupt, dann für mich, denn ich habe meinen Namen auf den Schein geschrieben. Aber beruhige dich, der Schein ist von letzter Woche, vom zwölften, nicht vom neunzehnten. Die Zahl ist nur nicht mehr deutlich genug zu erkennen.«

»Und das soll ich dir abkaufen? Du hast schon besser gelogen, Alma. Aber so blöd bin ich nicht, ich nicht! Das mit der Zahl hast du absichtlich gemacht, damit ich darauf hereinfalle. Zwanzig grauenvolle Jahre lang habe ich es mit dir ausgehalten, zwanzig elende Winter auf dieser Insel zugebracht! Deinetwegen habe ich in dieser eintönigen Enge gelebt, und jetzt willst du das ganze Geld für dich allein behalten? Dass ich nicht lache! Nach all diesen sinnlos vertanen Jahren bist du mir noch eine ganze Menge schuldig!« »Ich bin dir überhaupt nichts schuldig,« sagt Alma ruhig, »und jetzt lass mich endlich in Frieden!«

Erstaunt sieht Detlef zu ihr hinüber. So kennt er sie gar nicht. Alma versteht selbst nicht so recht, wie ihr geschieht, als sie auf einmal eine innere Ruhe und Gelassenheit spürt wie seit vielen Jahren nicht mehr.

So verletzend seine Worte auch sind, sie erlauben ihr, sich endlich ganz und gar von ihrem Mann lösen zu können. Sie empfindet nichts mehr für ihn, nur noch Abscheu und eine große Erleichterung. Wenn er so über die vergangenen Jahre mit ihr urteilt, kann sie dieses unsägliche Kapitel in ihrem Leben endlich zum Abschluss bringen.

Detlef hingegen wird immer unruhiger. Er muss sich unbedingt etwas einfallen lassen, um an das viele Geld zu kommen. Schließlich kommt ihm eine Idee. Mit versöhnlicher Stimme sagt er: »Vielleicht bin ich eben etwas zu hart mit dir gewesen, Alma. Sollen wir nicht versuchen, uns in Frieden voneinander zu trennen? Sieh mal, du hängst doch so an diesem Haus, und ich habe mich auf der Insel nie richtig wohl gefühlt. Wenn ich dir meinen Anteil am Haus wieder über-schreibe, gibst du mir dann im Gegenzug den Lottoschein?«

Alma schaut ihn sprachlos an. Offensichtlich glaubt er ihr nicht, dass der Lottoschein veraltet ist. Und sie kennt ihn lange genug, um zu wissen, dass alles Reden sinnlos ist, wenn er sich einmal etwas in den Kopf gesetzt hat. Also wendet sie sich stumm ab, um aus der Küche zu gehen. Ziemlich unsanft wird sie von hinten gepackt und wieder zurückgerissen. »Das könnte dir so passen, jetzt einfach zu verschwinden! Entweder gehst du auf meinen Vorschlag ein, oder ich zünde dir dein morsches altes Haus direkt unter deinem Hintern an, hast du mich verstanden, Alma?«

Voller Abscheu betrachtet sie den Mann, den sie früher einmal ge-liebt hat. *Wie armselig er doch ist,* denkt sie. »Also gut, wenn du es unbedingt so haben willst. Aber sage nicht, ich hätte dich nicht ge-warnt. Mir ist es nur Recht, wenn mir mein Elternhaus wieder ganz allein gehört.« »Ja natürlich ist dir das Recht, weil du nichts anderes verdienst als hier zu versauern! Du könntest mit den Millionen auch überhaupt nichts anfangen, weil du ein Leben lang geschuftet hast.«

Ein bösartiges Grinsen überzieht sein Gesicht. »Schau dir nur deine Hände an, dann weißt du, warum du einem Mann wie mir nichts mehr zu bieten hast. Aber wir gehen nicht zu deinem Schulfreund, diesem Rechtsverdreher! Den Vertrag setze ich ganz alleine auf und den Anwalt suche ich auch aus, hast du verstanden?«

Alma kann es immer noch nicht glauben, was da gerade mit ihr geschieht. Kann Detlef wirklich derart dumm und beschränkt sein? Aber nach all ihrem Kummer mit ihm ist es ihr nur recht – vielleicht gibt es sie ja doch, diese höhere Macht, die für Gerechtigkeit sorgt und ihr jahrelanges Leiden beenden wird. Im Laufe der Zeit hat sich Detlef wahrlich Geld genug genommen, um sein Erspartes zurückzuerhalten, das er damals in die Renovierung ihres Hauses gesteckt hat. Nein, sie ist ihm nichts, aber auch gar nichts schuldig.

Der Notar liest sich den von Detlef aufgeschriebenen Vertrag durch, ändert hier und da noch eine Formulierung und druckt ihn mehrfach aus. Alle Rechte an diesem Lottoschein werden eindeutig gegen die eine Ferienwohnung im ersten Stock von Almas Elternhaus eingetauscht. Natürlich kennt er Alma und weiß nur zu gut, dass sie in den letzten Jahren sehr unter dem Verhalten ihres Mannes gelitten hat, auch wenn sie sich bei niemandem darüber beklagt hat. So etwas lässt sich nicht verbergen, wenn man zusammen auf einer Insel wohnt, und schon gar nicht, wenn man dort zusammen aufgewachsen ist. Deshalb zögert er eine ganze Weile, bevor er sich jetzt an Detlef wendet und ihn auf die Zahlen des Datums aufmerksam macht. »Dies hier könnte anstelle einer Neun eventuell auch eine Zwei sein,« sagt er ruhig.

»Sind Sie etwa auch auf ihrer Seite?«, regt Detlef sich auf. »Diesen Gewinn lass ich mir von niemandem wegnehmen, auch von Ihnen nicht! Alma kann froh sein, dass ich ihr das Haus überlassen will. Sie soll endlich unterschreiben, damit ich mein neues Leben in der Stadt anfangen kann.« Angriffslustig sieht er den Anwalt an. Der lehnt sich erleichtert in seinen Stuhl zurück. Niemand kann ihm jetzt vorwerfen, dass er nicht seine Pflicht getan hätte, dass er es nicht wenigstens versucht hätte.

Vier Wochen später blickt Alma glücklich und zufrieden aus ihrem Küchenfenster in den Garten hinaus. Endlich ist wieder Ruhe bei ihr eingekehrt. Trotzdem ist sie nicht allein: beide Ferienwohnungen sind belegt. Alma muss auch nicht mehr nachmittags im Café arbeiten. Von ihren Einnahmen aus den Ferienwohnungen kann sie gut leben. Summend stellt sie die Kaffeemaschine an. Der distinguierte Herr aus der Ferienwohnung Nummer Zwei wird gleich zum Frühstück erscheinen. Sie werden wieder angeregt miteinander plaudern – und wer weiß, was sich dann ergeben wird. *Es ist nie zu spät für einen Neuanfang*, denkt Alma.

Holstenbummel

Erwartungsvoll schaut Miriam zwischen den Köpfen der unzähligen Menschen hindurch auf die große Bühne, die vor ihr auf dem Rathausplatz aufgebaut ist. Auf keinen Fall möchte sie die Eröffnung der Kieler Woche versäumen, dieses ganz besondere Ereignis, das sie wie in jedem Jahr wochenlang herbeigesehnt hat. Sie genießt das Bad in der Menge und wartet mit Tausenden von Menschen zusammen gespannt auf das Erscheinen des Oberbürgermeisters und eines ranghohen Politikers aus Berlin, um sich nach den entscheidenden Worten »Die Kieler Woche ist eröffnet« fröhlich in die größte Party der Welt zu stürzen.

Miriam ist nicht allein hierher gekommen, sondern zusammen mit ihrem Freund Klaus. Wie ein Fels in der Brandung steht er hinter ihr und passt auf, dass niemand seiner Freundin zu nahe kommt. Bei den heißen Rhythmen der Musik von der Showbühne ist die Stimmung auf dem Rathausplatz richtig gut. Plötzlich wühlt sich von rechts eine Frau durch die Menge und ist schon wenig später direkt neben Miriam.

»Bleiben Sie lieber, wo Sie sind, hier ist es viel zu eng!«, ruft Klaus ihr zu. »Ich muss aber dringend zum Klo,« sagt sie verzweifelt. Miriam sieht die Frau mitfühlend an und drückt sich ganz nah an Klaus heran. »Irgendwie wird es schon gehen, kommen Sie nur!«, ermuntert sie die Fremde. Auch die Menschen neben Miriam bahnen der Frau eine winzige Lücke, durch die sie sich mit Mühe hindurchzwängen kann. »So etwas ist mir zum Glück noch nie passiert,« meint eine ältere Frau vergnügt, »dabei stehe ich heute schon mindestens zum dreißigsten Mal hier.« Fröhliches Gelächter erhebt sich rund um sie herum. Die Stimmung an diesem Abend ist eben etwas ganz Besonderes, und Fremde kommen sich durch ein Wort oder eine Geste auf einmal ganz nahe.

Schließlich ist es soweit: eine Schiffssirene ertönt, es fallen die bekannten Worte, und die Kieler Woche ist eröffnet. Miriam und Klaus lassen sich in gemächlichem Tempo durch die Straßen schieben, vorbei an den zahlreichen Ständen, die verlockend nach köstlichen Gerichten der verschiedensten Länder duften. Miriam hält sich ganz dicht an Klaus, um ihn in dem engen Gewühl der hin und her strömenden Menschenmassen nicht zu verlieren. Hin und wieder bleibt er stehen, um die unterschiedlichen Spezialitäten und ihre Preise zu vergleichen.

An einem Bratwurststand dreht Klaus sich zu Miriam um. »Möchtest du eine Wurst?«, fragt er sie. Miriam schüttelt den Kopf und zeigt auf einen wunderschön geschmückten Standwagen aus dem fernen Osten. »Wie wäre es mit einer asiatischen Spezialität? Hier wird das Essen ganz frisch zubereitet, schau doch nur!« Sie geht näher an den Wagen heran und beobachtet begeistert, wie eine zierliche kleine Frau mit schwarzen Haaren und mandelförmigen Augen Bambussprossen, Sojabohnenkeimlinge, Nüsse, Pilze, Ananasstücke, Reis und kleine Fleischbällchen in eine Pfanne gibt, verschiedene Gewürze hinzufügt und alles zusammen brät.

»Riecht das nicht lecker?«, fragt sie. Klaus gibt keine Antwort. Sie schaut hoch – Klaus ist nicht mehr neben ihr. Verwirrt dreht sie sich um, doch er steht auch nicht hinter ihr. Irritiert sieht sie sich in der Menschenmenge um. Klaus ist groß, und wenn er noch in ihrer Nähe wäre, müsste sie ihn eigentlich sehen können, aber da ist kein Klaus. Ob er sich eine Wurst gekauft hat? Sie wühlt sich zum Bratwurststand durch, wieder vergeblich. *Das ist ja eine schöne Bescherung*, denkt sie.

Miriam stellt sich ganz dicht neben den Stand, um nicht vom Strom der zahlreichen Menschen mitgerissen zu werden, und holt ihr Handy hervor. *Nein wie blöd, gerade jetzt!*, ärgert sie sich. Ihr Handy hat sich ausgeschaltet, weil der Akku leer ist. Einem ersten Impuls folgend will Miriam zum Parkhaus gehen, denn Klaus und sie haben verabredet, sich immer am Auto zu treffen, falls so etwas einmal passieren sollte. Er ist bestimmt schon auf dem Weg dorthin, um sie mit einem seiner seltenen strengen Blicke zu empfangen, wahrscheinlich mit den Worten: »Warum bist du denn nicht bei mir geblieben!«

Natürlich ist es im Geschiebe der Menschenmassen beim Holstenbummel sehr leicht möglich, voneinander getrennt zu werden. Im letzten Jahr hat sie sich immer dicht neben ihm gehalten, um ihn ja nicht zu verlieren. Warum nicht auch diesmal? Ist sie sonst nicht immer an seiner Seite, hat er sich nicht stets darauf verlassen können? Für sie ist es selbstverständlich, auf Klaus einzugehen und seinen Wünschen nachzukommen. In einer guten Partnerschaft ist das so. Aber gilt das nicht ebenso für ihn? Hätte er nicht auch ein einziges Mal auf sie warten können?

Unwillig schüttelt Miriam ihren Kopf. Sie will es zuerst nicht wahrhaben, doch dann dringt ein Gedanke in ihr Bewusstsein, den sie so schnell nicht wieder loswird. *Ich bin es leid!*, denkt sie. *Warum muss ich Rücksicht nehmen, mich auf ihn einstellen, immer bei ihm bleiben, warum immer nur ich?*

Merkwürdig, vor einer halben Stunde noch hat sie geglaubt, in einer festen Beziehung zu leben, die nicht in Frage gestellt werden muss, und jetzt? Ist sie nicht insgeheim froh darüber, einmal ohne Klaus durch die Straßen zu ziehen, nur ihrem eigenen Willen zu folgen?

Auf keinen Fall wird sie ihren Holstenbummel jetzt abbrechen, sie wird ihn auch allein genießen, vielleicht sogar noch mehr. Sie bestellt sich eine Portion frisch gebratener thailändischer Reispfanne und isst sie mit großem Vergnügen auf. Danach zieht es sie zur Kieler Förde, wo sich das Clubschiff »Aida« gerade in diesem Moment auf seine Reise begibt. Es sieht beeindruckend aus, wie sich das riesige Schiff zwischen den Häusern der Innenstadt hindurch bewegt, als würde es mitten auf der Straße fahren.

Im Gedränge der Menschen lässt sie sich weiter in Richtung NDR-Bühne schieben. Verzückt lauscht sie dem neuesten Song ihres Lieblingssängers und bleibt eine Weile lang dort stehen. *Klaus kennt meinen Musikgeschmack*, denkt sie, *wenn er mich am Auto nicht getroffen hat und wirklich sucht, könnte er ruhig hierher kommen.*

Nach einer Weile lässt sie sich von der Menschenmenge in Richtung Alter Markt schieben. Dort riecht es verführerisch nach verschiedenen kulinarischen Köstlichkeiten. An einer Stelle entdeckt Miriam eine Bühne, auf der gerade eine Gruppe junger Menschen Salsa tanzt. Die Musik gefällt ihr, und die jungen Tänzer ebenfalls. Ihre Kleidung ist farbenfroh und in ihren Gesichtern erkennt man die große Begeisterung, mit der sie tanzen.

So möchte ich auch tanzen können, denkt sie sehnsuchtsvoll. *Wenn Klaus mir nur ein wenig mehr entgegen käme, würde er mir das ermöglichen.* Begeistert klatscht sie Beifall, als die Tänzer ihr Programm beendet haben. Jetzt betritt ein einzelnes Paar die Bühne und es ertönt ein schwungvoller Disco Fox. Der junge Tänzer wirbelt seine Partnerin mit einer atemberaubenden Geschwindigkeit auf der Bühne herum. Mindestens zehnmal hintereinander dreht sie sich um sich selbst, ohne die Balance zu verlieren.

»Papa, Papa!«, schluchzt unvermittelt eine verzweifelte Stimme direkt in ihrer Nähe. »Papa, wo bist du?« Miriam dreht sich zur Seite und erblickt neben sich ein kleines Mädchen mit zwei tränennassen Augen in einem entzückenden Gesicht, das von unzähligen kleinen Locken eingerahmt wird. Miriam hockt sich hin, um mit dem Mädchen auf gleicher Höhe zu sein, und blickt sie liebevoll an. »Du hast deinen Papa verloren? Soll ich dir suchen helfen?«

Das Mädchen schaut kurz zu ihr hinüber, dann wendet es seinen Kopf zur Seite und ruft noch lauter und klagender: »Papa, Papa!« Miriam bleibt still neben dem Kind hocken. Sie möchte diesem süßen kleinen Geschöpf nur zu gerne helfen, doch sie will der Kleinen auf keinen Fall noch mehr Angst machen. So wartet sie eine Weile ab, bis sie freundlich sagt: »Ich kann dich auf meine Schultern setzen, wenn du das möchtest. Dann bist du viel größer und kannst deinen Papa vielleicht sehen.« Das Mädchen sieht kurz zu ihr hinüber, dann wendet es seinen Kopf wieder ab und schluchzt weiter: »Papa, Papa!«

»Willst du es nicht wenigstens einmal versuchen? Dein Papa kann dich viel besser sehen, wenn du auf meinen Schultern sitzt!« Miriams Stimme klingt so warm und Vertrauen erweckend, dass die Kleine sie anguckt und mit dem Kopf nickt. Miriam hebt sie hoch, setzt sie vorsichtig auf ihre Schultern und hält sie gut fest. Langsam dreht sie sich zusammen mit dem Mädchen einmal im Kreis, damit es sich in aller Ruhe umsehen kann. Dann geht Miriam vorsichtig ein paar Schritte in die Richtung, in der sich die Mehrheit der an ihr vorbeiströmenden Menschenmasse auch bewegt. »Da ist mein Papa! Papa, Papa!«, ruft das Mädchen plötzlich ganz aufgeregt und hört nicht mehr auf zu rufen, bis sie mit Miriam direkt vor ihm steht.

Das Gesicht des jungen Vaters beginnt zu strahlen. Er breitet die Arme aus und nimmt seine Tochter liebevoll in den Arm. »Papa, Papa!«, ruft die Kleine selig und schmiegt sich ganz fest an ihn. Miriam wendet sich ab, um zu gehen. »Warten Sie bitte!«, sagt der junge Vater. »Ich habe mich noch gar nicht bei Ihnen bedankt.« »Das brauchen Sie nicht, ich habe Ihrer Tochter sehr gern geholfen und bin froh darüber, dass sie wieder bei Ihnen ist.« »Und ich erst!«, sagt der junge Mann erleichtert. »Kommen Sie bitte mit, hier ist das Gedränge zu groß.«

Er betritt den abgesperrten Bereich hinter der Bühne, und Miriam folgt ihm. »So,« sagt er, »hier sind wir vor dem Herumgeschubse sicher. Sie können sich meinen Schrecken vorstellen, als Ella plötzlich nicht mehr da war. Ich habe nur kurz bei der Musik geholfen, und als ich mich umgedreht habe, war sie verschwunden.«

»Ella heißt du also,« sagt Miriam fröhlich, »was für ein schöner Name! Ich heiße Miriam.« »Und ich bin Ben,« sagt der junge Mann und reicht ihr seine Hand. »Haben Ihnen die Tänzer gefallen, oder darf ich du sagen?« »Na klar! Und die Tänzer sind einfach fantastisch! Gehören Sie, Entschuldigung, gehörst du dazu?«

»Gewissermaßen, ich bin einer der Tanzlehrer. Wir gehören zu einem Sportverein, und ich leite die Tanzsparte. Aber es gibt bei uns weit bessere Tanzlehrer als mich. Im Moment werden wir von einem ehemaligen Deutschen Meister trainiert. Tanzt du auch?« »Früher schon, aber im Moment leider nicht, mir fehlt der Tanzpartner.«

»Ich kann tanzen,« sagt Ella, »ich tanze immer mit Papa!« Ihre Ängstlichkeit ist wie weggeblasen. Sie greift nach Bens Hand und dreht sich einmal um sich selbst. »Siehst du?«, strahlt sie Miriam an. »Ja,« antwortet die, »du kannst schon richtig tanzen, super!«

Ben nimmt Ella auf seinen Arm und sieht Miriam unschlüssig an. »Wenn du gerne tanzen möchtest, wüsste ich einen Tanzpartner für dich,« sagt er. »O wirklich?«, freut sich Miriam, »das wäre zu schön! Aber ich tanze längst nicht so gut wie die Tänzer auf der Bühne.« »Das macht nichts,« erwidert er, »ich würde es dir schon beibringen. Vorausgesetzt, du hättest nichts dagegen mit mir zu üben.«

Ungläubig sieht Miriam ihn an. »Das wäre wunderbar! Hoffentlich hat deine Tanzpartnerin nichts dagegen, und vor allem Ellas Mutter nicht.« »Bestimmt nicht! Ihre Mutter hat mich kurz nach der Geburt verlassen. Und meine Tanzpartnerin, nun, die steht direkt vor mir, jedenfalls hoffe ich das.«

Ben blickt sie mit einem schelmischen Lächeln an, und Miriam sieht aus, als hätte sie gerade das große Los gezogen.

Angekommen

Ungeduldig sieht Helene auf ihre Armbanduhr. *So spät schon,* denkt sie erschreckt, *eigentlich wollte ich jetzt mit Paul am Strand sein. Dabei habe ich mich so beeilt und nur das in den Einkaufswagen getan, was auf meiner Liste steht. Können die nicht endlich eine weitere Kasse aufmachen!* Da erklingt ein Gong und kündigt eine Durchsage an. »Herr Domberg bitte zur Kasse drei,« vernimmt Helene. *Na endlich!,* freut sie sich, zerrt ihren Einkaufswagen zur Seite, schiebt ihn an der Warteschlange der Kasse links neben ihr vorbei und zur einzigen noch nicht besetzten Kasse. *Geschafft,* freut sie sich, *ich bin die erste.* Sie beginnt ihre Einkäufe auf das Warenband zu packen, als mit schnellen Schritten ein Mitarbeiter des Supermarktes herbeieilt. Aber er geht nicht zu der freien Kasse direkt vor ihr, sondern zur Kasse daneben, holt einen Schlüssel heraus und hilft der Kassiererin, einen falsch gebongten Artikel zu stornieren.

»O nein!«, stöhnt Helene, als sie wahrnimmt, dass die leere Kasse vor ihr gar nicht besetzt werden soll. *Aber ich habe doch Kasse drei gehört, oder etwa zwei?,* überlegt sie. *Wie entsetzlich! Nun muss ich mich wieder ganz hinten anstellen.* Verstohlen wischt sie sich eine Träne aus ihrem Auge. *So habe ich mir meinen sauer verdienten Urlaub nicht vorgestellt, so nicht!*

Sie packt ihre Einkäufe zurück in den Wagen und fährt ihn an das Ende der benachbarten Kasse. Während der Wartezeit schaut sie nach, ob sie auch nichts vergessen hat. In ihrem Einkaufswagen liegen Äpfel, Bananen, ein paar Tomaten, Käse, mehrere Joghurtbecher, etwas Aufschnitt, ein paar Kekse und Pfefferminzschokolade für Paul, die mag er nämlich besonders gern. Brot und Brötchen hat Paul schon vor dem Frühstück beim Bäcker besorgt, und Getränke haben sie von Zuhause mitgebracht. *Damit muss ich mich zum Glück nicht abschleppen,* denkt sie erleichtert.

Als sie endlich an der Reihe ist, ihre Waren auf das Laufband zu stellen, kommen ihr die Joghurtbecher schon ganz warm vor. *Hoffentlich verläuft die Schokolade nicht,* denkt sie, *die darf auf keinen Fall warm und weich werden.*

Eine Viertelstunde später erreicht sie ihre gemütliche kleine Ferienwohnung in Schönberg. Paul winkt Helene fröhlich zu und kommt zum Parkplatz, um ihr beim Tragen zu helfen. »Es tut mir leid, ich hab's nicht eher geschafft,« sagt sie völlig außer Atem. »Ist doch nicht schlimm,« erwidert er lächelnd, »wir sind ja im Urlaub und nicht auf der Flucht.« Liebevoll nimmt er sie in seine Arme. »So, du gehst jetzt 'rein und erholst dich, und ich packe aus und verstaue die Sachen.« Er nimmt ihren Einkaufskorb und geht damit in die Wohnung.

»Wie lieb von dir, du hast an meine Pfefferminzschokolade gedacht!«, freut er sich beim Auspacken. »Aber natürlich,« erwidert sie, »wir wollen unseren Aufenthalt hier doch genießen.« »Und du?«, fragt er. »Ach, ich sehe schon, du hast deine Lieblingskekse besorgt, wunderbar! So, ich bin so weit, wir können uns strandfertig machen.«

Sie ziehen ihre Badebekleidung an und cremen sich großzügig mit Sonnencreme ein. »Am ersten Tag sollten wir besonders vorsichtig sein,« meint Harald, »wir sind ja noch ganz bleich. Wie gut, dass du die Creme mit Lichtschutzfaktor fünfzig mitgenommen hast.« »Naja, ich möchte eben richtig schön bronzebraun werden, wie du immer sagst, und nicht schon am ersten Tag krebsrot.« »Was für eine kluge Frau ich doch habe,« sagt Paul und gibt ihr einen Kuss.

Auf dem Weg zum Strand schaut Helene wieder auf ihre Uhr. »Die besten Strandkörbe sind bestimmt schon vermietet!« »Ach Helene, wir werden ganz sicher einen schönen finden.« »Aber nicht zu nah am Wasser, da bauen die Kinder ihre Burgen und spielen mit Bällen.« »Ganz wie du es möchtest, Schatz! Du sollst dich hier wohl fühlen und richtig gut erholen. Und wenn wir am Schönberger Strand keinen finden, versuchen wir es eben in Brasilien oder Kalifornien.«

»Brasilien, Kalifornien?«, fragt sie irritiert, »wie kommst du denn darauf?« »Zu Schönberg gehören zwei Strände, die so heißen. An den einen Strand sind einmal Teile eines Schiffs angespült worden, das ‚California‘ hieß, deshalb hat man diesen Strandabschnitt ‚Kalifornien‘ genannt. Warum der andere Brasilien heißt, habe ich leider nicht herausfinden können. Aber am Strand hängt tatsächlich eine brasilianische Flagge.« »Woher weißt du das alles?« »Naja, vor unserem Urlaub habe ich mich im Internet informiert, bei Wikipedia. Weißt du, hier gibt es sogar eine Museumsbahn, die den Schönberger Strand mit Kiel verbindet, die möchte ich gerne mit dir ausprobieren. Und wir sollten uns unbedingt einmal den alten Stadtkern von Schönberg ansehen, den Marktplatz und die Kirche. Auf dem Kirchturm gibt es anstelle eines Wetterhahns einen Barsch.«

»Einen Fisch? Jetzt willst du mich aber auf den Arm nehmen!« »Nein, ehrlich! Die Kirche ist früher einmal abgebrannt, und die Bauern aus Barsbek haben großzügig gespendet, damit sie wieder aufgebaut werden kann. Daran soll der Barsch erinnern.« »Merkwürdig,« sagt sie, schüttelt ihren Kopf und ist mit den Gedanken schon wieder bei der Strandkorbsuche.

Inzwischen haben die beiden den Schönberger Strand erreicht. *Hab ich's mir doch gedacht!,* denkt Helene. Die Strandkörbe, die etwas geschützter im hinteren Strandbereich stehen und genügend Abstand voneinander haben, sind alle belegt. Unschlüssig geht sie ein Stück weit den Strand entlang. Paul folgt ihr mit der Strandtasche.

»Was ist denn mit dem hier?«, fragt er sie. »Der ist doch ideal.« Helene geht näher heran und begutachtet ihn. »Er ist voller Sand.« »Na und? Warte einen Moment, ich mache ihn sauber.« Paul stellt die Strandtasche auf den Boden und fegt zunächst mit seinen Händen und dann mit einem Handtuch den Sand von der Sitzfläche. »So,« sagt er, »nun drehen wir ihn noch ein bisschen, siehst du, jetzt kannst du dich gemütlich hineinsetzen.« »Aber stell bloß nicht die Strandtasche hinein, die ist unten voller Sand.« »Natürlich nicht! Schau her, der Sand ist schon abgeklopft. Und jetzt machen wir zwei es uns gemütlich.«

Helene zieht ihr T-Shirt und ihre Hose aus, breitet ihr Handtuch aus und legt sich mit einem Laut das Wohlbehagens in den Strandkorb. »So könnte ich es eine Weile aushalten,« sagt sie. »Na wunderbar!«, meint Paul. »Ich schaue mal eben zur Strandkorbvermietung. Möchtest du auch die anderen Strände von Schönberg kennenlernen oder soll ich unseren Strandkorb gleich für eine Woche mieten?« »Ach, nimm ihn nur für heute, wir wissen ja nicht genau, wie das Wetter wird.« »In Ordnung, Schatz! Genieß die Sonne, ich bin gleich wieder hier.«

Ich könnte ja mein Buch hervorholen, denkt Helene. Aber dann zieht sie es doch vor, einfach nur so in der Sonne zu liegen und nichts zu tun. Sie fängt gerade an, sich ein wenig zu entspannen, da laufen zwei Kinder an ihrem Strandkorb vorbei. »Ich krieg dich schon!«, ruft der hintere. Da bleibt der vordere stehen, bückt sich blitzartig, nimmt ordentlich viel Sand in seine Hände und wirft ihn dem anderen entgegen. Leider trifft er dabei auch Helene, die erschrocken zusammenfährt.

»Könnt ihr nicht aufpassen!«, ruft sie ärgerlich, doch die beiden Kinder sind längst wieder verschwunden. Mühsam streicht sie sich immer noch den Sand von ihren eingecremten Beinen, als Paul wiederkommt. »So, alles erledigt!«, sagt er fröhlich. »Komm, lass uns ins Wasser gehen, da wäscht sich der Sand von alleine ab.« »Mir ist aber gar nicht nach Schwimmen,« erwidert sie, »dazu ist mir noch nicht warm genug.« »Na gut, dann gehe ich diesmal allein. Bis später!«

Paul streift sich das T-Shirt über den Kopf und geht in Badeshorts in Richtung Wasser, während Helene die letzten Sandkörner vom Körper abstreift und ihre Beine sicherheitshalber noch einmal eincremt. Sie zupft an ihrem Bikini herum, bis er wieder richtig sitzt, sinkt auf ihr Badelaken zurück und schließt die Augen. Endlich Ruhe! Nur die heiseren Schreie der Möwen, das Plätschern der Wellen am Strand und weit entfernte Menschenstimmen sind zu hören. *Herrlich,* denkt sie, *so kann es bleiben!*

»Wie ist denn das Wasser so, Gerda!«, erklingt auf einmal eine schrille Stimme. »Fantastisch, Gundi, richtig erfrischend!«, erwidert eine melodischere, aber genauso aufdringliche Frauenstimme. »Hier, ich habe dir ein Eis mitgebracht.« »Vanille mit Erdbeere, danke, das ist jetzt genau das Richtige! Und was hast du?« »Schoko Vanille, mit Schokosoße, himmlisch!«

Ja, himmlisch!, denkt Helene. *Himmlisch könnte es sein, wenn ihr nicht so herumschreien würdet. Ihr seid ja schließlich nicht allein auf der Welt!* Sie kommt mit ihrem Oberkörper hoch und setzt die Sonnenbrille ab, um besser sehen zu können. Der Strandkorb der beiden Frauen ist eigentlich weit genug von ihr entfernt, aber bei der lauten Unterhaltung hilft das wenig. Von der einen Frau, die im Strandkorb sitzt, kann sie nur die Füße sehen, doch die andere, die breitbeinig davor steht, kann sie in voller Größe betrachten. Sie sieht allerdings nicht so aus, wie Helene es sich vorgestellt hat: mit einem dicken Bauch als Resonanzkörper für ihre ohrenbetäubende Stimme. *Nein*, denkt sie bei sich, *die sieht eigentlich ganz normal aus.*

Widerwillig holt Helene aus ihrer Tasche ein Papiertaschentuch hervor, zupft sich zwei kleine Stückchen davon ab und steckt sie in ihre Ohren. Nun sind die Stimmen erträglicher, aber immer noch störend. *Muss ich mir nächstes Mal etwa Ohrstöpsel mit an den Strand nehmen?*, denkt sie missmutig. *So habe ich mir meinen Urlaub nicht vorgestellt, ganz gewiss nicht!*

»Du Gundi, weißt du was ich vorhin gesehen hab?« »Nee, was denn?« »Da war so ein kleines Mädchen in der Kinderkarre und hielt ein Eis in der Hand. Stell dir vor, dann kam im Sturzflug eine Möwe an und hat der Kleinen das Eis aus der Hand gepickt. Das gab vielleicht ein Geschrei!« »Kann ich mir vorstellen.« »Aber jetzt weiß ich endlich, warum die ihr Eis Möwenpick nennen!« »O Gerda, das ist herrlich!« Es ertönt lautes Gelächter, doch danach ist tatsächlich eine Weile Ruhe.

Helene fängt gerade an, sich etwas zu entspannen, da hört sie schon wieder diese aufdringliche Stimme. »He Kurti, setz dich zu uns! Ist das nicht ein wunderbarer Tag?« »Jo, Gerda, du sagst es!« »Wo ist denn Karl-Heinz?« »Dem geht's nich' so prall, hat gestern zu viel getrunken, glaub ich.« »Der Ärmste! Soll ich ihn ein bisschen betüdeln?« »Nee, lieber nich'! Der braucht nur seine Ruhe.« »Na gut! Weißt du eigentlich schon, warum das Eis hier Möwenpick heißt?« »Nee, erzähl mal!«

Es ist zum Verzweifeln! Diesmal ist das Geschrei noch ohrenbetäubender, denn Kurti kann sich gar nicht wieder einkriegen vor Lachen. Genervt steht Helene auf und geht in Richtung Wasser. Das ist gar nicht so einfach, denn es sind jede Menge Sandburgen und Kinder im Weg. Sie muss höllisch aufpassen, nicht auf einen Stein oder eine Muschel zu treten, die irgendjemand beim Bauen achtlos in den Sand geworfen hat.

Das Wasser ist ganz schön kalt. Helene muss sich richtig dazu überwinden, weiter zu gehen. So schnell sie kann lässt sie die Kinder hinter sich, die im flachen Wasser spielen und dabei jeden nass spritzen, der ihnen zu nahe kommt. Etwas weiter draußen lässt sie sich ins Wasser gleiten und schwimmt davon, so schnell sie kann, um möglichst bald nicht mehr zu frieren.

Endlich ist sie allein! Außer dem leisen Plätschern des Wassers und den Schreien einiger Möwen ist nichts zu hören. Hier findet Helene den Frieden, den sie vorher vergeblich gesucht hat. Jetzt ist ihr auch nicht mehr kalt. Genüsslich legt sie sich auf den Rücken, wirbelt mit ihren Beinen das Wasser auf und schaut über das weite Meer bis zum endlosen Horizont. *Herrlich, diese Ruhe!*, denkt sie, *vielleicht ist Paul auch hier irgendwo.* Sie schaut sich um und entdeckt ihn, wie er auf dem Rücken liegend das Meer durchpflügt. *Das ist er,* denkt sie, *so bewegt sich nur einer!*

Sie schwimmt ihm entgegen und berührt ihn an seiner Schulter. Er schaut auf, erkennt sie und strahlt über das ganze Gesicht. »Wie schön, bist du doch gekommen!« »Ja, und es ist wunderschön im Wasser, herrlich erfrischend!« »Das freut mich riesig. Dann geht es dir besser?« »Mir geht es fantastisch! Danke, dass du vorhin so geduldig mit mir gewesen bist.« »Das habe ich gern getan. Hast du es doch gemerkt?« »Natürlich! Aber ich habe mal wieder überall Probleme gesehen, anstatt wie du den Tag zu genießen. Du, wollen wir heute Abend mal das Städtchen erkunden? Den Barsch auf dem Kirchturm muss ich mir unbedingt ansehen. Und wie wäre es, wenn wir danach Essen gehen?«

»Das ist ein fabelhafte Idee! Bist du sicher, dass du nicht lieber in der Fewo bleiben und früh schlafen willst?« »Ganz sicher!« »Wunderbar, dann bist du endlich angekommen.« »Angekommen? Wo, bei dir im Wasser?« »Nein, im Urlaub!«

Versöhnung nach dem Tod

Jonas schlägt die Zeitung auf und überfliegt einen Artikel, der von der Ausstellung seiner Bilder berichtet. *Diesmal ist nichts daran auszusetzen,* denkt er zufrieden. *Sie haben verstanden, was ich mit meinen Fotos ausdrücken wollte. Aber es hat auch alles gepasst: die Lichtverhältnisse, die Gesichter, die Kleidung, der Vogel mit den Flügelstummeln, das kleine Mädchen mit der Puppe, die alte Frau vor dem zerstörten Glockenturm ...*

Eine ganze Fotoserie hat er nach den verheerenden Erdbeben vom August 2016 in Mittelitalien erstellt. In den Orten Accumoli und Amatrice hat er erschütternde Momente eingefangen, die das Ausmaß der Katastrophe und die Fassungslosigkeit der Menschen zeigen, ohne dabei die Würde Betroffener zu verletzen.

Nach dem Bericht über seine Bilder heißt es weiter: »Diese Fotos zeigen auf eine unnachahmliche Weise, was das Erdbeben in dieser Region angerichtet und den dort lebenden Menschen alles genommen hat. Jetzt ist die Regierung gefragt. Die Hilfe muss schnell und unbürokratisch erfolgen, sonst verlieren die Menschen erneut ihr Vertrauen in die, die gewählt worden sind, um für sie da zu sein.«

Meinen Beitrag habe ich geleistet, denkt Jonas, *aber ich bin es leid, Grauen und Entsetzen im Bild festzuhalten. Zehn lange Jahre bin ich in der Welt umhergereist, und ein wirkliches Zuhause habe ich nie gehabt. Italien gefällt mir gut, aber es ist eben nicht meine Heimat. Ach ja, Heimat ...*

Jonas lehnt sich zurück und denkt an seine Kindheit in Büsum. Sein Vater ist Kapitän eines Ausflugsschiffes nach Helgoland und kennt sich bestens auf der Nordsee aus. Von ihm hat Jonas das Segeln gelernt, bei schönem Wetter wie bei rauen Winden und heftigem Seegang. Aber sein Vater hat ihm auch beigebracht, wann man unbedingt zu Hause im sicheren Hafen bleiben sollte. Zusammen mit seinem

Freund Hauke hat er so manchen Segeltörn unternommen: zu den Nordfriesischen Inseln, nach Dänemark oder Holland, und einmal sogar bis Oslo. Hauke ist immer der stillere und vorsichtigere von beiden gewesen. So haben sie sich gut ergänzt und alle ihre Abenteuer glimpflich überstanden.

Mit neunzehn Jahren hat Jonas Jantje kennengelernt und sich sofort Hals über Kopf in das zierliche Mädchen mit den langen blonden Haaren und den kristallklaren blauen Augen verliebt. Einen wunderbaren Sommer lang sind sie das glücklichste Paar der Welt gewesen. Herrliche Segeltouren haben sie zusammen unternommen, Hunderte von einzigartigen Fotos hat er von ihr geschossen und damals schon gewusst, dass er Fotograf werden möchte.

Wäre es doch so geblieben, denkt er, *hätte ich diesen einen dummen Fehler doch nie gemacht! Ich würde alles dafür geben, die Zeit zurückdrehen zu können.* Aber er weiß natürlich, dass das unmöglich ist. Diese eine Nacht mit Desiree ist ihm damals so verlockend erschienen. Desiree, eine begehrenswerte Frau voller Sexappeal, die so ganz anders war als Jantje: älter, erfahrener und ein wenig verrucht. *Hätte Jantje es doch nie erfahren! Aber wie sollte ich ahnen, dass Desiree ihren Mund nicht halten kann. Ich habe alles versucht, um Jantje zurückzugewinnen, wirklich alles! Zum Idioten gemacht habe ich mich für sie, aber sie hat mir einfach nicht verzeihen können.*

Doch am schlimmsten ist es für ihn gewesen, dass Jantje kurze Zeit später mit Hauke zusammengekommen ist. Ausgerechnet mit seinem Freund Hauke, diesem ruhigen und eher langweiligen Jungen, der ihm höchstens im Punkt Zuverlässigkeit etwas voraus gehabt hat. Auch jetzt noch, nach so vielen Jahren, fällt es ihm schwer, an die beiden als glückliches Paar zu denken.

Seufzend steht Jonas auf, um die Zeitung wegzuräumen, da fällt sein Blick auf eine der Überschriften: ‚Versöhnung nach dem Tod‘. Interessiert beginnt er zu lesen. Ein Ehemann hatte sich vor über zwanzig Jahren aus Eifersucht von seiner Frau getrennt. Ein Kollege dieses

Mannes hatte ihm gegenüber nämlich damit geprahlt, was er mit dessen Frau alles erlebt hätte. Seine Frau hatte zwar alles abgestritten, aber der Ehemann war fest davon überzeugt gewesen, dass sie ihn jahrelang schamlos betrogen hatte. Erst nach Jahrzehnten erfuhr er, dass der Kollege die ganze Geschichte aus reinem Neid erfunden hatte. Reumütig wollte sich der Geschiedene bei seiner ehemaligen Frau entschuldigen und sich wieder mit ihr versöhnen, als er erfahren musste, dass sie bereits gestorben war.

Versöhnung nach dem Tod, denkt Jonas, *das ist doch gar keine Versöhnung.* Nachdenklich legt er die Zeitung zur Seite. An diesem Abend kann er nicht einschlafen und grübelt endlos darüber nach, was er tun soll, wie er in Zukunft sein Leben gestalten möchte. Schließlich fasst er einen Entschluss. *Es wird nicht einfach sein,* denkt er, *sogar gefährlich, aber ich sehe keinen anderen Weg.*

Am nächsten Morgen ruft er seine Eltern an und sagt ihnen, dass er sie gerne für ein paar Tage besuchen würde. Die freuen sich sehr darauf, ihren Sohn so bald wiederzusehen, und laden ihn herzlich ein, solange zu bleiben wie er möchte. Jonas vereinbart einen Termin mit einem Büsumer Makler, übergibt seine italienische Villa dem Verwalter und fliegt nach Hamburg. Dort mietet er sich einen Wagen und fährt nach Büsum, wo ihn seine Eltern überglücklich empfangen.

In den folgenden Tagen besichtigt Jonas zusammen mit dem Makler mehrere zum Verkauf stehende Häuser und Wohnungen in Büsum und der näheren Umgebung. »Du kannst bei uns wohnen solange du willst,« versichern ihm seine Eltern. »Ganz lieben Dank,« erwidert er, »ich weiß das sehr zu schätzen, aber ich denke daran, für immer in Büsum zu bleiben und eine Familie zu gründen.«

»Etwas Schöneres kannst du uns gar nicht sagen!«, meint seine Mutter glücklich und schließt ihn in ihre Arme. »Hast du denn schon eine feste Freundin?« »Ich arbeite daran, und ich möchte mich endlich mit Hauke versöhnen.« »Das freut mich sehr! Ich habe ihn immer gemocht und weiß, wie sehr er darunter leidet, dass du nichts mehr mit ihm zu tun haben wolltest. Er hat all die Jahre mitverfolgt, wo du gerade bist, und sich immer für deine Fotos interessiert.« »Du glaubst, er wird mir eine Versöhnung nicht schwer machen?« »Ganz bestimmt nicht, mein Junge!«

Jonas weiß, dass es ihn verletzen wird, Jantje und Hauke zusammen zu sehen, doch er hat sich nun einmal dazu entschlossen. Also schreibt er ihnen eine kurze Mail und schlägt vor, sie am nächsten Wochenende zu besuchen. Kurz darauf antwortet ihm Hauke, dass er sich riesig darüber freue, von Jonas zu hören. Er und Jantje laden ihn herzlich ein, am Sonnabendnachmittag zum Kaffeetrinken zu kommen.

Nun gibt es für Jonas kein Zurück mehr. Am Sonnabend geht er in ein Blumengeschäft, um für Jantje einen Blumenstrauß zu kaufen. Früher hat sie sich immer sehr über Moosröschen mit Schleierkraut gefreut, aber Rosen sind jetzt unpassend. So entscheidet er sich für gelb leuchtende Sonnenblumen, die die Verkäuferin gekonnt mit etwas Grün und ein paar blauen Strelitzien zu einem prachtvollen Strauß zusammenbindet.

Am Nachmittag um halb vier steht er mit den Blumen in der Hand vor der Haustür seines Jugendfreundes. Als die Tür aufgeht und Hauke plötzlich vor ihm steht, denkt Jonas: *Er hat sich kaum verändert, bis auf ein paar Kilo mehr und kleine Falten um die Augen.* »Hallo Jonas,« sagt Hauke, und seine Stimme zittert ein wenig, »es ist wunderbar, dich wiederzusehen!« »Hallo Hauke! Ja, es ist schon eine Weile her, aber hoffentlich noch nicht zu spät!« »Dazu ist es nie zu spät. Komm rein, Jantje freut sich auch schon sehr auf dich.«

In diesem Moment sind schnelle Schritte im Eingangsflur zu hören, und kurz darauf erscheint Jantje. »Hallo Jantje, herzlichen Dank für die Einladung!«, sagt Jonas und überreicht ihr die Blumen. »Hallo Jonas, ich freue mich so, dich endlich wiederzusehen! Danke für die hübschen Blumen, ich stelle sie eben in eine Vase.« Mit einem bezaubernden Lächeln blickt sie ihn an, nimmt den Blumenstrauß und verschwindet in einem der Zimmer. *Da habe ich mich mit schönen*

Frauen der ganzen Welt getroffen, aber immer noch reicht keine an Jantje heran, denkt Jonas.

»Komm mit ins Wohnzimmer,« meint Hauke und geht vor. »Es riecht köstlich, hat Jantje gebacken?«, fragt Jonas. »Habe ich,« erwidert sie und stellt einen großen Kuchenteller auf den hübsch gedeckten Esstisch. »Ich hoffe, du magst meinen Zwetschgenkuchen immer noch.« »Und wie!«, erwidert Jonas. »Das hast du nicht vergessen?« »Natürlich nicht!«

Jantje verlässt das Zimmer wieder und kehrt kurz darauf mit einer weißen Vase und dem Blumenstrauß wieder. »Was für wunderschöne Blumen, danke Jonas!« »Nächstes Mal bringe ich dir Rosen mit, heute habe ich das noch nicht für angebracht gehalten.« »Dann hast du vor, hier zu bleiben?«, fragt Hauke gespannt. »Ganz sicher ist das noch nicht, aber ich denke ernsthaft darüber nach.«

Mit einem prüfenden Blick sieht Hauke ihn an. »Meinst du, wir können an alte Zeiten anknüpfen?« »Unbedingt, deshalb bin ich ja hergekommen. Diesmal werde ich alles richtig machen.« Aufmerksam hat Jantje das Gespräch der beiden verfolgt, dabei Kaffee eingeschenkt und jedem ein Stück Zwetschgenkuchen aufgefüllt. »Das ist wunderbar,« sagt sie leise, »darauf habe ich kaum noch zu hoffen gewagt.«

Jonas lächelt sie liebevoll an. »Ein Zeitungsartikel über Versöhnung hat mich dazu gebracht, endlich herzukommen und reinen Tisch zu machen. Es ist sehr schön, euch beide wiederzusehen! Du bist sogar noch hübscher als früher, Jantje.« Sie sieht ihn verlegen an und kann es nicht verhindern, dass ihr Gesicht ein wenig rot wird.

»Ein Charmeur bist du ja immer schon gewesen,« meint Hauke, »aber jetzt probier endlich den Kuchen, ich sterbe vor Hunger.« »Und ich erst!«, erwidert Jonas und nimmt ein großes Stück Zwetschgenkuchen mit Sahne in den Mund. *Genauso gut, wie ich ihn in Erinnerung habe,* denkt er, *darauf habe ich viel zu lange verzichtet.* »Der ist köstlich, Jantje,« sagt er laut, »allein dafür hat es sich gelohnt, aus Italien hierherzukommen.«

Hauke blickt ihn freundlich an. »Du hast wirklich an deinen guten

Manieren gearbeitet, Jonas. Wie schön, dass wir beide den alten Streit endlich begraben können. Aber jetzt möchte ich zu gerne wissen, was du in den vergangenen Jahren gemacht hast. Wir haben viele Fotos gesehen, die du in Krisengebieten geschossen hast, war das nicht ziemlich gefährlich?«

»Wer Angst vor Gefahr hat, kann meinen Job nicht machen, so einfach ist das. Interessiert euch das wirklich?« »Na klar!«, meint Hauke, und Jantje bekräftigt: »Wir sind schon ganz gespannt auf deine Erlebnisse.« »Okay, aber zuerst möchte ich noch ein Stück von deinem fantastischen Kuchen haben, Jantje.«

Sie lächelt ihn an und füllt ihm ein extra großes Stück Zwetschgenkuchen auf. *Er hat immer einen gesunden Appetit gehabt,* denkt sie, *aber er ist genauso schlank wie früher. Ganz anders als Hauke, der sich zurücknehmen muss, um nicht allzu sehr zuzunehmen.*

Jonas isst seinen Kuchen auf und beginnt zu erzählen. »Nach meiner Ausbildung zum Fotografen bin ich zunächst von einer Zeitschrift angeheuert worden. Mein erstes Fotoshooting habe ich auf Sylt gemacht, damals ging es um Sturmschäden und Abbrüche an den Deichen. Ebenso wie Naturaufnahmen haben mich damals schon Gesichter fasziniert. Männer, die neugierig meine Arbeit verfolgt haben, Kinder, die fröhlich und unbekümmert direkt neben einer Dünenabbruchkante gespielt haben und die ich zum Glück davon abbringen konnte, indem ich ihnen meine Kamera erklärt habe.

Kinder haben mich immer am meisten fasziniert, egal, wo ich gerade gewesen bin. Sie zeigen ihre Gefühle am ehrlichsten und freuen sich schon über ganz kleine Geschenke. Ich habe mir angewöhnt, stets etwas für sie dabei zu haben, Süßigkeiten oder Buntstifte und Papier, kleine Autos oder simple Taschenrechner. Über Kinder erobert man auch am schnellsten die Herzen Erwachsener, und so habe ich dort Fotos machen können, wo andere niemals hingekommen sind. Das hat sich wohl herumgesprochen, immer mehr Zeitungen und Magazine wollten Fotos von mir haben.«

»Was war dein gefährlichster Auftrag?«, will Hauke wissen. »Das ist schwer zu sagen. In Nepal zum Beispiel bin ich aus reiner Dummheit einen tiefen Berghang hinuntergerutscht, habe mich aber nach einigen Metern an einem Busch festhalten können. Zu meinem Glück haben das zwei Einheimische mitbekommen und mich wieder hochgezogen. Seitdem habe ich immer darauf geachtet, erst selbst einen sicheren Stand zu haben, bevor ich meine Kamera aufgebaut habe.« »Bist du jemals zwischen die Fronten geraten?« »Nein, Kriegsgebieten bin ich weiträumig ausgewichen, das ist nicht mein Ding.«

»Wo überall bist du gewesen und was hast du dort erlebt?«, fragt Jantje. »Erzähl uns alles!« Jonas berichtet von gefährlichen Fahrten zu Vulkanausbrüchen, Tsunami- und Erdbebengebieten, aber auch von den Schönheiten fremder Länder und ihrer Natur. Gebannt lauschen Jantje und Hauke seinen Ausführungen. »Beeindruckend, was du alles erlebt und gesehen hast,« meint Hauke, und Jantje fügt hinzu: »Da bekomme ich richtig Fernweh.« Jonas entgeht Jantjes sehnsüchtiger Gesichtsausdruck nicht. »Ihr habt sicher auch einiges erlebt,« sagt er, »erzählt doch mal, wie es euch so ergangen ist.«

»Ach, im Vergleich zu dir ist hier nicht viel passiert,« meint Hauke. »Ich helfe meinen Eltern in ihrem Elektrogeschäft und spiele hin und wieder am Sonntag in unserer Kirche die Orgel, als Vertretung. Du weißt ja, dass ich früher Klavierunterricht hatte. Leider habe ich keine richtige Musikausbildung machen können, wie ich es früher immer wollte. Papa hat Magenkrebs bekommen und ist seit seiner Operation nur noch ein Schatten seiner selbst.«

»Das tut mir sehr leid!« »Danke, Jonas! Seitdem muss ich im Geschäft aushelfen, allein können meine Eltern es nicht halten. Du weißt ja, was Saisonbetrieb so alles mit sich bringt: im Winter kann man sich keine Angestellten leisten, und im Sommer braucht man dringend Hilfe, die aber nicht zu teuer sein darf. Mama ist ständig zwischen dem Laden und Papa hin und her gerissen, da bleibt mir keine andere Wahl, als ihr zu helfen so gut ich kann.«

»Natürlich nicht, Hauke! Aber ist deine Mutter nicht früher Arzthelferin gewesen? Könnten deine Eltern nicht davon leben, falls ihr das Geschäft verkaufen würdet?« »Vielleicht, aber es würde meinem Vater das Herz brechen, den Laden aufzugeben, den sein Vater damals mühevoll aufgebaut hat.« »Das klingt nicht gerade nach einem selbstbestimmten Leben. Wie kommst du damit klar?« »Naja, ganz so schlimm ist es nun auch wieder nicht. Im Sommer lerne ich in meinem Laden viele interessante Menschen kennen, und im Winter bin ich bei den Büsumern manchmal der Retter in der Not, weil es hier nicht genug Fachleute gibt, die ihre defekten Geräte reparieren können. Das ist ein sehr schönes Gefühl.« *Und ich habe ja Jantje*, denkt Hauke, aber das sagt er lieber nicht laut.

»Und du, Jantje? Bist du Lehrerin geworden, so wie du es immer gewollt hast?«, will Jonas wissen. »Ja, und ich habe es nicht bereut. Mit Kindern zu arbeiten und zusammen zu sein ist mit das Schönste, was es gibt. Sie sind ehrlich und authentisch. Das kann auch anstrengend sein, aber Kinder sind wissbegierig und lernen gerne, sofern man ihnen etwas mit Begeisterung beibringt. Als du eben so positiv über Kinder gesprochen hast, habe ich mich sehr darüber gefreut.«

»Wie schön!«, erwidert Jonas lächelnd. »Da gibt es ja noch eine Gemeinsamkeit zwischen uns, außer dem Fernweh. Könnt ihr wenigstens hin und wieder verreisen?« Jantje schweigt und Hauke erwidert nach kurzem Zögern: »Ja schon, wir sind über Silvester bis zum Schulbeginn im Januar zu meinem Onkel ins Allgäu gefahren. Das ist nicht gerade lange, aber Weihnachten möchte ich meine Eltern ungern allein lassen. Jantje träumt manchmal von einer größeren Reise, aber in den Sommerferien ist das unmöglich, da ist Hochsaison. Auch über Ostern oder in den Herbstferien ist hier in Büsum noch viel los, und ohne mich wäre meine Mutter im Geschäft überfordert. Doch wenn sich die Gesundheit meines Vaters noch etwas mehr stabilisiert, wird das bestimmt bald möglich sein.«

Das glaubst du doch selber nicht, denkt Jonas. *An meiner Seite hätte Jantje schon die halbe Welt gesehen.* Laut sagt er: »Und wie sieht's mit dem Segeln aus, hast du dazu noch Zeit?« »Ja, hin und wieder schon.« »Und du, Jantje, segelst du mit ihm? Früher habe ich dich hin und wieder dazu überreden können.« »Zum Segeln auf der Nordsee muss man sich sehr gut auskennen, und meine Fähigkeiten sind eher gering. Aber wenn es im Sommer einmal richtig schön warm ist, gehe ich gerne mit Hauke segeln.«

»Jetzt nicht mehr? Das ist schade! Ich wollte euch nämlich vorschlagen, zur Versöhnung und Wiedererweckung unserer Freundschaft gemeinsam einen Segeltörn zu unternehmen. Aber vielleicht kommst du auch allein mit, Hauke? Ich würde mich riesig darüber freuen, mit dir zusammen zu segeln. Das Boot meiner Eltern ist ja sturmerprobt, erinnerst du dich?«

»Oh ja, nur zu gut! Unsere Segeltouren waren schon etwas ganz Besonderes. Warum also nicht? Aber es muss ein Sonntag sein, wegen meiner Arbeit, und das Wetter muss passen.« »Das versteht sich doch von selbst. Ich weiß genau, wie gefährlich die Nordsee sein kann. Gut, nenne mir einen Sonntag, der dir passt: nächste Woche oder vielleicht schon morgen? Im Moment ist das Wetter ganz gut.«

Hauke überlegt einen Moment. Irgendwie fühlt er sich überrumpelt, andererseits wäre es schön, allein mit Jonas reden zu können, so wie früher. *Warum also nicht schon morgen?*, denkt er, und das sagt er dann auch. »Wunderbar!«, freut sich Jonas. »Ich bin so gegen zehn Uhr bei euch, dann haben wir auflaufendes Wasser. Und ich bringe den Proviant mit, du bist eingeladen, Hauke.«

Jetzt sieht Jonas zu Jantje hinüber. »Wir sind rechtzeitig zum Kaffeetrinken wieder zurück. Meinst du, ich kriege dann noch etwas von deinem leckeren Zwetschgenkuchen?« »Na klar, es ist genug übrig. Aber seid vorsichtig und kommt im Zweifelsfall lieber früher wieder zurück!« »Machen wir, Jantje, mach dir bitte keine Sorgen!«, beruhigt sie Hauke. »Aye aye Käpt'n,« fügt Jonas hinzu, stellt sich aufrecht vor Jantje hin, tippt mit seiner flachen Hand gegen die Stirn und sieht sie dabei so schelmisch an, dass sie herzhaft zu lachen beginnt.

Am nächsten Vormittag machen sich Jonas und Hauke gemeinsam auf den Weg. Jantje winkt ihnen fröhlich hinterher. »Ich kann dir gar nicht sagen, wie sehr ich mich darüber freue, dass du hier bist, Jonas,« meint Hauke. »Wie wir damals auseinander gegangen sind hat mich die ganzen Jahre sehr belastet.«

»Mich doch auch!«, entgegnet Jonas. »Aber mach dir nicht zu viele Gedanken, schließlich ist es Jantje gewesen, die zwischen uns gewählt hat. Vielleicht ist es gut so, wie es gekommen ist. Ein Leben an meiner Seite wäre nichts für sie gewesen, aber hier bei dir kann sie ihren Traumberuf ausüben.« »Dass du so reden kannst, bewundernswert! Deine Reisen sind dir offensichtlich gut bekommen. Was hast du jetzt vor? Bist du extra wegen unserer Versöhnung hierher gekommen?«

»Das ist nur einer der Gründe. Ich habe mein Vagabundenleben satt und möchte endlich wieder ein Zuhause haben. Ich werde mir hier in Büsum oder in der Nähe ein schönes Haus kaufen und eine Familie gründen. Meine Fotos sind inzwischen so bekannt, dass ich davon leben kann, auch wenn ich nicht ständig unterwegs bin.« »Ich werde dir gerne dabei helfen, ein Haus zu finden. Du hast gerade gesagt, dass du eine Familie haben möchtest, hast du endlich die richtige Frau gefunden?« »Ja – vielleicht.«

Jonas ist froh darüber, nach Büsum zurückgekehrt zu sein. Er weiß jetzt, dass Fortlaufen keine Lösung ist. Hier an der Nordsee hat er sich immer wohl gefühlt, dies ist seine Heimat, in der er auch in Zukunft leben und alt werden möchte. Mit dem Rauschen der See, dem Kreischen der Möwen, dem rauen Wind und der reinen Luft kann es auf die Dauer kein noch so schöner Ort aufnehmen.

Inzwischen haben die beiden den Segelhafen erreicht. Das Wetter ist wunderbar, die Sonne scheint, und es weht eine leichte Brise. Sie tuckern mit dem kleinen Hilfsmotor aus dem Hafen hinaus und machen die Segel klar. »Für abends ist Sturm angekündigt,« sagt Jonas, »aber bis dahin sind wir längst wieder zurück. Sag mal, wie sieht es bei euch beiden mit Kindern aus? Jantje ist bei dem Thema richtig begeistert gewesen.«

»Natürlich wollen wir Kinder! Ich habe Jantje nur gebeten, damit noch ein wenig zu warten, bis es meinem Vater besser geht und sich meine berufliche Situation entspannt hat.« »Und falls das länger dauern sollte? Jantje geht immerhin schon auf die dreißig zu.« »Ja, du hast Recht, ich sollte sie nicht zu lange warten lassen. Irgendwie scheue ich die zusätzliche Verantwortung.« »Du bist immer schon sehr vorsichtig und bedacht gewesen, aber was ist mit Jantje? Sie liebt Kinder und kann es sicher kaum erwarten, eigene zu haben.« Was Jonas noch denkt, spricht er lieber nicht aus: *Wenn sie mit mir zusammen wäre, hätte sie längst Kinder!*

»Wie schön, der Wind hat aufgefrischt,« sagt Jonas etwas später, »alles klar zur Halse!« »Jo, alles klar!«, ruft Hauke zurück. Irgendetwas beschäftigt ihn, denn sein Gesicht ist auf einmal ganz ernst. »Nun schieß schon los!«, ermuntert ihn Jonas. »Was liegt dir im Magen?«

»Es ist irgendwie komisch,« beginnt Hauke. »Wenn ich mir früher ausgemalt habe, wie es ist, wenn wir uns wiedersehen, habe ich mir immer vorgestellt, dass ich der Glücklichere von uns beiden bin, weil Jantje mich geheiratet hat. Und nun bist du viel fröhlicher und gelöster als ich. Neben dir komme ich mir schon fast wie ein Trauerkloß vor.« »Ach Hauke, dafür kannst du nichts. Dein Vater ist schwer krank, meinen Eltern hingegen geht es gut. Du musstest ein Geschäft übernehmen und hast jetzt nicht den Beruf, den du dir gewünscht hast, während ich genau das machen darf, was mir gefällt.«

Mittlerweile sind sie ziemlich weit draußen auf dem Meer. Der Wind weht stark genug, so dass sie mit geblähten Segeln schnell vorankommen. »Was hältst du jetzt von einer gepflegten kleinen Mahlzeit?«, fragt Jonas und nimmt seinen Seesack zur Hand. »Im Moment ist die See noch relativ ruhig, da können wir uns eine kleine Pause gönnen. Mal sehen, was ich für uns eingepackt habe.« Er holt zwei Teller, Besteck, mehrere Plastikdosen, eine Flasche und zwei Gläser hervor. »Hier, Kartoffelsalat, hat meine Mutter gemacht, dazu geräucherte Schollenfilets mit Krabben, die habe ich selbst gepult, und Salat.«

»Hm, sieht gut aus, für einen Seemann ein richtiges Luxusmahl.«

»Und es kommt noch besser, ich habe französischen Champagner dabei, wir müssen unbedingt noch auf unsere Versöhnung anstoßen! Magst du schon mal alles auf die beiden Teller verteilen, Hauke?«

»Aber gerne!« Jonas öffnet die Flasche und gießt den Champagner ein. Als alles zu seiner Zufriedenheit erledigt ist, reicht er Hauke ein Glas.

Gut gelaunt sitzen sie nebeneinander, prosten sich zu und genießen das Essen. »Sage deiner Mutter ganz lieben Dank, der Kartoffelsalat ist köstlich und die Schollen sowieso,« meint Hauke. »Mache ich gerne! Möchtest du noch Champagner?« »Nein danke, wir sollten lieber zurücksegeln, und dafür will ich einen klaren Kopf haben.« »In Ordnung, trinken wir den Rest mit Jantje zusammen.« Jonas verschließt die Flasche wieder mit einem Korken.

Der Wind hat jetzt ordentlich aufgefrischt, kein einziges Boot befindet sich noch in ihrer Nähe. Hauke wirft einen sorgenvollen Blick nach oben: »Das könnten die ersten Vorboten des Sturms sein.« »Ach was, der ist doch erst für abends angekündigt,« erwidert Jonas und packt Plastikdosen, Teller und Besteck wieder in den Seesack. »Und nun die Gläser!« Er nimmt sie in die rechte Hand und wirft sie mit Schwung über Bord. »Alter sizilianischer Brauch, das bewahrt vor Unglück.« »Merkwürdig, davon habe ich noch nie etwas gehört,« meint Hauke. »Tja, du bist ja auch kein Weltenbummler so wie ich.«

Hauke gähnt und hält sich die Hand vor den Mund. »Irgendwie bin ich ziemlich müde,« sagt er schläfrig. Jonas wartet geduldig ab, bis Haukes Kopf zur Seite sinkt und wenig später sein Körper ganz erschlafft. Vorsichtig hebt er ihn hoch, lässt ihn über Bord gleiten und wirft eine Schwimmweste hinterher. Aufmerksam verfolgt er, wie beides von den Wellen davongetragen wird.

Kurz darauf schickt er einen Notruf los und legt seine Rettungsweste an. Er wartet so lange ab, bis er mit seinem Fernglas ein Motorboot erkennen kann. Geschickt dreht er das Segelboot gerade so weit, dass die Wellen genau von Backbord gegen den Bootsrumpf anrollen. Schon nach wenigen Minuten bringt eine mächtige Welle das Boot zum Kentern. Jonas wird ins Wasser geworfen, doch mit kräftigen Schwimmzügen und mit Hilfe der Schwimmweste gelingt es ihm, schnell wieder an die Wasseroberfläche zu gelangen. Mit beiden Händen klammert er sich am Bootsrumpf fest, bis ihn das Rettungsboot erreicht.

Durchgefroren und völlig erschöpft steht Jonas schließlich vor Jantjes Tür, um ihr von dem tragischen Unglück zu erzählen und ihr in ihrem schweren Verlust beizustehen.

Drei Jahre später betritt ein gut aussehender Mann einen gepflegten, wunderschön blühenden Vorgarten. Da öffnet sich die Haustür, und eine bezaubernde Frau mit einem Baby auf dem Arm winkt ihm fröhlich entgegen. Er eilt mit großen Schritten auf sie zu, umarmt Mutter und Kind und lächelt glücklich. *Versöhnung nach dem Tod,* denkt Jonas, *genau so habe ich es mir vorgestellt.*

Der Traum

David schaut aus dem Fenster. Weiße Flocken schweben vom Himmel herab, zuerst nur wenige, dann immer mehr, bis der Rasen hinter dem Haus mit einer dicken weißen Decke überzogen ist. *Zum Glück ist Sonntag,* denkt er, *da muss ich mich nicht mit dem Fahrrad durch den Schnee zur Schule quälen.*

Er gähnt und schaut auf die Uhr. *Schon halb zehn, ich sollte aufstehen und endlich fürs Abi lernen. In acht Wochen beginnen die schriftlichen Prüfungen.* Aber er bleibt liegen, weil ihm wieder einmal die Kraft dazu fehlt, das zu tun, was vernünftig und richtig wäre.

Vor sechs Wochen ist seine Mutter gestorben, und seitdem ist nichts mehr so, wie es sein sollte. Solange er denken kann, ist sie immer für ihn dagewesen und hat versucht, ihm auch den Vater zu ersetzen, der kurz vor seiner Geburt gestorben ist.

Manchmal ist sie schon fast zu sehr in seinem Leben präsent gewesen oder jedenfalls mehr, als ein junger Mensch von über dreizehn Jahren es sich wünscht. Aber er hat immer etwas zu essen vorgefunden, wenn er nach der Schule nach Hause gekommen ist, er hat sich weder um die Wäsche noch um die kleine Wohnung kümmern müssen, und vor allem hat seine Mutter ihm zugehört, wenn ihm nach Reden zumute gewesen ist. Sie hat ihn aufgemuntert und aufgebaut, wenn er wieder einmal völlig mutlos und unzufrieden mit sich selbst gewesen ist.

Ihr unerschütterlicher Optimismus hat ihm immer wieder Kraft und Mut gegeben. Er erinnert sich noch gut daran, wie sie reagiert hat, als er ohne Fahrrad nach Hause gekommen ist, weil es ihm gestohlen wurde. Sie war Krankenschwester und hat zusätzliche Wochenend- und Nachtschichten übernommen, um ihm bald ein neues kaufen zu können. »Siehst du,« hat sie strahlend gesagt, »nun hast du ein Fahrrad, das viel verkehrssicherer ist als dein altes, und darüber bin ich wirklich froh.«

In den vergangenen Jahren sind ihm seine Freunde und vor allem seine erste große Liebe viel wichtiger gewesen als seine Mutter, aber im Nachhinein sieht er das anders. Eine Mutter, die man immer gehabt hat, ist etwas Selbstverständliches, aber nur bis zu dem Moment, an dem sie plötzlich nicht mehr da ist. *Mama, warum hast du mich allein gelassen?* Wie oft hat er sich das schon gefragt. *Ich schaff das Abi sowieso nicht.* Mit diesem Gedanken legt er sich wieder hin, zieht die Bettdecke hoch bis zum Kopf und schläft ein.

Er steht auf einer grünen Wiese, so grün und saftig, wie er es nie zuvor gesehen hat. Bunte Sommerblumen leuchten ihn an und es weht ein lauer Wind, der sanft an ihm entlang streicht, als würde er ihn streicheln. Weiter hinten entdeckt er einen Fluss, den er mit wenigen Schritten erreicht. Der Fluss ist voller Menschen, die einer nach dem anderen an ihm vorbeigleiten. Sie schwimmen nicht, sondern stehen oder sitzen einfach nur da, völlig entspannt und gelassen, manche tanzen auch. Gebannt schaut er eine Weile lang hin und erkennt plötzlich seine Mutter. Sie lacht und winkt fröhlich mit ihren Armen, aber nicht zu ihm.

»Sei nicht traurig, sie kann dich nicht sehen,« erklingt eine helle Stimme neben ihm. Erstaunt dreht er sich zur Seite und sieht ein kleines Mädchen, das von einem Lichtschein umgeben ist. »Wer bist du?«, fragt er sie, »woher kommst du so plötzlich?« »Ich bin hier, um dir zu helfen, was sonst?«, antwortet sie, ohne ihre Lippen zu bewegen. Es ist, als könne er ihre Gedanken hören. »Dann sag mir doch,« fragt er drängend, »warum ist Mama gestorben, warum schon so früh?«

Das Mädchen sieht ihn direkt an, und in ihren Augen ist eine Tiefe, als könne er die ganze Welt darin erblicken. Auch seine Mutter erkennt er, wie sie Hand in Hand mit einem jungen Mann dahinschlendert. Voller Liebe sehen sich die beiden an, dann lacht sie wieder, und auf einmal ist sie von vielen Menschen umringt, die ebenfalls lachen.

»Aber was bedeutet das?«, will er wissen. »Deine Mutter hat den Mann wiedergefunden, den sie über alles liebt, deinen Vater. Nun ist sie wieder so fröhlich wie früher, und glaube mir, auch dort, wo ich herkomme, wird diese Fröhlichkeit gebraucht. Sie steckt an, vor allem solche Seelen, die auf der Erde keine Freude kennenlernen durften.«

»Ich brauche Mama aber auch noch!« »Nicht wirklich, du bist erwachsen. Vor dir liegen Aufgaben, die du allein bewältigen musst: ein sinnerfülltes Leben und die Suche nach deinem Seelenverwandten. Aber ich darf dir einen Wunsch erfüllen. Deine Mutter kann ich dir allerdings nicht wiederbringen, es muss etwas sein, was allein dich betrifft.«

Verwirrt schaut David das Mädchen an und beginnt zu überlegen. Schließlich fragt er: »Kann ich mir wünschen, dass ich mein Abi bestehe?« »Ist das dein Wunsch?« »Ich weiß es nicht genau. Kann ich mir den Wunsch auch aufsparen?« »Ja, das kannst du.« »Dann möchte ich noch damit warten.«

, …damit warten.‘ Mit diesen Worten im Kopf wird David wach. *Womit soll ich warten*, denkt er und versucht, sich an seinen Traum zu erinnern. *Das Mädchen, meine Mutter, dieser wunderschöne Ort am Fluss – habe ich das wirklich nur geträumt? Es ist alles so real gewesen. Am liebsten möchte ich wieder einschlafen und weiterträumen.*

Aber David weiß, dass er aufstehen muss, aufstehen und lernen. Jetzt hat er auch die Kraft dazu – dieser Traum hat ihm irgendwie geholfen. Er ist nie besonders religiös gewesen, doch dass etwas so Komplexes wie ein Mensch durch reinen Zufall entstanden sein soll, kann er auch nicht glauben. *Wenn es wirklich so etwas wie eine Seele gibt, wenn Mama nun glücklich und zufrieden an einem anderen Ort ist, dann soll sie dort bleiben und stolz auf mich sein*, denkt er. Also steht er auf, duscht, kocht sich einen Kaffee, isst eine Schüssel Müsli dazu, geht zum Schreibtisch und breitet seine Schulbücher vor sich aus.

Ich sollte mir einen Plan machen, überlegt er sich und schreibt auf einen großen Zettel alle Unterrichtsfächer auf, in denen er noch eine Prüfung bestehen muss. Englisch und Kunst hat er zum Glück schon im Vorabitur abhaken können, und gar nicht mal so schlecht. Also bleiben noch Deutsch, Mathe, Physik, Biologie und Philosophie.

Für dieses Wochenende nimmt er sich Mathematik vor. Es ist, vielleicht außer Physik, das einzige Fach, in dem die Grundlagen richtig gut sitzen müssen. Ohne genaue Kenntnisse der Bruchrechnung bekommt man Probleme bei der Differenzial- und Integralrechnung, und ohne Grundwissen über Vektoren versagt man in Analytischer Geometrie.

Beim Lernen merkt er, dass er sich zusehends besser fühlt. Es tut richtig gut, sich intensiv mit einer Sache zu beschäftigen, da bleibt kaum noch Zeit fürs Grübeln. Zwischendurch legt er eine Joggingrunde ein. Sport hat ihm früher immer Spaß gemacht, und es hilft ihm auch jetzt, den Kopf frei zu bekommen. Und er kann wieder viel besser schlafen.

Vor dem Einschlafen denkt er manchmal an seinen merkwürdigen Traum und wünscht sich, er würde wieder von dem kleinen Mädchen träumen und von seiner Mutter, wie sie fröhlich winkt, aber das geschieht nicht ein einziges Mal. Dafür hat er andere Träume aus seiner Kindheit und Jugend, in denen er seine Mutter wiedersieht, und nach jedem dieser Träume fühlt er sich ein wenig besser.

Mit der Zeit wird sein Traum von dem kleinen Mädchen, das ihm einen Wunsch erfüllen will, zu einem Traum wie jeder andere, einem Wunschtraum eben. *Das Abi kann man nicht geschenkt bekommen. Wie bitte soll das funktionieren?*, denkt er. *Falls ich es tatsächlich noch schaffe, dann nur mit ganz viel Disziplin und konsequentem Lernen.*

In der nächsten Woche bittet ihn sein Tutor zu einem Gespräch. »David, Sie sind auf dem richtigen Weg, das freut mich ungemein. Nach dem Tod Ihrer Mutter hatte ich Angst um Sie. Sie haben niemanden an sich herangelassen und sind tagelang nicht zum Unterricht erschienen. Dabei verschafft Ihnen die Schule nicht nur die Berechtigung dafür, Ihren späteren Beruf zu erlernen, sie ist im Moment vielleicht das einzige, das Ihnen ein wenig Halt geben kann. In Mathematik haben Sie ja wieder den Anschluss gefunden. Wie sieht es sonst aus bei Ihnen, kann ich irgendwie weiterhelfen?«

David zögert eine Weile. Er weiß nicht, ob er mit dem Tutor über seine wirklichen Probleme sprechen kann und will. Schließlich sagt er: »In Physik habe ich noch große Lücken. Aber ich habe nicht genug Geld, um einen Nachhilfelehrer zu bezahlen.« Der Tutor überlegt einen Moment, dann sagt er: »Ich glaube, da kann ich Ihnen weiterhelfen. Kennen Sie Sebastian Schäfer? Er hat im letzten Jahr sein Abitur gemacht, ist danach ein halbes Jahr in Neuseeland gewesen und bereitet sich nun auf sein Physikstudium vor. So wie ich ihn kenne wird er Ihnen bestimmt gerne helfen, auch ohne große Bezahlung.«

Schon am selben Abend bekommt David einen Anruf von Sebastian. »Hallo David,« sagt er, »mein alter Mathelehrer hat mir erzählt, dass ich dir vielleicht in Physik helfen kann. Das mache ich gerne! Wenn du Zeit und Lust hast, komme ich am Freitagnachmittag zu dir. Nach der langen Reise kann es mir nur nützen, mein Abiwissen etwas aufzufrischen.«

Drei Tage später sitzen die beiden jungen Männer nebeneinander, ganz vertieft in elektromagnetische Prozesse und Teilchenphysik. Der Nachmittag vergeht viel schneller, als David es gedacht hat, und beim Abschied vereinbaren sie gleich den nächsten Termin. »Damit eins klar ist,« sagt Sebastian, »ich will nicht einen Cent von dir haben. Die Stunden mit dir haben mir wieder einmal gezeigt, wie faszinierend Physik ist und wie genial unsere Welt konstruiert ist.« »Ja, genau das habe ich heute auch gedacht. Es ist spannend, immer weiterzudenken. Danke, Sebastian, du hilfst mir mehr, als du ahnen kannst.«

Es dauert nicht lange, bis David herausgefunden hat, dass er ebenfalls Physik studieren möchte. Auf einmal hat er richtig Spaß am Lernen. Nach den schriftlichen Prüfungen besteht er im Mai auch die mündlichen und hält wenig später glücklich und auch ein wenig stolz sein Abiturzeugnis in der Hand.

Davids Mutter hat ihm nicht viel Geld hinterlassen können, allein die Beerdigung ist ziemlich teuer gewesen. *Ich werde wohl Bafög bekommen,* denkt er, *aber ein finanzielles Polster möchte ich schon gern haben.* Also fährt er an die Nordsee und arbeitet den Sommer über als Rettungsschwimmer auf Föhr. Dort bekommt er ein Zimmer gestellt und lebt ansonsten so bescheiden, dass er am Ende über einige Ersparnisse verfügt.

Hocherfreut erhält er die Nachricht, dass er wie gewünscht sein Physikstudium zum Wintersemester an der Christian-Albrechts-Universität in Kiel beginnen kann. Mit Sebastians Hilfe findet er rechtzeitig zum ersten Oktober ein Zimmer im Edo-Osterloh-Haus, dem großen Studentenheim der Christian-Albrechts-Universität. Auch Sebastian wohnt schon im EOH, wie die Studenten es nennen. Die beiden verbindet jetzt eine richtige Freundschaft, und sie helfen sich gegenseitig dabei, ihre Zimmer zu streichen und wohnlich einzurichten.

Voller Zuversicht beginnt David sein Studium. Mit der Zeit lernt er die verschiedenen Dozenten kennen und findet sich immer besser in den Gebäuden und Räumen der Universität zurecht. Auch seine Kommilitonen werden ihm immer vertrauter. Hin und wieder verabredet er sich mit einem Mädchen, das ihm gefällt, aber die große Liebe ist nie dabei. *Das hat auch noch Zeit,* denkt er, *mein Studentenleben gefällt mir viel zu gut, um mich jetzt schon fest zu binden.*

An den Wochenenden trifft er sich oft mit Sebastian. Sie rekapitulieren den Stoff der vergangenen Woche, kochen zusammen oder leisten sich auch hin und wieder den Besuch in einer Pizzeria. Abends besuchen sie manchmal eines der angesagten Studentenlokale oder gehen ins Kino.

Ende November jährt sich zum ersten Mal der Tod seiner Mutter. Dieser Tag ist nicht leicht für ihn, aber es geht ihm doch besser, als er es damals für möglich gehalten hat. Neben seiner Wut und Verzweiflung über ihren Tod ist auch eine stille Dankbarkeit entstanden. Er ist dankbar für alles, was sie für ihn getan hat und ihm achtzehn Jahre lang gewesen ist: eine liebevolle, großzügige Mutter und eine verlässliche Begleiterin durchs Leben, die ihn immer genau so hat sein lassen, wie er war. Erst jetzt begreift er, was für ein kostbares Geschenk das ist, und dann wird er doch wieder traurig.

»Was machst du eigentlich Weihnachten?«, fragt Sebastian ihn Anfang Dezember. »Keine Ahnung,« erwidert David, »aber mir wird schon etwas einfallen.« »Komm doch mit zu uns, meine Eltern würden sich darüber freuen, dich endlich kennenzulernen. Mein kleiner Bruder Samuel ist zwar etwas chaotisch, aber ansonsten ganz in Ordnung. Und Sarah hat ein Händchen fürs Dekorieren, ihre Weihnachtsbäume sind immer etwas Besonderes.«

Bei diesen Worten wird es David ganz warm ums Herz. Mit einer richtigen Familie Weihnachten zu feiern, wie oft hat er sich das schon gewünscht! »Bist du sicher, dass ich euch nicht stören würde?«, fragt er leise. »Ganz sicher!«, meint Sebastian. »Im Gegenteil, du wirst eine Bereicherung sein.«

Am 23. Dezember fahren David und Sebastian zusammen mit dem Zug nach Eckernförde. Am Bahnsteig wartet ein großgewachsener Mann mit Schiffermütze auf die beiden. Er hat ein freundliches Gesicht mit vielen kleinen Lachfältchen. »Hallo ihr beiden!«, ruft er ihnen fröhlich entgegen, nimmt Sebastian in seinen Arm und schüttelt David die Hand. »Hallo David, wie schön, dich endlich kennenzulernen!«

»Guten Tag, Herr Schäfer, herzlichen Dank für die Einladung!«, sagt David höflich. »Nichts da,« erwidert der, »Sebastians Freunde sind auch unsere Freunde, ich bin Steffen. Und nun kommt mit Jungs, ich muss noch etwas erledigen, bevor wir nach Hause können.«

Sie fahren ein Stück weit und halten in der Nähe der Fußgängerzone. »Bist du schon einmal in Eckernförde gewesen, David?«, fragt Steffen. »Ja, aber eigentlich nur am Strand.« »Nun, dann lernst du jetzt etwas Besonderes kennen.« Sie biegen um die nächste Ecke und stehen nach wenigen Metern vor einem Geschäft mit großen Fenstern. Als sie hineingehen, hören sie ein helles Glöckchen fröhlich bimmeln. Drinnen riecht es aromatisch nach süßen Früchten, und viele Menschen schieben sich an offenen Fächern vorbei, in denen jede Menge Bonbons in den verschiedensten Farben liegen.

»Die werden hier alle in Handarbeit selbst hergestellt,« erklärt Steffen, »da links durch die große Scheibe kannst du sogar dabei zugucken. Bist du schon einmal in einer Bonbon-Manufaktur gewesen?« »Nein,« sagt David, »aber ich mache mir eigentlich nicht viel aus Bonbons.« »Warte, bis du die hier probiert hast!« Steffen füllt eine der Tüten mit einer Mischung der unterschiedlichsten Bonbons und zwei weitere mit jeweils einem ganzen Schöpflöffel voller Bonbons der gleichen Sorte. »Zitrone-Cassis, meine Selma schwärmt dafür, und Sam mag am liebsten Himbeer.« Wieder draußen reicht Steffen David die kleine Tüte. »Hier, für dich zum Probieren, vielleicht schmeckt dir ja doch einer!«

In einem der Außenbezirke von Eckernförde biegt Steffen vor einem Reihenhaus ab und hält in einem Carport. Auf dem kurzen Weg zur Haustür fühlt David sich auf einmal wieder unwohl. *Was ist, wenn ich doch irgendwie störe?*, denkt er. *Hätte ich nicht gerade Weihnachten lieber in meiner WG bleiben sollen?*

Zögernd betritt er den Flur, da kommt ihm aufgeregt ein etwa acht Jahre alter Junge mit blonden Haaren entgegengelaufen. »Hallo David, ich bin Sam, du schläfst bei mir, komm mit, ich muss dir unbedingt mein Zimmer zeigen, spielst du mit mir Autorennen?« Es dauert keine fünf Sekunden, bis Sam seinen langen Satz beendet hat, so sprudelt es aus ihm heraus. »Hallo Sam,« sagt David und gibt ihm die Hand.

Jetzt erscheint eine zierliche Frau im Eingangsflur. »Wie schön, dass ihr endlich da seid!«, ruft sie fröhlich und nimmt Sebastian in den Arm. Dann lächelt sie David so freundlich und liebevoll an, dass er sich auf einmal ganz wohl und geborgen fühlt. »Herzlich willkommen, David, wie schön, dass du uns besuchen kommst! Ich bin Selma.« Sie reicht ihm ihre Hand. »Danke, ganz herzlichen Dank, dass ich Weihnachten hier sein darf,« erwidert David, »es ist sehr freundlich von Ihnen, von dir, von euch allen, mich einzuladen …« »Mache dir nicht zu viele Gedanken,« erwidert sie lächelnd, »wir freuen uns sehr darüber, endlich Sebastians Freund kennenzulernen.«

Mit ernstem Blick wendet sie sich jetzt an Sam: »Und du, Sam, überfällst ihn nicht gleich mit deinen Wünschen, sondern zeigst ihm in Ruhe sein Zimmer!« »Alles klar, Mama, mach ich, keine Sorge, ich hab auch aufgeräumt, jedenfalls das meiste! Komm, David, gib mir die Tasche, das schaff ich schon, ich bring dich nach oben und zeig dir alles.« Bevor David es verhindern kann, nimmt Sam die Reisetasche und hängt sie sich über die Schulter. David hat gerade noch Zeit, Jacke und Schuhe auszuziehen, bevor Sam ihn den Flur entlang zieht und auf der Treppe nach oben führt.

»Wir schlafen alle oben,« erklärt Sam, »hier links sind Mama und Papa, dahinter Sarah, gegenüber ist das Badezimmer, rechts Sebastian, und dahinter ist mein Zimmer, komm mit! Weihnachten ist immer riesig aufregend, findest du nicht? Guck, hier ist dein Bett, den Nachttisch hab ich extra für dich frei geräumt, und da im Schrank ist auch noch Platz für deine Sachen, ich stell mal deine Tasche daneben. Da drüben ist mein Computer, spielst du mit mir Autorennen? Wir essen erst um eins, da haben wir noch fast eine halbe Stunde, bitte bitte!«

»Na klar!«, erwidert David. Nur zu gern lässt er sich von Sams fröhlichem Wesen anstecken. In Sams Zimmer fühlt er sich sofort wohl. Es herrscht genau die richtige Mischung aus Kuscheltieren, Schul- und Spielsachen, aufgeräumten und unaufgeräumten Ecken. Nur eines irritiert ihn. »Da steht nur ein Bett, wo soll ich schlafen?«, fragt er.

Sam lacht ihn aus. »Na in dem Bett natürlich! Ich penn bei Sebastian, das ist okay, er hat einen viel größeren Computer und schnarcht nicht. Willst du das blaue oder das rote Auto fahren?« David überlegt noch, als Sam ihm die Entscheidung abnimmt. »Also, du kriegst das blaue Auto. Eigentlich ist blau meine Lieblingsfarbe, aber der rote Flitzer ist viel cooler.«

In diesem Moment schaut Sebastian durch die offen stehende Tür ins Kinderzimmer. »Ist alles okay bei dir?«, fragt er David. »Nimmt Sam dich nicht zu sehr in Beschlag?« »Nein gar nicht, wir haben viel Spaß zusammen.« »Na dann bis später,« meint Sebastian und geht wieder. »Typisch großer Bruder,« seufzt Sam, »freu dich, dass du keinen hast!«

Als Sams Mutter zum Essen ruft, haben die beiden bereits mehrere Rennen hinter sich und das eine oder andere Bonbon aus Davids Tüte probiert. »Los!«, sagt Sam, »Mama mag es nicht, wenn sie warten muss.« Er rennt vor David die Treppe hinunter und ruft fröhlich: »Wir sind schon da, Mama!« Er läuft direkt in die Küche und kommt mit einer vollen Schüssel dampfender Nudeln wieder heraus. »Hm, Spaghetti mit Tomatensoße, lecker! Magst du bestimmt auch, David, oder?« »Und wie!«, antwortet der.

Im Wohnzimmer warten Sebastian und Steffen auf die beiden. »Hallo David, hast du Sams Ansturm gut überstanden?«, fragt Steffen lächelnd. David nickt. »Bei Sam kann man sich nur wohl fühlen,« sagt er, »ich bin ihm sehr dankbar, dass er mir sein Zimmer überlässt.« »Genau die richtige Antwort!«, strahlt Sam. »Von mir aus kannst du so oft kommen wie du nur willst.«

Mit einer großen Schüssel köstlich riechender Soße betritt Selma das Zimmer und stellt sie auf den hübsch eingedeckten Esstisch. »Magst du neben Sebastian sitzen, David?«, fragt sie ihn. »Gerne!«, erwidert der. »Ich weiß gar nicht, wie ich Ihnen – euch allen danken kann.« »Wir schätzen deine Dankbarkeit, David,« sagt Selma, »aber für uns wäre es sehr schön, wenn du dich einfach so verhältst, als gehörtest du dazu.« »Ja,« bekräftigt Steffen, »genauso sehe ich es auch.«

»Bei mir oben hat das schon super geklappt,« sagt Sam voller Stolz. »Na wunderbar,« meint Selma lächelnd, »dann haben wir das ja geklärt. Weihnachten wird bestimmt sehr schön werden, aber nur, solange kein allzu großes Chaos entsteht.« »Mach ich nicht, Mama, ganz bestimmt nicht!«, erwidert Sam. »Kann ich auch bei David sitzen? Sarah ist doch bei Daniela.« »In Ordnung, und nun lasst uns anfangen, guten Appetit!«

Nach dem Essen helfen Sebastian und David Steffen dabei, den

Weihnachtsbaum von der Terrasse herein zu holen und auf dem Tannenbaumfuß zu befestigen. Währenddessen wuselt Sam ständig um sie herum und gibt gute Ratschläge. Nach mehreren Versuchen steht der Baum aufrecht im Wohnzimmer, genau zwischen dem Esstisch und der gemütlichen Couchecke. »Das haben wir super hingekriegt,« sagt Sam zufrieden.

Selma holt Schachteln mit Kugeln und anderem weihnachtlichem Baumschmuck aus dem Vorratsraum und legt sie auf den Esstisch. »Am dreiundzwanzigsten Dezember wird der Baum geschmückt, das ist so Tradition bei uns,« sagt sie. »Als die Kinder noch klein waren, hat Steffen sie ins Bett gebracht, während ich mich um den Weihnachtsbaum gekümmert habe. Wir haben das Wohnzimmer abgeschlossen und bis zum Heiligen Abend in der Küche gegessen, auch wenn sie dafür eigentlich zu klein ist. Aber seit ein paar Jahren schmückt Sarah unseren Baum, während Steffen und ich uns um das Essen kümmern. So haben wir Weihnachten mehr Zeit füreinander.«

In diesem Moment betritt ein Mädchen von vielleicht siebzehn oder achtzehn Jahren das Wohnzimmer. *Das muss Sarah sein,* denkt David. Sie ist ebenso zierlich wie ihre Mutter, nur etwas größer, hat dunkle Haare, die ihr in Wellen auf die Schulter fallen, und ebenso dunkle Augen wie ihr Vater. »Hallo zusammen,« sagt sie, geht auf David zu und gibt ihm die Hand. »Du bist bestimmt David, ich bin Sarah.«

»Hallo Sarah,« erwidert er und sagt das nächste, was ihm gerade durch den Kopf schießt, »ich habe geglaubt du bist auch blond, genau wie Sebastian und Sam.« »Damit ihr Blondinen-Witze über mich erzählen könnt, so weit kommt es noch!«, entgegnet sie mit gespielter Entrüstung, doch dann muss sie lachen, und David und alle anderen lachen mit ihr.

Sam zupft aufgeregt an Sebastians Hemd, bis der sich zu ihm hinunterbeugt, so dass Sam ihm etwas ins Ohr flüstern kann. Sebastian nickt mit dem Kopf und wendet sich an David. »Sam und ich haben für morgen noch etwas zu erledigen, können wir dich solange allein lassen?« »Natürlich,« erwidert David, »ich habe genug dabei, um mich zu beschäftigen. Oder kann ich vielleicht irgendetwas Nützliches tun?« »Kannst du!«, sagt Sarah. »Du kannst mir beim Schmücken helfen, wenn du magst.« David wartet ein paar Sekunden mit seiner Antwort, schließlich hat er noch nie einen Weihnachtsbaum geschmückt oder auch nur dabei geholfen. »Gern,« sagt er schließlich, »aber ich habe überhaupt keine Erfahrung damit.« »Das macht nichts,« meint Selma, »Sarah hat sowieso ihre eigenen Vorstellungen, sie wird dir schon sagen, was zu tun ist. Gut, dann gehen Steffen und ich jetzt in die Küche.«

Kurze Zeit später sitzt David am Esstisch. Vor ihm liegen die geöffneten Schachteln mit Baumschmuck. »Okay,« sagt Sarah, »zuerst brauche ich den großen Strohstern, der muss an die Baumspitze. Kannst du mir den kleinen Hocker aus dem Flur holen? Oder nein, kommst du vielleicht so dran? Du bist ziemlich groß.« Vorsichtig nimmt David den filigranen Strohstern in die Hand. »Der ist wunderschön,« sagt er, »woher habt ihr den?« »Den habe ich selbst gemacht, schön, dass er dir gefällt!«

David reicht Sarah den Baumschmuck an und befestigt nach ihren Wünschen die Kerzen an den Zweigen. Sarah verteilt sorgfältig rote Kugeln, goldene Glöckchen und Strohsterne, und David beobachtet staunend, wie sich die grüne Tanne allmählich in einen prachtvollen Weihnachtsbaum verwandelt. Hier und da hängt Sarah noch etwas um, bis sie mit ihrem Ergebnis zufrieden ist.

»So,« meint sie schließlich, »kannst du noch eine Lücke entdecken?« »Nein,« sagt David, »der ist perf …« »Sag nur nicht perfekt!«, fällt Sarah ihm ins Wort. »Der Baum lebt, und etwas Lebendiges kann nicht perfekt sein, das macht es ja gerade so liebenswert.« David überlegt. Schließlich sagt er nachdenklich: »So habe ich das noch nie gesehen.«

Dies ist der Anfang eines ernsthaften Gespräches zwischen den beiden. Sarah besitzt nicht nur bemerkenswerte Ansichten, sie kann auch gut zuhören. David weiß hinterher nicht mehr, wie es dazu gekommen ist, aber zum ersten Mal spricht er von sich aus über seine Mutter. Er erzählt, was sie ihm bedeutet hat und wie entsetzlich es gewesen ist, als sie plötzlich nicht mehr da war. Die meiste Zeit über schweigt Sarah und lässt ihn einfach erzählen. Für seine Situation gibt es keine Worte, die ihm helfen können. Doch dass da jemand neben ihm sitzt, der aufmerksam zuhört und ihn zu verstehen versucht, das tut David richtig gut.

Weihnachten selbst wird so turbulent, wie David es noch nie erlebt hat. Den ganzen Tag lang läuft Sam aufgeregt durchs Haus und wird erst wieder ruhig, als sie zusammen in der Kirche sitzen. Danach kann er es kaum noch aushalten, bis endlich das Weihnachtsglöckchen bimmelt und er zusammen mit Sebastian, Sarah und David ins Wohnzimmer darf.

Auch für David liegen Geschenke unter dem Weihnachtsbaum, liebevoll ausgesucht und eingepackt, und er hat ebenfalls für jedes Familienmitglied ein kleines Päckchen dabei. Nach dem Essen will Sam am liebsten sofort in sein Zimmer, um sein neues Computerspiel auszuprobieren. »Nix da!«, sagt Steffen fröhlich aber bestimmt. »Dazu hast du noch Zeit genug. Den heutigen Abend verbringen wir gemeinsam, wie jedes Jahr.«

Schon bald sitzen die sechs um den Esstisch herum, würfeln um die Wette und amüsieren sich köstlich bei Spielen wie ,Tabu' oder ,Nobody is perfect'. Sam holt aus seinem Zimmer sogar ein altes Memory und zappelt vor Freude nach seinem Sieg.

Und David? Der hat schon fast vergessen, dass er kein wirkliches Familienmitglied ist. Mit Sebastian verbindet ihn ja schon eine echte Freundschaft, aber auch Sam und Sarah hat er schnell in sein Herz geschlossen. Den quirligen, fast immer gut gelaunten Sam muss man einfach gern haben, und mit Sarah hat er zum ersten Mal ein Mädchen kennengelernt, mit dem er sich ohne Vorbehalte unterhalten kann, über alles, was ihm wichtig ist. *Wie mit einer richtigen Schwester,* denkt er glücklich.

Die Weihnachtstage vergehen wie im Fluge, und der Abschied fällt David nicht leicht. »Bitte mache uns die Freude und komm nächstes Jahr wieder!«, sagt Steffen, und Selma fügt hinzu: »Das ist hiermit beschlossene Sache.« »Na klar, du musst wiederkommen!«, ruft Sam. »Du kannst auch wieder bei mir schlafen.« »Na wenn das so ist komme ich gerne,« erwidert David freudestrahlend.

Bis zum Semesterende hat David noch jede Menge zu lernen. »Das Grundstudium ist ein richtiges Paukstudium,« meint Sebastian auf der Rückfahrt nach Kiel, »man hat noch all die Nebenfächer wie Mathe und Chemie. Weißt du schon, worauf du dich später spezialisieren möchtest?« »Nicht wirklich,« erwidert David, »es gibt jedoch zwei spannende Gebiete, die ich mir vorstellen könnte: die Teilchenphysik und die Astrophysik.« »Zwei faszinierende Themenbereiche, aber auch sehr theoretisch. Ich glaube, mich zieht es eher in Richtung Elektronik und Informationstechnik. Vielleicht erfinde ich einmal einen Roboter, der mein Zuhause aufräumt und sauber macht.«

Während des Studiums treffen sich die beiden Freunde wie zuvor, aber David erfährt nun alles Wichtige über Sebastians Familie. Sarah besteht ihr Abitur und geht für ein Jahr lang als freiwillige soziale Helferin in eine Kindertagesstätte nach Chile. Sam ist begeistert mit seinem neuen Fahrrad unterwegs. Seine Waghalsigkeit beim Fahren über unebenes Gelände, in dem er sich immer wieder kleine Sprung-schanzen konstruiert, führt jedoch leider zu einem komplizierten Kno-chenbruch am rechten Oberschenkel.

David und Sebastian besuchen Sam in der chirurgischen Abteilung des Universitätskrankenhauses in Kiel und versorgen ihn mit Videos und einem Buch mit kniffligen Rätselaufgaben gegen die Langeweile. »Wie gut, dass Papa auf einem Fahrradhelm bestanden hat!«, sagt Se-bastian, nachdem ihm Sam alle Wunden und Abschürfungen gezeigt hat. »Ja, das sehe ich jetzt auch so,« erwidert Sam ernsthaft, doch dann grinst er schon wieder von einem Ohr zum anderen: »Ihr hättet sehen sollen, wie ich über die Rampe geflogen bin.«

Schon zu Beginn der Adventszeit freut sich David auf die Weihnachtstage bei Sebastians Familie. Sorgfältig sucht er für jeden einzelnen ein Geschenk aus. Diesmal ist es Sam, der ihm und Sebastian auf dem Eckernförder Bahnsteig als erster begegnet. Mit wehenden Haaren läuft er ihnen entgegen und ruft schon von weitem: »Haaalo Daaavid, haaalo Sebaaastian!«

In diesem Jahr bekommt David Sarahs Zimmer, weil sie über Weihnachten in Chile bleibt. Es wäre viel zu teuer, nur für ein paar Tage nach Deutschland zu fliegen. »Wer schmückt dann den Weihnachtsbaum?«, fragt David. »Das könntest du übernehmen,« meint Selma, »du bist schließlich im letzten Jahr dabei gewesen. Ich kann den armen Steffen nicht mit dem Weihnachtsmenü allein lassen, und Sebastian ist so nett, noch ein paar Besorgungen für mich zu erledigen.«

David überlegt einen Moment lang, dann meint er: »Okay, aber du guckst ihn dir bitte an, wenn ich glaube, fertig zu sein, ja?« »Na klar! Du kannst gerne deine eigenen Vorstellungen beim Schmücken mit einbringen, der Baum muss nicht jedes Jahr gleich aussehen.« »Darf ich ihm helfen? Bitte!«, fleht Sam seine Mutter an. »Meinetwegen,« sagt sie lächelnd, »dann werden wie in diesem Jahr wohl einen besonders farbenfrohen Weihnachtsbaum haben.«

Genauso kommt es auch, denn David bringt es nicht übers Herz, Sam in seinem großen Eifer zu bremsen. Diesmal hängen sogar bunte Kringel und Schokoladenkugeln an den Zweigen. »Wenn die stören, kann ich sie gerne vorher aufessen,« sagt Sam grinsend. »Nein nein, lass nur alles so, wie es ist,« meint Selma. »Wenn Sarah schon nicht hier sein kann, brauchen wir wenigstens einen fröhlichen Weihnachtsbaum.«

Nach dem Weihnachtsgottesdienst versuchen Sebastian und David, über Skype eine Verbindung mit Sarah herzustellen. Sie hat die beiden über ihr Handy wissen lassen, dass sie zu dieser Zeit in einem Internetcafé sein wird, und lacht ihnen schon bald auf dem Computerbildschirm entgegen. »Wir haben sie!«, ruft Sebastian durchs Haus, und in Windeseile gesellen sich Selma, Sam und Steffen zu ihnen.

»Hallo Mama, Papa, Sebastian, Sam und David, wie schön, euch alle zu sehen!«, freut sich Sarah. »Mir geht's gut. Das heiße Wasser funktioniert mal wieder nicht, aber bei fünfunddreißig Grad im Schatten ist das nicht so wichtig. Wir haben hinter dem Haus eine Palme geschmückt, ich schicke euch mal ein Bild, und daneben steht eine Wanne voll Wasser. Ich glaube, wir werden Weihnachten in Badesachen feiern, auch nicht schlecht. Und wie sieht's bei euch aus?« »Na du fehlst uns natürlich! Ansonsten …« beginnt Selma, aber Sam fällt ihr ins Wort: »Wir haben diesmal einen richtig coolen Baum, schön bunt und mit Naschies!«

Eine Weile reden sie so miteinander, durcheinander oder nacheinander. Irgendwann fragt David Sarah nach ihrer Arbeit mit den Kindern. »Die Kinder hier kommen aus sehr armen Familien und zum Teil katastrophalen Verhältnissen,« erzählt sie. »Mal gibt es nur die Mutter, die trinkt, mal Eltern, die sich ständig streiten oder auch prügeln. Dementsprechend sind die Kinder oft ziemlich chaotisch, aber auch sehr dankbar für die kleinsten Dinge. Zusammen mit den anderen, die hier ein freiwilliges soziales Jahr leisten, haben wir ein paar Spielgeräte gebaut, ein Klettergerüst, eine Schaukel und eine provisorische Rutsche. Einmal in der Woche gibt es einen Obsttag, an dem wir Betreuer und alle Kinder, soweit sie das können, verschiedene Früchte mitbringen. Du glaubst gar nicht, wie sehr sich die Kinder mittlerweile auf diesen Obsttag freuen!«

Eine ganze Weile lang hört David gebannt zu und fragt immer wieder nach, als ihn plötzlich jemand an seiner Schulter berührt. Er schaut auf und bemerkt, dass es Sam ist, der neben ihm steht. Außer ihnen beiden ist niemand mehr im Zimmer. »Kommst du jetzt?«, fragt Sam leise. »Ich kann einfach nicht länger warten.« »Warten?«, erwidert David und sieht auf die Uhr. »Entschuldigung, ich habe gar nicht gemerkt, dass es schon so spät ist.« Er verabschiedet sich von Sarah, holt seine Geschenke und geht mit Sam zusammen nach unten.

»Hallo David, bist du auch schon da,« sagt Sebastian grinsend, »muss ich mir vielleicht um Sarah Sorgen machen?« »Was für Sorgen?«, fragt David irritiert. »Du hast einfach eine tolle Schwester, die jetzt auch ein bisschen meine Schwester ist. Man kann sich unglaublich gut mit ihr unterhalten, und was sie da freiwillig in Chile leistet, finde ich bewundernswert.« »Wir auch, David,« sagt Selma, die gerade aus der Küche dazukommt, »aber jetzt, wo alle da sind, sollten wir nicht länger auf die Bescherung warten.«

Von nun an skypen Sebastian und David hin und wieder mit Sarah, wenn die Möglichkeit einer Internetverbindung besteht. Sie erzählt von ihrer Arbeit und ihren Reisen durch Chile, die sie in ihrer Freizeit mit anderen zusammen unternimmt. Besonders faszinierende Bilder schickt sie aus Patagonien, wo es eine atemberaubende Landschaft aus Bergen, Seen und Gletschern gibt. *Dahin möchte ich auch einmal reisen,* denkt David.

Als Sarah im Sommer nach Deutschland zurückgekehrt ist, schlägt Sebastian vor, sie für ein Wochenende nach Kiel einzuladen. »Sie möchte ihren großen Bruder unbedingt wiedersehen, und dich natürlich auch,« sagt er lächelnd zu David. »Oh ja,« meint der, »wir könnten etwas für sie kochen und bei schönem Wetter mit dem Rad an die Ostsee fahren, vielleicht nach Falckenstein.«

Es kommt jedoch ganz anders. »Hol du sie vom Bahnhof ab,« sagt Sebastian stöhnend. »Ich habe Bauchschmerzen, und übel ist mir auch. Und besorgt euch bitte irgendwo etwas zu essen, bevor ihr herkommt, ich mag im Moment nicht einmal daran denken.« »Kann ich dich denn hier allein lassen?«, fragt David besorgt. »Na klar, so schlimm ist es nun auch wieder nicht, also geh schon!« »Okay, dann bis nachher und gute Besserung!«

David fährt mit dem Bus zum Bahnhof und wartet am Bahnsteig, bis der Zug aus Eckernförde einfährt. Er ist ein bisschen aufgeregt und fragt sich, wie es wohl sein wird, Sarah zum ersten Mal seit eineinhalb Jahren wieder gegenüberzutreten. Endlich kommt der Zug, und Sarah steigt als eine der ersten aus. Sie winkt ihm fröhlich zu, und er geht ihr entgegen, bis sie direkt vor ihm steht. »Hallo David,« sagt sie. Und er? Er bekommt nicht ein einziges Wort heraus.

»Hallo David,« sagt sie noch einmal, »freust du dich nicht, mich zu sehen?« »Doch, ja, na klar, …« stammelt er und schaut ihr in die Augen. Diese dunklen Augen erinnern ihn plötzlich an das kleine Mädchen in seinem Traum, an das er schon lange nicht mehr gedacht hat. Er sieht Sarahs lächelnden Mund, ihre Haare, die sich leicht gewellt um ihre Schultern legen, und dann trifft ihn wie ein Blitz die Erkenntnis, dass er sich in sie verliebt hat. *Wie eine Schwester,* denkt er, *da habe ich mich aber gründlich geirrt!*

»Hallo Sarah,« sagt er leise, »ich weiß nicht, wie ich es besser ausdrücken kann, aber es ist, als ob ich dich zum ersten Mal richtig sehe.« Fragend schaut sie ihn an. Er ergreift ihre Hand, zieht sie ganz nahe zu sich heran, und sie lässt es geschehen. Überglücklich drückt er sie an sich, und so bleiben sie eine gefühlte Ewigkeit lang stehen.

»Seit wann?«, will Sarah wissen, als sie zusammen zum Ausgang gehen. »Seit wann ich weiß, dass ich in dich verliebt bin? Irgendwo tief in mir habe ich es bestimmt schon vorher gefühlt, aber klar geworden ist es mir erst gerade eben.« Sie lächelt. »Und du, Sarah?«

»Ich? Vom ersten Moment an habe ich mich in dich verliebt, als du Weihnachten zu uns gekommen bist. Warum habe ich dich wohl gebeten, mir beim Schmücken zu helfen? Ich wollte mit dir allein sein.« »Und ich habe gedacht, wie gut es sich anfühlt, endlich eine Schwester zu haben. Hat Sebastian etwas geahnt?« »Sogar Sam hat es mitbekommen. Er muss dich ganz schön gern haben, wenn er deinetwegen über eine Stunde auf die Weihnachtsbescherung warten konnte. Sebastian geht es übrigens bestens, er hat nur mir zuliebe dafür gesorgt, dass du mich allein abholst.«

David bleibt stehen und schaut sie erstaunt an. »Und ich habe von all dem überhaupt nichts mitbekommen!« Vorsichtig zieht er Sarah an sich und küsst sie zärtlich. Er ist glücklich, zum ersten Mal seit langem. *Schade, dass Mama das nicht miterleben kann,* denkt er.

Er blickt in Sarahs dunkle Augen, und dann erzählt er ihr von seinem Traum, der ihn damals aus der Lethargie gerissen hat. »Ohne ihn hätte ich weder mein Abi geschafft noch Sebastian oder dich kennengelernt. Es war wunderbar, Mama so unbeschwert zu sehen, daran zu glauben, dass sie da, wo sie jetzt ist, mit meinem Vater zusammen glücklich ist. Und die Zusage, einen Wunsch frei zu haben, hat mir die Angst vorm Versagen genommen. Jetzt glaube ich, dass das der eigentliche Sinn dieses Wunsches gewesen ist. Ich verstehe nur nicht, warum ausgerechnet ich so einen Traum gehabt habe.«

»Bist du denn wirklich der einzige? Vielleicht bekommt jeder Mensch einmal so einen Traum geschenkt. Der entscheidende Unterschied ist vielleicht nur der, dass du ihn nicht sofort wieder vergessen hast. Du hast diesem Traum Bedeutung gegeben, hast daran geglaubt. Glaube, Hoffnung, Liebe, erinnerst du dich?«

»Glaube, Hoffnung, Liebe, diese drei, aber die Liebe ist die größte unter ihnen,« sagt David und nimmt Sarah in seine Arme.

Onkel Alberts Erbe

Viel zu schnell fährt Carl durch Eutin und auf die Haltestelle der Regionalbahn aus Kiel zu. Als er seinen Bruder Christian dort stehen sieht, atmet er erleichtert auf. Er hält den Wagen an, öffnet die Beifahrertür und ruft: »Beeil dich, Christian!« Christian wirft seine Tasche auf den Rücksitz, steigt ein, und Carl fährt sofort los.

»Hallo Carl, danke fürs Abholen!« »Hallo Christian, tut mir leid, dass ich so spät dran bin!« »Macht nichts, Carl, wir schaffen es noch. Du hast dich ja chic gemacht.« »Findest du? Ich trage ein ganz normales Hemd,« meint Carl, »und du hast endlich einmal keine kaputte Hose an!« »Naja, als armer Student muss ich sehen, wie ich klar komme. Und, bist du aufgeregt?« »Na klar! Heute werden wir es endlich von innen kennenlernen, das ‚Schlösschen‘, wie Opa es immer genannt hat.« »Ausgerechnet jetzt, ein Jahr nach seinem Tod. Warum haben wir das nicht schon vorher gemacht, mit Opa zusammen?« »Tja, das kannst du Albert nachher selbst fragen. Ein bisschen merkwürdig ist er ja immer gewesen, aber er war nun einmal Opas bester Freund.«

Carl konzentriert sich wieder ganz aufs Fahren. Nach einer Weile fragt Christian: »Meinst du, wir können ihn noch ‚Onkel Albert‘ nennen, jetzt wo Opa nicht dabei ist?« »Ich werde Albert zu ihm sagen,« entgegnet Carl. »Er ist schließlich nicht unser Onkel, auch wenn wir ihn als Kinder so genannt haben.«

Zwanzig Minuten später biegt Carl in die breite, von Platanen gesäumte Auffahrt ein. Sie fahren etwa dreißig Meter weit auf ein großes sandsteinfarbenes Gebäude zu, das mit Türmchen, Erkern und Balkonen verziert ist und tatsächlich wie ein kleines Schloss aussieht. Auf einem der Parkplätze halten sie an und betreten die breite Eingangstreppe, deren Seiten mit schmiedeeisernen Gittern verziert sind. Carl streicht sich mit seiner Hand über die Haare und drückt den

Klingelknopf. »Ding-Dong« erklingt es im Inneren, melodisch und deutlich vernehmbar.

»Sie sind da,« sagt Katharina zu Onkel Albert, »soll ich aufmachen?« »Gerne, mein Kind, ich komme auch mit.« Etwas mühsam erhebt er sich aus seinem Lieblingssessel im Arbeitszimmer, stützt sich auf den Gehstock und geht mit langsamen Schritten neben ihr her bis zur Haustür. Katharina öffnet die Tür einen Spalt weit, vernimmt ein fröhliches »Wir sind's« und löst die Eisenkette. »Hallo Carl, hallo Christian, schön, dass ihr da seid!« »Hallo Schwesterchen!«, rufen die beiden fröhlich und gehen hinein.

Was sie nun zu sehen bekommen verschlägt ihnen die Sprache. Die Eingangshalle ist so groß, dass ein kleines Einfamilienhaus darin Platz fände. Die Wände sind mit Ölgemälden und Kristallspiegeln geschmückt, auf Marmorbänken stehen mit Edelsteinen verzierte Blumenvasen aus Meißner Porzellan, die mit Orchideen oder Rosen gefüllt sind. Von der mit Stuck verzierten Decke hängt ein riesiger Kristallleuchter herunter, und die geschwungene Treppe ins Obergeschoss ist breit genug, um bequem vier Menschen nebeneinander hinaufgehen zu lassen.

»Guten Tag Albert, vielen Dank für die freundliche Einladung!«, sagt Carl höflich. »Dein ›Schlösschen‹ verdient den Namen zu Recht, es ist sehr imposant.« »Danke sehr und herzlich willkommen, Carl!«, erwidert Albert. »Ich hoffe, du wirst dich hier wohlfühlen.«

Christian steht immer noch mit offenem Mund da. »Wow,« sagt er schließlich, »das ist unglaublich! Opa hat immer davon geschwärmt, aber so gewaltig habe ich mir das alles nicht vorgestellt.« »Wie schön, dass es dir gefällt,« sagt Albert, »auch dich möchte ich herzlich willkommen heißen, Christian!« »Entschuldige, Onkel Albert, guten Tag und vielen Dank für die Einladung!« Er sieht Albert unsicher an. »Darf ich noch Onkel Albert sagen?« »Natürlich, Christian, für dich bin ich Onkel Albert gewesen, seitdem du sprechen kannst, und dabei wollen wir es ruhig belassen.«

»Wenn du es so möchtest, sage ich natürlich auch Onkel Albert zu dir,« meint Carl schnell, »gut siehst du aus!« »Ja wirklich,« schließt Christian sich an, »überhaupt nicht wie fünfundachtzig!« »Ach ihr Schmeichler ihr!«

Albert, dessen vollständiger Name Adalbert Friedrich Wilhelm August von Eichenstein lautet, weiß schon, dass sein hohes Alter deutliche Spuren hinterlassen hat, vor allem in seinem Gesicht. Tiefe Furchen erzählen von Schicksalsschlägen und Leid, doch seine Augen blicken wach unter buschigen weißen Augenbrauen hervor, und aus seinem Gesichtsausdruck spricht der unerschütterliche Wille, sich vom Leben nicht beugen zu lassen. Nahezu aufrecht steht er da und sieht von den Haaren bis zu den Schuhen sehr gepflegt aus.

»Bist du schon länger hier?«, fragt Carl seine Schwester. »Katharina ist vorgestern gekommen, weil ich sie darum gebeten habe,« erwidert Albert an ihrer Stelle. »Sie hat mir die Zeit bis zu eurer Ankunft verkürzt und dabei geholfen, die Zimmer herzurichten. Bringt erst einmal eure Sachen nach oben und macht euch fertig, um neunzehn Uhr erwarte ich euch zum Abendessen.« Seine Stimme ist klar und deutlich und hat nichts von ihrer früheren Autorität eingebüßt.

»Ich komme mit euch,« sagt Katharina, »ihr müsst mir alles über euch erzählen!« Fröhlich schwätzend gehen die jungen Leute nebeneinander die breite Treppe nach oben. Dort sieht es ähnlich prachtvoll aus wie im Erdgeschoss, an den Wänden hängen kostbare Bilder und Seidenteppiche, und jedes der Gästezimmer hat ein eigenes Bad. Katharina zeigt Carl und Christian ihre Zimmer, die beiden machen sich frisch und ziehen ihre Hausschuhe an. Anschließend treffen sich die drei Geschwister im Zimmer von Carl.

Wie alle Schlafräume der oberen Etage ist der Raum sehr großzügig eingerichtet. Außer einem Kleiderschrank und dem Doppelbett gibt es einen Sekretär, eine Kommode mit einem Spiegel darüber und eine Sitzecke vor den großen Fenstern, die bis zum Boden reichen. Eines von ihnen lässt sich öffnen und führt auf den Balkon hinaus. Alle

Möbel sind aus Mahagoni gefertigt, der Sekretär und die Kommoden besitzen sogar feine Intarsien mit stilisierten Blüten und Gräsern.

Carl und Katharina nehmen auf den beiden mit rotem Samt bezogenen Sesseln Platz, während Christian sich den Stuhl vom Sekretär heranholt und verkehrtherum darauf setzt. »Einmal Reiter, immer Reiter, oder?«, meint Katharina lächelnd. »Naja,« sagt er, »hier ist alles so perfekt aufeinander abgestimmt, da finde ich ein wenig Unordnung viel gemütlicher.« »Brich bloß nicht die Beine ab mit deinem unruhigen Herumkippeln!«, ermahnt ihn Carl. »Einmal großer Bruder, immer großer Bruder,« erwidert Christian, »das Dumme ist nur, dass ich inzwischen erwachsen bin, du kannst deine Erziehungsversuche ruhig stecken lassen.«

Carl sieht seinen Bruder mit einem strafenden Blick an. »Diese Möbel sind ein Vermögen wert, das sollte sogar dir klar sein. Wer weiß, vielleicht erbt sie einer von uns dreien einmal, soweit ich weiß, hat Onkel Albert keine Verwandten. Deshalb ist er doch so oft bei Opa gewesen und hat uns quasi als Neffen und Nichte adoptiert.« »Er hat Opa sehr gemocht, und Opa ihn auch,« sagt Katharina. »Deshalb hat Opa ihm immer das Gefühl gegeben, in seiner gemütlichen Wohnung genauso zu Hause zu sein wie er selbst.« »Albert hat es aber auch schwer gehabt,« meint Christian, »er lebt schon so lange allein! Erst hat er seine Eltern und die Schwester viel zu früh verloren, und dann auch noch Frau und Kind.« »Ausgerechnet während der Geburt,« fügt Katharina bekümmert hinzu, »und das, nachdem seine Frau jahrelang vergeblich versucht hat, schwanger zu werden. Das ist eigentlich mehr, als ein Mensch ertragen kann.«

»Ja, furchtbar!«, sagt Carl nach einer kleinen Pause. »Aber das ist alles schon so lange her. Albert hätte längst wieder heiraten können, bei seinem Vermögen müssen ihm die Frauen doch zu Füßen gelegen haben.« Christian sieht seinen Bruder erstaunt an. »Aber so eine Frau hat er bestimmt nicht haben wollen. Liebe lässt sich nun mal nicht erzwingen, außerdem ist das allein seine Sache.« »Natürlich! Aber es ist auch unsere Chance. Er hat keine Familie, die ihn beerben kann, und er sieht so aus, als müsste er sich allmählich Gedanken über sein Erbe machen. Habt ihr gesehen, wie schwer es ihm gefallen ist, so lange aufrecht stehen zu bleiben? Viel Zeit gebe ich ihm nicht mehr. Bestimmt hat er uns eingeladen, um mit uns über sein Testament zu sprechen. Im Gegensatz zu dir, kleiner Bruder, weiß ich den Wert all dieser Sachen zu schätzen, und das wird ihm nicht verborgen bleiben.«

»Und du glaubst, all das erben zu können? Träum weiter!«, entgegnet Christian. »So wie ich Onkel Albert kenne, wird er es für einen guten Zweck verwenden. Und falls wir irgendetwas erben sollten, wird er keinen von uns bevorzugen, das hat er noch nie getan.« »Naja, man kann nie wissen. Es muss der absolute Traum sein, dieses Anwesen zu besitzen.«

Die drei Geschwister blicken nach draußen. Hinter dem Haus liegt der Rosengarten mit seinen Wasserspielen und zierlichen Brücken, daran schließt sich der Obstgarten an, und am Ende des kleinen Parks glänzt der See in der frühen Abendsonne. »Wer besitzt schon ein derart großes Stück Land direkt am Kellersee,« sagt Katharina versonnen, »mit eigener Anlegestelle und Bootshaus. Allein das Grundstück ist ein Vermögen wert, ganz abgesehen von dem großen Haus mit dem kostbaren Inventar.« »Ja eben,« meint Christian, »wer von uns könnte so einen großen Besitz schon erhalten, dazu müsste man Millionär sein.«

»Das stimmt,« erwidert Carl, »aber soweit ich weiß, hat Albert nicht nur Grundbesitz, sondern auch ein beträchtliches Vermögen.« »Na klar,« erwidert Christian, »er wartet nur darauf, uns sein Märchenschloss samt Vermögen zu vererben und aus uns Prinzen und Prinzessin zu machen!« Strafend blickt Carl seinen jüngeren Bruder an. »Dein Sarkasmus bringt uns nicht weiter, außerdem schadet es nichts, sich rechtzeitig Gedanken zu machen, man kann nie wissen! Es ist doch besser, als sich nach seinem Tod darüber zu streiten, oder? Was sagst du dazu, Schwesterherz?«

»Ich?«, fragt Katharina. »Ehrlich gesagt weiß ich nicht, wie lange

Onkel Albert noch dazu in der Lage sein wird, diesen großen Besitz vernünftig zu erhalten. Schon jetzt fällt es ihm schwer, mehr als ein paar Schritte zu gehen, wie soll er da kontrollieren, ob nicht der Garten verwildert oder im oberen Stockwerk ein Fenster undicht ist. Er kann auch nicht mehr gut sehen, wer weiß, was irgendwelche Anwälte ihm zum Unterschreiben hinlegen. Meiner Meinung nach sollten wir Onkel Albert dazu veranlassen, sein Vermögen und seinen Besitz von uns verwalten zu lassen. Carl, du hast BWL studiert, ich Jura, und Christian studiert Psychologie und ist Computerexperte, es wäre also kein Problem für uns. Wir sind alle drei in einer Phase, in der wir zusätzliches Geld durch einen Extrajob gut brauchen könnten. Wer weiß, ob er uns nicht mit der Zeit seinen Besitz ganz überträgt, wenn er mit uns zufrieden ist.«

Erstaunt sehen Carl und Christian zu Katharina hinüber. »So vernünftig kenne ich dich gar nicht, Katharina,« meint Carl, »aber du hast absolut Recht. Wir müssen daran denken, was passieren könnte, wenn Albert immer älter wird und irgendwann vielleicht senil. Er wird körperliche Pflege brauchen, und ich kenne genug Geschichten über Pfleger, die ihre Patienten betrügen und selbst dabei reich werden. Solange niemand von uns eine Vorsorgevollmacht besitzt, wird es schwierig sein, das zu verhindern.«

»Heißt das, du willst ihn irgendwann in ein Heim stecken? Damit ist er bestimmt nicht einverstanden!«, sagt Christian aufgebracht. »Natürlich nicht!«, erwidert Katharina. »Einer von uns sollte ihn zu sich nach Hause holen, dann ist er nicht allein und wir könnten in Ruhe überlegen, was wir mit seinem Erbe anfangen.« »Aber ich studiere noch und habe nur ein kleines Zimmer zur Verfügung,« meint Christian ratlos.

»Nun, ich habe auch eher an dich gedacht, Carl,« sagt Katharina. »Du wohnst in der Nähe, so dass du mit Onkel Albert ab und zu hierher fahren könntest, wenn ihm danach ist. Von Susann weiß ich, dass ihr euch bald ein Kind wünscht, dann müsste sie sowieso eine Weile zu Hause bleiben und könnte sich gleichzeitig um ihn kümmern. Glaubst du nicht, dass er Freude daran hätte, deine Kinder um sich zu haben? Er hat sich immer so liebevoll um uns gekümmert, als wir noch klein waren, er liebt Kinder.«

Einen Moment lang herrscht Schweigen. Carl blickt seine Schwester völlig verdutzt an und sagt schließlich: »Was ist denn das für eine verrückte Idee! Susann und ich sollen mit Albert unter einem Dach leben? Das kann ich mir überhaupt nicht vorstellen. Wenn ihn wirklich einer zu sich nimmt, dann bist du das natürlich, von dir hat er sich immer besonders gut verstanden gefühlt. Er hat dich sogar zwei Tage eher eingeladen als uns, das sagt doch alles!«

Katharina sieht ihn skeptisch an. »Ich soll ihn mal so eben aus seiner Heimat vertreiben und mit nach Lindau nehmen?« »Ja genau! Je länger ich darüber nachdenke, desto besser gefällt mir die Idee. Nimm du ihn zu dir an den Bodensee, dann ist er weit genug weg, damit wir hier in aller Ruhe ein paar Veränderungen vornehmen können. Wir könnten zum Beispiel aus diesem Landsitz ein Fünf-Sterne-Luxushotel machen. Wir müssten nur einen Teil des Grundstückes verkaufen, um die nötigen Umbaumaßnahmen bezahlen zu können, vielleicht …«

Christian schneidet ihm das Wort ab: »Wie kommt ihr eigentlich auf diese blöde Idee, Onkel Albert würde ausziehen und bei einem von euch wohnen wollen? Er hat sein Leben hier verbracht, dies ist sein Zuhause. Könnt Ihr euch vorstellen, mit über achtzig bei einem Neffen zu wohnen statt im eigenen Haus? Noch dazu, wenn es derart prachtvoll und einzigartig ist wie dieses? So ein Unsinn! Außerdem hat es Onkel Albert nicht verdient, so behandelt zu werden. Er hat sich nach Papas und Mamas Unfall unglaublich lieb um uns gekümmert. Opa hat ja selbst furchtbar unter dem Tod von Mama gelitten, und Onkel Albert ist eingesprungen, wann immer er konnte.«

Auf einmal ist es ganz still im Zimmer. Alle drei müssen wieder an die schlimmste Zeit ihres Lebens denken, damals, nach dem Autounfall ihrer Eltern. Katharina wechselt abrupt das Thema. »Sag mal Christian, was macht Kira, hast du sie schon gefragt, werdet ihr heiraten?« »Hab ich, ja,« erwidert er immer noch gereizt. »Das ist fantastisch!«, freut sich Katharina. »Kira ist eine wundervolle Frau, ihr passt so gut zusammen!« »Danke, Schwesterherz, genau das finde ich auch.«

»Wie schön für dich,« meint auch Carl, »da hast du großes Glück gehabt, dass sie sich ausgerechnet für dich entschieden hat!« »Du bist ja nur neidisch, weil Susann nicht mit ihr mithalten kann,« erwidert Christian aufgebracht. Carl holt tief Luft und blickt Christian voller Empörung an: »Susann ist nicht nur klug, sondern auch ausgesprochen hübsch. Sie weiß genau, wie sie sich vorteilhaft zu kleiden und zurechtzumachen hat und kann sich in den höchsten Kreisen angemessen benehmen.«

Wieder beendet Katharina das Thema und sagt: »Es ist Viertel vor sieben, wir sollten uns allmählich fürs Abendessen fertig machen. Onkel Albert mag es bestimmt nicht, wenn wir dazu in Jeans erscheinen.«

»Da muss ich dir Recht geben,« sagt Christian, steht abrupt auf und geht. Auch Katharina erhebt sich. »Dann werde ich mich mal in Schale werfen. Bis gleich, Carl.«

In ihrem Zimmer stößt Katharina einen tiefen Seufzer aus. *Komisch,* denkt sie, *jedes Mal freue ich mich darauf, meine Brüder wiederzusehen, und ist es dann soweit, dauert es keine zehn Minuten, bis sie mich schon wieder nerven.* Sie geht zum Fenster und blickt hinaus auf den großen Garten mit seinen alten Bäumen, den Rosensträuchern und dem blau schimmernden See. *Dieser Ort ist etwas ganz Besonderes, er besitzt Magie,* denkt sie. Viel lieber würde sie jetzt hinunter zum See gehen, als mit Carl und Christian zu Abend zu essen.

Kurz vor sieben treffen sich Katharina, Carl und Christian mit Albert im Speisesaal. Dieser Raum ist ebenfalls prachtvoll ausgestattet mit wertvollen Teppichen, Ölbildern, Kristallleuchtern und Kandelabern aus feinem Silber. Der Esstisch besteht aus poliertem Kirschbaumholz und ist mit wunderschön bemaltem Porzellantellern und Silberbesteck eingedeckt. Albert sitzt an der Stirnseite des Tisches, an seiner rechten Seite nimmt Katharina ihren Platz ein, und ihr gegenüber sitzen die beiden Brüder.

»Gut seht ihr aus,« sagt Albert lächelnd, »danke, dass ihr euch für mich so fein gemacht habt!« »Aber gerne!«, sagt Christian, und Carl fügt hinzu: »Zu einer Einladung bei dir, in diesem traumhaft schönen Ambiente, passt nur die allerbeste Kleidung.«

Das Essen ist ausgezeichnet und die Getränkeauswahl erlesen. Es gibt zunächst ein Glas Champagner, zum Essen stehen verschiedene Weine zur Auswahl. Albert selbst trinkt einen frisch gepressten Orangensaft und danach Mineralwasser, und Katharina schließt sich ihm an. »Mir bekommt der Alkohol nicht mehr so gut wie in meinen wilden Jahren,« sagt sie, und Albert meint: »Mir leider auch nicht, aber ich glaube, im Laufe meines langen Lebens habe ich bereits genug davon gekostet.« Verschmitzt lächelnd schaut er seine drei Gäste an. »Und nun erzählt einmal der Reihe nach, wie es euch geht. Was macht ihr so, wenn ihr nicht gerade mit eurem alten Onkel zusammen speist?«

Aufmerksam hört er zu, als sie ihm aus ihrem Leben berichten. Carl erzählt von dem Betrieb für Landwirtschaftsmaschinen, den er mit seiner Frau Susann aufgebaut hat, Katharina von ihrem neuen Leben mit ihrem Mann Johannes am Bodensee, und Christian von seinem Studium in Kiel.

Nachdem seine Haushälterin den Espresso serviert hat, räuspert sich Albert und trinkt einen kleinen Schluck davon. »Ihr Lieben, ich danke euch, dass ihr gekommen seid. Vielleicht fragt ihr euch, warum ich euch nicht schon längst einmal hierher eingeladen habe. Nun, dieses Haus ist nichts für kleine Kinder, und als ihr älter wurdet, wollte ich keine Begehrlichkeiten bei euch wecken. Ihr wisst ja, dass ich keine natürlichen Erben habe. Nach Constances Tod ist es mir viele Jahre lang egal gewesen, was einmal aus meinem Besitz wird, doch jetzt wird es höchste Zeit, darüber nachzudenken. Mir ist klar geworden, dass ich mir einen Erben wünsche, der dieses Anwesen genau so sehr zu schätzen weiß wie ich. Jemanden, der es als Geschenk und Aufgabe zugleich ansieht, hier leben zu dürfen, und der es nicht verkauft, damit vielleicht ein Hotel darauf gebaut werden kann.«

Carl blickt seine Schwester verwundert und leicht irritiert an. Sollte Albert etwa ihr Gespräch belauscht haben? Doch in dessen Miene deutet nichts darauf hin. Ruhig nimmt er noch einen Schluck Espresso und sieht die drei Geschwister der Reihe nach an, bevor er fortfährt: »Ich bin eurem Großvater, meinem treuen Freund, sehr dankbar dafür, dass ich seine Familie quasi adoptieren durfte. Für mich seid ihr Angehörige, und deshalb möchte ich einen von euch dazu bestimmen, sich nach meinem Tod mit Freude und Sorgfalt um dieses wunderschöne Fleckchen Erde zu kümmern. Mir ist klar, dass es Umbauten und Modernisierungen geben muss, aber ich möchte diesen Besitz in jedem Fall als Ganzes erhalten. Deshalb bitte ich euch darum, sorgfältig darüber nachzudenken, was jeder von euch damit anfangen würde, und zwar unter der Voraussetzung, dass er oder sie dauerhaft hier wohnt.«

»Sehr gern, lieber Onkel,« sagt Carl, »ich kann dich gut verstehen. Dieses wunderschöne Haus mit all seinen Wertgegenständen verdient es, genau so erhalten zu bleiben.« »Danke Carl,« erwidert Albert, »aber ich möchte lieber morgen darüber sprechen. Ich brauche jetzt meine Ruhe, und ihr sollt nun Zeit dazu haben, eure Pläne und Vorstellungen zu entwickeln. Nebenan im Kaminzimmer habe ich Getränke für euch bereitstellen lassen, ich empfehle euch vor allem meinen Cognac. Macht es euch bequem und redet miteinander über alle Möglichkeiten, die euch zu diesem Haus und dem Seegrundstück einfallen, schlaft eine Nacht darüber und teilt mir morgen mit, zu welchem Ergebnis ihr jeweils gekommen seid. Ich erwarte keinen vollständigen Plan und keine Einzelheiten, sondern lediglich die eine oder andere Idee von euch.«

»Wie du es wünscht, Onkel Albert,« sagt Carl, »gute Nacht!« »Schlaf gut, Onkel Albert!«, fügt Christian hinzu. Katharina steht auf, geht zu Albert und sagt: »Darf ich dich in dein Zimmer bringen?« »Das ist sehr freundlich von dir, Katharina! Und danach zeige doch bitte deinen Brüdern das Haus, bis jetzt kennen sie ja nur einen kleinen Teil davon. Wie sollen sie sich darüber Gedanken machen, wenn sie nicht alles gesehen haben?« »Gerne, Onkel Albert!«

Eine Stunde später sitzen die drei Geschwister im Wohnzimmer zusammen. Carl und Christian haben sich ein Glas Cognac eingefüllt, während Katharina eine Apfelschorle bevorzugt. Versonnen blickt sie in die Kerzenflammen des zwölfarmigen Leuchters und hängt ihren eigenen Gedanken nach, während Carl und Christian ab und zu einen Schluck Cognac trinken und sich über das ‚Schlösschen‘ unterhalten.

Irgendwann sagt Christian zu Katharina: »Ich wüsste zu gern, was jetzt in deinem Kopf vor sich geht. Erzählst du es uns?« Sie schreckt aus ihren Gedanken hoch. »Entschuldigt bitte, ich war gerade ganz woanders. Aber was Onkel Alberts Erbe betrifft, freut es euch sicher zu hören, dass ich nicht in Frage komme. Johannes wird später einmal das Familienunternehmen seines Vaters übernehmen, deshalb werden wir natürlich am Bodensee wohnen bleiben. Außerdem wünschen wir uns Kinder, und für eine Familie mit kleinen Kindern ist das ‚Schlösschen‘ denkbar schlecht geeignet. Allein den breiten Treppenaufgang mit einem Kindergitter abzusichern wäre nahezu unmöglich.«

Mit einem verschmitzten Grinsen schaut Christian zu ihr hinüber. »Und, wann ist es soweit?«, will er wissen. »Ich habe mich schon gefragt, warum du Opas erlesene Weine nicht wenigstens probiert hast.« »Ich habe keine Ahnung, was du meinst,« erwidert Katharina, lächelt ihn an und beginnt auf einmal, von innen heraus zu strahlen. »Ja, du hast Recht, ich bin schwanger, und ich bin unglaublich glücklich darüber, zufrieden?« »Mehr als das, Kathi, ich freue mich riesig für dich! Tja Carl, du hast zwar zuerst geheiratet, aber die nächste Generation läutest du nicht ein, so ein Pech!«

Irritiert schaut Carl ihn an. »Was soll das denn? Susann und ich werden Nachwuchs bekommen, wenn für uns und das Kind der beste Zeitpunkt gekommen ist, wir veranstalten doch keinen Geburtswettbewerb! Aber dir, Katharina, wünsche ich von Herzen alles Gute für dich und das Kind.« »Vielen Dank, Carl!« »So, und nun werde ich nach oben gehen und in Ruhe über Onkel Alberts Vorschlag nachdenken, das kann ich nämlich am besten allein. Susann wird auch schon auf meinen Anruf warten, bis morgen!«»Bis morgen, Carl!«

Katharina und Christian schauen ihm nach, bis er die Tür hinter sich geschlossen hat. »Jetzt wird es endlich gemütlich!«, sagt Christian. »Hoffentlich!«, erwidert Katharina. »Musst du ihn deine Ablehnung so deutlich spüren lassen?«»Irgendwie fordert er es immer wieder heraus. Aber du hast Recht, ich sollte mich morgen ein wenig zurückhalten, allein schon Onkel Albert zuliebe.«

Eine Weile lang hört man nur das Ticken der großen Standuhr, dann hält Christian es nicht mehr aus: »Sag mal, bringt dich deine Schwangerschaft sehr durcheinander, ich meine psychisch? Als du oben mit Carl über Onkel Albert gesprochen hast, habe ich mich kolossal über dich gewundert. So bist du doch sonst nicht!«

»Vielleicht bin ich etwas über das Ziel hinausgeschossen. Doch was meine Gesundheit betrifft: abgesehen von etwas Übelkeit am Morgen fühle ich mich so gut wie nie zuvor.«»Na, da bin ich beruhigt. Und was ist mit dem, was du vorhin gesagt hast, willst du wirklich auf dieses einmalige Haus mit Seegrundstück verzichten?«»Ich kann nur in einem Haus wohnen, Christian. Wenn ich Onkel Alberts Willen ernst nehme, komme ich dafür als Erbin nicht in Frage, so einfach ist das. Ich weiß auch gar nicht genau, ob ich mich bei all dieser Pracht wohl fühlen würde. Wie sieht's bei dir aus, hast du schon Pläne, was du mit dem ‚Schlösschen‘ anfangen würdest?«

Christian nimmt einen Schluck Wein, lehnt sich in seinen Sessel zurück und sagt: »Naja, das ist nicht so einfach. Dieses Haus und der Garten sind viel zu groß für mich und für eine Familie völlig falsch eingerichtet. Ich weiß auch nicht, wie ich einen derart riesigen Besitz vernünftig unterhalten sollte, so viel Geld werde ich niemals verdienen können. Das Einzige, was ich mir vorstellen kann, ist, im ehemaligen Dienstbotentrakt zu wohnen. Es gibt dort eine Küche und ein Bad. Hier in den Wohnräumen hätte ich ständig Angst davor, etwas kaputt zu machen.«

»Und was ist, wenn du einmal Familie hast? Reicht dir das dann immer noch?« »Ja natürlich! Es sind immerhin vier Zimmer, und groß genug sind sie auch. Ich glaube, Kira könnte sich dort auch wohlfühlen. Wir wollen nämlich zusammenziehen und suchen eine Wohnung hier in der Gegend, Kira arbeitet ja in Malente.«

Katharina sieht ihn überrascht an. »Du weißt schon, dass Onkel Albert hoffentlich noch einige Jahre leben wird?« »Natürlich, das hoffe ich genauso wie du. Bei unserem Rundgang vorhin ist mir eine Idee gekommen. Dieses Haus ist für ihn allein viel zu groß. Nach Mamas und Papas Tod haben Opa und er unglaublich viel für uns getan. Er ist oft zu uns gekommen, als wir bei Opa gewohnt haben, hat uns Geschenke gebracht und in den Zoo oder Zirkus eingeladen. Was spricht dagegen, zu ihm zu ziehen? Es würde ihm sicher nicht schaden, wenn wir seinen Alltag ein wenig aufpeppen. Er wäre nicht allein, und Kira und ich könnten günstig wohnen, eine klassische Win-Win-Situation, oder?«

»Meinst du das ernst?«, fragt Katharina, »weißt du, worauf du dich da einlassen würdest?« »Ja, Kathi, ich meine es ernst, und nein, natürlich kann ich nicht wissen, worauf genau ich mich einlasse. Kira und ich werden selbstverständlich nicht alles für Onkel Albert tun können. Wenn er irgendwann bettlägerig werden sollte, gibt es dafür einen Pflegedienst, das würde ich mir allein nicht zutrauen.«

»Du hast dir tatsächlich schon Gedanken gemacht. Aber was wird Kira dazu sagen?« »Kira? Sie kennt Onkel Albert und mag ihn sehr, und ich glaube, er mag sie auch. Ich werde sie nachher anrufen, aber ich denke, sie wäre sehr glücklich darüber, hier mit mir zusammen wohnen zu dürfen.«

Katharina schaut ihren Bruder prüfend an, und er scheut sich nicht davor, ihrem Blick offen zu begegnen. »Du meinst es wirklich ernst,« sagt sie. »Natürlich! Der Dienstbotentrakt hat einen eigenen Eingang und genug Platz, um zwei Kinder unterzubringen, eines der Zimmer könnte man sogar noch aufteilen. Das Einzige, was mir dabei Kopfzerbrechen macht, ist die Tatsache, dass Onkel Albert irgendwann sterben wird. Ich möchte nicht das ganze Haus bewohnen, das könnte ich mir niemals leisten und es ist auch gar nicht mein Stil. Ich kann nur hoffen, dass ihm zu diesem Problem rechtzeitig eine vernünftige Lösung einfällt.«

»Das denke ich schon, Onkel Albert ist ein sehr kluger Mann. Aber nun zu dir: mein kleiner Bruder wird heiraten, das ist wunderbar! Habt ihr schon einen Termin?« Noch bevor Christian antworten kann, hören die beiden ein Geräusch, das aus der Eingangshalle zu kommen scheint.

Im Nu ist Katharina aufgesprungen. Sie öffnet die Tür zur Halle und erblickt Carl, der gerade auf dem Weg zur Treppe nach oben ist. »Was machst du denn noch hier?«, fragt sie ihn. »Na was wohl, Katharina, ich gehe nach oben.« »Das sehe ich selbst. Aber warum bist du heruntergekommen, wolltest du nicht telefonieren?« »Spielst du Inquisition? Ich habe längst mit Susann gesprochen und wollte mir lediglich einen Schlummertrunk nehmen. Als ich gehört habe, dass ihr noch hier sitzt und miteinander redet, bin ich wieder umgekehrt, um euch nicht zu stören. Ich weiß wirklich nicht, warum du dich so aufregst. Wahrscheinlich liegt das an deinem jetzigen Zustand, du solltest lieber auch zu Bett gehen!«

Katharina spürt, dass Carl nicht die Wahrheit gesagt hat, aber sie spricht ihn nicht weiter darauf an. Stattdessen geht sie ins Kaminzimmer zurück und unterhält sich noch eine Weile mit Christian. Der erzählt, dass er und Kira auf jeden Fall noch so lange mit der Hochzeit warten wollen, bis er im nächsten Jahr sein Studium beenden wird. »Aber zusammenziehen wollen wir schon möglichst bald,« sagt er glücklich.

Am nächsten Morgen sitzen Onkel Albert, Carl und Christian schon zusammen am Esstisch, als Katharina das Zimmer betritt. »Guten Morgen, Onkel Albert, entschuldige bitte, dass ich zu spät bin, aber die Haare wollten einfach nicht schneller trocken werden.« Albert schaut sie lächelnd an und sagt: »Du wirst deiner Mutter immer ähnlicher, sogar bei den Ausreden.«

Nach einem ausgiebigen Frühstück bittet Albert die drei Geschwister ins Arbeitszimmer und nimmt in seinem Lieblingssessel Platz. »So ihr drei, ich bin gespannt darauf, was ihr mir zu sagen habt. Wer möchte beginnen?« »Ladies first,« sagt Carl, »Katharina sollte beginnen.« »Ist mir Recht,« meint auch Christian. Also erzählt Katharina von der Firma, die ihr Mann einmal von seinen Eltern übernehmen wird. »Sie hat ihren Sitz am Bodensee, und dort werden Johannes und ich wohnen bleiben. Aber das hast du sowieso schon gewusst, oder?« Liebevoll sieht sie ihn an.

»Nun ja, so etwas habe ich mir in der Tat gedacht. Nun, dann bleiben nur noch zwei übrig, was mir die Entscheidung erleichtern wird. Carl, du bist der Ältere, also darfst du beginnen.«

Carl setzt sich gerade hin, schaut Albert direkt ins Gesicht, setzt eine ernste Miene auf und sagt: »Lieber Onkel Albert, der Gedanke, dass du einmal nicht mehr bei uns bist, macht mich sehr traurig. Du bist immer für uns dagewesen und hast nach dem Tod unserer Eltern sehr viel Zeit für uns geopfert, wofür ich dir von ganzem Herzen dankbar bin. Auf diesem Fleckchen Erde wohnen zu dürfen würde mich mit großem Stolz und Dank erfüllen. Als ich gestern Abend mit Susann gesprochen habe, ist uns beiden schon nach kurzer Zeit klar gewesen, dass wir dir unsere Dankbarkeit noch viel zu wenig gezeigt haben.«

»Ist schon gut, Carl,« unterbricht ihn Albert, »noch liege ich nicht auf dem Totenbett. Komme einfach zur Sache!« »Wie du es wünscht, lieber Onkel! Susann und ich würden am liebsten sofort hier bei dir einziehen. Der Weg zu unserer Firma ist von hier aus nicht weiter als von unserer Mietwohnung aus. Es würde uns große Freude bereiten, einmal für dich da sein zu können, mit dir zusammen durch die wunderschöne Schleswig-Holsteinische Schweiz zu fahren und vielleicht im Sommer die Fünf-Seen-Rundfahrt mit dem Boot zu machen. Warum sollen wir erst dann hier einziehen, wenn du schon tot bist? Das Haus ist groß genug für zwei Familien, da wird es groß genug für dich und uns sein. Du wärest nicht mehr allein, und wir könnten das Geld für die Miete sparen. Du siehst also, mein Vorschlag würde dir und uns nur Vorteile bringen.«

Christian ist schon nach den ersten Sätzen seines Bruders unruhig geworden. Katharina sieht ihm an, wie aufgebracht er ist, und winkt ihm beschwichtigend zu. Nur mit Mühe kann er sich davon abhalten, aufzuspringen und Carl die Meinung zu sagen. Albert scheint nichts davon mitzubekommen und fragt ruhig: »Und, Carl, was meint Susann dazu?«

»Susann? Gut, dass du mich danach fragst, es ist nämlich ihre Idee gewesen. Sie ist ein sehr familienverbundener Mensch und hat dich von Anfang an in ihr Herz geschlossen. Als sie mir gestern am Telefon diesen Vorschlag unterbreitet hat, habe ich wieder einmal gespürt, wie klug und wunderbar sie ist, und bei mir gedacht: Hey, Carl, warum bist du nicht selbst auf diese fantastische Idee gekommen!«

Jetzt kann sich Christian nicht länger zurückhalten. »Ja, warum wohl nicht, Carl! Weil diese Idee gar nicht von Susann ist, sondern von mir. Du hast uns gestern Abend belauscht, als ich mit Kathi darüber gesprochen habe, gib's doch zu!« Carl sieht seinen Bruder mit leicht geneigtem Kopf von oben herab an. »Etwas Dümmeres fällt dir nicht ein? Glaubst du, dass ich es nötig habe, ausgerechnet auf deine Ideen zu warten? Vielleicht ist es ja umgekehrt gewesen und du hast mich beim Telefonieren belauscht.«

Für einen Moment lang verschlägt es Christian die Sprache. Wütend sieht er Carl an, dann sagt er: »Kathi ist meine Zeugin. Sie hat neben mir gesessen, als ich ihr davon erzählt habe, dass ich mit Kira zu Onkel Albert ziehen möchte. Im Unterschied zu deinem Vorschlag habe ich aber davon gesprochen, dass ich gern in den Dienstbotentrakt einziehen möchte, was für dich natürlich nicht nobel genug ist. Kathi hat dich gesehen, als du gestern von der Eingangshalle aus nach oben gegangen bist, was sehr wohl dafür spricht, dass du uns belauscht hast.«

Bisher hat Albert ruhig dagesessen und aufmerksam zugehört, doch jetzt ergreift er das Wort. »Kinder, seid bitte für einen Moment lang ruhig, damit ich die Fakten sortieren kann. Carl, stimmt es, dass Katharina dich auf dem Weg nach oben gesehen hat?« »Ja natürlich, warum auch nicht? Ich habe mir nach dem Telefonat mit Susann noch einen Schlummertrunk holen wollen, dann habe ich gehört, dass Katharina und Christian sich noch im Wohnzimmer unterhalten und bin wieder nach oben gegangen, um sie nicht zu stören. Daran ist ja wohl nichts auszusetzen.«

»Gut,« sagt Albert, »dann frage ich jetzt dich, Christian: Hast du Katharina gestern Abend von deiner Idee erzählt, mit Kira zu mir ziehen zu wollen?« »Ja, genau das hab ich!« »Nun, dann habe ich offenbar zwei liebe Neffen, die mir eine große Freude machen wollen. Wie soll ich mich denn nun für einen von ihnen entscheiden?« Hilfesuchend blickt er Katharina an. »Erzähle ihnen von dem Terrarium!«, sagt sie. »Ach ja, das Terrarium, das hätte ich fast vergessen,« erwidert er.

Irritiert sieht Carl zu Albert hinüber. »Welches Terrarium?«, will er wissen. »Nun, vor kurzem hat mir ein ehemaliger Schulfreund ein Terrarium vermacht. Als ich ihn das letzte Mal besucht habe, hat er es mir gezeigt, vor allem seine Riesenschlangen. Es sind so faszinierende Tiere! Er hat mir eine Boa um den Hals gelegt, es ist ganz erstaunlich, wie sich das anfühlt, überhaupt nicht glitschig wie bei einem Frosch, sondern eher wie die Hornplatten einer Schildkröte. Offensichtlich hat keines seiner Kinder Interesse daran, deshalb werde ich das Terrarium bekommen und im hinteren Gartenbereich aufstellen lassen.«

»Und was hat das mit uns zu tun?«, fragt Christian unsicher. Albert sieht ihn lächelnd an. »Ich brauche jemanden, der die Tiere für mich versorgt, denn ich bin zu alt dafür. Die Schlangen benötigen Lebendfutter, und ihre Behausungen müssen hin und wieder gereinigt werden. Dafür benötigt man mehr Kraft und weit schnellere Reaktionen, als ich sie besitze. Und weder meine Haushälterin noch der Gärtner wollen oder können diese Arbeit für mich erledigen.«

Bei dem Wort ‚Lebendfutter‘ ist Christian unwillkürlich zusammengezuckt. Carl hingegen hat aufmerksam zugehört und sagt: »Lieber Onkel Albert, Schlangen gehören nicht zu meinen Lieblingstieren, aber sie sind höchst interessant. Im Zoo habe ich schon etliche Schlangen gesehen, und ich traue es mir durchaus zu, sie artgerecht zu versorgen. Bitte gib mir nur etwas Zeit, damit ich mich ausführlich über diese Tiere informieren kann.«

Nachdenklich sieht Albert ihn an und wendet sich dann Christian zu. »Und du, Christian, was meinst du dazu?« »Also ehrlich, ich kann das nicht, auf keinen Fall! Allein der Gedanke, eine kleine süße Maus in einen Schlangenkäfig setzen zu müssen, ist entsetzlich. Wieso vermachst du diese Tiere nicht einem Zoo, dort werden sie bestimmt artgerecht versorgt. Und ehrlich gesagt verstehe ich dich nicht. Willst du deine Entscheidung darüber, wer von uns in deinem Schlösschen wohnen soll, wirklich von einem Terrarium abhängig machen?«

Albert beginnt zu lächeln. »Naja, nicht wirklich, aber eure Antworten sind ganz aufschlussreich. Dabei stütze ich mich zusätzlich auf die Erkenntnisse meiner lieben Katharina, die ein wenig für mich spioniert hat. Gestern hat sie für mich herausgefunden, was ihr beide zu ihrem Vorschlag gesagt habt, mit mir zusammen zu wohnen. Wie war das Carl? ‚Susann und ich sollen mit Albert unter einem Dach leben? Nein, das kann ich mir überhaupt nicht vorstellen, was für eine verrückte Idee!‘ Ist das nicht deine Antwort gewesen?« »Jetzt verstehe ich endlich,« sagt Christian, und auch er kann sich ein Lächeln nicht verkneifen. »Tja Carl, damit hast du wohl nicht gerechnet!«

»Das allein hat natürlich nicht ausgereicht,« fährt Albert fort, »deshalb die Sache mit dem Terrarium, was übrigens frei erfunden ist. Von Katharina weiß ich, dass ihr alle eine starke Abneigung gegen Schlangen habt und diesen Tieren auch im Zoo aus dem Weg geht. Und weil du, Carl, offensichtlich nicht besonders gern mit mir zusammenziehen möchtest und zudem bei der Frage nach den Schlangen gesagt hast, du würdest diese Tiere versorgen können, muss ich davon ausgehen, dass du auch sonst nicht ganz ehrlich zu mir gewesen bist.«

Bei diesen Worten läuft Carls Gesicht rot an. »So ist das also! Katharina hat mich angelogen, woher weißt du, dass sie nicht auch dich angelogen hat, Opa? Sie hat Christian schon immer mehr gemocht als mich, und nur weil ich dir zuliebe meine Angst vor Schlangen aufgeben möchte, stehe ich jetzt als Lügner da?«

»Beruhige dich, Carl,« sagt Albert, »die Sache ist sowieso ganz anders, als ihr angenommen habt. Ich habe nie davon gesprochen, mein gesamtes Anwesen zu vererben, sondern nur davon, dass ich mir wünsche, einer von euch würde hier wohnen und es zu schätzen wissen. Natürlich habe ich mir schon seit längerem Gedanken über mein Vermögen gemacht. Ein Großteil davon besteht aus einer Stiftung für krebskranke Kinder, vom übrigen Teil wird dieses Haus bewirtschaftet und das dafür notwendige Personal bezahlt. Aus dem Haus selbst möchte ich eine Erholungsstätte für Kinder und Jugendliche machen, die Krebs haben, aber gerade nicht im Krankenhaus therapiert werden müssen. Zusammen mit ihren Eltern sollen sie hier eine kleine Auszeit nehmen können und einmal fürstlich leben dürfen.«

Fassungslos sieht Carl zu Albert hinüber. »Hat es dir Spaß gemacht, mit unseren Gefühlen zu spielen? Dir muss doch klar gewesen sein, dass wir dich falsch verstehen würden.« »Lass Onkel Albert ausreden!«, sagt Christian. »Er hat noch gar nicht alles gesagt.«

»Danke, Christian! Ich bin auch gleich fertig. Ihr wisst wahrscheinlich, dass meine einzige Schwester als Kind an Leukämie gestorben ist. Auch heute noch gibt es Kinder und Jugendliche, deren Krebs unheilbar ist. Ihnen will ich hier die Möglichkeit schaffen, einen letzten besonderen Wunsch erfüllt zu bekommen. Möchte vielleicht ein Mädchen für ein paar Tage eine Prinzessin sein, so wird mein Verwalter, der hier wohnen muss, dafür sorgen. Sie wird die entsprechenden Kleider bekommen, darf in einer Kutsche fahren und mit einem Prinzen einen wunderschönen Ball besuchen. Möchte ein Junge seinen Lieblingsfußballer kennenlernen, wird mein Verwalter ihn hierher einladen, und ich denke, dass ihm das viel mehr gefällt als ein Besuch im Krankenhaus. Ich kann mir ebenfalls vorstellen, dass eine bekannte Band oder ein Sänger, der gerade sehr populär ist, in der Eingangshalle auftritt und für die Kinder ein unvergessliches Konzert gibt. Es gibt unzählig viele Möglichkeiten, aber dazu brauche ich hier einen Menschen meines Vertrauens. Und ich glaube, ich habe ihn an diesem Wochenende gefunden. Habe ich Recht, Christian?«

Der schaut Albert ratlos an. »Aber ich studiere noch, wie kann ich da gleichzeitig so viele Aufgaben erfüllen?« Onkel Albert lächelt ihn an. »Nun, noch lebe ich ja. Aber wenn du dein Angebot ernst meinst, schon bald in den ehemaligen Dienstbotentrakt einzuziehen, werden wir die Veränderungen schrittweise und in aller Ruhe gemeinsam durchführen. Wenn du dich erst einmal mit Kira hier eingelebt hast, kannst du dir immer noch überlegen, ob du nach deinem Studium mit vollem Gehalt bei mir einsteigen willst oder nur stundenweise. In jedem Fall werde ich deine Wohnung nach deinen Vorstellungen renovieren lassen und dir ein lebenslanges kostenloses Wohnrecht zusichern. Und falls du es dir zutraust, bekommst du nach meinem Tod das alleinige Entscheidungsrecht über alle Maßnahmen, die dazu dienen können, meinen letzten Willen durchzusetzen.«

Aufmerksam hat Christian ihm zugehört. »Das ist ein sagenhaft gutes Angebot, Onkel Albert. Natürlich werde ich es mit Kira besprechen müssen, aber ich bin mir fast sicher, dass sie zustimmen wird, alles übrige werden wir dann sehen. Danke für dein Vertrauen! Ich werde alles daran setzen, dich nicht zu enttäuschen.«

»Davon bin ich überzeugt, Christian. Und nun zu dir, Carl. Ich glaube, du bist gar nicht traurig darüber, dass du nicht an Christians Stelle hier einziehen musst. Es freut mich, dass du dieses Haus und meine Möbel zu schätzen weißt, und ich werde dir einige schöne Exemplare zukommen lassen, ohne dass du bis zu meinem Tode darauf warten musst. Und während Christian und Kira versuchen, mein Leben ein wenig ‚aufzupeppen‘, kannst du mit Susann deine freie Zeit so einteilen, wie du es möchtest. Bitte sei Katharina nicht böse, sie hat das alles nur mir zuliebe und auf meinen ausdrücklichen Wunsch hin getan.«

Wortlos nickt Carl mit dem Kopf. Albert wendet sich jetzt an Katharina. »Dich, Katharina, möchte ich bitten, die Leitung meiner Stiftung zu übernehmen, und zwar möglichst bald. Das juristische Wissen dafür besitzt du und mein Vertrauen ebenfalls.« Albert erhebt sich aus seinem Sessel. »Und jetzt muss ich mich ein wenig ausruhen.«

Katharina und Christian blicken Onkel Albert liebevoll an, und auch Carl hat sich wieder beruhigt und sieht nicht mehr so verärgert aus wie vorher. Albert greift nach seinem Stock. »Heute Abend kommen eure Partner Susann, Johannes und Kira, und morgen noch ein paar Nachbarn und Freunde. Dann feiern wir zusammen meinen fünfundachtzigsten Geburtstag, und ich möchte nur noch fröhliche Gesichter sehen! Einverstanden?«

Fünfundzwanzig Jahre

»So schnell? Lea, das freut mich für dich!« »Ja, und die Lage ist auch okay. Also, Mama, mach's gut!« »Du auch, mein Kind!«

Annika legt das Telefon zur Seite. *Wie schön!,* denkt sie. Sie ist stolz auf ihre Tochter, die es vor einigen Wochen geschafft hat, einen der begehrten Ausbildungsplätze als Tierpflegerin in Hagenbecks Tierpark zu bekommen. Lea hat sich schon als Kind für Tiere interessiert, sie voller Begeisterung und Ausdauer beobachtet und sich im Laufe der Jahre ein großes Wissen angeeignet, insbesondere über Vögel und Säugetiere. Und jetzt hat sie auch noch ein Zimmer in einer netten Wohngemeinschaft in Hamburg gefunden.

Beide Kinder sind auf einem guten Weg, denkt Annika dankbar. Der ältere von beiden, ihr Sohn Timo, studiert seit einem Jahr in Kiel Elektrotechnik. Nach dem Auszug ihrer Tochter wohnt sie jetzt wieder mit ihrem Mann Stefan allein, zum ersten Mal seit dreiundzwanzig Jahren. *Unglaublich, wie schnell die Zeit vergangen ist,* denkt sie. In wenigen Monaten werden sie tatsächlich schon ihre Silberhochzeit feiern.

Nie wird sie den Augenblick vergessen, als sie ihrem Stefan das erste Mal begegnet ist. Es ist einer dieser magischen Momente gewesen, wie man ihn nur selten erlebt, gleich nach ihrem Examen. Sie erinnert sich, als wäre es gestern gewesen ...

»Hey Annika, wir haben es geschafft, endlich! Ich bin ja so froh!«, ruft Anja und fällt ihrer besten Freundin um den Hals. »Und ich erst! Ich kann es noch gar nicht glauben.« »Weißt du was? Wir beide sollten ein paar Tage Urlaub machen, auf meiner Lieblingsinsel, das haben wir uns verdient!« »Und Andi?« »Der ist zu einem Lehrgang und muss sich fortbilden. Mit ihm bin ich schon zweimal auf Amrum gewesen, aber mit dir noch nie. Hast du Lust?« Annika nickt. »Ich bin so froh, dass die Examensprüfungen hinter uns liegen und sehne mich nach frischer

Luft. Sonne, Meer und Strand, das klingt verlockend. Aber finden wir auf die Schnelle eine Unterkunft?« »Na klar, die Sommerferien haben noch nicht angefangen.«

Kurz entschlossen packen sie ihre Sachen, treffen sich am Bahnhof in Schleswig und fahren mit dem Zug nach Niebüll und von dort aus nach Dagebüll. Ein Fährschiff bringt sie noch am gleichen Tag nach Amrum, wo sie gleich in Wittdün am Wattenmeer eine gemütliche kleine Frühstückspension finden. Beim Auspacken merkt Annika, dass sie vergessen hat, einen neuen Film für ihre Kamera mitzunehmen. Ihr erster Einkauf führt sie deshalb in einen Fotoladen. Neugierig schaut sie sich um, während der Verkäufer mit einem Kunden beschäftigt ist.

An der einen Wand hängen Fotos von der Insel – ein Leuchtturm, eine Möwe im Flug, ein Sonnenuntergang am Meer, eine Mutter mit ihrem Kind am Strand, eine alte Windmühle, Seehunde auf einer Sandbank. Die Wand daneben zeigt Bilder verschiedener Pflanzen: ganze Teppiche kleiner Blüten, Dünenrosen im Morgenlicht, aber auch liebevoll herausgearbeitete Details einzelner Blüten oder filigraner Rispen eines Dünengrases, das sich im Wind biegt.

Annika ist fasziniert. Sie hat schon als Kind gerne fotografiert und einmal sogar den zweiten Preis in einem Wettbewerb gewonnen, doch diese Fotos hier sind brillant – gestochen scharf, mit klaren Farben, die das Hauptmotiv gut herausarbeiten, und immer mit einem passenden Vordergrund.

»Es freut mich, dass Sie sich für meine Bilder interessieren,« sagt eine Stimme hinter ihr. Aufgeschreckt dreht sie sich um. Sie hat überhaupt nicht mitbekommen, dass der andere Kunde den Laden schon wieder verlassen hat. Ein großer, schlanker junger Mann mit dunklen, verträumten Augen lächelt sie an. »Aber jetzt sollte ich Ihnen erst einmal einen guten Tag wünschen. Was darf ich für Sie tun?«

Was darf ich für Sie tun?, denkt sie, *bin ich das überhaupt schon einmal gefragt worden?* »Guten Tag!«, antwortet sie schnell. »Haben Sie diese Aufnahmen alle selbst gemacht?« Sie hat das erste gesagt, was ihr eingefallen ist, um sich wieder zur Wand drehen zu können. Sie weiß, dass sie ihn nicht länger ansehen kann, ohne rot zu werden, und das will sie auf jeden Fall vermeiden. »Ja, die sind von mir, aber sie sind nichts Besonderes, einfach ein paar Impressionen von der Insel. Schauen Sie sich in aller Ruhe um!«

Sie versucht, sich in die Fotografien zu versenken ohne an den jungen Mann zu denken, der wenige Meter hinter ihr steht und in den sie sich nur zu leicht verlieben könnte. Sie vergleicht ihn mit Gerhard, ihrer letzten Liebe. Der ist so ganz anders gewesen, nicht bescheiden oder zurückhaltend. Für selbstsicher und erfolgreich hat sie ihn gehalten, bis sie auf schmerzliche Weise erfahren musste, dass hinter dieser Fassade lediglich ein armseliger Egomane gesteckt hat, ein Nichtskönner, der trotzdem immer wieder hören wollte, was für ein toller Mann er sei.

Jeder weitere Gedanke an Gerhard ist Zeitverschwendung, denkt Annika und versenkt sich in die Bilder vor ihr. Sie kann fast den Wind spüren, der über die Gräser und Blüten streicht, betrachtet amüsiert eine Möwe, die mit weit aufgerissenem Schnabel auf einem Teller mit Spaghettiresten sitzt, und hört in Gedanken das Rauschen der Nordsee, deren weiße Schaumkronen auf den Wellen wie unregelmäßig verteilte Sahnetupfer auf einem großen Blech Kuchen aussehen. Die zahlreichen Blütenbilder erstaunen sie. Gibt es hier auf der Insel tatsächlich ganze Flächen blühender Heide? Und das dort sieht aus wie ein Enzian, aber der gehört doch in die Berge.

»Die Aufnahmen sind fantastisch!«, sagt sie. »Gibt es so viele Blumen auf Amrum?« »Oh ja, die sind alle hier aufgenommen. Die Besenheide muss man im August fotografieren, dann bildet sie große Blütenmeere. Den Strandflieder daneben findet man auf den Salzwiesen am Wattenmeer. Und das dort ist ein Lungenenzian, aber er ist sehr selten und steht unter strengem Naturschutz, wie die meisten Blütenpflanzen der Insel.«

Ein melodisches Läuten, bei dem nacheinander die Töne eines Dreiklangs zu hören sind, kündigt einen neuen Kunden an. Es ist ein älterer Herr, der sich auf einen Stock stützt und schwer atmet, so als hätte ihn das Gehen angestrengt. Der Fotograf bringt ihm sofort einen Stuhl, damit er sich hinsetzen und ausruhen kann.

Annika erinnert sich daran, dass sie immer noch keinen Film für ihre Kamera gekauft hat. Sie sucht sich einen passenden aus, bezahlt und verabschiedet sich. »Auf Wiedersehen!«, sagt auch der junge Mann, und Annika kann noch hören, wie er sich freundlich dem nächsten Kunden zuwendet: »Was darf ich für Sie tun? Möchten Sie vielleicht ein Glas Wasser?«

Diese Stimme werde ich so leicht nicht wieder vergessen, denkt Annika, *und diesen Mann erst recht nicht*. In Gedanken versunken geht sie zurück in die Pension, wo Anja schon mit der Strandtasche auf sie wartet. »Jetzt zeige ich dir den Kniepsand, da wirst du Augen machen!«, sagt sie fröhlich. »Er ist der breiteste Strand von Nordeuropa, na ja, in jedem Fall einer der breitesten, und für mich der allerschönste auf der ganzen Welt. Aber erst geht's durch die Dünen, ich habe Fahräder gemietet.«

Am Strand angekommen sieht Annika sich begeistert um. »Allmählich verstehe ich, warum du so gerne hier bist. So einen Strand habe ich noch nicht gesehen. Auch das Meer sieht ganz anders aus als vom Festland, es ist viel lebendiger.« »Habe ich doch gesagt, dass es dir hier gefallen wird! Aber komm jetzt, wir sollten uns für die paar Urlaubstage einen Strandkorb gönnen, meinst du nicht?«

Es ist schon Abend, doch die beiden Freundinnen sitzen immer noch in ihrem Strandkorb, eingekuschelt in warme Jacken. Annika hat gerade die ganze unselige Geschichte über sich und Gerhard erzählt. Anja legt ihr mitfühlend einen Arm um die Schulter. »Vergiss ihn, er ist nicht einen trüben Gedanken wert. Freu dich lieber, dass du ihn so schnell losgeworden bist. Es gibt Typen, die fürchterlich klammern und einen nicht mehr in Ruhe lassen.«

»Du hast ja Recht, ich weine ihm ganz bestimmt nicht hinterher. Wie konnte ich mich nur auf jemanden wie ihn einlassen! Ich beneide dich um deinen Andi, nein, ich gönne ihn dir von ganzem Herzen. Wenn ich doch irgendwann auch so einen Mann kennenlernen würde!« »Ja,« erwidert Anja glücklich, »er ist ein richtiger Schatz, wie man ihn selten findet. Aber mach dir keine Sorgen, die Liebe kommt oft dann, wenn man am wenigsten mit ihr rechnet.«

Die nächsten zwei Tage vergehen wie im Fluge. »Schön ausschlafen, gemütlich frühstücken, faul am Strand liegen und ab und zu in die Nordsee springen, daran könnte ich mich gewöhnen,« sagt Annika am dritten Tag. Es ist Sonntag, ihr vorletzter Urlaubstag. »Ich auch,« erwidert Anja, »guck mal da, die Möwe!«

Fasziniert beobachten die beiden, wie sich eine große Silbermöwe einer Urlauberin nähert, die gerade ein Stück Kuchen auspackt. Annika holt blitzartig ihre Kamera hervor, betätigt das Zoomobjektiv und beobachtet, was jetzt geschieht. Noch bevor die Frau in ihren Kuchen hineinbeißen kann, ist die Möwe mit einem Satz bei ihr, reißt mit dem Schnabel ein großes Stück aus dem Kuchen und fliegt mit ihrer Beute davon.

»Hast du ein Foto davon gemacht?«, fragt Anja aufgeregt. »Na klar,« lacht Annika, »und was für eins! Die hat ausgesehen, als ob sie gerade einen Seeigel verschluckt hat.« »Und ich glaube, die Möwe hat ihr einen Gefallen getan, wenn ich mir die Proportionen dieser Dame näher betrachte …« Anja bringt ihren Satz nicht zu Ende, und beide schütteln sich vor Lachen.

»Guck mal, Annika, da kommt der Amrumer Fotograf, ob der das auch fotografiert hat?«, sagt Anja immer noch glucksend. »Der Amrumer Fotograf?«, fragt Annika irritiert »Was will der hier?« »Na ja, der geht von Strandkorb zu Strandkorb und fragt die Touris, ob er sie fotografieren soll. Er hat ein sehr schönes Foto von Andi und mir gemacht, wir sollten uns auch fotografieren lassen.« »Ja, warum nicht?«

Beim Näherkommen erkennt Annika, dass es sich bei dem Fotografen um den jungen Mann aus dem Fotogeschäft handelt. Freundlich lächelt er die beiden an. »Guten Tag, ich mache Fotos von den Urlaubern, die gern eine Erinnerung mit nach Hause nehmen wollen. Die Fotos sind ganz unverbindlich, Sie können morgen in meinen Fotoladen kommen und anschauen, ob sie welche haben möchten oder nicht. Möchten Sie …« Mitten im Satz bricht er ab. »Sie sind doch in meinem Laden gewesen und haben selbst eine Kamera. Dann brauchen Sie mich natürlich nicht, bitte entschuldigen Sie die Störung.«

»Also ich hätte gern ein Foto von einem Profi,« sagt Anja unbekümmert. *Er erkennt mich wieder,* denkt Annika glücklich, *er hat mich nicht vergessen.* Sie strahlt ihn an. »Ja bitte, Ihre Fotos sind wunderbar!« »Das freut mich, freut mich ungemein.« Er lächelt sie an, nicht nur mit seinem Mund sondern auch mit seinen Augen.

Anja blickt von Annika zum Fotographen und wieder zu ihr. *Hab ich's nicht gesagt,* denkt sie, *dann, wenn du es am wenigsten erwartest.* Laut sagt sie: »Komm, Annika, lassen wir den Fotografen sein Werk tun.« Der geht ein paar Schritte zurück und gibt verschiedene Anweisungen, freundlich aber bestimmt. Jetzt ist er ganz der Profi, der in seinem Beruf aufgeht. Zum Schluss reicht er ihnen sein Kärtchen. »Kommen Sie morgen vorbei, dann können Sie sich die Bilder ansehen. Ach so, wenn Sie möchten, reichen Sie mir bitte Ihre Kamera, dann mache ich Ihnen damit auch noch ein paar Fotos.«

Wieder lächelt er Annika an, auf seine ganz eigene Weise. Stumm reicht sie ihm ihren Fotoapparat, nicht ein Wort bringt sie im Moment heraus. Er stellt sich wieder in Position und drückt auf den Auslöser, dann ein zweites und drittes Mal. »So, bitte sehr, hier haben Sie Ihren Apparat wieder.«

»Haben Sie denn überhaupt kein Wochenende?«, fragt Annika. »Nun, ich finde, ich habe diesmal ein besonders schönes Wochenende,« antwortet er und verabschiedet sich mit einem verschmitzten Lächeln. »Was habe ich verpasst?«, fragt Anja. »Komm, sag es mir, und alles schön der Reihe nach!«

Am nächsten Vormittag macht sich Annika allein auf den Weg zu dem Fotoladen. »Ich will noch ein paar Postkarten schreiben, du wirst auch ohne mich die richtigen Fotos aussuchen,« hat Anja zu ihr gesagt und ihre Freundin dabei spitzbübisch angesehen.

Annika öffnet die Tür und lauscht dem schon vertrauten fröhlichen Bimmeln der Glocke. Der Laden ist leer, doch noch bevor sie am Tresen angekommen ist, erscheint der Fotograf in der Tür zum Hinterzimmer. »Guten Morgen, ich habe Sie schon erwartet und Ihre Fotos zurechtgelegt,« sagt er und breitet die Bilder vor ihr aus.

Das bin ich?, denkt sie erstaunt. Dass Anja bildhübsch ist weiß sie, aber wie hat er es nur geschafft, so schöne Fotos von ihr zu machen. »Die sind wunderbar geworden,« sagt sie, »aber ich habe nicht das Gefühl, dass ich das bin.« »Tatsächlich? Ich finde, das sind genau Sie, und Sie sehen bezaubernd aus. Besonders gefällt mir dieses hier.« Aus der obersten Ablage holt er ein vergrößertes Portraitfoto von ihr. »Ihr Lächeln ist unbeschreiblich schön, finden Sie nicht auch?« Er ordnet die Fotos zu einem kleinen Stapel und schiebt ihn über den Tresen zu ihr hinüber. »Die Bilder schenke ich Ihnen.«

»Schenken, warum?«, fragt sie ungläubig. Er antwortet schlicht: »Diese Bilder zu machen und zu entwickeln hat mir Freude bereitet, die ich nicht durch Geld bezahlt haben möchte. Stattdessen würde ich Ihnen gern meine wunderschöne Insel zeigen, vielleicht möchten Sie selbst sehen, wo ich meine besten Fotos gemacht habe. Haben Sie Lust?«

Ihr Herz beginnt zu rasen, und sie hofft inständig, dass er es nicht mitbekommt. »Heute ist mein letzter Tag auf der Insel,« sagt sie, »vielleicht heute Abend, wenn Sie Feierabend haben?« »Wunderbar, ich erwarte Sie um fünf.«

»So so,« sagt Anja schmunzelnd, als Annika ihr von der Verabredung erzählt hat, »macht unser guter netter Fotograf extra deinetwegen früher Schluss. Da musst du ihn beeindruckt haben. Wie wäre es hiermit?« Sie holt eine ihrer Blusen aus dem Kleiderschrank. »Die steht dir bestimmt super, ich habe sie noch nicht gebraucht, weil sie für den Strand viel zu schön ist. Aber für dich ist sie heute genau richtig.

Was meinst du?« Annika nickt. »Du bist eine echte Freundin,« sagt sie dankbar.

Um fünf Uhr betritt Annika zögernd den Fotoladen. »Kommen Sie mit,« sagt der Fotograf fröhlich, »wir haben ein volles Programm vor uns, da Sie morgen schon wieder abreisen.« Er schließt die Ladentür ab und hängt ein Schild ins Fenster, auf dem ‚geschlossen‘ steht. Annika folgt ihm durch das Hinterzimmer nach draußen in den kleinen Garten bis zu einem Schuppen, aus dem er ein großes Fahrrad mit zwei Sitzen hervorholt. »Das habe ich mir vorhin von einem Freund geliehen. Sind Sie schon Tandem gefahren?« »Nein, ist das schwer?« »Für Sie bestimmt nicht!« »Können wir das förmliche ‚Sie‘ nicht sein lassen?«, fragt sie leise. Er schaut sie an und streckt ihr die rechte Hand entgegen. »Ich bin Stefan, und du?«

Annika lächelt in sich hinein. Diese ersten glückseligen Tage mit Stefan wird sie niemals vergessen. Anja ist ohne sie zurück aufs Festland gefahren, während sie ihren Urlaub verlängert hat. Jeden Abend ist sie mit ihm über die Insel geradelt. Es ist nicht schwer gewesen, mit dem Tandem zurechtzukommen, ganz im Gegenteil. Es sind unbeschwerte Stunden gewesen, voller Fröhlichkeit. Wie gute Freunde sind sie miteinander umgegangen. Stefan hat ihr Zeit dazu gelassen, ihn und seine Insel kennenzulernen. Jeden Tag hat er ihr etwas Neues gezeigt: den schönen rotweißen Inselleuchtturm, die Windmühle ‚Bertha‘, die alte Kirche im Hauptort Nebel aus dem dreizehnten Jahrhundert. Und offensichtlich haben die Insulaner ihn alle gemocht, immer wieder ist er freundlich gegrüßt worden.

Am besten haben ihr die Ausflüge in die Natur gefallen. Stefan hat ihr gezeigt, wo er seine schönsten Fotografien aufgenommen hat und wo im Verborgenen der Lungenenzian blüht, diese seltene Pflanze, die auf der Insel inzwischen leider ausgestorben ist. Er ist mit ihr bis zu den Vogelschutzgebieten in den Amrumer Dünen geradelt und hat ihr erzählt, dass dieses Dünengebiet einer der ganz wenigen Orte an der Nordsee ist, an dem noch Möwen und Enten am Boden brüten, weil sie dort geschützt sind.

An ihrem letzten Abend ist er mit ihr zum Strand bei Norddorf gefahren. Sie haben sich in einen Strandkorb gesetzt und beobachtet, wie die glutrote Sonne im Meer versunken ist. Eine Weile lang hat er nichts gesagt, sondern sie nur angesehen. »Du weißt, dass ich dich mag, sehr mag, und dass ich mir wünsche, dass du wiederkommst,« hat er schließlich gesagt und hinzugefügt: »Und ich hoffe, dass dir meine Insel irgendwann so gut gefällt wie mir.« »Ich werde wiederkommen,« hat sie leise geantwortet, und er hat seinen Arm um ihre Schulter gelegt und sie zum ersten Mal geküsst.

In diesem Jahr ist Annika so oft wie möglich nach Amrum gefahren. Es sind unbeschwerte, glückliche Tage gewesen, aufregend und erfüllend. Mit der Zeit hat sie nicht nur Stefan sondern auch Amrum lieben gelernt und sich ein Leben auf dieser Insel immer besser vorstellen können. Nach ihrem Referendariat haben sie geheiratet und sich in der Kirche von Nebel trauen lassen.

In der Inselschule, der ‚Öömrang Skuul‘, wie sie nach der Amrumer Sprache ‚Öömrang‘ heißt, hat sie eine neue Arbeitsstätte gefunden und die ersten Kontakte mit Insulanern geknüpft. Zunächst hat sie sich noch etwas fremd gefühlt, doch die Arbeit an der Schule hat ihr Freude gemacht. Jedes Kind ist ihr wichtig gewesen, das haben die Eltern schnell gemerkt. Auf einer kleinen Insel bleibt nahezu nichts verborgen, was seine Nachteile, aber auch seine Vorteile haben kann.

Es hat nicht lange gedauert, bis sie spüren durfte, dass sie ein akzeptiertes Mitglied der Inselgemeinschaft geworden ist. Unter ihren Kolleginnen hat sie neue Freundinnen gefunden, und Stefans Freunde sind auch die ihren geworden. So ist Amrum mit der Zeit ihre neue Heimat geworden. Mindestens einmal im Jahr haben Stefan und sie Besuch von Anja und Andi bekommen, und jedes Mal hat Andi mit einem breiten Grinsen im Gesicht wissen wollen: »Was ist damals denn nun genau passiert? Ich bin ja leider nicht dabei gewesen.«

Damals bin ich immer glücklich gewesen, denkt Annika. *Wie habe ich mich gefreut, als ich tatsächlich schwanger geworden bin, und wie sehr hat*

Stefan mich verwöhnt. Ihr fällt wieder ein, wie er sie zum Essen eingeladen hat, als die Zeit ihrer täglichen Übelkeit endlich vorbei gewesen ist. »Du musst jetzt wieder zu Kräften kommen,« hat er zu ihr gesagt, sie kurzerhand auf den Gepäckträger seines Fahrrades gesetzt und sie zum Italiener gefahren. Dort hat er ihr ein großes Steak bestellt.

Annika muss lächeln, als sie sich daran erinnert, dass Stefan ihr Steak zweimal zurück in die Küche geschickt hat, weil es nicht richtig durchgebraten war. Schwangere sollen kein rohes Fleisch essen, weil sich darin Keime befinden können, die dem Baby schaden. Der Gastwirt hat das anscheinend nicht gewusst, sondern nur bedauernd mit dem Kopf geschüttelt und nicht verstanden, wie man ein zartes Steak derart verderben kann.

Zu ihrem großen Glück hat sie einige Monate später ein gesundes Kind geboren, einen Jungen. Von der ersten Sekunde an haben sie den kleinen Timo geliebt. *Es ist unglaublich,* denkt Annika, *wie viel zusätzliche Liebe ich auf einmal gefühlt habe. Und meine Liebe zu Stefan ist dadurch nicht weniger geworden, eher noch mehr.* Mit ihrer Tochter Lea ist es ihr genauso ergangen, und sie ist froh darüber gewesen, für einige Jahre von ihrem Beruf beurlaubt werden zu können. So hat sie die ersten Schritte und Worte ihrer Kinder selbst miterleben dürfen, wofür sie jetzt noch dankbar ist.

Dafür hat Stefan umso mehr schaffen müssen, denkt sie bedauernd. Der Beginn der digitalen Fotografie ist eine große Herausforderung für ihn gewesen und er hat noch mehr arbeiten müssen als zuvor. Aber er hat es geschafft, seinen Fotoladen so umzugestalten, dass er weiterhin genug Geld abgeworfen hat. Er hat seinen Kunden die Möglichkeit geboten, ihre Fotos bei ihm auszudrucken, zum Beispiel als Postkarten. Mit seinen einzigartigen Naturaufnahmen hat er Kalender gestaltet und Souvenirs bedruckt, und seine Portraitaufnahmen sind aufgrund ihrer Qualität nach wie vor beliebt geblieben. Seit einigen Jahren stellt er sogar die vorgeschriebenen digitalen Passfotos für Personalausweise und Reisepässe her.

Kein Vater hätte liebevoller sein können als Stefan, das weiß Annika genau. Egal wie müde er abends nach Hause gekommen ist, immer hat er sich zuerst um die Kinder gekümmert und Annika dadurch entlastet. In seiner knapp bemessenen Freizeit hat er mit den Kindern Sandburgen gebaut, Drachen steigen lassen oder Fußball gespielt, hat ihnen das Schwimmen und Fahrradfahren beigebracht, und alles mit grenzenloser Geduld. Nie wird sie den Abend vergessen, an dem er neben Timo auf der untersten Treppenstufe gesessen hat und ihm ein ums andere Mal gezeigt hat, wie man eine Schleife bindet.

Doch mit den Jahren hat Annika auch die Schattenseiten des Insellebens kennengelernt. In der Saison, vom Beginn der Osterferien bis zum Ende der Herbstferien, hat Stefan nicht einen Sonntag komplett frei gehabt, geschweige denn ein ganzes Wochenende. Liebend gern wäre Annika auch einmal mit ihrer Familie im Sommer in den Urlaub gefahren, doch das ist für einen Insulaner wie ihn unmöglich, muss er doch in der Hauptsaison für die Winterzeit mitverdienen.

Früher ist Annika mit Begeisterung zu Konzerten oder ins Musical gegangen, aber das kulturelle Angebot einer Insel ist natürlich sehr begrenzt. Und jeder Besuch auf dem Festland ist mit großem Aufwand verbunden, denn zu den Fährfahrten kommt mindestens eine Übernachtung hinzu. Wie oft hat Annika Einladungen ablehnen müssen, weil sie nicht genug Zeit dazu gehabt hätte, rechtzeitig wieder auf Amrum zu sein. Und obwohl sie nach ihrer Babypause nur mit halber Stundenzahl wieder als Lehrerin angefangen hat, hat sie manchmal das Gefühl gehabt, ihrem Mann und ihren Kindern nicht gerecht werden zu können.

Jetzt fang bloß nicht an, dich zu bedauern!, ermahnt sich Annika. Einen besseren Mann als Stefan hätte sie nicht finden können, und ihre beiden Kinder haben ihrem Leben unsagbar viel Freude geschenkt. Wer hat schon wie sie das Glück, am Wasser zu wohnen, abends mal eben in die Nordsee zu springen, in den Dünen zu wandern oder einen Sonnenuntergang am Meer zu erleben. Welcher Stadtmensch würde sich nicht tagsüber die gesunde Luft und nachts die Ruhe einer Nordseeinsel wünschen. Und während andere viel Geld dafür bezahlen müssen, hat sie das ‚rundum-sorglos Paket' für eine gesunde Umgebung ganz umsonst.

Was viele Touristen kaum glauben können: auch im Winter hat das Inselleben seine Reize. Nach Saisonende haben die Menschen plötzlich wieder Zeit für einander, und was gibt es Schöneres, als gut eingemummelt am menschenleeren Strand spazieren zu gehen, um danach in ein warmes Zuhause zu kommen und einen heißen Tee, Kaffee oder Grog zu trinken.

Annika blickt aus dem Fenster. Um diese Zeit kommt Stefan in der Regel nach Hause. Als sie ihn mit großen Schritten auf ihr kleines, aber sehr gemütliches Zuhause zukommen sieht, wird ihr warm ums Herz. Plötzlich fällt ihr wieder ein, dass er ihr für heute Abend eine Überraschung versprochen hat. Rasch zieht sie sich eine Jacke über und läuft ihm entgegen.

»Nun sag schon,« ruft sie aufgeregt, »was ist deine Überraschung?«

»Hallo Schatz,« erwidert er fröhlich, »das ist aber ein schöner Empfang!« Er zieht sie zu sich heran und gibt ihr einen Kuss. Lächelnd sieht er sie an. »Komm, lass uns erst ins Haus gehen, dann erfährst du mehr.«

Im Eingangsflur zieht sich Stefan die Schuhe aus, schlüpft in seine bequemen Hausschuhe und hängt seine Jacke auf einen Bügel. Aus seiner Tasche holt er eine kleine Sektflasche, nimmt zwei Gläser aus dem Wohnzimmerschrank und verteilt den Inhalt der Flasche auf die beiden Gläser. »Komm, setz dich zu mir auf das Sofa,« bittet er Annika, nimmt sein Glas in die Hand und schaut sie mit einem verschmitzten Lächeln an. »Welches weltbewegende Ereignis findet in genau einhundert Tagen statt?« Annika muss nicht lange nachdenken. »Na, unsere Silberhochzeit!«

»Sehr gut! Und da dieser besondere Tag mitten in den Herbstferien liegt, wäre es möglich, ihn an einem wunderschönen Urlaubsort zu

begehen.« Annika nickt: »Ja, darüber haben wir schon gesprochen.«
»Stimmt! Falls du dir diesen Ort aussuchen könntest, egal wo er auch
sein mag, welchen Ort würdest du dir wünschen?«

Annika überlegt einen Moment lang, dann lächelt sie Stefan an:
»Nun, wahrscheinlich wäre es am sinnvollsten dort zu feiern, wo wir
genau fünfundzwanzig Jahre vorher geheiratet haben, hier auf Amrum.« »Ja, das wäre vernünftig. Aber wenn du einmal nicht vernünftig bist, sondern dir einen total verrückten Ort aussuchen könntest,
welcher wäre das dann?« »Verrückt und unvernünftig?« Annika lacht.
»Na, das ist doch klar, die Oper in Sydney – ein völlig unvernünftig ge-
planter Bau in einem ‚verrückten‘ Land auf der anderen Seite der Erde.«

Stefans Gesicht ist plötzlich bleich geworden. Erschrocken sieht Annika ihn an: »Du bist ja ganz blass! Keine Angst, das meine ich nicht
im Ernst, ich weiß, dass wir uns das nicht leisten können, aber ich
sollte ja etwas völlig Verrücktes aussuchen.« »Ja, das solltest du!« Jetzt
lächelt er wieder. »Ich weiß genau, wie sehr du dich all die Jahre danach
gesehnt hast, etwas anderes kennenzulernen als unsere Insel, so schön
sie auch sein mag. Etwas Besonderes, das dir den Atem nimmt, das
anders ist als alles, was du bisher erlebt hast. Und genau das möchte
ich dir zur Silberhochzeit schenken.«

»Wirklich? Wir machen eine Reise?« Annika springt auf, zieht Stefan
an seinen Armen von der Couch hoch und fällt ihm um den Hals.
»O danke, danke, das ist eine ganz wunderbare Überraschung!« »Wie
schön, dass dir dieser Gedanke so gut gefällt!« Stefan drückt sie fest
an sich und gibt ihr einen Kuss. »Und, interessiert es dich gar nicht,
wohin die Reise geht?«

»Natürlich! Nun sag schon, bitte!« »Also,« beginnt Stefan, »das Wich-
tigste zuerst: Mein Patensohn Jacob hat mir versprochen, sich in den
Herbstferien zwei Wochen lang um den Fotoladen zu kümmern, denn
ich kann ihn unmöglich so lange dicht machen. Zusammen mit seiner
Verlobten wird er zu uns kommen und auf die Wohnung aufpassen.
Wie gefällt dir das?« »Das ist fantastisch!« »Habe ich mir ja auch über-

legt. Und was das Ziel unserer Reise angeht – du hast es selbst schon gesagt.«

Völlig verwirrt blickt Annika ihn an. »Das heißt – das bedeutet – meinst du wirklich, wir fliegen nach Australien?« »Ja, mein Schatz! Wir machen eine richtig schöne Rundreise, und am Tag unserer Silberhochzeit hören wir ein Konzert im großen Saal der Oper von Sydney. Und ja, wir können uns das leisten, ich habe lange darauf hin gespart.«

Eine Weile lang ist Annika sprachlos. »Ich glaub es nicht,« sagt sie schließlich, »das ist das allerschönste Geschenk, das du mir machen kannst.« Mit Tränen in den Augen geht sie zu ihm und schlingt ihre Arme fest um seinen Oberkörper. Auch Stefan drückt sie liebevoll an sich.

Irgendwann lösen sie sich wieder voneinander, und auf Annikas Gesicht erscheint ein feines Lächeln. »Du kannst ruhig jetzt schon damit anfangen, für unsere goldene Hochzeit zu sparen.«

Sieglinde kauft ein

Sieglinde steht vor dem Geldautomaten und wartet auf das typische Geräusch, mit dem die Scheine im Ausgabeschlitz des Automaten erscheinen. Sorgfältig zählt sie nach. Ja, es sind genau dreihundert Euro, damit wird sie hoffentlich eine Weile auskommen. Nur schade, dass sie einen Teil davon gleich wieder ausgeben wird, aber Tante Käthe muss ein wertvolles Geburtstagsgeschenk bekommen. Immerhin wird sie schon achtundachtzig Jahre alt, da weiß man nie, wie viele Geburtstage sie noch erleben wird.

Tante Käthe ist seit vielen Jahren Witwe und hat keine Kinder, besitzt dafür aber ein beachtliches Vermögen. Sie ist Sieglindes große Hoffnung auf ein angenehmeres Leben, auf ein bisschen mehr Luxus und Wohlstand. Also bekommt Tante Käthe in jedem Jahr zum Geburtstag und zu Weihnachten ein großzügig bemessenes Geschenk. Es ist Sieglindes Investition in ihre Zukunft, in eine hoffentlich nicht allzu ferne Zukunft.

Ein fröhliches Läuten ertönt, als Sieglinde die Tür zu ‚Hattingers Porzellanladen‘ öffnet. Es ist ein kleines Geschäft in Kiel mit hochwertigen Porzellanwaren, überwiegend aus Meißen und von KPM. Auf den Regalen an den Wänden befinden sich wunderschön bemalte Teller, Schalen, Vasen und Figuren aus zierlichem Porzellan, sowie das eine oder andere Kaffeeservice.

In der Mitte des länglichen Raumes stehen zwei Tische, über denen zwei prachtvolle sechzehnarmige Leuchter hängen. Sie sind aus weißem Meißner Porzellan gefertigt und kunstvoll bemalt. Staunend blickt Sieglinde noch nach oben, während sich eine Tür im hinteren Ladenbereich öffnet und ein Herr mittleren Alters den Verkaufsraum betritt. Es ist Herr Hattinger selbst, der Inhaber. Freundlich lächelt er seine Kundin an und sagt: »Guten Tag, was kann ich für Sie tun?«

»Ich suche ein Geburtstagsgeschenk für meine liebe Tante, eine schöne Vase oder eine Schale,« sagt Sieglinde. Sehnsuchtsvoll betrachtet sie die kunstvoll bemalten Teller, Tassen, Kaffeekannen und Zuckerdöschen. Einmal ein eigenes Meißner Porzellanservice zu besitzen ist einer ihrer größten Träume. *Was würden meine Freundinnen für Augen machen,* denkt sie, *wenn ich sie einlade und ein so sündhaft teures Kaffeeservice auf dem Tisch stünde.* Das geht den Verkäufer, der gerade vor ihr steht und sie abschätzend mustert, jedoch überhaupt nichts an. Deshalb versucht sie so auszusehen, als sei sie den täglichen Umgang mit Kostbarkeiten aus Meißner Porzellan gewohnt. Doch es gelingt ihr nicht ganz, der halb offen stehende Mund verrät sie.

»Aber gerne! Wenn Sie bitte einmal hier drüben schauen mögen.« Herr Hattinger führt sie zu einem Regal, auf dem etliche Vasen mit kunstvoll gemaltem Blumendekor stehen. Da gibt es kleine und größere Vasen von bauchiger, kelchförmiger, kugeliger oder schlanker Gestalt. Sie sind mit den unterschiedlichsten Blumenmotiven geschmückt: zartblaue Vergissmeinnichtblüten strahlen neben kräftig leuchtendem orangerotem Mohn, rosafarbene Kirschblüten schimmern vor weißen Ackerwinden und himmelblaue Kornblumen bilden ein zauberhaftes Ensemble mit sonnengelben Primeln und malvenfarbenen Ringelblumen.

Sieglinde hat ihren Gesichtsausdruck inzwischen wieder unter Kontrolle. »Die sehen ganz hübsch aus,« sagt sie beiläufig. Mit dem Understatement kennt sie sich aus. Die wirklich Wohlhabenden zeigen beim Anblick solcher Vasen keine Gefühlsregungen, für sie gehört Meißner Porzellan zum Alltag. Ohne lange zu überlegen nimmt Sieglinde eine der größeren Vasen in die Hand und betrachtet sie aus der Nähe. Mohnblumen, Buschwindröschen und Primeln zieren den bauchigen unteren Teil der Vase, die sich nach oben hin zu einem schlanken Hals verjüngt. »Wie viel kostet die?«, will sie wissen.

»Da haben Sie sich für ein besonders schönes Exemplar entschieden,« erwidert Herr Hattinger. Besorgt hat er mit angesehen, wie seine Kundin die edle Vase ohne die notwendige Sorgfalt in ihre Hände genommen hat. Vorsichtig nimmt er sie ihr wieder ab, dreht sie herum und zeigt ihr das unter dem Boden angebrachte Preisetikett. ‚Fünfhundertachtundsiebzig Euro‘ liest Sieglinde und zuckt unwillkürlich zusammen. So viel Geld kann sie nicht aufbringen, auf keinen Fall. »Vielleicht ist sie doch etwas zu groß für den Glasschrank meiner Tante,« sagt sie. Sie nimmt eine der kleineren Vasen in ihre Hände und schaut diesmal zuerst nach dem Preisschild. Doch dreihundertvierzehn Euro sind immer noch viel zu viel, und auch die allerkleinste Vase mit zierlichem Vogelmotiv kostet schon fast zweihundert Euro.

Der Geschäftsinhaber weiß längst, dass für diese Kundin keine Vase aus Meißen in Betracht kommt. Er führt sie zu einem Tisch in der Mitte des Verkaufsraumes, auf dem sich kleine Schalen und Aschenbecher aus Porzellan befinden, aber auch Porzellanfiguren wie eine Katze mit eingerolltem Schwanz oder ein aufgerichtetes Pferd, das auf den Hinterbeinen steht. »Was halten Sie denn hiervon?«, fragt er. »Man muss ja nicht immer Porzellan aus Meißen verschenken. Diese Einzelstücke sind ebenfalls gut ausgearbeitet, betrachten Sie nur die Pferdemähne oder den Gesichtsausdruck der Hündin, die sich liebevoll ihren Welpen zuwendet. Diese Porzellanfiguren sind zurzeit sehr gefragt und kosten so um die dreißig bis fünfzig Euro. Wir haben dieses Kontingent günstig einkaufen können und geben den guten Preis an unsere Kunden weiter. Möchten Sie die Figuren einmal näher betrachten?«

Sieglinde nickt. Sie nimmt eines der Pferde in die Hand und weiß sofort, wo sie es aufstellen würde. Auf ihrer Wohnzimmerkommode zwischen den künstlichen Rosen und dem Telefon wäre der ideale Platz dafür. Die Hundemutter mit Welpen müsste neben dem kleinen Stoffhund auf der Fensterbank stehen, und der wunderschöne Rad schlagende Pfau würde nahezu überall hin passen. Aber sie sucht ja ein Geschenk, und solche Porzellantiere sind nichts für ihre Tante, das weiß sie genau. Also nimmt sie eine der kleinen Schalen in die Hand und betrachtet die roten und schwarzen Johannisbeeren, die darauf abgebildet sind. Die Farben leuchten mindestens genauso schön wie die auf den Meißner Vasen, vielleicht sogar etwas mehr, und die Schale kostet nur zweiunddreißig Euro. Aber die Größe stimmt leider nicht, als angemessenes Geschenk für Tante Käthe ist sie zu klein. »Haben Sie so eine Schale auch in größer?«, fragt sie.

Herr Hattinger zieht die große Tischschublade auf, schaut hinein und schüttelt bedauernd seinen Kopf. »Leider nein! Hier sind nur kleine Schalen und weitere Porzellantiere.« Er überlegt einen Moment lang. »Aber vielleicht habe ich hinten im Lagerraum noch etwas, das Sie interessieren könnte. Warten Sie bitte einen Moment!« Mit schnellen Schritten geht er zur Tür im hinteren Bereich des Verkaufsraumes und verschwindet dahinter.

Na so was, denkt Sieglinde. *Lässt der mich doch tatsächlich mit all den teuren Sachen allein.* Sie überlegt einen Moment lang, nimmt noch einmal das Pferd in die Hand und dann den Pfau. Als der Verkäufer immer noch nicht wieder auftaucht, zieht sie vorsichtig die Schublade auf und blickt hinein. Dort liegen all die Kostbarkeiten für sie bereit, sie braucht nur zuzulangen. Verstohlen blickt sie zur Tür, hinter der Hattinger verschwunden ist, und dann zur Ladentür. Es ist niemand zu sehen. Blitzschnell greift sie in die Schublade, holt einen Pfau heraus und steckt ihn in ihre geräumige schwarze Handtasche.

Ein weiterer Blick zur Tür, ein schneller Griff in die Schublade, und ein Pferd verschwindet auf die gleiche Weise. Genauso ergeht es der Hundemutter mit Welpen, und da in der Tasche immer noch Platz genug ist, nimmt sie sich rasch noch eine kleine Schüssel, die mit Johannisbeeren bemalt ist, und dann noch eine. Es kann ja nicht schaden, schon ein paar Geschenke auf Vorrat zu besitzen.

So geräuschlos wie möglich schließt Sieglinde die Schublade wieder, zieht den Reißverschluss ihrer Handtasche zu und holt tief Luft. Jetzt kommt alles darauf an, dass sie sich nicht selbst verrät. *Nur nicht nervös werden,* denkt sie, *die paar Stücke werden schon nicht vermisst werden. Der Hattinger hat genug davon. Ich hätte mir ja auch etwas viel Wert-*

volleres aus Meißner Porzellan nehmen können. Mit diesem Gedanken kann sie ihr Gewissen wieder etwas beruhigen.

Es dauert nicht lange, da kehrt Herr Hattinger in den Verkaufsraum zurück. In seinen Händen hält er eine Porzellanschale und stellt sie vorsichtig auf den Tisch. Sieglinde steht genau dort, wo er sie vor ein paar Minuten verlassen hat. Ihre Handtasche hält sie in ihrer linken Hand, und zwar so weit unten, dass er sie nicht sehen kann.

Lächelnd wendet sich der Geschäftsinhaber an seine Kundin: »Wie gefällt Ihnen diese hier, hat sie die richtige Größe?« Sieglinde wirft einen kurzen Blick darauf. »Ja, die ist genau richtig,« sagt sie schnell, »was kostet sie?« »Neunundsechzig Euro, aber das ist sie auch wert. Schauen Sie nur, wie sorgfältig und detailreich die Beeren gemalt sind, Himbeeren und Brombeeren bilden ein wunderschönes Ensemble, finden Sie nicht? Und die Form dieser Schale erinnert ein wenig an eine Muschel mit ihrem leicht gewellten Rand. Soll ich sie Ihnen als Geschenk einpacken?«

Sieglinde fühlt sich gar nicht wohl in ihrer Haut und möchte das Geschäft so schnell wie möglich wieder verlassen. »Nicht nötig, das mache ich zu Hause,« sagt sie schnell. »Wie Sie wünschen,« erwidert Herr Hattinger, geht mit der Schale zur Ladentheke am Ende des Raumes und wickelt sie sorgfältig in mehrere Lagen Papier ein. Sieglinde folgt ihm und achtet darauf, dass er ihre gut gefüllte Handtasche nicht zu Gesicht bekommt.

Herr Hattinger reicht seiner Kundin die eingewickelte Schale und sagt: »Wenn Sie nun bitte Ihren Einkauf bei mir bezahlen würden.« Sieglinde nimmt einen Zwanzig- und einen Fünfzig-Euro-Schein aus ihrem Portmonee und legt beides auf den Ladentisch. Herr Hattinger runzelt die Stirn und schaut sie fragend an. »Das sind siebzig Euro, aber das ist natürlich nicht genug.« »Wie meinen Sie das?«, fragt Sieglinde verwirrt. »Die Schale kostet neunundsechzig Euro, das haben Sie doch gerade selbst gesagt.«

»Aber gnädige Frau, ich rede nicht nur von der Schale! Haben Sie schon vergessen, dass Sie noch wesentlich mehr eingekauft haben?«, fragt er betont freundlich. »Schauen Sie einmal in Ihrer Handtasche nach! Aber sie sollten diese kleinen Kostbarkeiten sicherheitshalber auch gut einwickeln lassen, sonst zerbrechen sie Ihnen noch, und das wäre doch jammerschade, nicht wahr?«

Sieglinde fällt vor Schreck die Kinnlade nach unten. Bestürzt starrt sie ihn an, ihr Gesicht wird puterrot. Woher kann er das nur wissen? Er ist doch gar nicht im Raum gewesen. Im ersten Moment will sie davonlaufen, aber nahezu jeder würde sie einholen. *Und wenn ich einfach alles abstreite?*, denkt sie. *Wenn ich ihm sage, dass dies eine unverschämte Lüge ist und ihn meine Handtasche überhaupt nichts angeht? Was soll ich nur tun!*

»Nun, das hätten Sie sich vorher überlegen sollen,« sagt Herr Hattinger, als könne er Gedanken lesen. »Glauben Sie, ich würde meine Kostbarkeiten unbeaufsichtigt allein lassen? Haben Sie nicht gelesen, was an der Eingangstür steht und auch auf dem Schild dort im Regal?«

Fassungslos blickt Sieglinde dorthin. ‚Dieser Raum ist videoüberwacht‘ ist deutlich zu lesen. Die dazugehörige Kamera zeigt Herr Hattinger ihr ebenfalls. Sie befindet sich an der Querseite des Raumes auf einem der oberen Regale und ist etwas schwieriger zu entdecken.

Sieglinde sackt in sich zusammen. Jetzt ist sie eine Diebin, die Videoaufnahmen beweisen es eindeutig. Falls Herr Hattinger sie anzeigt, werden alle mit Fingern auf sie zeigen, und was das Allerschlimmste wäre: Tante Käthe würde sie gewiss nicht als Erbin in ihrem Testament bedenken. »Ich weiß auch nicht, was da eben über mich gekommen ist,« sagt sie ängstlich, »das müssen Sie mir glauben! Bitte zeigen Sie mich nicht an!« Aus lauter Selbstmitleid schießen ihr Tränen in die Augen.

Herr Hattinger lächelt sie vielsagend an. »Das habe ich gar nicht vor. Ich habe Sie lediglich darum gebeten, Ihren Einkauf zu bezahlen, Ihren gesamten Einkauf. Also legen Sie die Porzellantiere aus Ihrer Handtasche schön alle der Reihe nach hier auf meine Ladentheke, damit ich die Preise notieren kann.« »Ja sicher, natürlich bezahle ich alles, das ist doch selbstverständlich.«

Selbstverständlich?, denkt Hattinger, *das hat vorhin aber ganz anders ausgesehen.* Er erinnert sich nur zu gut daran, was er im Hinterzimmer auf dem Bildschirm seiner Überwachungskamera gesehen hat. Der begierige Ausdruck in den Augen seiner Kundin ist ihm keineswegs entgangen. Voller Interesse hat er mitverfolgt, wie sie vorsichtig die Schublade aufgezogen, ein ums andere Mal eine Porzellanfigur herausgenommen und sie in ihre Handtasche gesteckt hat.

Vorsicht ist die Mutter des Porzellanladens, das weiß er genau. Er wird nie vergessen können, wie sich ein junger Mann eines Tages beim Hinausgehen zu einem der Meißner Leuchter hochgereckt und den kleinen Anhänger, den sogenannten Bommel, mitgenommen hat, der allein schon fünfhundert Euro wert ist. Hattinger ist hinter ihm her gelaufen, hat ihn aber nicht mehr erreichen können. Doch er hat sich das Gesicht dieses Mannes sehr gut eingeprägt. *Irgendwann sehe ich dich wieder, und dann habe ich dich!*, hat er sich mindestens schon hundertmal geschworen und danach die Überwachungskamera installiert. Als er vorhin beobachtet hat, wie seine Kundin die Schublade langsam und vorsichtig wieder zugeschoben hat, um sich nicht durch ein Geräusch zu verraten, hat sich ein Lächeln auf seinem Gesicht ausgebreitet. *Es ist Zeit, in den Laden zurückzukehren*, hat er gewusst.

Mit prall gefüllter Handtasche und nahezu leerem Portmonee verlässt Sieglinde das Geschäft. Herr Hattinger schaut schmunzelnd hinter ihr her. Manchmal ist es wirklich nicht schlecht, etwas länger als notwendig im Hinterzimmer zu bleiben.

New York, New York

»Du, Schatz?« » ...mm, ja?« »Kann ich dich was fragen?« » ...mm, ja?« »Hast du noch mal über New York nachgedacht?« »Ja?«
»Elisabeth, du hörst mir ja überhaupt nicht zu!«, sagt Dieter schon etwas lauter. »Was? Oh, entschuldige bitte, ich war in Gedanken. Was hast du gesagt?« »Ich habe dich gefragt, ob du noch einmal über New York nachgedacht hast.« »Über New York?« »Naja, du weißt doch, wie mich diese Stadt fasziniert, allein die Museen, die es dort gibt, sind eine Reise wert. Hast du noch mal darüber nachgedacht, mir zuliebe dort hinzufliegen?«

»Ach du, das brauche ich gar nicht. Was soll ich da, in dieser riesigen Stadt mit den vielen Hochhäusern und Straßen voller Autos und Lärm. Du weißt doch, dass ich viel lieber in der Natur bin, in den Bergen, im Wald oder am Wasser. Wir sind in Paris und Rom gewesen, mit drei kleinen Kindern im Auto bis Madrid gefahren und haben uns jede Menge Museen angeschaut. Muss es wirklich New York sein?«

»Mich interessiert diese Stadt nun einmal. Bei deiner Freundin Conny haben wir uns das Buch über New York angesehen, sie hat so von dieser Stadt geschwärmt! Erinnerst du dich nicht?« »Natürlich! Aber weißt du nicht mehr, welche Schikanen wir vor fünf Jahren an der Grenze zu den USA erlebt haben? Drei Stunden lang haben wir in der Schlange gestanden, und als ich mich einen Moment lang auf die Bank setzen wollte, hat mich ein Grenzbeamter in Uniform sofort wieder hochgescheucht. Wir haben auf dem Fußboden hockend Zettel ausgefüllt, die später niemand haben wollte, und bei den Kontrollen sind wir fast wie Verbrecher behandelt worden. Damals haben wir uns doch geschworen, so etwas auf keinen Fall noch einmal mitzumachen.«

»Ja schon, aber als wir dann am Grand Canyon gestanden haben, hast du Tränen in den Augen gehabt.« »Ich weiß, es hat mich total überwältigt. Wenn ein Traum Wirklichkeit wird, wenn du etwas erleben darfst, von dem du nie wirklich geglaubt hast, dass du es je erleben würdest, das lässt sich nicht in Worte fassen. Als die Sonne untergegangen ist und die Felsen feuerrot geglüht haben, nein, das werde ich niemals vergessen, und ich werde dir immer dafür dankbar sein, dass du uns diese Reise ermöglicht hast. Aber es war eine Reise durch wunderschöne Naturparks, nicht in eine große Stadt wie New York, außerdem kostet so eine Reise furchtbar viel Geld.« »Und wenn ich dir nun sage, dass wir in der letzten Zeit genug gespart haben, um uns eine weitere Reise in die USA leisten zu können?«

Mit zärtlichen Blicken schaut Elisabeth ihn an. »Du weißt, wie sehr ich dich liebe und dass ich nahezu alles tun würde, damit es dir gut geht. Muss es unbedingt New York sein? Gibt es nicht ein anderes Ziel, über das du dich freuen könntest? Eines das näher liegt und nicht durch zahlreiche Verbrechen Schlagzeilen gemacht hat?« »Man kann eine Stadt wie New York nicht einfach so austauschen. Außerdem könnten wir anschließend zu den Niagarafällen fahren, die sind nun wirklich reinste Natur.«

Elisabeth blickt auf die Uhr. »Du, tut mir leid, aber ich muss zum Chor, und ich komme nicht gerne unpünktlich.« »So spät ist es schon? Mach dich bloß auf den Weg und habe viel Spaß, ich freue mich schon auf dich, wenn du nachher fröhlich trällernd nach Hause kommst. Schade, dass ich nicht singen kann!« »Sehr schade! Erstens werden Männerstimmen besonders gebraucht, zweitens würde es dir in unserem Chor richtig gut gefallen, und drittens …« » …stärkt es das Immunsystem, ich weiß.«

Dieter schaut liebevoll hinter ihr her, bis sie mit dem Fahrrad hinter der nächsten Ecke verschwunden ist. *Wie gut, dass Elisabeth gerade hier in Altenholz so viele nette Menschen im Kirchenchor gefunden hat,* denkt er, *und mit Susanne als Chorleiterin hat sie richtig Glück gehabt.*

Er geht zurück in die Küche und räumt den Esstisch ab. Dann setzt er sich an den Schreibtisch und sieht sich die E-Mails an, die heute gekommen sind. Doch er kann sich nicht richtig darauf konzentrieren.

Immer wieder überlegt er, wie er seine Frau doch noch umstimmen kann. Wie gerne würde er die Freiheitsstatue einmal aus der Nähe bestaunen!

Elisabeth ist inzwischen im Eivind-Berggrav-Zentrum in Altenholz Stift angekommen. Fröhlich begrüßt sie die anderen Sängerinnen und Sänger. Es ist eine bunte Mischung von Menschen aller Altersklassen, die das gemeinsame Singen im Kirchenchor auf eine wunderbare Weise miteinander verbindet. Einige von ihnen hat Elisabeth schon näher kennenlernen dürfen, und sie ist dankbar für jede Begegnung und jedes Gespräch. Der Altenholzer Kirchenchor ist für sie etwas Besonderes – hier fühlt sie sich immer wohl und gut aufgehoben.

Besonders eng verbunden ist sie mit ihrer Chorfreundin Marion, die etwa zur gleichen Zeit in den Chor eingetreten ist wie sie selbst. Marion hat ihr wieder den Platz neben sich freigehalten. Die beiden begrüßen sich herzlich und erzählen einander, wie es ihnen in der vorigen Woche ergangen ist. Dann stellt sich Susanne neben das Klavier, begrüßt alle Anwesenden, und die Chorprobe beginnt.

Wer noch nie in einem Chor mitgesungen hat, wundert sich vielleicht darüber, mit welchen Übungen die Sänger beginnen. Arme und Beine werden hin und her geschwungen, die Schultern gekreist, der Kopf von rechts nach links gedreht, die Wangen mit den Händen ausgestrichen, und vor allem wird gegähnt. All das dient zur Lockerung, denn nur in einem entspannten Körper kann die Stimme frei und unverkrampft im Kehlkopf gebildet werden. Danach erst beginnt das eigentliche Einsingen, das zur Stimmbildung beiträgt.

Mit Feuereifer holt Elisabeth die Noten aus ihrer Tasche. Heute wird weiter an der ‚Tangomesse' geprobt, einer Messe mit den auf Latein gesungenen üblichen Teilstücken wie dem Kyrie, dem Gloria oder dem Credo. Das Einzigartige an dieser besonderen Messe ist, dass sie im Tangorhythmus komponiert wurde und man tatsächlich nach ihr Tango tanzen kann. Das verleiht ihr eine besondere Lebendigkeit. Im vergangenen Jahr hat der Kirchenchor Altenholz sie schon einmal aufgeführt, doch sie konnte leider nicht dabei sein. Um so mehr freut sie sich darüber, diesmal mitsingen zu können.

Als die Probe vorbei ist, fährt Elisabeth beschwingt und mit einer Fülle schöner Melodien im Kopf nach Hause. »Ich bin wieder da,« ruft sie fröhlich. »Wie schön!«, klingt es ihr aus dem Arbeitszimmer entgegen. Sie eilt zu Dieter und zieht ihn aus seinem Schreibtischsessel. »Jetzt ist Feierabend!«, sagt sie entschieden. Er drückt sie an sich und gibt ihr einen Kuss. »Und, wie war's?«, will er wissen.

»Wundervoll!«, schwärmt sie begeistert. »Auf den ersten Blick sehen die Stücke schwierig aus, doch wenn du die Melodien erst einmal im Ohr hast, wirst du sie nicht mehr los. Toll, dass es auch heute so gute Komponisten gibt wie Palmeri.« »Palmeri? Sagt mir nichts.« »Na wie auch, ich habe vorher ja auch noch nie etwas von ihm gehört. Er ist Argentinier und hat die Tangomesse komponiert, und ich freue mich jetzt schon wahnsinnig auf die Aufführung. Es wird sogar jemand mit einem echten Bandoneon dabei sein.«

Dieter stutzt. »Hm? Bandoneon, was ist das denn? Hört sich an wie ein Wort aus einer der vielen Quizsendungen.« »Das ist ein Instrument, das ganz ähnlich aussieht wie ein Schifferklavier, aber natürlich anders klingt. Es wurde in Deutschland erfunden und gehört zu einem echt argentinischen Tango unbedingt dazu.« »Und das passt dann zu den anderen Instrumenten?« »Ja, erstaunlicherweise schon!«

»Hör mal, da du gerade so gute Laune hast, wie wäre es da mit einem Deal: Ich gehe in euer Konzert, und du kommst dafür mit nach New York.« Elisabeth sieht Dieter in die Augen und sagt leise: »So leid es mir tut, dich diesmal zu enttäuschen, aber nach New York kriegst du mich nicht.« Lächelnd breitet er seine Arme aus und drückt sie an sich. »Na gut, ich werde dieses leidige Thema nicht mehr berühren. Komm, wir machen es uns noch ein bisschen im Wohnzimmer gemütlich.«

Am nächsten Donnerstag regnet es in Strömen. »Willst du bei diesem Wetter wirklich noch raus?«, fragt Dieter. »Aber klar,« sagt Elisabeth,

»ich will doch den Chor nicht verpassen.« »Dann nimm bitte das Auto!« »Okay, Schatz, bis nachher!«

Eine Viertelstunde später betritt sie den Übungsraum. *Irgendetwas ist heute anders,* fühlt sie sofort, *etwas Besonderes muss passiert sein.* Heute beginnt nicht Susanne die Chorprobe, sondern ihr Ehemann Henner. Erwartungsvoll blicken ihn alle an.

Henner hat nicht nur eine wunderschöne Tenorstimme, mit der er den Altenholzer Chor bereichert, er ist ebenfalls Kantor, sogar Konzertmeister in Plön. Er unterstützt die Aufführungen in Altenholz, indem er richtig gute Sängerinnen und Sänger aus seinem Plöner Chor mitbringt, die bei den Konzerten der Stifter Kantorei mitsingen. Seine humorvolle und lockere Art kommt bei allen gut an, und so ist es kein Wunder, dass er genau wie Susanne sehr beliebt ist.

»Hört mal,« beginnt er, »es ist etwas Fantastisches passiert. Vor einiger Zeit hat mich der Bruder des Managers von Martín Palmeri darum gebeten, eine Aufnahme der Tangomesse zu schicken, die wir in Plön im letzten Jahr aufgeführt haben. Er wohnt nämlich in Deutschland und hat sich deshalb nach deutschen Chören umgesehen. Unsere Tangomesse hat ihm offenbar gut gefallen. Und jetzt kommt es: Wir sind von Martín Palmeri, dem Komponisten der Tangomesse, zur Uraufführung seines neuen Werkes eingeladen, es heißt Tango Credo. Ungefähr zehn Chöre aus aller Welt werden dabei sein, insgesamt so um die zweihundertfünfzig Sänger. Als ich ihm mitgeteilt habe, dass der Chor in Altenholz die Tangomesse ebenfalls gesungen hat, hat er mich wissen lassen, dass der Altenholzer Chor auch eingeladen ist, also ihr alle.«

Die nun folgende Aufregung lässt sich beinahe mit den Händen greifen. Niemand sitzt mehr ruhig auf seinem Platz, tausend Rufe und Fragen schwirren durch den Raum. »Das gibt's ja nicht!« ... »Was, ich auch?« ... »Wo wird das stattfinden?« ... »Wird das sehr teuer?«

Jetzt ergreift Susanne das Wort: »Naja, so eine Reise nach Amerika ist natürlich nicht umsonst, allein der weite Flug kostet einiges. Unser Hotel liegt direkt in Manhattan.«

Ungläubiges Staunen ist die Antwort. »So verblüfft wie ihr jetzt habe ich zuerst auch ausgesehen,« sagt Henner fröhlich. »Ja, wir werden tatsächlich in New York auf der Bühne stehen, im Music Center, in dem sich auch die Metropoliten Opera befindet, direkt am Broadway. Dort spielt nicht nur das New Yorker Symphonieorchester, berühmte Sänger und Künstler aus aller Welt treten dort auf. Es ist die New Yorker Adresse für berühmte Musiker.«

»Wirklich New York?« ... »Am Broadway? Unglaublich!« ... »Jeder von uns kann mitkommen?«

»Jeder, der bereit dazu ist, zusätzliche Extraproben in Kauf zu nehmen. Wir werden abwechselnd in Altenholz und in Plön proben und in New York alle gemeinsam als Plöner Kantorei auftreten.« »Und wann wird die Aufführung sein?«

»Nächstes Jahr am 30. April,« meint Henner, »und zwar abends. Wir werden insgesamt fünf Tage unterwegs sein. Wir proben zwei halbe Tage lang, danach gibt es eine Generalprobe im Music Center, und am vierten Tag ist abends das Konzert. Also bleibt uns noch Zeit genug, die Stadt anzusehen. Auf You Tube gibt es ein Video von einem Chor, der im vorletzten Jahr zur Uraufführung der Tangomesse in New York dabei war, da könnt ihr sehen, was uns in etwa erwartet.«

Es dauert noch eine ganze Weile, bis sich die Aufregung wieder etwas gelegt hat. Elisabeth fragt Marion, ob sie mit nach New York kommen wird, doch die will das natürlich erst mit ihrem Mann besprechen. »Dieter versucht seit Jahren, mich zu einem Trip nach New York zu überreden,« sagt sie leise, »hoffentlich darf er auch mitkommen, obwohl er nicht im Chor ist!«

Bei der nun folgenden Chorprobe klingen die Stücke aus der Tangomesse schöner als je zuvor, so als wären sie beseelt worden. Auch Elisabeth singt heute mit besonderer Begeisterung. Nach der Probe fragt sie Henner, ob Dieter eventuell mit nach New York kommen kann. »Warum nicht?«, meint der. »Wenn er seinen Flug selbst bezahlt, und natürlich auch das Hotel. Noch habe ich ja keine

Teilnehmerliste. Vielleicht kann er sich das Konzert als Zuschauer ansehen.«

Völlig aufgelöst kommt Elisabeth an diesem Abend nach Hause. Sie kann es immer noch nicht fassen, was ihr da gerade angeboten worden ist. Etwas, das man sich nicht erkaufen kann, etwas so Einmaliges, dass sie es noch kaum glauben kann: sie wird in New York auf der Bühne stehen und singen!

»Ist etwas passiert?«, fragt Dieter, als Elisabeth mit eiligen Schritten in sein Arbeitszimmer stürmt. »Das kann man wohl sagen,« erwidert sie. »Hoffentlich nichts Schlimmes?« »Nein, absolut nicht!« Verschmitzt lächelnd schaut sie ihn an und freut sich schon königlich darauf, wie er gleich reagieren wird, wenn sie ihn fragt: »Hast du Lust, im nächsten Jahr mit mir nach New York zu fliegen?«

Anfang Mai nächsten Jahres sitzen die Sängerinnen und Sänger des Kirchenchors Altenholz zum ersten Mal seit ihrem großen Abenteuer in New York wieder zur Chorprobe zusammen. Die Tage dort sind einmalig und voller Erlebnisse gewesen. Leider konnten nicht alle Chormitglieder mitfahren, deshalb wird überall im Probenraum lebhaft miteinander gesprochen.

Zu Beginn der Chorprobe stellt Susanne einen Mitarbeiter der Kieler Nachrichten vor. Er interessiert sich für die Eindrücke der Sänger, ob sie sehr aufgeregt waren, auf dieser besonderen Bühne zu stehen und was sie sonst in New York erlebt haben. »Aufgeregt? Nein, wir haben ja geübt ...«, »der Dirigent war fantastisch ...«, »New York ist eine faszinierende Stadt, ich war mit einigen auch in Brooklyn ...«, »wir haben mit dem Komponisten über sein Stück gesprochen, er ist unglaublich sympathisch ...«

Und was hat Elisabeth erzählt? Sie und Dieter haben ganz oben im neuen One World Trade Center Dieters Patensohn aus Hamburg getroffen. Er ist beruflich sehr eingespannt, deshalb konnten sie sich lange Zeit nicht sehen. Und nun haben sie sich rein zufällig in New

York getroffen, dabei noch seine hübsche, liebenswerte Freundin und deren Eltern kennengelernt und einen wunderschönen Abend zusammen verbracht.

Der Fahrschein

Müde blickt Linus aus dem Fenster. *Das war wieder ein langer Schultag*, denkt er, während er sich mit der linken Hand an einer Stange festhält und vom fahrenden Bus leicht hin und her geschaukelt wird. Er freut sich auf zu Hause und auf das Handballspiel, das er heute Abend mit seinen Freunden zusammen sehen will. Aber zuerst wird er leider noch lernen müssen, sonst reichen womöglich die Punkte nicht und er kann seinen Berufswunsch vergessen.

Seit Jahren träumt er davon, Pilot zu werden und große Flugzeuge wie den neuen A380 zu steuern. Es muss aufregend sein, über die großen Meere dieser Erde zu fliegen, die Welt von oben zu betrachten und ein fernes Land nach dem anderen kennenzulernen. Er weiß, dass er sich kein leichtes Ziel gesetzt hat, aber er ist fest dazu entschlossen, es zu erreichen.

Schon halb drei, denkt er, als der Bus zum wiederholten Male mit quietschenden Bremsen anhält. Ein älterer Herr erhebt sich aus dem Sitz direkt vor ihm. Um ihn vorbeizulassen macht Linus einen kleinen Schritt nach hinten. »Aua, das war mein Fuß,« beschwert sich jemand hinter ihm. Diese Stimme kennt er doch! Er dreht sich um und sieht direkt in Lenas Gesicht. Ausgerechnet Lena! »Tschuldigung, tut mir leid,« sagt er und hofft inständig, dass sie jetzt keine dumme Bemerkung macht, die ihn vor den anderen Mitschülern blamieren könnte.

Für ihn ist sie das mit Abstand schönste Mädchen der ganzen Stadt, mit ihren dunklen Haaren und den bernsteinfarbenen Augen in einem ausdrucksstarken Gesicht, das immer auch ein wenig schüchtern wirkt. Seit Beginn dieses Schuljahres besucht sie wie er die Herderschule, das Städtische Gymnasium in Rendsburg. Sie ist ihm sofort aufgefallen, als er sie in einer großen Pause mit anderen Schülern des Jahrgangs auf dem Schulhof gesehen hat. Aber irgendetwas stimmt nicht mit ihr, sie ist immer nur kurz angebunden, und soweit er weiß, hat sich bisher nicht ein Mitschüler mit ihr verabreden können.

Mit klopfendem Herzen hat er es selbst vor knapp zwei Wochen gewagt, sie zu einem neuen Kinofilm einzuladen. Am Ausgang des Schulgebäudes hat er auf sie gewartet und sie wie zufällig angesprochen. Mit ihren großen Augen hat sie ihn kurz angesehen, auf eine Weise, die ihn für einen Moment lang hoffen ließ, doch dann hat sie nur geantwortet: »Nein danke, lieber nicht.« Sie ist nicht unfreundlich gewesen, aber ihr ,nein' hat eindeutig geklungen, und so hat er versucht, sie aus seinem Kopf zu bekommen. Aber irgendwie will ihm das nicht gelingen. Und jetzt hat er ausgerechnet ihr auf den Fuß getreten! Mit zerknirschtem Gesicht blickt er sie an. »Schon gut,« sagt sie, »ist ja auch ganz schön eng hier.«

»Die Fahrscheine bitte!«, ruft in diesem Moment eine laute Stimme. Doch bevor Linus sich umdrehen kann um herauszufinden, wem diese Stimme gehört, sieht er, wie sich Lenas Augen vor Schreck weiten. Die nackte Angst kann er in ihrem Blick erkennen. Ohne lange darüber nachzudenken steckt er eine Hand in die Hosentasche, holt seine frisch abgestempelte Fahrkarte hervor und hält sie ihr hin.

Lena zögert einen Moment, doch Linus nickt ihr auffordernd zu. »Nun nimm schon!«, sagt er leise, »ich brauche sie nicht.« »Wirklich nicht?« »Nein!« Da schließt sich ihre Hand vorsichtig um die Fahrkarte, und dann schaut sie ihn an, als hätte er sie gerade aus einem brennenden Haus gerettet.

»Ihren Fahrschein bitte!« Der Mann in Uniform steht jetzt direkt vor ihnen. »Moment, ich suche noch nach meiner Monatskarte,« sagt Linus, und Lena zeigt ihm die Fahrkarte, die Linus ihr gerade erst zugesteckt hat. Der Kontrolleur wirft einen kurzen Blick darauf, sieht sich die Fahrkarten der hinter ihr stehenden Personen an und kommt zu Linus zurück. »Ich kann sie nicht finden,« sagt der. »Ja ja, das kenne ich schon! Das macht vierzig Euro erhöhtes Beförderungsentgelt, jetzt und hier!«

Linus möchte am liebsten im Boden versinken. Was hat er sich da nur angetan! Mehrere Mitschüler grinsen ihn hämisch an und fangen leise an zu tuscheln. Inzwischen hat der Bus seinen nächsten Stopp erreicht, und Lena verlässt zusammen mit anderen Schülern den Bus. *Wegen einer Haltestelle!*, ärgert er sich, holt sein Portemonnaie aus der Tasche und bezahlt die vierzig Euro, die er zum Glück dabei hat.

»So, nun muss ich noch Ihre Personalien aufnehmen, Ihren Ausweis bitte!« Linus hat lediglich seinen Schülerausweis dabei, doch das reicht dem Kontrolleur. »Jetzt passen Sie mal auf, junger Mann! Ein weiterer Verstoß gegen die Beförderungsvorschriften kann zur Anzeige gebracht werden. Spätestens beim dritten Mal innerhalb von zwei Jahren wird Strafanzeige erstattet. Sie bezahlen das Verfahren, mehrere Hundert Euro Strafe und müssen zusätzlich Sozialstunden ableisten, im schlimmsten Fall kommen Sie sogar ins Gefängnis. Schwarzfahren ist kein Kavaliersdelikt, sondern Betrug, merken Sie sich das!«

Linus fühlt sich so unbehaglich wie lange nicht. Mittlerweile bereut er es fast, Lena geholfen zu haben. Nach einer gefühlten Ewigkeit hält der Bus erneut, und der Kontrolleur steigt wieder aus. »So so, unser Musterschüler ist also ein Schwarzfahrer, wie finde ich das denn,« sagt ein Mitschüler, dem die Schadenfreude deutlich ins Gesicht geschrieben steht. Die übrigen fangen an zu lachen. »Tja Linus,« meint einer von ihnen, »wie heißt es so schön: wer den Schaden hat, spottet jeder Beschreibung.«

Endlich erreicht der Bus seine Haltestelle. Linus ist froh, aussteigen zu können. Draußen weht ein eisiger Wind, und es schneit immer noch. Er klappt den Kragen seiner Jacke hoch und stapft durch den Schnee. *Wäre ich doch Rad gefahren*, wünscht er sich, *dann wäre das alles nicht passiert!* Andererseits hätte er Lena auch nicht helfen können. Ihren panischen Gesichtsausdruck wird er nicht vergessen können. Zu gern wüsste er, warum sie so viel Angst gehabt hat. *Vielleicht erzählt sie es mir irgendwann*, hofft er.

Der Nachmittag erscheint ihm heute besonders lang. Er kann sich nicht richtig aufs Lernen konzentrieren und muss immer wieder an die unangenehme Situation im Bus denken, natürlich auch an die vierzig Euro, die er wahrscheinlich nie wiedersehen wird. Insgeheim wartet er darauf, dass Lena sich bei ihm meldet, aber er hofft vergeblich. Immerhin wird der Handballabend ein voller Erfolg. Das Spiel ist unglaublich spannend. Im Halbfinale der Europameisterschaften in Polen gewinnt die Deutsche Mannschaft gegen Norwegen durch ein Tor in den letzten fünf Sekunden der Verlängerung.

Am nächsten Morgen schneit es nicht mehr, aber die eisige Kälte ist geblieben, und an einigen Stellen ist es glatt. Linus muss sich früh auf den Weg machen, um rechtzeitig mit dem Fahrrad in der Schule zu sein. Dort angekommen stellt er sein Rad lustlos in einen der Fahrradständer. Er schließt es ab und nimmt seine Tasche herunter. Als er sich umdreht, sieht er Lena, die gerade ihre Tasche vom Rad nimmt.

Zögernd geht Linus auf sie zu und schaut sie fragend an. Wird sie sich jetzt bei ihm bedanken? Lässt sie ihn endlich wissen, warum sie so eine panische Angst vor dem Kontrolleur gehabt hat? Aber es kommt ganz anders. Mit trotzigem Ausdruck sieht sie ihn an und sagt: »Und, was willst du jetzt von mir? Muss ich mit dir ausgehen oder geht es dir nur um die Kohle, willst du Zinsen?«

Linus starrt sie fassungslos an. »Wie bitte, drehst du jetzt völlig durch? Wie wär's mit einem einfachen Dankeschön? Aber dafür bist du wohl zu stolz. Ach denk doch, was du willst!« Er wendet sich ab und geht mit den anderen Schülern zusammen in den Eingang der Schule, ohne ihr ‚warte doch' wahrzunehmen. Die heutigen Schulstunden hinterlassen bei Linus keinen bleibenden Eindruck. Andauernd muss er an Lena und ihr verletzendes Verhalten ihm gegenüber denken.

Am Nachmittag sitzt er zu Hause vor seinem Biologiebuch und hat schon wieder Schwierigkeiten, sich auf den Unterrichtsstoff zu konzentrieren. Dabei ist Verhaltenslehre ein spannendes Thema, das ihn normalerweise fesselt. Bei einem Versuch mit Raben lässt man in ein Glasrohr eine Erdnuss mit ihrer Schale fallen. Das Glasrohr ist fest mit dem Untergrund verbunden und nur zur Hälfte mit Wasser gefüllt, so dass die Erdnuss auf der Wasseroberfläche schwimmt.

Da das Glas nur halb gefüllt ist, ist die Erdnuss viel zu weit von der Öffnung entfernt, als dass der Rabe sie mit seinem Schnabel erreichen könnte. Und was macht dieses kluge Tier? Es sammelt Steinchen in seiner Umgebung und lässt sie in das Glasrohr fallen, gerade so viele, bis die steigende Wasseroberfläche die Erdnuss soweit angehoben hat, dass sie in erreichbarer Höhe schwimmt. *Faszinierend*, denkt er, doch die anschließenden Mathematikhausaufgaben wollen nicht so recht gelingen. Immer wieder muss er an Lena denken und darüber, wie abweisend und merkwürdig sie sich verhalten hat.

»Linus, bist du da?«, ruft irgendwann seine Mutter, »du hast Besuch.« »Komme schon!«, erwidert er unwillig. Völlig erstaunt sieht er Lena im Hauseingang stehen. »Was willst du noch?«, fragt er sie, nachdem seine Mutter wieder in ihr Arbeitszimmer gegangen ist. »Kann ich reinkommen?« Er zögert eine Sekunde, sagt dann aber: »Okay, wenn du möchtest.«

Er führt sie ins Wohnzimmer, zeigt auf einen der Sessel und setzt sich ihr gegenüber auf die Couch. Auf keinen Fall wird er ihr sein Zimmer zeigen. Es ist nicht aufgeräumt, aber das ist nicht der eigentliche Grund. Lena soll nicht auf dumme Gedanken kommen – schlimm genug, was sie ihm heute Morgen unterstellt hat.

»Es tut mir leid,« sagt sie, und ihr Gesicht sieht tatsächlich zerknirscht aus. »Das sollte es auch!«, rutscht es ihm heraus. »Du kennst mich doch gar nicht, wie kannst du da so über mich denken!« »Das war ein Fehler, und das weiß ich jetzt, glaube mir bitte! So etwas wie du gestern im Bus hat noch nie jemand für mich getan.«

Linus braucht eine Weile, bis er versteht, was gerade geschieht. Heute Morgen hat Lena ihn zum zweiten Mal verletzt, sehr sogar, aber jetzt ist sie tatsächlich hier und möchte das wieder gutmachen. Er braucht nur in ihr Gesicht zu blicken, um zu erkennen, dass sie es aufrichtig meint. »Okay,« sagt er, »schon vergessen, mach dir keine Sorgen.«

Er steht auf und will zur Tür gehen, aber Lena bleibt sitzen. »Wir müssen noch über die vierzig Euro reden, die ich dir schulde. Die kriegst du natürlich wieder, aber im Moment habe ich nicht so viel. Hat das vielleicht einen oder zwei Monate Zeit?« Linus setzt sich wieder hin und sieht sie beruhigend an. »Na klar, von mir aus auch länger. Aber ohne Zinsen, ich bin keine Bank, ich habe dir nur helfen wollen. Und wenn du es nicht schaffst, gebe ich eben ein paar Nachhilfestunden mehr, um das Geld für meine Abifahrt zusammenzukriegen.«

Lena sieht ihn mit einem fragenden Blick an: »Warum hast du mir geholfen? Du musst doch irgendeinen Grund gehabt haben!« »Na ja, du hast ziemlich verzweifelt ausgesehen. Ist das nicht Grund genug?« Lena starrt ihn zuerst ungläubig und dann völlig verwundert an. »Ich habe immer geglaubt, so etwas gibt es nur im Film. Da habe ich meine Erfahrungen wohl immer mit den Falschen gemacht.«

Sie schweigt eine Weile, sieht ihn mit ernster Miene an und fährt dann fort: »Wegen neulich, du weißt schon, deine Einladung ins Kino, ich lehne so was immer ab, seit ich ...« »Schon gut,« sagt Linus, »du musst mir das nicht erklären, das hat nichts mit der Geschichte im Bus zu tun. Du hast Hilfe gebraucht, und ich bin zufällig gerade zur Stelle gewesen.« »Und dafür bin ich dir unendlich dankbar. Ich hätte zu Hause so einen Ärger bekommen, das kannst du dir nicht vorstellen. Für meine Eltern sind Stehlen und Betrügen das Allerletzte.« »Warum machst du dann so was wie Schwarzfahren?«

Lena seufzt. Ganz verloren sieht sie in diesem Moment aus. »Normales Taschengeld bekomme ich nicht, das können sich meine Eltern nicht leisten. Und Nachhilfe geben kann ich auch nicht, dafür bin ich nicht gut genug. Ich brauche selbst furchtbar viel Zeit, um einigermaßen in der Schule mitzukommen. Deshalb trage ich Zeitungen aus, dafür kriege ich etwas Geld. Aber das reicht nicht aus. In der Grundschule bin ich oft wegen meiner altmodischen Kleidung gehänselt worden, die ich immer von meiner älteren Cousine bekomme. Also spare ich das Busgeld für Klamotten und fahre mit dem Rad zur

Schule. Nur bei richtig schlechtem Wetter nehme ich den Bus. Bisher ist das gut gegangen, jedenfalls bis gestern.«

Nachdenklich schaut Linus sie an. »Du solltest damit aufhören, ein zweites Mal werde ich dir nicht helfen. Aber ich bin froh darüber, dass du gekommen bist. Jetzt weiß ich jedenfalls, was los ist.« Er steht auf, und Lena erhebt sich ebenfalls.

»Danke, Linus, danke für alles!« Sie reicht ihm die Hand und sieht ihn mit einem Blick an, bei dem er ganz weiche Knie bekommt. *Ob sie mich vielleicht doch ein wenig mag?*, denkt er und bekommt sie den ganzen Abend nicht aus seinen Gedanken.

Die nächsten Wochen verlaufen kaum anders als die Zeit zuvor, Linus sieht Lena nur hin und wieder auf dem Schulhof. Doch sie ist nie allein, jedes Mal steht sie mit anderen Mädchen zusammen, als würde ihr das einen gewissen Schutz verleihen. *Sie muss richtig schlechte Erfahrungen gemacht haben,* denkt er.

An einem Frühlingsabend kurz nach dem mündlichen Abitur wartet Linus auf einen Freund, mit dem er zusammen ins Kino gehen will. Erwartungsvoll öffnet er die Haustür, als es klingelt, aber nicht sein Freund steht vor der Tür, sondern Lena. Fröhlich lächelt sie ihn an.

»Hier bitte, deine vierzig Euro,« sagt sie und gibt ihm das Geld, »und danke noch mal, ganz herzlichen Dank!«

»Du hast es tatsächlich zusammenbekommen? Hast du jetzt auch keine Schulden bei jemand anderem?« »Nein, hab ich nicht. Ich habe tatsächlich ein paar Nachhilfestunden gegeben, ausgerechnet Bruchrechnung, aber das hat mir selbst auch ganz schön was gebracht.«

»Hey, das finde ich super. Warte mal eben, ich krieg gerade eine SMS.« Linus holt sein Handy aus der Hosentasche und liest lautlos, was ihm sein Freund gerade geschrieben hat: ‚sorry habe zoff mit emma kann nicht kommen'.

»Schlechte Nachrichten?«, fragt Lena. »Wie man's nimmt,« erwidert Linus und setzt alles auf eine Karte. »Sag mal, wo das Geld jetzt nicht mehr zwischen uns steht, hast du Lust aufs Kino? Mein Freund hat gerade abgesagt, und ich hatte mich schon auf den Film gefreut. Darf ich dich einladen, kommst du mit?« Fragend schaut er sie an, und diesmal antwortet sie lächelnd »Ja, gerne.«

Die Fahrt nach Lübeck

Ungeduldig trommelt Horst mit seinen Fingern auf dem Lenkrad herum. Wo bleibt Helma denn nur! Den Zielort Lübeck hat er längst ins Navigationsgerät seines Autos eingegeben, doch von seiner Frau fehlt wieder einmal jede Spur. Seufzend klettert er aus seinem Sitz heraus. Die Haustür steht offen, aber im Eingangsflur ist niemand zu sehen. »Helma, beeil dich! Wie lange soll ich noch auf dich warten!« »Ja doch, Momentchen!«, schallt es aus dem Haus zurück. Missmutig kehrt er zum Auto zurück, setzt sich wieder hin, schaltet das Radio ein und hört die Nachrichten.

Gut fünf Minuten dauert es noch, bis Helma mit einem großen Picknickkorb im Hauseingang erscheint. Horst lauscht gerade dem Verkehrsfunk, als Helma sagt: »Machst du mir eben den Kofferraum auf? Der Korb ist ziemlich schwer.« Nun muss er sich schon wieder aus dem Sitz herausquälen und verpasst auch noch den Wetterbericht. Beim Blick in den prall gefüllten Picknickkorb wird seine Stimmung jedoch gleich wieder besser.

»Können wir losfahren, hast du auch nichts vergessen?«, fragt er sicherheitshalber. Es ist schon ein paar Mal vorgekommen, dass sie wieder zurückfahren mussten, weil Helma ein Fenster offen gelassen oder den Herd nicht abgestellt hatte. Manchmal hat sie auch einfach nur gedacht, dass sie etwas vergessen hätte, darüber hat er sich immer besonders geärgert.

»Nein, ich glaube nicht, das heißt, warte mal eben! Ich hole mir lieber meine Jacke, falls es kühl werden sollte.« Hastig steigt sie wieder aus und läuft zur Eingangstür zurück. »Bring meine auch mit!«, ruft Horst hinter ihr her, aber sie ist schon im Haus verschwunden und hat die Tür ins Schloss fallen lassen. Genervt steigt er ein drittes Mal aus. Horst will gerade die Haustür aufschließen und hat seine Hand bereits am Türknopf, als Helma die Tür schwungvoll nach innen öffnet. Er verliert das Gleichgewicht und landet unsanft auf den harten Fliesen des Eingangsflures. »Au!«, brüllt er, »mein Knie!« »Ach Horst, das tut mir aber leid!« Helma streicht ihm mitfühlend über den Kopf. »Tut es sehr weh, sollen wir lieber hier bleiben?«

Vorsichtig tastet Horst die schmerzende Stelle ab. Seine Kniescheibe tut zwar weh, aber das Knie scheint nicht ernsthaft verletzt zu sein, und Blut ist zum Glück auch nicht zu sehen. »Ist nicht so schlimm, glaube ich,« sagt er. »Ach wie gut, da bin ich aber erleichtert!«, freut sich Helma. »Was wolltest du denn noch hier?«

Vorwurfsvoll blickt er sie an. »Vielleicht wollte ich auch meine Jacke holen?« »Warum hast du das nicht gleich gesagt, ich hätte sie dir doch mitgebracht. Ihr Männer müsst auch immer alles alleine machen!« Kopfschüttelnd geht sie ins Haus zurück und kommt mit seiner Jacke und einem Regenschirm wieder heraus. »Den nehmen wir sicherheitshalber auch mit – man kann nie wissen. Geht es deinem Knie wirklich besser?«

Horst verspürt keine Lust dazu, sich auf eine längere Diskussion mit ihr einzulassen. Wenn Helma erst einmal mit ihren ‚immer … alles‘ Sätzen über Männer angefangen hat, ist Schweigen die einzig sinnvolle Antwort. Also beißt er die Zähne zusammen, knurrt »alles in Ordnung« und setzt sich wieder ans Steuer. Er lässt den Motor an, legt den Rückwärtsgang ein und ist noch keine drei Meter weit gefahren, als Helma unvermittelt aufschreit. »Pass auf, da kommt ein Lastwagen!«

Horst fährt zusammen, tritt abrupt auf das Bremspedal und dreht sich nach hinten um. Auf der Straße fährt gerade ein Autotransporter an ihrem Grundstück vorbei. Jetzt ist seine gute Laune endgültig verflogen. »Musst du mich so erschrecken? Darf ich vielleicht erst einmal aus dem Carport auf unsere Auffahrt zurücksetzen, bevor ich abwarte, ob die Straße frei ist?« Seine Stimme ist diesmal ziemlich laut geworden.

»Ja natürlich,« entgegnet Helma kleinlaut, »es tut mir leid, wirklich!« »Na dann vergiss das nicht gleich wieder und erspare es mir bitte in Zukunft! Irgendwann passiert noch was, wenn du mich so erschreckst.« Mit gerunzelten Augenbrauen blickt er zu Helma hinüber – und ist fast schon wieder besänftigt. Er kann ihr nicht lange böse sein, schon gar nicht, wenn sie ihn derart verzweifelt ansieht.

Die nächsten Minuten verbringen sie schweigend. Keiner von beiden hat Lust auf ein Gespräch, lediglich eine freundliche Frauenstimme meldet sich hin und wieder und sagt ihm, wohin er zu fahren hat. *Dieser Kauf hat sich gelohnt,* denkt Horst und blickt dankbar auf den Monitor seines Navigationsgerätes. Nur zu gut kann er sich an die schreckliche Zeit erinnern, als er vergeblich versucht hat, Helma das Lesen von Straßenkarten beizubringen. Sie hat einfach keinen Sinn dafür, und viel zu oft hat sie ihn schon in die Irre geführt. Die Schuld daran hat sie jedoch nie bei sich selbst gesucht. Manchmal hat es an der Karte gelegen, dann wieder an der ungenauen Beschilderung oder sogar an ihm, weil er angeblich nicht genug Geduld mit ihr gehabt hat.

»In fünfhundert Metern rechts abbiegen in Richtung Bad Segeberg," meldet sich die freundliche Frauenstimme seines Navigationsgerätes, und Horst folgt ihr bereitwillig auf die B206. Helma versucht, die Stimmung wieder anzuheben und eine Unterhaltung in Gang zu bringen. »Bad Segeberg, das hört sich gut an,« sagt sie, »dort sind doch die Karl-May-Festspiele. Weißt du noch, wie Sam Hawkens vom Pferd gepurzelt und direkt in Winnetous Arme gerollt ist?« »Oh ja,« grinst Horst, »wie könnte ich das vergessen! Und erinnerst du dich an die Blonde vor dem Saloon, die plötzlich ihr Haarteil verloren hat?«

Beide lachen, zum ersten Mal an diesem Tag. Es ist ein befreiendes Lachen, das die gute Stimmung zurückbringt. »Hast du Lust, im Sommer wieder hinzugehen?«, fragt Horst. »Der neue Winnetou soll richtig gut sein!« »Na klar!«, strahlt Helma, und ihre Augen blitzen vor Freude. »Lass uns diesmal in die Abendvorstellung gehen, das ist viel spannender.« »Ganz wie Madame es wünschen,« erwidert Horst galant.

»In 500 Metern rechts abbiegen auf die A21,« meldet sich das Navigationsgerät. »Nein nein, das ist falsch!«, ruft Helma aufgeregt, »wir müssen durch Bad Segeberg fahren, das ist die kürzeste Strecke. Weißt du nicht mehr, letztes Mal sind wir doch auch auf der B206 geblieben!«

Jetzt geht das schon wieder los!, denkt Horst. Nur zu gut erinnert er sich an die nervtötende Fahrt von damals, als Helma ihn völlig falsch geführt hat und sie stundenlang über die Landstraße geschlichen sind. *Hat sie das tatsächlich schon vergessen? Wie kann sie nur so dumm sein*, denkt er. *Naja, sie kann halt nichts dafür, so ist sie eben.*

Er nimmt all seine Geduld zusammen und erwidert so ruhig wie möglich: »Nein, Helma, wir nehmen diesmal die Autobahn. Das ist der schnellste Weg, darauf ist unser Navi programmiert, auf den schnellsten Weg, nicht den kürzesten. Sonst müssten wir in jeder Stadt tausendmal abbiegen und würden ewig vor roten Ampeln stehen, verstehst du?«

»Natürlich, ich bin ja nicht dumm,« erwidert sie pikiert. »Das hättest du mir aber ruhig etwas netter sagen können.« »Wie soll ich da wohl nett und freundlich bleiben, wenn du mich mit deinem plötzlichen Geschrei so erschreckst.« »Jawohl, Herr Oberlehrer!«

Gekränkt lehnt sich Helma in ihren Sitz zurück. *Soll er doch sehen, wie er klar kommt*, denkt sie und schaut aus dem Fenster. Horst weiß, dass er jetzt besser den Mund hält, um einen ernsthaften Streit mit ihr zu vermeiden, und konzentriert sich ganz auf den Verkehr. Doch schon nach wenigen Minuten wird es ihm langweilig.

Unvermittelt schreckt Helma zusammen. »Wochenend und Sonnenschein und dann mit dir im Wald allein,« schallt es ihr aus den Lautsprechern des Autoradios entgegen. »Nein, nicht das!«, schreit sie ihn an. »Nicht die Comedian Harmonists, du weißt genau, wie schrecklich ich die finde.« »Was hast du denn, das passt hervorragend zum heutigen Tag,« sagt er und singt laut und falsch mit: »Weiter brauch ich nichts zum Glücklichsein, Wochenend und Sonnenschein.« »Hör auf!«, schimpft sie. »Du weißt genau, dass du nicht singen kannst.«

Aber Horst tut so, als hätte sie nichts gesagt. Stattdessen fängt er an, im Takt der Musik in die Hände zu klatschen.

»Bist du verrückt geworden, willst du uns umbringen?«, ruft Helma entsetzt. »Was hast du denn, siehst du nicht, wie gut ich mit meinen Beinen lenken kann?«, erwidert Horst provozierend. Doch als er ihr schreckensbleiches Gesicht sieht, nimmt er die Hände rasch wieder ans Steuer. »Mein kleiner grüner Kaktus steht draußen am Balkon,« ertönt es nun, und Horst wiegt zum Takt der Musik vergnügt seinen Kopf hin und her.

»Jetzt reicht es!«, ruft Helma wütend, stellt den CD-Player ab und ihren Lieblingsradiosender an. Eine Frauenstimme singt gerade: »Eines Tages fällt dir auf, dass du neunundneunzig Prozent nicht brauchst.« »Nein, nicht die, nicht Silbermond,« sagt Horst genervt, »das ist reiner Kitsch.« Mit einem energischen Fingerdruck stellt er den CD-Player wieder an. »Hollari, hollari, hollaro,« erklingt es fröhlich, und Horst singt begeistert mit.

Mit einem energischen Fingerdruck schaltet Helma das Radio wieder ein. »Von wegen Kitsch! Das ist wunderschöne Musik, und von dem Text könntest du so einiges lernen.« Sie dreht den Ton noch etwas lauter: »Du nimmst all den Ballast und schmeißt ihn weg,« dröhnt es Horst entgegen, und jetzt ist es Helma, die begeistert mitsingt, »denn es reist sich besser mit leichtem Gepäck.«

»Mit leiheiheichtem Gepäck,« äfft Horst sie nach. »Merkst du nicht, was für ein Quatsch das ist? Würdest du neunundneunzig Prozent von allem, was du hast, wegwerfen? Schwachsinn! Wenn ich schon fahre, dann will ich wenigstens meine Musik hören.« Er stellt den CD-Player wieder an.

»So nicht, Horst!«, ruft Helma aufgebracht. »Kannst du nicht ein einziges Mal moderne Musik gut finden? Musst du immer von gestern sein?« Und bevor das nächste ‚Hollari‘ verklungen ist, hat sie das Radio wieder eingeschaltet, und sie hören: »Die Armee aus Schrott und Neurosen auf deiner Seele wächst immer mehr.« »Da hörst du es, Horst, das trifft haargenau auf dich zu!«

»Wie bitte? Willst du mich etwa beleidigen?« Aufgebracht schaut er zu seiner Frau hinüber und stellt seine CD wieder an. »Dann hol ich meinen Kaktus und der sticht, sticht, sticht …« erklingt es fröhlich. »Und genau das mach ich mit dir, wenn du nicht endlich Ruhe gibst,« sagt er drohend.

Helma weiß, dass jetzt der Punkt erreicht ist, an dem sie nachgeben muss, aber kapitulieren will sie auch nicht. »Okay,« sagt sie »hören wir eben keine Musik, davon bekomme ich sowieso nur Kopfschmerzen,« und schaltet die Musik ganz aus.

Gegen dieses Argument ist Horst machtlos, er ist es immer gewesen. Weder er noch Helma verspüren jetzt Lust auf eine Unterhaltung, also ist nur noch das gleichförmige Fahrgeräusch zu vernehmen. Missmutig betrachtet Helma die Frühlingslandschaft, an der sie vorbeifahren. Nicht einmal die Sonne vermag sie jetzt aufzuheitern. Horst geht es genauso. Er richtet seinen Blick stur geradeaus auf die Fahrbahn und wendet seinen Blick nicht ein einziges Mal zur Seite.

»Pass doch auf!«, ruft Helma unvermittelt. »Du fährst viel zu weit links!« Horst fährt zusammen, sieht automatisch nach links und dreht dabei das Lenkrad noch weiter nach links. »Fahr rechts, da überholt uns einer!« Reflexartig reißt Horst das Steuer herum und gerät dabei fast ins Schleudern. Ein Blick in den Rückspiegel zeigt ihm, dass das Auto auf der linken Spur hinter ihm noch mindestens einhundert Meter entfernt ist. Mit den Nerven völlig am Ende nimmt er seinen Fuß vom Gaspedal und steuert den nächsten Parkplatz an.

»Es reicht mir, ab jetzt fährst du!« Er wirft Helma den Autoschlüssel hinüber und steigt aus. Die öffnet die Beifahrertür, klettert ebenfalls aus ihrem Sitz und streckt sich. »Ach, tut das gut, mal eine Pause zu machen. Weißt du was? Ich hole uns etwas zu essen und einen Schluck Kaffee, dann geht es uns bestimmt gleich besser.« Horst schaut sie entgeistert an. Hat sie ihm nicht zugehört? Hat sie überhaupt nicht mitbekommen, in was für eine Gefahr sie ihn und sich selbst durch ihr unüberlegtes Verhalten gerade gebracht hat? Anscheinend nicht, sonst würde sie sich jetzt nicht so munter an ihrem Picknickkorb zu schaffen machen.

»Hier,« sie hält ihm ein Brötchen hin, »hast du verdient, lass es dir schmecken!« Das ist eben ihre Art und Weise, ihn um Verzeihung zu bitten. Horst kann der Verlockung nicht widerstehen, und er will es auch gar nicht. Gegen Helma mag man sagen, was man will, aber ihre Brötchen sind erstklassig, großzügig mit Käse und Schinken belegt und schön saftig durch ein paar Tomaten- und Gurkenscheiben. Nach einem Becher Kaffee aus der Thermoskanne fühlt er sich wieder richtig gut. Wie selbstverständlich setzt er sich hinter das Steuerrad, lässt sich von Helma den Autoschlüssel geben und fährt los. Zum Glück ist es nicht mehr weit bis Lübeck.

»Guck mal da, das Holstentor!«, ruft Helma begeistert. »Sieht richtig gut aus, haben sie das restauriert? Gleich gehen wir mitten hindurch. Ich muss dich unbedingt vor einem dieser Löwen fotografieren!« Horst biegt in den großen Kreisel direkt vor dem Tor ein und fährt auf einen Parkplatz linkerhand des Holstentores. Helma zieht einen Parkschein, und gemeinsam beschließen sie, die Jacken im Auto zu lassen. Die Sonne scheint und die Vögel zwitschern – es ist ein wunderschöner, milder Frühlingstag.

»Genau das richtige Ausflugswetter!«, strahlt Helma ihn an. »Wir werden einen herrlichen Tag haben. Ich freue mich schon auf das alte Rathaus, und wir müssen uns unbedingt etwas von dem leckeren Lübecker Marzipan besorgen!«

Horst schließt das Auto ab, geht zu seiner Frau, zieht sie an sich und drück ihr einen Kuss auf die Lippen. So mag er sie, genau so. Es macht Spaß, mit ihr etwas Neues zu erkunden. *Wenn nur die Autofahrten nicht wären!*, denkt er. *Vielleicht sollten wir in Zukunft lieber mit dem Bus oder mit der Bahn fahren?*

Am Bad Segeberger Kalkberg

Kritisch betrachtet sich Lara im Spiegel. Die helle Bluse bildet einen Kontrast zu ihren dunklen Haaren, und ihre Jeans sitzt gerade richtig, nicht zu eng und nicht zu weit. Ihre Lippen sind dezent mit Lippenstift geschminkt und ihre Augen tragen einen Hauch von Lidschatten. *Ja, so müsste es gehen,* denkt sie. Mit einem tiefen Seufzer verlässt sie das Badezimmer, zieht ihre Sportschuhe an und schwingt sich draußen auf ihr Fahrrad.

Es ist Ende März, und nach dem relativ milden Winter zeigt sich der Frühling bereits von seiner schönsten Seite. An vielen Orten blühen schon Forsythien, aber Lara nimmt sie heute nicht wahr. Sie ist zu sehr damit beschäftigt, was gleich geschehen wird. Ihr Ziel ist der Bad Segeberger Kalkberg, genauer gesagt das Indian Village am Kalkberg. In diesem Jahr möchte sie einen ihrer ganz großen Träume wahr machen: sie will sich als Laienschauspielerin bei den Karl-May-Festspielen bewerben.

Schon als Kind ist sie jedes Jahr mit ihren Eltern zu den Aufführungen gegangen und hat voller Begeisterung das spektakuläre Geschehen verfolgt. Sie hat mitgefiebert, wenn Winnetou in einer nahezu ausweglosen Situation seinen Mut nicht verlor, und sich köstlich über den sonst so erfahrenen Westmann Sam Hawkens amüsiert, der beim Aufsteigen auf ein Pferd sofort auf der anderen Seite wieder herunterfiel. Auch ihre Begeisterung für Pferde hat mit den Karl-May-Festspielen begonnen.

Jahrelang hat Lara ihre Eltern bearbeitet, bis sie ihr erlaubt haben, selbst Reitunterricht zu nehmen. Sie hat eisern dafür gespart und sich zu ihrem Geburtstag und zu Weihnachten oft nichts anderes gewünscht. Ihre Eltern haben sie trotzdem nicht ohne Geschenke feiern lassen, doch jedes Mal lag auch ein Gutschein für Reitstunden auf ihrem Geburtstagstisch oder unter dem Weihnachtsbaum.

Einmal hat Lara sogar einen Reiterurlaub geschenkt bekommen. Danach ist sie fast jeden Tag im Reitstall gewesen, hat ,ihre' Pferde gestriegelt und schließlich sogar kostenlos das eine oder andere Privatpferd reiten dürfen, um es zu bewegen, wenn der Besitzer keine Möglichkeit dazu gehabt hat. Mit der Zeit hat sie richtig gut reiten gelernt und sich mit nahezu jedem Pferd anfreunden können. Sie braucht nur in deren große Augen zu blicken, auf tänzelnde oder scharrende Hufe zu achten und die Bewegungen des Kopfes oder Schwanzes zu beobachten, um zu wissen, in welchem Gemütszustand sich ein Pferd gerade befindet.

Pferde sind ihre große Leidenschaft, und gleich dahinter kommt das Theater. Lara hat an etlichen Theaterstücken der AG ihrer Schule teilgenommen und auch Hauptrollen gespielt. Sie kann gut auswendig lernen und liebt es, Menschen mit den verschiedensten Charakteren darzustellen.

Bei zwei so zeitaufwendigen Hobbies in der Schule den Anschluss nicht zu verpassen ist für sie nicht einfach gewesen, aber sie hat ihr schriftliches Abitur trotzdem ganz ordentlich bestanden und muss nur noch für die mündlichen Prüfungen lernen. Danach liegt ein ganzer freier Sommer vor ihr, bevor sie im Oktober ihr Studium beginnen wird. Zum ersten Mal wird sie Zeit genug dafür haben, sich ihren Kindheitstraum zu erfüllen und an den Karl-May-Aufführungen teilzunehmen – falls sie zu den Glücklichen gehört, die dafür ausgewählt werden.

Heute ist endlich der Tag gekommen, an dem sich interessierte Laien vorstellen und bewerben können. Aufgeregt reiht sich Lara in die große Schlange der übrigen Interessenten ein. Es sind ungefähr einhundert Menschen verschiedenen Alters zum Casting gekommen, aber nur vierzig werden als Komparsen gebraucht.

Wahrscheinlich möchten alle genauso gern dabei sein wie ich, denkt sie, *hoffentlich schaffe ich es!* Am liebsten wäre sie eine Squaw der Apachen. Zusammen mit Winnetou in die Arena der riesigen Freilichtbühne einzureiten wäre ihr großer Traum.

Mit klopfendem Herzen ist sie schließlich an der Reihe, ihre Fähigkeiten unter Beweis zu stellen. Als erstes soll sie tanzen und zeigen, dass sie ein gutes Gefühl für Rhythmus besitzt. Weibliche Komparsen haben manchmal eine Doppelrolle: in einer Szene tanzen sie im Saloon, in einer anderen spielen sie eine Siedlerfrau oder eine Indianerin, deshalb sollen möglichst alle tanzen können.

Wie gut, dass ich mit Hannah geübt habe!, denkt Lara. Hannah ist ihre beste Freundin und Mitglied in einem Tanzsportverein. An mehreren Wochenenden hat sich Hannah große Mühe dabei gegeben, Lara einige Grundschritte zu zeigen und ihr verschiedene Rhythmen beizubringen. So gelingt es Lara tatsächlich, sich nicht zu blamieren, obwohl sie nie eine Tanzschule besucht hat.

Als nächstes soll Lara eine kurze Kampfszene einüben und danach zeigen, wie gut sie sie beherrscht. Diese Übung liegt ihr viel mehr. Voller Elan stürzt sie sich in die Rolle einer armen Siedlerfrau, die einen Schurken abwehren soll.

Danach muss sie beim Regisseur persönlich vorsprechen. Zuerst ist sie fürchterlich aufgeregt und verkrampft. Doch der Regisseur weiß genau, wie er vorgehen muss. Er lächelt sie freundlich an, verwickelt sie in ein lockeres Gespräch, und schon bald ist ihr Lampenfieber verflogen. Begeistert berichtet sie ihm von ihren Erfahrungen im Schultheater. Als sie erzählt, dass sie reiten kann, horcht er auf. *Ja*, denkt sie glücklich, *das ist meine Chance!*

Dann beginnt das Warten. Unruhig geht sie hin und her, bis sie von einem freundlichen älteren Herrn angesprochen wird. »Tja, das ist mächtig aufregend, was? Aber keine Sorge, es wird schon klappen! Wenn nicht heute, dann vielleicht im nächsten Jahr.« »Aber im nächsten Jahr habe ich wahrscheinlich nicht mehr die Zeit dazu.« »Das wäre jammerschade! Mit deinen dunklen Haaren gibst du eine wundervolle Indianerin ab.« »Genau das ist mein Traum. Am liebsten möchte ich als Indianerin auf einem Pferd sitzen.« »Du kannst reiten? Na dann mach dir mal keine Sorgen, das ist ein Riesenvorteil.« »Hoffentlich, und danke, dass Sie mich so aufmuntern.« »Das mit dem ‚Sie‘ vergiss mal ganz schnell wieder, wir sind hier alle eine große Familie.« »Haben Sie, hast du denn schon einmal mitgemacht?« »Einmal? Dutzende Male, was ich schon alles gespielt habe!«

Voller Interesse lauscht Lara seinen Erzählungen und kommt auch mit anderen ins Gespräch, die schon einmal als Komparse tätig gewesen sind. Die lästige Zeit des Wartens vergeht so viel schneller, und schließlich erfährt sie überglücklich, dass sie tatsächlich zu den Glücklichen gehört, die bei den Karl-May-Festspielen dabei sein darf.

Noch am gleichen Abend ruft sie ihre Freundin an. »Hannah, ich darf mitmachen, das ist der Wahnsinn, ich bin so glücklich! Wie gut, dass du mit mir tanzen geübt hast!« »Wirst du auch reiten dürfen?« »Das weiß ich noch nicht, aber ich werde eine Menge toller Schauspieler kennenlernen. Stell dir vor, einer der Komparsen ist schon seit dreißig Jahren dabei. Jedes Jahr bewirbt er sich wieder neu und hat schon alles Mögliche gespielt: Lokomotivführer, Siedler, Bandit und Pastor. Und einmal hat er sogar eine Frau gespielt. Er meint, er hätte das Karl-May-Virus in sich.«

»Ja, und jetzt hast du es auch. Hoffentlich steckst du mich nicht an!«, meint Hannah. »Das ist die Idee! Nächstes Mal machst du auch mit!« »Nee danke, das ist nichts für mich. Außerdem habe ich gerade ganz andere Dinge, die mich beschäftigen.« »Wer ist es? Jemand vom Tanzen?« »Dass du immer schon weißt, was los ist, bevor ich eine Chance habe, es dir zu sagen.« »Hör mal, wir kennen uns seit dem Kindergarten. Aber erzähl: wer ist es, was macht er, wie hast du ihn kennengelernt und wann führst du ihn mir vor?«

Hannah lacht. »Alles auf einmal? Na gut! Also: er heißt Leo, sieht umwerfend gut aus, tanzt fantastisch und hat vor allem ganz viel Humor. Er ist vor kurzem aus Hannover hierher gezogen und hat in unserem Tanzsportverein eine neue Partnerin gesucht. Und da komme ich ins Spiel.« »Oje! Was hast du mit Jogi gemacht?« » Der war zum Glück letztes Mal nicht da, und Jens, unser Trainer, ist so nett und gibt ihm die Neue als Partnerin, weil sie ‚unbedingt einen erfahrenen Tänzer braucht‘, wie er ihm verklickern wird.«

»Und Leo, mag er dich auch?« »Ich glaube ja, ich hoffe es so sehr! Das Tanzen mit ihm ist jedenfalls unglaublich schön. Er kann super gut führen, und ich habe mich einfach in seine Arme fallen lassen und alles mitgemacht. Jens meint, wir würden sehr gut harmonieren und sollten ein Tanzpaar bleiben. Darüber hat Leo sich gefreut, richtig gestrahlt hat er. Ach Lara, ich hoffe so sehr, dass er mich mag, nicht nur beim Tanzen!« »Wehe wenn nicht! Aber vielleicht solltest du ihn noch etwas besser kennenlernen, bevor du ihm bedingungslos dein Herz schenkst.« »Ich weiß! Aber verliebt sein und Vernunft passen einfach nicht zusammen.«

Lara seufzt. »Da hast du Recht. Ich kann im Moment leider sehr vernünftig sein. Aber egal, im Moment interessiert mich nur meine neue Aufgabe. Ich bin so happy, dass es geklappt hat. Stell dir vor, ich werde mit richtig guten Schauspielern zusammen auftreten dürfen.« »Das ist so cool! Darf ich zur Premiere kommen?« »Du musst! Ich lade dich natürlich ein, und wenn dein Leo es bis dahin ehrlich mit dir meint, bekommt er auch eine Karte.«

In dieser Nacht träumt Lara davon, zusammen mit Winnetou und seinen Gefährten über die Prärie zu reiten. Sie galoppieren eine endlos scheinende Ebene entlang und kommen an einen Fluss, der sie in eine enge Schlucht führt. Auf einmal erscheinen hoch über ihnen unzählige Indianer, die mit lautem Kriegsgeschrei ihre Pfeile auf sie richten. Aber Winnetou zeigt keine Angst. Er gibt das Zeichen zum Anhalten, nimmt seinen Bogen und schießt mit einem Pfeil dem Anführer den Federschmuck vom Kopf. Der blickt erstaunt nach unten und ruft: »Kann der Häuptling der Apachen nicht mehr richtig zielen?« »Winnetou schießt nicht auf seine roten Brüder,« erwidert er. »Wir sollten uns lieber verbünden im Kampf gegen die, die uns unser Land, unsere Squaws und unsere Pferde stehlen.«

Voller Bewunderung sieht Lara zu Winnetou hinüber und steht

plötzlich neben ihm. Der blickt sie ebenfalls an und ruft ihr etwas zu, das sie nicht verstehen kann. Die Schlucht um sie herum beginnt sich zu drehen, und Lara wacht auf. Ein lautes Hupgeräusch hat sie geweckt. *Schade,* denkt sie, *ich hätte so gerne noch weitergeträumt!* Aber schweren Herzens erinnert sie sich daran, dass sie für ihr mündliches Abitur lernen muss, und steht auf.

Die folgenden Wochen vergehen für Lara wie im Fluge. Nach der Schule geht sie wie immer zuerst in den Reitstall. Am späten Nachmittag oder frühen Abend holt sie ihre Schulbücher hervor und bereitet sich auf die anstehenden Prüfungen vor. An den Wochenenden trifft sie sich nach dem Lernen mit Hannah oder mit Schülern des Abiturjahrgangs, um den Abiball vorzubereiten.

»Und, bist du jetzt richtig mit Leo zusammen?«, fragt sie Hannah eines Abends, als sie bei einem Glas Wein gemütlich zusammensitzen. »Ja!«, erwidert Hannah überglücklich. »Wir haben uns ein paar Mal außerhalb des Tanzvereins getroffen, waren Pizza essen und im Kino, und am letzten Wochenende habe ich bei ihm übernachtet.« »Wow, das hört sich gut an!« »Vor allem fühlt es sich richtig gut an. Oh Lara, ich bin noch nie so glücklich gewesen! Diesmal ist es etwas ganz Besonderes, das spüre ich genau.«

Lara blickt in Hannahs Augen und sieht, dass sie so leuchten wie nie zuvor. »Ich freue mich so für dich! Hoffentlich meint er es ernst mit dir!« »Frag ihn doch!«, lacht Hannah. »Ich sehe schon,« erwidert Lara, »du lebst gerade auf einem anderen Stern. Bleib möglichst lange da oben und schick mir mal 'ne Karte!« »Ich bleibe lieber hier unten und besorge dir auch so einen Traum von einem Mann. Vielleicht findest du ihn ja bei den Apatchen?« »Lieber nicht, das würde bei den Proben nur stören.«

Hannah sieht ihre Freundin zweifelnd an, doch Lara ändert schnell das Thema und fragt: »Wann lerne ich deinen Leo endlich kennen?« »Wahrscheinlich erst zur Premiere. Er ist gestern für sechs Wochen nach London geflogen und macht dort ein Praktikum bei einer Zeitung.« »Schade! Wie hältst du es so lange ohne ihn aus?« »Gar nicht, deshalb besuche ich ihn am nächsten Wochenende, ich habe einen Billigflug buchen können.« »So so, und ich muss fürs Abi lernen.« Lara versucht, entrüstet auszusehen, aber es gelingt ihr nicht, und beide fangen herzhaft an zu lachen.

Im Mai bringt Lara ihr mündliches Abitur hinter sich. Zu den besten Absolventen ihres Jahrganges gehört sie nicht, aber ihre Abiturnote ermöglicht es ihr, Theaterwissenschaften zu studieren, und das ist ihr Ziel gewesen. *Zuerst mein Kindheitstraum und dann mein Traumstudium,* denkt sie glücklich, *genauso habe ich es mir gewünscht!*

Wenig später beginnen die Proben für die Karl-May-Festspiele. Vor Aufregung ist Lara richtig zappelig und fährt so rechtzeitig los, dass sie viel zu früh am Indian Village eintrifft. Anderen Komparsen geht es ebenso, und schon bald diskutieren sie lebhaft über die kommende Aufführung und die Hauptdarsteller. Immer mehr Mitspieler erscheinen, die Lara vom Casting her kennt, und aus ihrer Aufgeregtheit wird allmählich freudige Erwartung.

Endlich beginnt die erste Probe. Lara darf tatsächlich eine Indianerin darstellen. Sie lernt, sich wie eine Indianerin zu bewegen und wie sie zu sprechen, bekommt wichtige Gesten und Rufe beigebracht, und schon am Ende der Probe spielt sie nicht nur eine Frau der Apatchen, nein, sie ist eine echte Squaw und Winnetou gehört ihre ganze Aufmerksamkeit und Bewunderung. Glückselig fährt sie nach Hause zurück und erzählt ihrer Freundin Hannah begeistert von der ersten Probe.

»Hannah, es ist ein Traum, das zu erleben! Ich bin zum ersten Mal dabei und habe natürlich nur eine kleine Rolle, aber alle behandeln mich so, als wäre ich genauso wichtig wie die anderen, auch die richtigen Schauspieler. Und die Arbeit mit den Choreographen macht großen Spaß, sie sind lustig und hilfsbereit. Allein die Proben zu erleben ist schon …« »Und Winnetou?«, unterbrich sie Hannah. »Ist er so umwerfend wie im Fernsehen?« »Winnetou ist so cool! Er sieht fantastisch aus, besonders im Kostüm, und kann super mit Pferden umgehen.« »Und so als Mann, wie findest du ihn da?«

Lara muss lachen. »Du gibst nicht auf, was? Er ist ein toller Mann, aber für mich natürlich zu alt. Und um es gleich vorweg zu nehmen: die anderen Mitspieler sind locker drauf, einige sehen richtig gut aus, aber mein Mister Right ist nicht dabei und das ist für die Proben auch besser so. Freu du dich auf deinen Leo und lass mich einfach eine zufriedene Indianerin sein!« »Okay, du hübsche Squaw der Apachen mit den wunderschönen braunen Augen, pass nur auf, dass sich Winnetou nicht in dich verguckt.«

Die folgenden Wochen vergehen für Lara unglaublich schnell. Die Proben sind anspruchsvoll und herausfordernd, aber genau das gefällt ihr, und sie konzentriert sich voll auf ihre Rolle. Jede einzelne Bewegung, jeder Schritt und jeder Gesichtsausdruck werden bis zur Perfektion geübt. Kleine Pannen und unfreiwillige Stürze sorgen immer wieder für Pausen, in denen herzhaft gelacht wird. Restlos glücklich ist Lara, als sie nach einem Proberitt erfährt, dass sie in einer Szene tatsächlich reiten darf.

Endlich ist der Tag der Premiere gekommen. »Ich bin völlig am Ende!«, sagt Lara zu Hannah am Telefon, »ich glaube, ich habe alles vergessen!« »Bestimmt nicht! Kann ich dir irgendwie helfen, soll ich vorbeikommen?« »Nein, lieber nicht, ich muss auch bald los. Ihr kommt doch rechtzeitig? Bei einer Premiere ist hier immer der Bär los.« »Natürlich sind wir vorher da.« »Dann bis später, wünsch mir Glück!« »Mach ich! Sehen wir uns nach der Vorstellung? Wir könnten zu dritt noch irgendwo was trinken gehen.« »Eher nicht, wahrscheinlich werde ich mit meinen neuen Kollegen die Premiere feiern.« »Na klar, die Premierenfeier darfst du natürlich nicht verpassen. Dann bis heute Abend!«

Ich fühle mich so elend, denkt Lara, als sie unterwegs zu ihrer ersten Aufführung ist. *Hoffentlich klappt alles, auf keinen Fall will ich mich blamieren.* Doch später, inmitten der übrigen Komparsen und Schauspieler, in einem perfekt sitzenden Indianerkostüm, fühlt sie sich schon etwas besser. Und dann beginnt die Premierenvorstellung vor ausverkauftem Theater an einem wunderschönen Sommerabend.

In den ersten beiden Szenen hat Lara noch keinen Auftritt, aber am Gelächter der Zuschauer und dem häufigen Zwischenapplaus kann sie erkennen, dass die Aufführung beim Publikum gut ankommt. Dann wird es Ernst für sie. Mit mehreren Squaws und Kriegern der Apachen zusammen betritt sie aufgeregt und zittrig die Freilichtbühne. Sie hört die Frage eines anderen Indianers, senkt ehrfurchtsvoll ihren Kopf, spricht ihre ersten Worte, und auf einmal ist alles wieder wie in der Probe. Sie ist eine Indianerin und weiß genau, wie sie sich wann zu bewegen hat, ob sie schweigen oder etwas sagen soll.

Hannah hingegen verfolgt die spannende Vorführung mit großer Begeisterung und freut sich jedes Mal wieder, wenn sie ihre Freundin unter den Schauspielern sieht. Besonders fasziniert sie das gute Zusammenspiel zwischen den Schauspielern und ihren Pferden. Die Tiere müssen großes Vertrauen zu ihren Reitern besitzen, sonst wäre eine derartige Aufführung nicht möglich, zu der ab und zu auch Knallgeräusche oder hell auflodernde Flammen im Dunkeln gehören.

Tosender Beifall erhebt sich, als die Aufführung nach einer spannenden Schlussszene beendet ist. Lara ist glücklich. Alles hat gestimmt, von der ersten Minute an bis zum Schluss. Ihre Freundin Hannah hat Lara längst entdeckt, schließlich hat sie zwei vordere Plätze für sie und Leo ausgesucht. Fröhlich winkt Hannah zu ihr hinüber, und Lara antwortet mit einem strahlenden Lächeln. Auch der gut aussehende junge Mann an Hannahs Seite klatscht begeistert und lächelt ihr zu.

Was für ein Lächeln, denkt sie fasziniert, *und was für ein Mann!* Er ist groß, schlank, hat weizenblonde Haare, die sie sofort an die Geschichte vom kleinen Prinzen erinnern, und ein Gesicht zum Dahinschmelzen. *Stopp!*, ermahnt sie sich selbst. Er ist schließlich Hannahs Freund und darum für sie tabu. Und wenn er hundertmal der Mann wäre, von dem sie immer geträumt hat, er gehört nicht zu ihr, sondern zu ihrer

Freundin, und sie gönnt ihn ihr von ganzem Herzen. Wie gut, dass sie sich heute Abend nicht mit den beiden verabredet hat, sondern unbeschwert zusammen mit ihren neuen Kollegen feiern kann.

Viel zu früh meldet sich Laras Wecker am nächsten Tag. Automatisch langt sie zum Nachttisch und stellt ihn aus. Sie ist einfach noch zu müde zum Aufstehen. Es ist Sonntag, warum nicht noch ein wenig schlafen nach der kurzen Nacht? Doch dann fällt es ihr blitzartig ein: die Nachmittagsvorstellung beginnt um drei Uhr, sie sollte sich lieber beeilen.

Diesmal sitzen zahlreiche Kinder im Freilichttheater. Lara muss an die erste Vorstellung denken, die sie damals miterleben durfte, voller Aufregung und Begeisterung. Auch wenn Karl May seine Bücher eher für Erwachsene oder Jugendliche geschrieben hat, die Kinder sind sein dankbarstes Publikum und verfolgen das Geschehen mit gespannten Gesichtern. Sie bangen mit den Helden in nahezu ausweglosen Situationen, machen ihrer Erleichterung lauthals Luft, wenn die Gefahr vorüber ist, und lachen fröhlich und herzhaft, wenn einer der Westmänner wieder einmal über seine eigenen Beine stolpert.

In bester Laune und überhaupt nicht mehr müde macht sich Lara auf den Heimweg, als unvermittelt Leo vor ihr auftaucht. »Hallo Lara, ich habe auf dich gewartet,« sagt er leise und lächelt sie wieder mit diesem zauberhaften Lächeln an. »Hallo Leo,« erwidert sie und gibt sich alle Mühe, gleichmütig auszusehen.

»Die Vorstellung gestern war unglaublich gut!«, sagt er begeistert. »Am liebsten hätte ich sie heute schon wieder gesehen, aber sie war leider ausverkauft.« »Ach, und da bist du so lange hier geblieben?« »Nein! Dass es keine Plätze mehr gibt habe ich im Internet gesehen, ich bin gerade erst gekommen. Aber ich werde mir das Stück auf alle Fälle noch einmal ansehen, mir gefällt es noch besser als im letzten Jahr.« Lara sieht ihn ungläubig an. »Kommst du jedes Jahr hierher?« »Natürlich! Ich habe viele Karl-May-Bücher gelesen, und Pferde mag ich auch. Du kannst richtig gut reiten, das habe ich gestern Abend bewundert.«

Was wird das hier gerade, denkt Lara, *will er etwa mit mir flirten?* »Wo ist denn Hannah?«, fragt sie ihn. »Über Hannah wollte ich mit dir reden. Weißt du, ich bin nicht ihr Freund, ich bin nur …« »Alles klar, Leo,« fällt sie ihm ins Wort, »aber ich muss mich jetzt wirklich beeilen.« Sie lässt ihn stehen, geht zu ihrem Fahrrad und fährt los.

So ein Scheinheiliger!, denkt sie erbost, *macht einen auf schüchtern und denkt, ich würde ihm das abkaufen. Hannah ist mit ihm zusammen, wie kann er da behaupten, er wäre nicht ihr Freund! Ich sollte Hannah vor ihm warnen. Aber wie kann ich das machen, ohne ihr weh zu tun? Sie ist so glücklich in letzter Zeit.*

Wieder zu Hause bereitet sich Lara eine Kleinigkeit zu essen zu. Aber sie isst nicht, sondern schaut grübelnd aus dem Fenster. Da meldet sich ihr Handy, es ist Hannah. *Ausgerechnet Hannah!,* denkt sie und drückt die grüne Taste. »Hallo Hannah,« sagt sie leise.

»Du klingst aber merkwürdig!«, entgegnet Hannah, »ist die Vorstellung heute nicht gut gelaufen?« »Doch doch, ich bin nur schon müde.« »Na klar, das verstehe ich. Sag mal, hast du mit Leopold gesprochen?« *Das ist also Leos richtiger Name,* denkt Lara und antwortet: »Ja, habe ich.« »Wie schön! Und wie gefällt er dir?« »Du, ich kenne ihn ja kaum, also mein Typ ist er nicht,« sagt sie und denkt: *Nein, ich kann ihr nicht erzählen, was er mir gesagt hat, ich kann es einfach nicht.* Hannah zögert einen Moment, bevor sie weiterspricht: »Okay, dann will ich dich nicht länger stören, mach's gut!« »Du auch!«

In dieser Nacht liegt Lara stundenlang wach und kann nicht einschlafen. Immer wieder muss sie über Hannah, Leopold und dessen merkwürdiges Verhalten grübeln. *Vielleicht hat er bemerkt, wie ich ihn nach der Vorstellung angesehen habe,* denkt sie. *Vielleicht sieht er seine Beziehung zu Hannah viel lockerer als sie und möchte lieber mit mir zusammen sein? Aber so etwas kommt überhaupt nicht in Frage! Ich werde Hannah nie einen Freund ausspannen, egal, wie er darüber denkt, niemals!*

Am nächsten Sonnabend, kurz vor der Abendvorstellung, steht Leo schon wieder vor ihr und lächelt sie auf diese bezaubernde Weise an. »Hallo Lara,« sagt er, »für heute habe ich noch eine Karte bekommen, die Vorstellung ist so gut! Am liebsten wäre ich auch ein Indianer, der mit dir und Winnetou zusammen durch den wilden Westen reitet, um das Böse zu besiegen.« »Ach, kannst du reiten?«, fragt sie verblüfft. »Na ja, ob ich es richtig gut kann weiß ich nicht, aber es macht mir Spaß.« Lara ist überrascht. Davon hat Hannah ihr gar nichts erzählt. »Wo ist denn Hannah?«, fragt sie und sieht sich um. »Keine Ahnung,« erwidert er, »ich bin allein gekommen.« »Na dann viel Spaß bei der Vorstellung!«

Nachdenklich geht sie zu ihrer Garderobe. *Irgendetwas stimmt hier nicht*, denkt sie, *wie kann Leo gleichzeitig ein so guter Tänzer sein und dann noch begeisterter Reiter, ohne dass Hannah etwas davon erzählt hat? Sollte ich vielleicht doch einmal mit ihr reden?*

Nach der Vorstellung unterhält sich Lara diesmal extra lange mit einigen Kollegen, bevor sie aufbricht. Auf keinen Fall will sie Leo heute noch einmal über den Weg laufen. Zu ihrer Erleichterung wartet er diesmal nicht auf sie. Todmüde fällt sie eine knappe Stunde später ins Bett.

Am Sonntagvormittag reibt sich Lara gerade den Schlaf aus ihren Augen, als ihr Handy erklingt. Es ist Hannah. Einen Moment lang zögert Lara, dann nimmt sie das Gespräch an. »Hast du Zeit, mit mir und Leo heute Abend Pizza essen zu gehen,« fragt Hannah, »so gegen sieben? Dann ist die Nachmittagsvorstellung doch vorbei, oder?« »Ja, schon, aber ich glaube nicht, dass das eine gute Idee ist.« Verzweifelt denkt Lara darüber nach, wie sie dieses Treffen verhindern kann. Sie überlegt noch, wie sie Hannah am schonendsten von ihren Gesprächen mit Leo erzählen kann, als die mit fröhlicher Stimme erwidert: »Keine Sorge, wir werden zu viert sein, Leo bringt seinen Mitbewohner mit. Also abgemacht, um sieben Uhr bei unserer Pizzeria!«

Mit einem ungutem Gefühl macht sich Lara nach der Vorstellung auf den Weg zur Pizzeria. Schon von weitem erkennt sie Hannahs Freund Leo an den blonden Haaren. Der andere junge Mann hat dunkle Haare und unterhält sich gerade angeregt mit Hannah. Jetzt fangen alle drei herzhaft an zu lachen. »Hallo Lara, schön, dass du da bist!«, sagt Hannah. »Keine Angst, wir lachen nicht über dich, Leo hat ein unglaubliches Talent, andere nachzumachen. Er freut sich schon darauf, dich endlich kennenzulernen.«

Lara blickt sie erstaunt an. »Aber ich kenne ihn doch schon.« »Hallo, ich bin Leonhard, Hannahs Leo,« sagt jetzt der junge Mann mit den dunklen Haaren und lächelt sie freundlich an. »Wenn du deine Freundin in der nächsten Zeit nicht so oft siehst wie sonst, dann liegt das an mir, und ich habe nicht vor, etwas daran zu ändern. Wollen wir also lieber eine Friedenspfeife zusammen rauchen und das Kriegsbeil begraben lassen, du schöne Squaw vom Stamme der Apachen?«

Beim letzten Wort muss er bereits lachen, und Hannah lacht fröhlich mit, während Lara irritiert von einem zum anderen blickt. »Zweimal Leo?«, fragt sie ungläubig und blickt fassungslos von einem zum anderen, »wie verrückt ist das denn!« »Genau!«, sagt Hannah freudestrahlend. »Meiner heißt Leonhard und das ist Leopold, sein Mitbewohner. Vielleicht erinnerst du dich an ihn. Er ist mit mir in der Premiere gewesen, weil mein armer Leo sich den Magen verdorben hatte. Ich habe dich am Tag danach angerufen, erinnerst du dich? Ich wollte dir erzählen, dass er nicht mein Freund ist und du ihn sehr beeindruckt hast. Doch als du mir gesagt hast, dass du schon selbst mit ihm gesprochen hast und dass er nicht dein Typ ist, war die Sache für mich erledigt.«

»Und ich habe Leopold für deinen Leo gehalten, wie dumm!« »Als mein Leo, also Leonhard, mir erzählt hat, wie abweisend du dich Leopold gegenüber verhalten hast, konnte ich es überhaupt nicht verstehen, denn das passt nicht zu dir. Beim zweiten Mal habe ich gewusst, dass etwas schief gelaufen ist. Es war Leonhards Idee, uns heute zu viert zu treffen, und ich bin ihm riesig dankbar dafür.« »Und ich erst!«

Lara dreht sich zu Leopold um und sieht ihn reumütig an. »Es tut mir so leid! Ich bin unmöglich zu dir gewesen, bitte verzeih mir!«

»Schon gut,« erwidert Leopold belustigt, »jetzt verstehe ich das ja. Hannah kann sich freuen, so eine Freundin zu haben.« »Das tue ich auch,« sagt Hannah mit fester Stimme, »aber jetzt habe ich Hunger bekommen. Da drüben ist ein Vierertisch frei, wollen wir den nehmen?«

Lara blickt Leopold fragend an, der erwidert ihren Blick, und dann erscheint wieder dieses unwiderstehliche Lächeln auf seinem Gesicht. Und diesmal lächelt Lara zurück.

Das Geburtstagsgeschenk

Erwartungsvoll setzt sich Juliane an den Kaffeetisch und blickt auf die bunten Päckchen, die vor ihr liegen. *Was wird Jochen mir wohl diesmal zum Geburtstag schenken?*, denkt sie. Er ist heute extra früher aus seinem Betrieb nach Hause gekommen, hat wunderschöne Rosen und leckeren Kuchen mitgebracht und mehrere Päckchen vor ihr ausgebreitet. »Was soll ich zuerst auspacken?«, fragt sie ihn.

»Was immer du möchtest,« erwidert er fröhlich, »aber vielleicht fängst du mit diesem hier an?« Jochen zeigt auf das größte Päckchen und fängt auf einmal an zu lachen. »Dieses Päckchen erinnert mich an etwas,« sagt er schmunzelnd, und Juliane beginnt ebenfalls zu lachen. »Ich weiß genau, was du meinst,« sagt sie, »wie lange ist das jetzt her?« »Na, so schlappe zwanzig Jahre,« meint er. »Ja, das kommt hin,« sagt sie, und in ihren Gedanken erlebt sie ihren Geburtstag von damals noch einmal.

»Herzlichen Glückwunsch, Mama!«, sagt der fünfjährige Jan und überreicht ihr ein Päckchen. Juliane drückt ihn liebevoll an sich. »Danke, mein Schatz, da bin ich aber sehr gespannt, was das wohl ist.« Vorsichtig löst sie die Schleife, wickelt das Geschenkpapier ab und öffnet den Karton. »Oh wie schön,« ruft sie, »eine Laterne! Hast du die selbst gemacht?« »Ja,« erwidert er ernsthaft. »Die ist wunderbar!«, sagt sie begeistert und betrachtet sie genauer.

Die Laterne ist aus dünnem Karton gearbeitet. An allen vier Seiten ist eine Figur ausgeschnitten und mit farbigem Transparentpapier unterlegt. »Sieh mal, ein Schmetterling!«, freut sie sich. »Und da, eine hübsche Blume, eine Sonne mit Strahlen, und hier ein Vogel, der fliegt sogar! Jochen, hol mir doch bitte mal die Streichhölzer, damit ich das Teelicht in der Laterne anmachen kann.«

Jan strahlt seine Mutter an. »Gefällt sie dir?« »Und wie! Ganz lieben

Dank, das ist ein wunderschönes Geschenk.« Sie stellt die Laterne auf den Tisch, und Jochen zündet das Teelicht in der Mitte an. Vorsichtig betrachtet Juliane die Laterne von allen Seiten. »Die Blume leuchtet rot,« erklärt Jan, »die Sonne gelb, der Vogel hellbraun und der Schmetterling blau. Habe ich im Kindergarten gebastelt.«

»Dana sehn, Dana sehn!«, ruft die kleine Dana, die Jochen schon in ihren Kinderstuhl gesetzt hat. »Natürlich darfst du sie auch sehen, Dana, guck mal!« Juliane zeigt ihr die Laterne von allen Seiten. »Oh, Bume, Mettaling,« ruft Dana begeistert. »Dana Bilt malt.« »Du hast mir ein Bild gemalt? Wo ist es denn?« »Daaa!« Dana zeigt auf den Tisch. Dort liegt ein eingerollter Bogen Papier mit einem Geschenkband darum.

Vorsichtig entrollt Juliane den Papierbogen. »Wunderschön!«, sagt sie, »das hast du ganz allein gemalt?« »Dana mat, leine mat,« ruft die Kleine und nickt dabei heftig mit dem Kopf. »Das hast du sehr schön gemacht, Dana! Da oben ist der blaue Himmel mit der hellen Sonne, und unten ist eine grüne Wiese mit ganz vielen bunten Blumen. Das sind doch Blumen, oder?« »Jaaa, Bume!«, strahlt Dana stolz und zeigt auf die bunten Kreise.

Juliane sieht glücklich von einem Kind zum anderen. *Wie viel Mühe sich die beiden gemacht haben mit ihrem Geschenk!*, denkt sie glücklich. »Ihr habt mir beide eine sehr große Freude gemacht, danke, ganz lieben Dank!«, sagt sie gerührt und drückt ihre Kinder abwechselnd an sich.

»Und ich?«, fragt Jochen. »Wann drückst du mich?«. Beide Kinder lachen, und Jan meint: »Natürlich erst, wenn sie dein Geschenk ausgepackt hat, Papa.« »Jaaa, Mama, jaaa!«, kräht Dana ausgelassen. »Na dann packe ich doch mal aus,« sagt Juliane, nimmt das erste Päckchen und wickelt es vorsichtig aus. »Oh, ein Kochtopf!«, sagt sie überrascht und gibt sich alle Mühe, vergnügt auszusehen.

Beim nächsten Geschenk reißt Juliane das Papier schon etwas weniger liebevoll auf, denn es hat genau die gleiche Größe wir das vorherige.

»Oh, noch ein Kochtopf, danke,« sagt sie, »da habe ich ja zwei gleiche, wie schön!« »Und jetzt rate, was in dem großen Paket ist,« meint Jochen erwartungsvoll. »Ach, im Raten bin ich nicht so gut, ich packe lieber gleich aus.« »Ja, Mama, jaaa,« ruft Dana, und Juliane wickelt vorsichtig das große Paket aus. Es ist wieder ein Kochtopf, passend zu den zwei übrigen, nur größer.

Juliane überlegt noch, was sie sagen soll, um sich ihre Enttäuschung nicht allzu sehr anmerken zu lassen, da meint Jochen fröhlich: »Da staunst du, was? Es sind Töpfe mit besonders dickem Boden und guter Wärmeleitfähigkeit, zum Strom sparen, nun kannst du endlich deine alten Töpfe entsorgen.«

»Und, Mama, freust du dich?«, fragt Jan. »Du musst Papa ja nicht ganz so fest drücken wie uns.« *Habe ich es mir so sehr anmerken lassen?*, denkt Juliane und sagt schnell: »Wunderbar, Jochen, danke sehr, nun muss ich nie wieder den alten Topf benutzen, der mir neulich so angebrannt ist.« Sie geht zu ihrem Mann und umarmt ihn.

Wie kann ich ihm nur begreiflich machen, dass Töpfe kein Geburtstagsgeschenk zum Freuen sind, ohne ihn zu sehr zu verletzen?, denkt sie. Laut sagt sie: »So ihr Lieben, jetzt wird es Zeit für den Geburtstagskuchen. Habt ihr auch so großen Hunger wie ich?« »Na klar!« ... »Jaaa!« ... »Unbedingt!«, rufen die Kinder und Jochen durcheinander, und dann wird es doch noch eine richtig schöne Kaffeestunde.

Wochenlang grübelt Juliane darüber nach, wie sie Jochen dazu bringen kann, ihr nicht ausgerechnet zum Geburtstag praktische Haushaltsgeräte zu schenken. *Was soll ich nur tun?*, denkt sie immer wieder, doch dann kommt ihr eine Idee.

Gut drei Monate später hat Jochen Geburtstag. Diesmal hat Juliane selbst eine Torte gebacken. Liebevoll deckt sie den Kaffeetisch, legt ein großes und ein kleines Päckchen auf den Tisch, zieht Jan einen neuen Pullover und Dana ein hübsches Kleid an. »Wollen wir zusammen etwas spielen, bis Papa nach Hause kommt?«, fragt sie die Kinder. »Ja, jaaa!«, rufen die beiden fröhlich.

Als Jochen endlich die Wohnung betritt, läuft Dana ihm entgegen. »Papa Butta, Papa Buttaaa!«, ruft sie enthusiastisch. Liebevoll hebt er sie hoch und sagt: »Was habe ich nur für eine hübsche Tochter!« Vorsichtig stellt er sie wieder auf den Boden. »Und was für einen wunderbaren Sohn und eine wunderbare Frau!« Nacheinander drückt er Jan und Juliane an sich. »Herzlichen Glückwunsch zum Geburtstag, Papa!«, sagt Jan, dann laufen er und Dana ins Kinderzimmer, um ihre Geschenke zu holen. Juliane nimmt die Torte aus dem Kühlschrank und stellt sie auf den Kaffeetisch.

Da kommen auch schon Jan und Dana mit ihren Geschenken wieder. Dana hält stolz ein Bild in ihren Händen, und zum Glück erkennt Jochen sofort, was sie gemalt hat. »Ist das ein Baum?«, fragt er fröhlich. »Jaaa, Baum, und Bätta!« »Und das rote, sind das vielleicht Äpfel?« Dana nickt. »Oh, du hast unseren Apfelbaum gemalt mit ganz vielen Äpfeln, weil ich Äpfel doch so mag!« »Dana Äppäl malt!« »Danke, ganz lieben Dank Dana, das Bild ist fantastisch!« »Tasstiss, tasstiss,« ruft Dana verzückt.

Jetzt wendet sich Jochen an Jan: »Das ist sehr hübsch eingepackt, darf ich es jetzt aufmachen?« Jan nickt. Vorsichtig wickelt Jochen das Papier ab und hält eine dicke Kerze in Händen. Auf der einen Seite ist sie mit einem roten Herz verziert, darunter steht ‚Papa‘, auf der anderen ist ein grünes vierblättriges Kleeblatt angebracht.

»Danke, Jan, die ist wunderschön! Hast du sie selber gemacht?« »Ja, habe ich.« »Und wie? Das war bestimmt nicht einfach.« Jans Augen leuchten vor Freude. »Naja, man muss buntes Wachs haben, es warm machen und platt rollen. Dann hab ich das Bild ausgestochen und auf die Kerze geklebt. Aber man muss es vorher heiß machen, damit es auch kleben bleibt.« »Das stelle ich mir sehr schwierig vor, vor allem die Buchstaben!« »Einfach war es nicht gerade.«

Jochen drückt seinen Sohn ganz fest an sich. »Danke, Jan, ganz lieben Dank! Das hast du ganz wunderbar gemacht, danke!« »Nee, tasstiss, tasstiss!«, ruft Dana vergnügt. »Richtig, Dana, ganz fantastisch,

so wie dein Bild. Darf ich meine Geburtstagskerze schon anmachen?«
»Aber natürlich, Papa,« erwidert Jan. »Jaaa, Papa, an, an!«, ruft Dana
fröhlich. Wunderbarerweise steht schon ein passender Kerzenhalter
auf dem Tisch, und daneben liegen Streichhölzer, so dass er die Kerze
sofort anzünden kann.

»Ist die schön, und wie sie leuchtet!«, sagt Jochen. »Und jetzt gucke
ich mir mal die Päckchen auf dem Tisch an.« Vorsichtig nimmt er
das kleine in seine Hand, wickelt es aus und öffnet den winzigen
Karton, der sich darin befindet. Zum Vorschein kommen zwei ein-
gerollte Karten. »Ich habe so eine Ahnung, was das sein kann,«
sagt er. »Und was isses?«, fragt Jan aufgeregt. »Zwei Karten für das
nächste Heimspiel von Holstein Kiel, das ist genau das Richtige,
danke, Juliane!«

Jochen sieht Juliane liebevoll an und drückt sie an sich, dann wendet
er sich an seinen Sohn. »Und, Jan, gehst du zusammen mit mir hin?«
Der strahlt seinen Vater an: »Darf ich, wirklich?« »Natürlich, wenn
du es möchtest! Und da wir von Neumünster aus rechtzeitig losfahren
müssen, um einen Parkplatz zu bekommen, werden wir uns im Stadion
etwas Leckeres zu essen besorgen, abgemacht?« Jan nickt, und Dana
ruft: »Dana lekka, Dana lekka!« »Du bekommst auch etwas Leckeres
zu essen, das ist doch klar!«

Jetzt ist nur noch das eine Päckchen übrig, das schon eher ein Paket ist, so groß ist es. »Na, da bin ich aber gespannt!«, sagt Jochen
und macht sich umständlich daran, es auszupacken. Zum Vorschein
kommt ein riesiger Schuhkarton. »Mal sehen, was Mama da wohl
hineingetan hat.«

Er öffnet den Karton und sieht Juliane sprachlos an. Schließlich fragt
er ungläubig: »Gummistiefel?« »Ja, richtig hohe Gummistiefel,« meint
Juliane fröhlich. »Wenn du mal wieder im Regen mit Jan und Dana
draußen bist, kannst du genau wie sie in den Pfützen herumpatschen.«

»Super!«, sagt Jan, »hoffentlich regnet es am Wochenende!« Und
Dana ruft begeistert: »Ssupa, ssupa, tasstiss, tasstiss!« »Ja, das finde ich

auch,« sagt Juliane, »und jetzt gibt es die Geburtstagstorte, jeder darf soviel davon essen, wie er mag.«

Jochen blickt noch eine Weile lang stumm zu den Gummistiefeln und wieder zurück zu Juliane. Dann schaut er sich die Geburtstagskerze an, die Jan mit so viel Liebe für ihn gefertigt hat, und das bunte Bild von Dana mit den vielen Äpfeln. Auf einmal fängt er an zu lächeln. »Okay,« sagt er leise zu Juliane, »ich habe verstanden.«

Von diesem Tag an hat er seiner Frau nie wieder Haushaltswaren zum Geburtstag geschenkt.

Graue Stadt am grauen Meer

Graue Stadt am grauen Meer – nie hat ein Dichter Treffenderes über Husum gesagt als Theodor Storm – aber der muss es gewusst haben, schließlich hat er hier gelebt, denkt Borge. Heute, an einem trüben Februartag, erscheinen ihm nicht nur Wasser, Himmel und seine Heimatstadt grau, heute trägt sogar das Gras einen Grauschleier. Das undurchdringlichste Grau aber liegt direkt über seinem Herzen. Ein Grau, das ihn seit fast zwei Jahren nicht mehr verlassen hat, ein Grau, das auch der nahe Frühling nicht farbenfroh gestalten wird. Er bäumt sich nicht einmal mehr dagegen auf, fragt nicht mehr *warum gerade sie?,* wie er das eine Zeit lang getan hat.

Borge schaut über den Husumer Binnenhafen, lauscht dem heiseren Schrei einer Möwe und wünscht sich, er würde es endlich fertig bringen, seiner geliebten Monique zu folgen, weit in das Meer hinaus zu schwimmen und nie mehr wiederkehren zu müssen. Doch wie jedes Mal, wenn ihn dieser Gedanke überkommt, hat er nicht die Kraft dazu, ihn auszuführen. Er steht einfach nur da und starrt über das Wasser, ohne irgendetwas dabei zu empfinden. Er lebt noch, aber es fühlt sich an, als wäre er tot. Blumen, Vogelstimmen, ein hübsches Bild oder auch ein gutes Essen, alles, was ihn früher einmal zu einem Lächeln veranlasst oder ihm Freude gebracht hat, kann den Menschen, der er jetzt ist, nicht mehr erreichen.

»Borge, bist du das?«, ruft eine Stimme, aber nicht einmal sein eigener Name lässt ihn aufhorchen. Doch die Stimme gibt keine Ruhe. »Borge, das bist du doch!« Er hört, wie jemand mit schnellen Schritten näher kommt, aber es interessiert ihn nicht. Er will nur seine Ruhe haben, nicht gestört werden. »Du bist es wirklich, so eine Überraschung!« Viel zu nahe ist die Stimme jetzt, eine Frauenstimme. Borge spürt, dass er sie kennt, aber mehr auch nicht. Warum stört ihn diese Frau in seiner Einsamkeit, warum lässt sie ihn nicht in Ruhe? »Hallo Borge, ich bin es, Jutta! Kennst du mich denn nicht mehr?«

Widerwillig dreht er sich zur Seite. Jutta? Dieser Name hat keine Bedeutung für ihn. Doch die Frau hört nicht auf zu reden, jetzt starrt sie ihn sogar noch an. »Wir sind zusammen zur Schule gegangen, in die Klasse von Löwi.« *Löwi?*, denkt er, und versucht sich zu erinnern. Herr Doktor Löwenstein, natürlich! Ziemlich klein, Schnurrbart, und ein dünner heller Haarkranz um die Glatze – einen unpassenderen Namen hätte er kaum haben können. »Du hast mir damals geholfen und mit mir Mathe geübt, daran musst du dich doch erinnern!«

Wie ein Blitz durchfährt ihn ein Bild – ein Mädchen in weißen Jeans, mit langen blonden Haaren und blauen Augen. Er betrachtet die fremde Frau, sieht sie zum ersten Mal direkt an, blickt auf die kurzen blonden Haare und die Falten um ihre Augen, doch dann erkennt er sie. »Jutta, natürlich! Entschuldige bitte, aber das ist Ewigkeiten her. Was machst du hier?« »Ach, das ist eine lange Geschichte.«

Zum ersten Mal seit fast zwei Jahren spürt Borge, dass er sich wieder für etwas interessiert. Er ärgert sich nicht mehr darüber, dass sie ihn angesprochen hat, er ist fast dankbar dafür. Gedanken an ein früheres Leben werden in ihm wach, ein sorgloses Leben, in dem eine verpatzte Mathematikklausur so ziemlich das schlimmste war, was ihm passieren konnte. Jutta hat meistens vor ihm gesessen und mehr als einen Lehrer zur Verzweiflung gebracht mit ihren Fragen und Einwänden. ,Der liebe Gott weiß alles, Jutta Kern weiß alles besser!', hat ihr Deutschlehrer einmal gesagt. Bei dem Gedanken daran muss Borge lächeln, tatsächlich lächeln, zum ersten Mal seit langer Zeit.

»Borge, sag doch was! Störe ich dich, soll ich wieder gehen?« »Nein, bitte bleib! Es ist schön, dich wiederzusehen. Wir könnten zum Ratskeller gehen, am Markt, oder hier am Hafen einen Kaffee zusammen trinken, ich meine, ich würde dich gerne einladen, hier draußen ist es ungemütlich. Hast du Zeit, möchtest du?« So viele Worte hintereinander hat er lange nicht mehr gesprochen. Seine Sätze klingen etwas holperig, aber Jutta scheint das nicht zu bemerken. »Ja, sehr gern, ein heißer Kaffee wäre jetzt wunderbar! Und dann musst du mir unbedingt erzählen, was du die ganze Zeit gemacht hast.«

Während sie nebeneinander her gehen, stürmen die Erinnerungen auf Borge ein. Ein quirliges Mädchen läuft durch den langen Flur der Schule, um den Mathelehrer eben noch rechtzeitig zu überholen. Schräg vor ihm schüttelt eine Mitschülerin energisch ihren Kopf, so dass die blonden Haare hin und her flattern, und sagt mit fester Stimme: »Nein, Sie haben bei der Skizze was vergessen!« Im letzten Schuljahr, kurz vor dem Abitur, hat Jutta als blondes Dummchen auf der Schulbühne gestanden und ihre Rolle mit einem derartigen Enthusiasmus verkörpert, dass sie sämtliche Mitspieler an die Wand gespielt und donnernden Applaus erhalten hat. Und einmal, nach einem Klassenfest, hätte er sie fast geküsst. Es war schon dunkel, sie stand neben ihrem Fahrrad und hat ihn bittend angesehen, weil sie ihr Schloss nicht aufbekam. Dieser Blick ist ihm damals direkt ins Herz gegangen, irgendwie hat er gespürt, dass dieser Moment auch für sie ein besonderer gewesen ist.

Ausgerechnet da ist Benno gekommen, der Klassenclown, hat ihr geholfen und ist mit ihr zusammen nach Hause geradelt, während ihn sein eigener Weg in die andere Richtung geführt hat. Kurz nach dem Abi ist Jutta mit ihrer Familie weggezogen, und seitdem hat er nichts mehr von ihr gehört. *Eigentlich erstaunlich*, denkt er, *dass sie mich nach so langer Zeit überhaupt wiedererkannt hat.*

»Wollen wir hineingehen?«, fragt Jutta. Borge schreckt aus seinen Gedanken hoch. Sie sind längst bei dem kleinen Café angekommen. »Entschuldige bitte, natürlich!« Er hält ihr die Tür auf und geht mit ihr zu einem kleinen Tisch, wo sie sich ungestört unterhalten können. Im Sommer wäre hier an einem Sonntagnachmittag nicht ein einziger Tisch frei, doch jetzt, Ende Februar, gibt es nur wenige Gäste. Eine freundliche Serviererin nimmt ihre Bestellung entgegen, dann sitzen sich die beiden gegenüber. Jetzt erst erkennt Borge, wie sehr sich Jutta verändert hat. Wo früher strahlende Augen und ein fröhliches Lächeln waren, befinden sich tiefe Falten. Jutta ist nicht nur älter geworden, auch ihr muss das Leben Wunden zugefügt haben.

»Ich hätte nicht gedacht, dass du immer noch in Husum bist,« sagt Jutta. »Wolltest du nicht Meeresbiologie studieren und die Tiefsee erforschen?« »Ach, das weißt du noch? Nun, daraus ist nichts geworden. Mein Vater ist gestorben, und da bin ich eben Betriebswirt geworden, um das Geschäft übernehmen zu können. Meiner Mutter ist es damals ziemlich schlecht gegangen, da konnte ich nicht nein sagen. Aber ich habe kein besonderes Geschick für diesen Beruf. Was früher ein gut gehendes Geschäft für Damen- und Herrenoberbekleidung war, reicht nun gerade hin, um meine Mutter, mich und zwei Angestellte davon leben zu lassen.« »Das tut mir leid. Es ist traurig, einen Traum aufgeben zu müssen, nicht so leben zu können, wie man es sich vorgestellt hat.«

In diesem Augenblick erscheint die Bedienung mit einem Tablett und stellt zwei Tassen Kaffee auf den Tisch. Borge ist froh über diese Unterbrechung. Er möchte jetzt nicht über Monique sprechen, es ist viel schöner, von etwas anderem zu reden, alte Schulgeschichten wieder aufleben zu lassen oder zu erfahren, was Jutta in den vergangenen Jahren gemacht hat. Also bemüht er sich, möglichst unbekümmert auszusehen, und sagt: »Erinnerst du dich noch an die Geschichte mit Winni?«

»Winni Wiebold, der dich und Helge verpfiffen hat? Ich sehe ihn förmlich vor mir, wie er seine Hand in die Luft streckt und ruft: ‚Herr Doktor Löwenhaupt, Borge und Helge spielen Schiffe versenken!' Ihr musstet eure Zettel und eure Hausaufgaben abgeben, …'« »Ja, und bei mir stand am nächsten Tag eine Sechs im Heft, weil ich gar keinen Aufsatz geschrieben, sondern ihn bei Helge abgelesen hatte.« »Aber wir haben uns gewaltig ins Zeug gelegt, um dich zu rächen. Weißt du noch wie blöd Winni geguckt hat, als Britta, Helge und ich in der großen Pause den Direx mit Schneebällen beworfen haben? Und dann haben wir drei ganz unschuldig geguckt und gerufen: Das war Winfried!«

Jetzt muss Borge sogar lachen. »Ja, ich habe alles genau gesehen, war das schön! Winni hat eine Strafarbeit über die Gefährlichkeit von Schneebällen schreiben müssen, und von da an hat er uns in Ruhe gelassen und sich nie wieder eingemischt.« »Und weißt du noch, wie die ganze Klasse nachsitzen musste wegen dieser humorlosen Spitzmaus von Sportlehrerin?« »Du meinst die mit der Himmelfahrtsnase, die uns gequält hat, wo sie nur konnte? Na klar weiß ich das noch! Es ist fürchterlich heiß gewesen, die jüngeren Schüler hatten alle Hitzefrei, aber sie wollte mit uns in der achten Stunde Weitsprung üben anstatt mit uns zur Eisdiele zu joggen.« »Richtig, und wir sind einfach abgehauen. So gut wie an diesem Tag hat mir selten ein Eis geschmeckt.« »Mir auch! Und wie sie sich anschließend aufgeregt hat, ich habe richtig gehofft ihr bleibt die Luft weg. Zum Glück haben wir auch gute Lehrer gehabt, denk nur an Wölkchen! Wieviel Verständnis hat sie für uns gehabt!« »Ja, sie hat eben noch gewusst, wie es ist, jung zu sein. Und trotzdem haben wir viel bei ihr gelernt, weil es nie langweilig war.«

Borge fühlt die alte Vertrautheit von früher in sich aufsteigen. Es kommt ihm fast so vor, als hätte er Jutta vor wenigen Wochen oder Monaten das letzte Mal gesehen. Er schaut sie an und fragt: »Wo hast du bis jetzt gelebt und warum bist du nach Husum gekommen, oder bist du schon länger hier?« Jutta zögert einen Augenblick, dann sagt sie mit leiser Stimme: »Ich bin seit gestern wieder in Husum. Kurz vor Weihnachten ist meine Mutter gestorben. Es war ein Herzanfall – völlig unerwartet. Anfang Dezember bin ich noch bei ihr gewesen, da ging es ihr gut. Wir haben Pläne gemacht, Weihnachten wollte ich bei ihr verbringen, und im Frühjahr wollte ich wiederkommen und mit ihr in den Schlosspark gehen, die blühenden Krokusse hat sie immer so geliebt …«

Sie holt ein Taschentuch hervor, tupft sich ein paar Tränen von den Augen und putzt sich umständlich die Nase. Borge sagt kein Wort. Aus eigener Erfahrung weiß er, wann es am besten ist, nur zuzuhören und nicht zu unterbrechen. »Bitte, lass uns wieder nach draußen gehen,« sagt sie, steht auf und legt einen Geldschein neben die Kaffeetassen. Borge lässt sie gewähren. Es wäre völlig unangebracht, jetzt mit ihr darüber zu diskutieren, wer den Kaffee bezahlt. Wie selbstverständlich holt er ihren Mantel, zieht sich seine dicke Jacke an und öffnet ihr die Tür. Schweigend gehen sie nebeneinander her. Der Wind zerrt an ihrer Kleidung, aber Jutta beachtet ihn ebenso wenig wie die heiseren Schreie der Möwen. Nach einer Weile bleibt sie stehen, blickt über das Wasser und dann nach oben, als könnte sie irgendwo in der Unendlichkeit des Himmels Antworten auf ihre Fragen finden.

Ihre Stimme klingt rau und verloren, als sie fortfährt: »Kurz nach dem Abitur habe ich Holger kennengelernt, meinen Mann. Wir waren glücklich und haben zwei wunderbare Kinder bekommen, Johanna und Laura. Johanna hat kurz nach ihrem neunzehnten Geburtstag einen Kanadier kennengelernt und ihn im Jahr darauf geheiratet. Wir sind zur Hochzeit nach Montreal gefahren, es war wundervoll, fast wie im Märchen! Und nicht einmal einen Monat später hat Laura auf dem Weg zur Schule einen Unfall gehabt. Ein Lastwagen ist rechts abgebogen und hat sie und das Fahrrad nicht gesehen. Die Ärzte haben nichts mehr für sie tun können.«

Juttas Stimme ist zittrig geworden. Sie hält inne und blickt stumm geradeaus, wie versteinert ist ihr Gesicht. Diesmal dauert es lange, bis sie weiterredet. Nur stockend und mit vielen Pausen kommen ihr die nächsten Worte über die Lippen. »Dein Kind zu verlieren ist das Schlimmste, was dir passieren kann. Es ist die falsche Reihenfolge, einfach nur grausam. Ich würde alles dafür geben, es ungeschehen zu machen oder wenigstens mit ihr tauschen zu können. Und was Holger betrifft – wir haben nicht damit umgehen können, schließlich ist er ausgezogen. Johanna lebt in Montreal, und ich – ich wollte zu Mutter zurück, dem einzigen Menschen, der mir hier noch geblieben war.« Sie holt ein Taschentuch hervor und putzt sich die Nase. »Wenigstens einen Wunsch konnte ich ihr erfüllen, sie liegt auf demselben Friedhof wie ihr Lieblingsdichter Theodor Storm. Warum erzähle ich dir das eigentlich alles, es ändert ja doch nichts.«

Jetzt kann sie ihre Tränen nicht länger zurückhalten. Unaufhaltsam strömen sie ihr über das Gesicht. Und in diesem Moment fängt Borge ebenfalls an zu weinen. Hilflos schlägt er die Hände vors Gesicht wie ein kleines Kind, sein Oberkörper schüttelt sich im Weinkrampf hin und her. Endlich kann er um seine geliebte Monique weinen, seine wunderschöne, lebensfrohe junge Frau, sein trostloses Leben ohne sie, seine verlorenen Träume eines glücklichen Lebens mit ihr und um die nie geborenen Kinder, die sie beide so gern gehabt hätten.

Irgendwann sind seine Tränen versiegt. Er fühlt sich leer, ausgebrannt, aber auch ein klein wenig erleichtert. Jutta steht immer noch neben ihm und blickt ihn nachdenklich an. »Da erzähle ich dir von meinen Problemen und merke gar nicht, dass du es auch nicht leicht gehabt hast. Magst du darüber reden?« Borge nickt. Ja, jetzt ist der richtige Augenblick gekommen, um von Monique zu erzählen und von der schwarzen Leere, die ihn seitdem umgibt.

Während er von ihr erzählt, sieht er sie wieder vor sich, ihre großen braunen Augen, die neugierig in die Welt hinaus blicken, ihre vom Wind zerzausten dunklen Locken. Er hört ihr fröhliches Lachen, hört sie rufen: ‚An die Segel, Männer, nicht so müde!‘ Über ihre gemeinsame Leidenschaft, das Segeln, haben sie sich kennengelernt, und für Borge hat es von Anfang an festgestanden: Monique oder keine. Wie glücklich ist er gewesen, als sie endlich ‚ja‘ gesagt hat. Sieben wundervolle Jahre haben sie zusammengelebt, sind im Urlaub gesegelt, die Nordseeküste entlang bis nach Dänemark, an der schottischen Küste vorbei und bis Irland.

Sie haben davon geträumt, Kinder zu bekommen und eine richtige Familie zu gründen, doch dieses grauenvolle Unglück hat all seine Träume zunichte gemacht. Hätte er nur nicht gerade an jenem Sonntag mit Grippe im Bett gelegen! Er hätte sie vielleicht retten können oder wäre wenigstens mit ihr zusammen im Meer geblieben, anstatt ohne sie weiterleben zu müssen. Doch so ist sie allein mit ihren beiden Freunden losgesegelt und nie mehr zurückgekehrt. Erst Wochen später haben Fischer das gekenterte Segelboot gefunden, Wochen, in denen er immer wieder von neuem gehofft hat, sie würde vielleicht noch leben und irgendwo wieder auftauchen, von irgendjemandem gefunden werden. Von ihr selbst und den beiden Mitseglern fehlt nach wie vor jede Spur, und anstelle ihrer Überreste sind schließlich drei leere Särge begraben worden.

Bei dem Gedanken daran werden seine Augen schon wieder nass. Für einen Moment wendet er sich von Jutta ab und starrt vor sich hin. Ihm ist kalt geworden und er ist müde, so müde wie lange nicht. Borge dreht sich wieder zu Jutta um. »Heute Nacht werde ich schlafen können, danke, Jutta! Es hat gut getan, dich wiederzusehen, einmal mit jemandem reden zu können, ohne immer nur Floskeln zu hören wie ‚habe Geduld, die Zeit heilt alle Wunden.‘ Du weißt selbst, was es heißt, durch die Hölle zu gehen.«

Vielleicht geht es dir sogar noch schlechter als mir, setzt er in Gedanken hinzu. So sehr er sich auch ein eigenes Kind gewünscht hat, jetzt scheint es ihm besser zu sein, nie eine Tochter oder einen Sohn gehabt zu haben, als dieses Kind betrauern zu müssen. So grausam sein eigenes Schicksal auch ist, mit Jutta möchte er nicht tauschen, das weiß er jetzt. An diesen Gedanken muss er sich erst einmal gewöhnen, dass es in seiner kleinen Welt jemanden gibt, der mehr zu ertragen hat und dem es noch schlechter geht als ihm.

»Als du mich vorhin angesprochen hast, habe ich dir nichts angemerkt. Wie hast du das nur geschafft?«, will Borge wissen. »Habe ich das denn? Es hat jedenfalls nicht lange vorgehalten.« »Trotzdem, von mir aus hätte ich dich nie ansprechen können, auch wenn ich dich zuerst erkannt hätte. Nicht einmal durch mein unmögliches Verhalten hast du dich abweisen lassen.«

»Nun, das habe ich wohl im Laufe meiner Ehe gelernt. Zunächst bin ich mir nicht sicher gewesen, ob du es wirklich bist. Aber deine Statur und die Art, wie du gehst, sind mir vertraut vorgekommen. Daran habe ich dich erkannt, und mir sind alte Geschichten von früher eingefallen, Geschichten aus einer Zeit, in der ich noch in einer heilen Welt gelebt habe. Und ich habe gewusst, dass es mir gut tun wird, mit dir zu reden und ein wenig die frühere Unbeschwertheit wieder aufleben lassen zu können. Ich habe ja nicht geahnt, wie es in dir aussieht.«

Borge nickt. »Genauso ist es mir auch ergangen. Ich habe immer alles mit mir allein abgemacht und niemanden an mich heran gelassen. Die Mauer um mich herum ist mein Schutz gewesen, ich habe keinem erlaubt sie einzureißen, bis heute. Und wenn ich gewusst hätte, dass ich dich hier treffen würde, wäre ich zu Hause geblieben oder ganz weit in die entgegengesetzte Richtung gegangen. Aber jetzt bin ich froh darüber, sehr froh.« Er sieht sie an. »Es hat mir gut getan, mit dir zu reden. Zum ersten Mal ist mir klar geworden, dass ich nichts anderes gesehen habe als immer nur mich und meinen Schmerz.«

Der Wind hat aufgefrischt. »Mir ist kalt,« sagt Jutta, »aber eines möchte ich dich noch fragen: Meinst du, dass es hilft, sich einem Arzt anzuvertrauen und nach psychotherapeutischer Hilfe zu fragen? Das Gespräch mit dir hat mir gut getan, vielleicht kann ein Arzt noch mehr erreichen, was meinst du?« »Keine Ahnung, Jutta! Versuche es ruhig, du kannst es ja jederzeit wieder beenden. Ich selber verspreche mir eher nichts davon.« Jutta sieht ihm direkt in die Augen. »Du wärst auch davongerannt, wenn du gewusst hättest, dass du mich hier triffst, und jetzt bist du froh darüber. Was kannst du verlieren, wenn du es wenigstens einmal versuchst?«

Borge blickt zum Himmel, als würde er dort eine Antwort auf ihre Frage finden. Juttas Vorschlag klingt vernünftig, aber er fühlt sich viel zu kraftlos und leer, um einen solchen Schritt zu tun. Doch sie lässt nicht locker. »Überlege es dir in aller Ruhe und nimm dir die Zeit, die du brauchst. Ich selber weiß jetzt, dass ich etwas tun muss, etwas verändern in meinem Leben. Was hältst du davon: du und ich, wir versuchen es beide. Es kann doch kein Zufall sein, dass wir uns ausgerechnet jetzt begegnet sind, oder? Und dann treffen wir uns hier wieder, sagen wir im Sommer, und erzählen, wie es uns ergangen ist.«

Borge überlegt. »Erwarte bloß nicht zu viel von mir! Ich glaube kaum, dass es mir dann anders gehen wird als jetzt. Niemand kann mir Monique zurückbringen, also werde ich immer um sie trauern. Aber vielleicht sollte ich tatsächlich etwas in meinem Leben verändern. Mir gefällt der Gedanke, dich wiederzusehen, doch ein halbes Jahr ist viel zu kurz. Wie wäre es nächstes Jahr, vielleicht zur Krokosblüte?« »Ja, das klingt gut! Treffen wir uns Ende März am Eingang vom Schlosshof!« »Vielleicht am letzten Wochenende, am Sonnabend oder Sonntag?«

Jutta lächelt. »Einverstanden! Sagen wir am Sonnabend, so gegen drei Uhr nachmittags? Aber wir sollten wenigstens unsere E-Mail Adressen austauschen, falls einer von uns verhindert ist.« Sie nimmt ein Stück Papier aus ihrer Handtasche und beginnt darauf zu schreiben. »Hier hast du meine, und sicherheitshalber auch die Handynummer.« Borge schreibt ebenfalls auf, wie er zu erreichen ist. »Gut, dann also bis nächstes Jahr. Ich werde bestimmt da sein, falls ...« er zögert ein wenig, »falls nichts dazwischenkommt.«

»Borge, wenn du daran denkst, dir etwas anzutun, kann ich dich jetzt nicht allein lassen. Du hast zwei Jahre lang durchgehalten, versprich mir, dass du es noch ein weiteres Jahr schaffst, versprich es mir!« »Ich weiß nicht, ob ich das kann, Jutta.« »Das musst du können, denk nur an deine Mutter! Ihren Mann hat sie schon verloren, willst du ihr auch noch den einzigen Sohn nehmen? Willst du so egoistisch sein?«

»So habe ich das noch nicht gesehen. Du hast Recht, Jutta, das darf ich ihr nicht antun. Aber ob ich das durchhalten werde? Ich fühle mich so grenzenlos schwach und müde.« »Du wirst es schaffen, Borge. Denke einfach daran, dass wir beide jetzt das Ziel vor Augen haben, etwas in unserem Leben zum Positiven zu verändern. Irgendetwas wird dir schon einfallen, da bin ich mir sicher. Versprichst du es mir? Bitte, Borge!«

»Also gut. Dieses eine Jahr kann auch nicht schlimmer sein als die beiden davor.« »Genau! Und jetzt muss ich mich um den Nachlass meiner Mutter kümmern, ihr Häuschen und andere Dinge. Bis jetzt bin ich nicht dazu in der Lage gewesen, aber ich kann es nicht länger aufschieben. Mach's gut, Borge!«

»Du auch, Jutta!« Er geht auf sie zu, schüttelt ihre Hand, dreht sich um und geht mit schnellen Schritten davon. Sie soll nicht mitbekommen, dass ihm schon wieder zum Weinen zumute ist. Jutta sieht ihm eine Weile hinterher. Auch ihre Augen werden wieder feucht, aber sie spürt eine neue Entschlossenheit in sich aufsteigen.

An einem sonnigen Tag Ende März geht ein Mann mittleren Alters mit schnellen Schritten zum Eingang des Schlosshofes von Husum. Die Krokusse stehen in voller Blüte, aber sie scheinen ihn nicht besonders zu interessieren. Er sieht auf seine Uhr und bleibt erleichtert stehen. Es ist erst kurz nach drei Uhr, also kann er sie noch nicht verpasst haben. Zum hundertsten Male fragt er sich, ob sie überhaupt kommen wird. Diese Verabredung damals – hat sie das wirklich ernst genommen? Aber er hat sich nicht getraut, sie anzurufen oder nachzufragen. Egal, er hat sein Versprechen gehalten, er ist hierher gekommen, und er wird noch eine Weile auf sie warten.

»Hallo Borge, wie schön, da bist du ja!«, ruft auf einmal eine Frauenstimme. Überrascht dreht er sich um. »Jutta, du bist schon hier?« »Natürlich, was hast du denn gedacht?« Mit raschen Schritten geht sie auf ihn zu. »Ich bin gestern gekommen und habe mich um das Grab meiner Mutter gekümmert. Als du vorhin noch nicht dagewesen bist, bin ich schon einmal um das Schloss herum gegangen. Die Krokusse blühen in diesem Jahr besonders schön, findest du nicht? Sie leuchten so herrlich in der Sonne. Komm, lass uns ein paar Schritte zusammen gehen. Und jetzt erzähl mir, was du gemacht hast, wie es dir geht.«

Sie streckt ihm ihre Hand entgegen, und Borge nimmt sie in seine. Behutsam achtet er darauf, sie mit seinen kräftigen Fingern nicht zu fest zu drücken, bevor er sie wieder loslässt. »Ich bin froh, dich wiederzusehen, Jutta. Bei mir ist nicht allzu viel passiert, aber es geht mir tatsächlich etwas besser. Magst du zuerst erzählen?« »Natürlich, wenn dir das lieber ist.« Sie gehen nebeneinander her, biegen in einen der Spazierwege ab, und Jutta beginnt zu erzählen.

»Das Wichtigste zuerst: ich lebe jetzt in Kanada, genauer gesagt in Montreal, in der Nähe von Johanna und ihrem Mann.« Sie blickt ihn an, und ein kleines Lächeln erhellt ihr Gesicht. »Ja, ich bin damals zu einem Therapeuten gegangen und habe auch eine Selbsthilfegruppe besucht. Mir ist endlich bewusst geworden, dass ich zwar eine Tochter verloren habe, aber ja auch noch eine andere habe. Johanna hat ebenfalls unter dem plötzlichen Tod ihrer Schwester gelitten, viel mehr sogar, als ich gedacht habe. Es ist nicht richtig gewesen, dass ich mich mit meiner eigenen Trauer eingemauert habe.

Johanna hat eine süße kleine Tochter bekommen, ein besseres Heilmittel hätte Gott mir nicht schenken können. Doch ich will mich nicht zu sehr in das Leben meiner Tochter hineindrängen oder ihr das Gefühl geben, dass sie ständig für mich da sein muss. Also habe ich mein Französisch aufgebessert und die Blindenschrift erlernt. Nun arbeite ich an einer Schule für blinde Kinder und helfe ihnen bei den Hausaufgaben.«

Borge bleibt stehen und öffnet staunend den Mund. »Du hast früher schon schnell begriffen und gelernt, aber das klingt unglaublich.« »Weißt du, diesen Kindern weiterzuhelfen war das Beste, was mir passieren konnte. Sie und ihre Eltern sind für die kleinste Geste dankbar, und so biete ich manchmal einen Ausflug oder einen Bastelnachmittag an. Du glaubst nicht, wie geschickt die Kinder sein können! Und ich, nun, ich habe wieder das Gefühl, gebraucht zu werden. Da sind Menschen, die sich freuen, wenn ich bei ihnen bin, und das tut mir gut. Ab und zu besuche ich Johanna oder verschaffe ihr einen freien Nachmittag, indem ich mich um ihr kleines Mädchen kümmere. Meine Trauer um mein Kind wird mich begleiten, solange ich lebe, aber sie ist zum Glück nicht mehr das Einzige, was ich spüre. Es gibt einen neuen Sinn in meinem Leben, sogar Momente, in denen ich lachen und mich freuen kann, und dafür bin ich unendlich dankbar.«

Jutta hält inne. »Und du, Borge, wie ist es dir ergangen? Magst du es mir sagen?« Er nickt. »Na ja, so viel wie bei dir hat sich bei mir nicht getan. Aber nach unserem Gespräch habe ich gewusst, dass ich etwas ändern muss. Und da ich Monique nicht zurückbekommen kann, habe ich beschlossen, wenigstens beruflich meine Kindheitsträume wahr zu machen und habe mich an der Uni Kiel beworben, um Meeresbiologie zu studieren. Einen festen Studienplatz habe ich noch nicht, aber ich habe ein Praktikum auf einem Forschungsschiff machen dürfen und kann bestimmte Wissensgebiete durch ein Fernstudium erlernen. Das kann ich von Husum aus erledigen und habe dabei noch Zeit, einen Nachfolger für mein Geschäft einzuarbeiten.«

Borge macht eine Pause und blickt Jutta direkt ins Gesicht. Dort kann er lesen, dass sie ihm aufmerksam zuhört, und fährt fort: »Zum Glück hat meine Mutter Verständnis dafür. Als ich ihr letztes Jahr von unserer Begegnung erzählt habe, hat sie mich nicht mehr in Ruhe gelassen, bis ich einen Termin bei einem Therapeuten gemacht habe. Ohne diese Hilfe wäre ich wohl immer weiter in meine Lethargie versunken, von mir aus hätte ich diesen beruflichen Wechsel niemals geschafft. Ich bin dir unendlich dankbar dafür – dir und meinem Schicksal, oder nenne es Gott, wenn du magst. So unbeschwert glücklich wie mit Monique werde ich nie wieder sein können, aber ich weiß jetzt, dass ich ein zumindest teilweise erfüllendes Leben haben kann, und das ist verdammt viel im Vergleich zu den zwei Jahren davor. Also, ich bin dir eine ganze Menge schuldig, hast du eine Idee, wie ich das wieder gutmachen kann?«

Ein Lächeln huscht über Juttas Gesicht. »Du schuldest mir nichts, Borge, du hast mir auch geholfen. Ohne das Gespräch mit dir und ohne unsere Verabredung hätte ich doch gar keinen Druck verspürt, mein Leben zu verändern. Aber wenn du mir irgendwann einen Gefallen tun möchtest, kannst du dein altes Schulfranzösisch aufpolieren und mich in Montreal besuchen. Und wenn du mir jetzt schon etwas Gutes tun möchtest, gehst du mit mir in das Café vom letzten Jahr und spendierst mir den Kaffee, den du mir damals versprochen hast.«

Jetzt muss auch Borge lächeln. »Sehr gern! Und ich werde dich in Kanada besuchen.« Er blickt ihr aus seinen blauen Augen direkt ins Gesicht. »Aber meine Trauer um Monique wird bleiben, Jutta, bitte versprich dir nicht zu viel von meinem Besuch.« »Nein, Borge, mach dir darum keine Sorgen! Du bist deshalb so wichtig für mich, weil du meine dunkelsten Gedanken und Gefühle teilen kannst, weil du mich verstehst. Und es ist schön, mit dir zusammen unbeschwerte Tage von früher wieder aufleben zu lassen.« »Genau so sehe ich es auch. Nun, ich freue mich jetzt schon auf einen Besuch bei dir, vielleicht noch in diesem Jahr.« Und in Gedanken fügt er hinzu: *Ganz bestimmt in diesem Jahr.*

Der Bischof aus Schleswig

»Hallo Oma, ich bin's! Du, wir sind gestern in Hamburg in der Staatsoper gewesen, es war unglaublich schön!« Noch immer fasziniert von der Erlebnissen des Vortages erzählt Saskia ihrer Oma von den Eindrücken des vergangenen Tages. Zuerst haben sie und ihr Mann in der Mönckebergstraße ein paar Einkäufe erledigt und dann eine wunderschöne Inszenierung der ‚Entführung aus dem Serail‘ gesehen.

An einer Stelle im Bericht ihrer Enkelin horcht Lieselotte auf. »Was, ihr habt euch im Auto ungezogen?« »Na ja, ich habe eher neben dem Auto gestanden, aber wir wollten die Zeit in Hamburg ausnutzen und uns nicht schon in Neumünster umziehen. Also sind wir früh losgefahren und haben auch tatsächlich ein paar schöne Dinge gefunden, sogar endlich ein Bild, das neben die Garderobe unserer neuen Wohnung passt. Danach haben wir uns natürlich für die Oper umziehen müssen. Aber keine Sorge, wir haben abseits der großen Straßen geparkt, uns hat kaum jemand gesehen. Und wie geht es dir, Oma?«

Nach dem Telefonat muss Lieselotte plötzlich lächeln. Ihr ist das Erlebnis mit dem Bischof aus Schleswig wieder eingefallen. *Das muss so um 1960 gewesen sein,* denkt sie, *also ganz schön lange her.* Damals wohnten sie noch nicht wie heute in Elmshorn, sondern in Hamburg Lurup, nicht weit entfernt von der Trabrennbahn und dem Volksparkstadion. Ihr Mann Willy hatte dort nach seinem Vikariat in Schleswig seine erste Stelle als Pastor zugewiesen bekommen.

Schmunzelnd erinnert sie sich daran, dass er vor ihrer Hochzeit zuerst zum Schleswiger Bischof gegangen ist, zu dem er ein sehr gutes Verhältnis gehabt hat, um ihn zu fragen, ob Liesel wohl eine gute Pastorenfrau abgeben würde. Willy selbst war fest davon überzeugt, aber damals war so eine Frage auch ein Akt der Höflichkeit und Ehrerbietung. »Ganz bestimmt!«, hat ihm der Bischoff geantwortet, der Lieselotte schon als Gemeindehelferin kannte. »Ihre Liesel trägt das Herz auf dem richtigen Fleck.« Und mit einem verständnisvollen Lächeln hat er hinzugefügt: »Aber das wissen Sie sicher viel besser als ich.«

Die ersten Jahre nach Kriegsende waren für die meisten Menschen in Deutschland nicht leicht, auch nicht für Lieselotte. Trotz größter Sparsamkeit war das Gehalt ihres Mannes häufig schon vor dem letzten Kalendertag eines Monats ausgegeben. Trotzdem möchte sie diese Jahre um nichts auf der Welt missen, bescherten sie ihr doch drei gesunde Kinder, die sie mit all ihrer Liebe umsorgte. Der Garten, der zum Pastorat dazu gehörte, war zum Glück groß genug, um darin Kartoffeln, Bohnen, Möhren, Radieschen und allerlei Obst anbauen zu können.

Lebensmittel wie Apfelmus, Erdbeermarmelade oder Johannisbeergelee stellte sie immer selbst her und sparte damit eine Menge Geld. Eine ganze Batterie von gut gefüllten Weckgläsern befand sich jeden Herbst auf den Regalen im Keller. Kuchen oder Weihnachtskekse wurden selbstverständlich auch selbst gebacken. *Wenn ich daran denke,* geht es ihr durch den Kopf, *dass ich auch in der Gemeinde eine aktive Rolle gespielt habe, zum Beispiel bei den Altenfeiern, und dass Willy mich beim Ausarbeiten seiner Predigten stets nach meiner Meinung gefragt hat, weiß ich gar nicht mehr, wie ich das damals alles geschafft habe – aber irgendwie ist es eben gegangen.*

An jenem Abend war es bei ihnen zu Hause besonders chaotisch. Es war ein Sonnabend, und Willy saß wie immer über seiner Sonntagspredigt. Nach einem schönen Frühlingstag, an dem die Kinder bis in die Abendstunden hinein draußen gespielt hatten, waren sie noch so aufgedreht, dass Lieselotte Mühe hatte, sie wieder zur Ruhe zu bringen.

Lieselotte war gerade dabei, den Abendbrottisch abzuräumen und den beiden Jüngsten zum vielleicht dritten Male zu sagen, sie sollten sich endlich ausziehen und die Zähne putzen, als es an der Haustür klingelte. Ihren Mann Willy wollte sie in diesem Moment auf keinen Fall stören, also ging sie zur Tür. Und wer stand draußen, mit einem großen Kleidersack über dem Arm? Der Bischof aus Schleswig mit seiner Frau!

»Liesel, wie schön, Sie wiederzusehen! Sind Ihr Mann und Ihre Kinder wohlauf?« »Ja, Herr Bischof, herzlichen Dank für Ihre freundliche Frage! Kommen Sie doch herein und seien Sie und Ihre Frau Gemahlin uns herzlich willkommen!«

Mit großer Anstrengung versuchte Lieselotte, es sich nicht anmerken zu lassen, wie unwillkommen ihr dieser überraschende Besuch des Bischofs ausgerechnet an jenem Abend war. Aber sie musste natürlich höflich und zuvorkommend sein, so wie es von einer guten Pastorenfrau erwartet wurde. Zum Glück gab es damals in jedem Pastorat eine sogenannte Gute Stube, die nur für besondere Gelegenheiten benutzt wurde und die immer tadellos sauber und aufgeräumt war. In diese Gute Stube führte sie ihre Gäste und bot ihnen etwas zu trinken an.

»Nein danke, Liesel, wir wollen Ihnen ja nicht zur Last fallen,« sagte der Bischof. »Wir sind auf dem Weg in die Staatsoper, und da haben wir uns gedacht, wir könnten uns bei Ihnen umziehen. Unsere schöne Operngarderobe wäre auf der Autofahrt von Schleswig bis Hamburg zu sehr zerknittert, und da ist uns eingefallen, dass Sie ja jetzt hier wohnen.« »Natürlich können Sie sich hier umziehen, in der Guten Stube sind sie völlig ungestört.«

Mit einem liebenswürdigen Lächeln ließ Lieselotte die beiden wieder allein, doch in ihrem Inneren brodelte es mächtig. *Hätte der Bischof nicht wenigstens vorher anrufen und sich anmelden können?*, dachte sie. *Weiß nicht wenigstens seine Frau, was es heißt, drei Kinder ins Bett zu bringen, den Abendbrottisch abzuräumen und die Küche wieder sauber zu bekommen?* Sie hatte nämlich genau bemerkt, wie pikiert seine Frau gewesen war, als sie einen Blick in die unaufgeräumte Küche geworfen hatte.

Jetzt musste sie Willy natürlich doch stören, denn es wäre unhöflich gewesen, wenn er den Herrn Bischof und seine Gattin nicht ebenfalls begrüßt hätte. So standen sie nun beide im Flur und warteten darauf, dass der Bischof und seine Frau in eleganter Opernbekleidung wieder aus der Guten Stube heraustreten würden. Währenddessen kamen ihre drei Kinder angelaufen, zwar schon auf Socken und im Schlafanzug, aber mit tausendundeiner Frage, die ihren plötzlichen Besuch betrafen.

»Das sind der Bischof aus Schleswig und seine Gattin,« erklärte ihnen ihr Vater, »zwei wichtige Persönlichkeiten. Also seid besonders höflich und wünscht den beiden einen guten Abend, wenn sie gleich aus der Guten Stube wieder herauskommen.« »Ja, Vati! Dürfen wir jetzt länger aufbleiben, weil wir Besuch haben?« »Nein, natürlich nicht, es ist ja nicht euer Besuch und der Herr Bischof und seine Gattin werden gleich wieder gehen.«

In diesem Moment öffnete sich die Tür zur Guten Stube, und der Bischof und seine Frau traten in auserlesenen Roben aus dem Zimmer heraus. »Oh Herr Pfarrer, wie schön, Sie auch noch zu sehen!«, sagte der Bischof. »Ich hoffe, es geht Ihnen gut hier in Hamburg.« »Sehr gut, danke vielmals! Es ist mir eine große Ehre und Freude, Sie bei uns begrüßen zu dürfen,« antwortete Willy, ganz so, wie es sich damals eben gehörte.

»Also Kinder, sagt schön ‚Gute Nacht‘ und geht ins Bett, ich komme dann gleich noch einmal zu euch,« sagte Lieselotte. »Gute Nacht, Herr Bischof!«, tönte es daraufhin wie aus einem Mund. Nur der Jüngste war wieder einmal etwas vorwitzig und fügte hinzu: »Gute Nacht, Frau Bischof!« Unter fröhlichem Gelächter rannten die drei Kinder hintereinander den Flur entlang und die Treppe hinauf nach oben.

Lieselotte war ein großer Stein vom Herzen gefallen. Ihre Kinder hatten sich tadellos benommen und ausnahmsweise einmal genau das getan, worum sie sie gebeten hatte. Lächelnd drehte sie sich zum Bischof und seiner Frau um und wartete darauf, ein paar anerkennende Worte über ihre Kinder zu hören.

Und was sagte der Bischof dann zu ihr, bevor er zusammen mit seiner Frau wieder aus dem Haus rauschte? »Aber Liesel, ihr Jüngster hat ja ein Loch in seinem Strumpf! Sagen Sie, können Sie keine Strümpfe stopfen?«

Neubeginn in Bordesholm

» Bitte ruf mich an, wenn du heil angekommen bist!« Nina blickt ihren Mann an, liebevoll und etwas besorgt. »Na klar,« erwidert Niklas, »aber es kann spät werden, mach dir bitte keine Sorgen!« Er drückt sie an sich und gibt ihr einen Kuss auf die Lippen. »Und danke für den Kaffee und den Proviant.« Niklas öffnet den Kofferraum, legt seinen Koffer hinein, und seine Frau stellt eine Thermoskanne und eine Tüte mit belegten Brötchen daneben. »Pass gut auf dich auf, Nina, in fünf Tagen bin ich wieder da. Und geh schnell wieder nach drinnen, es ist noch kalt.« Seine Stimme klingt fürsorglich, und sie nickt. Sie winkt ihm noch einmal zu, während er den Wagen startet, in die Alte Landstraße einbiegt und davon fährt.

Niklas fährt zum ersten Mal zu einem Kongress nach Brixen in Südtirol. Aus dem umfangreichen Programmheft hat er sich etliche Vorträge ausgesucht, die ihn als werdenden Kinderarzt interessieren. Es sind zwar gut eintausend Kilometer bis dorthin, doch wenn er nur kurze Pausen einlegt, kann er die Strecke an einem Tag schaffen und spart Zeit und Geld für eine weitere Übernachtung. Als Arzt in der Fachausbildung zum Kinderarzt verdient er nicht schlecht, aber im Vergleich zu anderen Ärzten ist es wenig. Jetzt, wo sie sich gerade das Haus gekauft haben, muss er besonders sparen und versucht, in der Kinderklinik in Kiel so viele Nacht- und Wochenenddienste wie möglich abzuleisten.

Dieses Haus ist wirklich ein Traum, denkt er glücklich, *und Nina hat ein wunderschönes Zuhause daraus gemacht.* Vor einem halben Jahr haben sie die Anzeige gelesen, in der das Haus in Bordesholm zum Verkauf angeboten wurde, zu einem sehr günstigen Preis. Es ist einer dieser seltenen Glücksfälle gewesen, und sie haben sofort zugegriffen.

Das Einfamilienhaus hat gerade die richtige Größe: ein Schlafzimmer mit Bad, zwei Kinderzimmer und ein Gästezimmer mit separatem

Duschbad. Das Wohnzimmer mit Essecke und Platz genug für eine gemütliche Sitzgruppe besitzt eine Glastür zur Terrasse und große Fenster mit Blick zum Garten. Hinter dem Garten erstreckt sich ein Sumpfgebiet, das einen unverbaubaren Blick bietet. Kurz nach ihrem Einzug hat Nina eine Stelle im Kindergarten in Bordesholm angenommen. Er liegt ganz in der Nähe der Alten Landstraße, und die Arbeit dort gefällt ihr sehr. Auch bis zum Bordesholmer See ist es nicht weit, sie haben sogar schon in einem Schlauchboot darauf gepaddelt.

Wieder im Haus sieht Nina auf die Uhr, es ist erst Viertel nach fünf, und draußen beginnt es gerade zu dämmern. »Bleib doch liegen!«, hat Niklas ihr vor einer guten Stunde gesagt, aber das hat sie nicht gewollt. Müde räumt sie den Frühstückstisch ab. Sie selbst hat nichts gegessen, so früh am Morgen kann sie noch keinen Bissen herunterbringen. Beim Gedanken ans Essen wird ihr plötzlich schlecht. *Selbst Schuld,* denkt sie, *warum habe ich auch nüchtern Kaffee getrunken.* Sie legt sich wieder ins Bett, wo es ihr bald besser geht, und schläft tief und fest, als der Wecker klingelt.

Etwas später ist sie im Kindergarten. Zusammen mit den anderen Erzieherinnen bereitet sie den neuen Tag vor und wird stürmisch von den Kindern ihrer Gruppe begrüßt. Heute ist einer dieser Regentage, da wird gebastelt und mit Puppen, Autos und vor allem mit der großen Holzeisenbahn gespielt. Nach dem gemeinsamen Frühstück machen es sich die Kinder in der Kuschelecke gemütlich, und Nina liest eine Geschichte vor: von Digo, dem kleinen Nashorn, das so gerne einen Freund haben möchte, vor dem die anderen Tierkinder sich aber alle fürchten. Nina liebt ihre Arbeit, und inmitten ,ihrer' Kinder fühlt sie sich wieder richtig gut und vergisst alle Müdigkeit.

Niklas dreht das Radio lauter. Seit Stunden regnet es ununterbrochen, und selbst die kleinen Pausen an den Raststätten bringen keine wirkliche Erholung. Er freut sich jetzt schon auf seine Rückkehr zu Nina und ihrem ersten eigenen Zuhause. Im Garten hat er zwei Apfelbäume und einen Kirschbaum gepflanzt, und Nina hat ein Küchenbeet angelegt mit Schnittlauch, Petersilie, Radieschen und Cocktailtomaten. Es gibt sogar schon einen Sandkasten, aber es sieht nicht so aus, als würden sie in nächster Zeit ein Kind geschenkt bekommen.

Ein eigenes Kind fehlt ihnen noch zu ihrem Glück, am besten zwei, aber das lässt sich nicht erzwingen. Jahrelang ist Nina in der Uniklinik Kiel zur Behandlung gewesen. Mit Hilfe von Ultraschalluntersuchungen hat ihr Frauenarzt den Zeitpunkt des Eisprungs ermittelt, doch nach jedem erneuten Versuch, schwanger zu werden, ist ihre Periode wiedergekehrt und hat eine große Traurigkeit in ihrem Herzen zurückgelassen. Schließlich hat der Arzt ihr geraten, die Behandlung für eine Weile auszusetzen. Möglichweise verhindere gerade der ständige Druck, unbedingt ein Kind bekommen zu wollen, eine Schwangerschaft, und letztendlich gäbe es immer noch die Möglichkeit einer künstlichen Befruchtung oder Adoption.

Schweren Herzens haben Nina und Niklas zugestimmt. Wie eine wunderbare Fügung ist es ihnen vorgekommen, als sie die Annonce gelesen haben, in der das Haus in Bordesholm zum Verkauf angeboten wurde. Von dort aus ist es nicht weit bis nach Kiel, wo Niklas als Arzt an der Kinderklinik arbeitet, und in der Nähe eines Autobahndreiecks zu wohnen hat durchaus Vorteile. Mit Feuereifer haben Nina und er sich daran gemacht, das Haus zu einem gemütlichen Zuhause werden zu lassen. Noch vor dem Einzug haben sie selbst tapeziert und die Wände neu gestrichen. Mit jeder Gardine ist ihr neues Heim wohnlicher geworden, und mit jedem Tag haben sie sich dort wohler gefühlt. *Endlich hat es ein neues Ziel in unserem Leben gegeben*, denkt er, *etwas, für das es sich lohnt zu arbeiten*.

Urplötzlich wird Niklas aus seinen Gedanken gerissen. Direkt vor ihm auf der Überholspur ist auf der nassen Fahrbahn ein Auto ins Schleudern geraten und dreht sich um die eigene Achse. Gerade noch rechtzeitig kann er vor dem Lastwagen, den er eben überholt hat, auf die rechte Fahrbahn zurück wechseln. Im Rückspiegel erkennt er, dass das andere Auto, das sich eben noch um sich selbst gedreht hat, neben der Leitplanke zum Stehen gekommen ist. *Das ist gerade noch mal gut gegangen,* denkt er. Sein Gesicht ist wachsbleich und seine Hände zittern. Niklas fährt gerne schnell, wenn es möglich ist, doch er achtet auf einen ausreichenden Sicherheitsabstand, und das hat ihn heute gerettet. Er steuert den nächsten Parkplatz an und gönnt sich eine Pause.

Im Kindergarten wird gerade gekocht. Nina und ihre Kollegin Katja haben alles vorbereitet, es gibt Milchreis mit frischen Kirschen und einen Salat aus roten Möhren, Tomaten und grünem Feldsalat. Beim Anrühren der Salatsoße wird Nina plötzlich wieder übel. Sie schafft es gerade noch rechtzeitig bis zur Toilette. *Hoffentlich habe ich keinen Magen-Darm-Infekt,* denkt sie, *vielleicht sollte ich lieber mit Manuela reden.*
Manuela ist die Leiterin des Kindergartens. Aufmerksam hört sie Nina zu, dann sagt sie: »Mit einem Infekt darfst du natürlich nicht weiterarbeiten, da sind die Bestimmungen sehr streng. Geh am besten zum Arzt und lass dich untersuchen! Oder kann es vielleicht sein, dass du schwanger bist?« »Ich? Nein, das glaube ich nicht, wir haben es so oft vergeblich versucht.« »Entschuldige bitte, ich wollte dir nicht zu nahe treten. Auf alle Fälle gehst du jetzt erst einmal nach Hause, du siehst ganz elend aus. Und wenn es dir morgen früh nicht besser geht, lässt du dich ärztlich behandeln und rufst mich an, sobald du weißt, was du hast und wie lange du fehlen wirst. Gute Besserung, Nina!«
Nina ist kaum zu Hause angekommen, da wird ihr schon wieder schlecht. *Kann es vielleicht doch sein, dass ich schwanger bin?,* fragt sie sich und überlegt, wann sie ihre letzte Regelblutung gehabt hat. Es ist tatsächlich schon eine Weile her, doch so etwas ist ihr schon häufiger passiert. Sie gehört leider nicht zu den Frauen, die immer genau drei oder vier Wochen vorausplanen können.
Vielleicht hat mein Frauenarzt in Kiel Recht gehabt und ich habe mich wirklich zu sehr darauf konzentriert, endlich schwanger zu werden. Und jetzt, wo es seit Wochen nur noch unser neues Zuhause gibt, hat es endlich

geklappt?, hofft Nina. *Das wäre zu schön!* Aber sie ist realistisch genug, sich nicht zu früh zu freuen. Das hat sie schon oft genug getan und ist jedes Mal wieder enttäuscht worden. Sicherheitshalber ruft sie aber doch den Frauenarzt in Bordesholm an und bekommt tatsächlich noch einen Termin am späten Nachmittag.

Mit bangem Herzen sitzt sie Stunden später im Wartezimmer. Die freundliche Frau an der Anmeldung hat ihre Daten aufgenommen, und eine Arzthelferin hat sie um eine Urinprobe gebeten. *Hoffentlich bin ich schwanger!*, denkt sie immer wieder. *Wir wünschen es uns doch schon so lange, und Niklas wäre ein wunderbarer Vater.*

Endlich ist sie an der Reihe und wird ins Sprechzimmer geführt. Der Arzt begrüßt sie freundlich, und sie spürt sofort, dass sie zu ihm Vertrauen haben kann. »So so,« sagt er fröhlich, »Sie sind also neu in Bordesholm. Ihr Schwangerschaftstest ist positiv ausgefallen, Sie werden Mutter, und dazu gratuliere ich Ihnen sehr herzlich!« Ungläubig sieht Nina ihn an. »Nein, ist das wirklich wahr, sind Sie sicher?« »Ja,« sagt er lächelnd, »da bin ich mir sicher.«

Ein riesiges Glücksgefühl durchströmt sie. Es ist tatsächlich wahr, sie werden ein Kind bekommen, endlich! »Danke, Herr Doktor,« sagt sie »das ist die schönste Nachricht meines Lebens!« »Das ist wunderbar, für Sie und für Ihr Kind.« *Wenn doch jetzt nur Niklas hier wäre!*, denkt sie. *Er wäre genauso glücklich wie ich.*

Bei der anschließenden Ultraschall-Untersuchung kann Nina tatsächlich einen kleinen dunklen Punkt auf dem Monitor erkennen. »Sehen Sie?«, fragt sie der Arzt, »das ist Ihr Kind.« »Das ist unglaublich,« staunt sie, »mein Kind, das klingt wunderbar!« »Das ist auch so, jedes Mal wieder ein kleines Wunder. Hier, bitte!«, sagt er und reicht ihr ein Heft. »Lesen Sie es gut durch, darin steht, worauf Sie jetzt besonders achten sollten, zum Beispiel bei der Ernährung. Und Sie bekommen einen Mutterpass, in den jede Untersuchung sorgfältig eingetragen wird. Die Arzthelferin wird Ihnen einen neuen Termin geben. Haben Sie Fragen, kann ich sonst noch irgendetwas für Sie tun?«

Eine halbe Stunde später ist Nina wieder zu Hause. Sie möchte die ganze Welt umarmen, am liebsten aber würde sie jetzt mit Niklas reden, damit er genau so glücklich sein kann wie sie. Doch dazu ist es noch zu früh, vor dem Abend wird er kaum in Davos sein können, und er hat leider keine Freisprechanlage im Auto. Also schreibt sie ihm eine SMS, vielleicht liest er die schon während einer Pause: ‚Bitte ruf mich sofort an, in Liebe Nina‘.

Müde und völlig erschöpft kommt Niklas am späten Abend bei der kleinen Privatpension an, in der er ein Zimmer reserviert hat. Sie liegt außerhalb des Ortes Brixen und sieht wenig ansprechend aus. Er bedauert es fast, dass er sie nur nach dem Preis ausgesucht hat. Eine Türklingel gibt es nicht, erst nach mehrmaligem Klopfen öffnet ihm eine Frau mit fleckiger Schürze und strähnigen Haaren. Um ihre Beine streicht eine dicke schwarze Katze. »Si si, kommen herein,« sagt sie mit schnarrender Stimme und führt ihn durch einen Flur, an dessen Wänden sich bereits die Tapete ablöst.

Am Ende des Ganges öffnet die Wirtin eine Tür und sagt: »Dusch.« Niklas schaut hinein und erblickt einen fleckigen Duschvorhang, der nahezu halb abgerissen ist, und daneben ein Klo mit einem Holzdeckel, der mehrere Risse aufweist und nur noch Überreste einer schmutzig weißen Farbe zeigt. »Dort camera,« sagt die Frau und klopft an die gegenüberliegende Tür, »gute camera, erst pagare.«

Einen Moment lang überlegt Niklas, ob er sich nicht eine andere Bleibe suchen soll, doch es ist schon spät und er ist müde, sehr müde. Also gibt er ihr das verlangte Geld, aber zunächst nur für eine Nacht. Und er fragt nicht nach dem Preis für ein Frühstück, das wird er sich lieber woanders besorgen.

Mit einem unguten Gefühl öffnet er die quietschende Tür zu seinem Zimmer. Nicht gerade überrascht sieht er sich um. In einer Ecke steht ein Bett, bedeckt von einer gräulichen Wolldecke voller Flusen. Schnell stopft er sie in den gegenüberliegenden Schrank, der wohl schon lange keine Türen mehr hat. Das Laken auf dem Bett hat mehrere Löcher, scheint aber ansonsten sauber zu sein.

Die Luft ist stickig, und Niklas beeilt sich, das klemmende Fenster zu öffnen. Erschrocken weicht er zurück, als etwas Schwarzes direkt auf ihn zugeflogen kommt. Im schummrigen Licht seiner Deckenleuchte erkennt er, dass es die Katze seiner Wirtin ist, die es sich auf seinem Bett gemütlich macht. »Raus hier!«, ruft er wütend, doch sie rührt sich nicht. Mit beiden Händen muss er sie hochheben und zum Fenster tragen. Draußen lässt er sie wieder los und schließt blitzschnell den Fensterladen. Diese Aktion bringt ihm mehrere Verletzungen ein, denn die Katze hat scharfe Krallen, und die hat sie ihn auch spüren lassen. Genervt holt er seine Waschtasche aus dem Koffer und sprüht Desinfektionsmittel auf die Wunden.

Er möchte nur noch schlafen, aber er weiß, dass Nina unruhig wird, wenn sie nichts von ihm hört. Sein Handy ist ausgeschaltet. *Typisch ich*, denkt er, *wozu habe ich ein Handy, wenn man mich nicht erreichen kann.* Als er es anstellt, sieht er, dass es geladen werden muss. Irgendwo im Koffer muss das Ladekabel liegen, doch für einen kurzen Anruf sollte es noch reichen. Nina hat ihm schon eine SMS geschrieben: ,Bitte ruf mich sofort an!' *Hoffentlich ist nichts passiert*, geht es ihm durch den Kopf, als er sie anwählt.

»Niklas!«, hört er Ninas atemlose Stimme. »Ja, tut mir leid,« antwortet er, »es hat furchtbar geregnet, aber jetzt bin ich gut angekommen, mach dir bitte keine Sorgen mehr. Ist etwas …« »Ich bin schwanger!«, unterbricht sie ihn, »wir bekommen …« In diesem Moment bricht die Verbindung ab und das Display seines Handys wird schwarz.

»So ein Mist!«, sagt er ärgerlich und überlegt, was sie ihm da gerade gesagt hat. *Ich bin schwanger, hat sie das wirklich gesagt oder ist es bloß eine Einbildung?* Er weiß es nicht, wünscht sich verzweifelt, er hätte wenigstens noch ein paar Sekunden länger mit ihr sprechen können. Fieberhaft durchwühlt er mit beiden Händen seinen Koffer. Es ist ihm egal, ob seine sauber zusammengefalteten Hemden dabei Falten bekommen.

Endlich hat er das Ladekabel gefunden und wartet ungeduldig darauf, dass sein Handy wieder betriebsbereit ist. So lange wie heute hat es noch nie gedauert. Mit zitternden Fingern tippt er auf ‚Nina privat‘ und wartet aufgeregt, bis sie sich meldet. »Hab ich richtig gehört, bist du wirklich schwanger?«, fragt er atemlos.

»Ja, Niklas, wir bekommen ein Kind! Bei all der Aufregung um unser neues Zuhause habe ich nicht auf meine Periode geachtet. Zu Hause und im Kindergarten ist mir übel geworden, und da bin ich zum Arzt gegangen. Ich bin so glücklich!« »Und ich erst! Oh Nina, wie wunderbar, wie unbeschreiblich schön! Ich wäre jetzt so gern bei dir.« »Ja, ich auch bei dir.« »Ich kann es noch gar nicht fassen, ein Kind, unser Kind! Wenn ich wieder zu Hause bin werde ich dir jeden Wunsch von den Augen ablesen. Und glaube bloß nicht, dass du noch irgendwas Schweres tragen oder dich sonst irgendwie anstrengen darfst. Pass auf dich auf, bitte!« »Versprochen! Ich liebe dich.« »Ich dich auch, so sehr! Gute Nacht mein Liebes, bis ganz bald, ich rufe dich morgen wieder an.«

Niklas ist glücklich. Er öffnet das Fenster, blickt zum Himmel und zu den Sternen hinauf und atmet tief die frische Nachtluft ein. *Was für ein Tag, ich bin ja so glücklich! Nur schade, dass ich jetzt nicht bei Nina sein kann.*

Diesen Moment nutzt die schwarze Katze, springt auf die Fensterbank und landet mit einem weiteren Satz auf dem weißen Bettlaken, wo sie es sich gemütlich macht. Sanft schiebt er sie ein wenig zur Seite, legt sich daneben und streichelt ihr weiches Fell. *Was für ein schönes Tier,* denkt er. Noch lange liegt er wach und weiß sein Glück gar nicht zu fassen. *Nina wird den schönsten aller Blumensträuße bekommen, und morgen, beim Frühstück, werde ich alles meiner hübschen netten Wirtin erzählen.*

Die Frage

*H*eute werde ich sie fragen, denkt Alexander aufgeregt. Er kann es kaum noch abwarten, seiner Freundin Anna zu sagen, dass er ohne sie nicht mehr leben will. Er weiß schon länger, dass sie zusammen gehören, weiß, dass ihn eine Frau nie mehr so tief in seinem Inneren anrühren wird wie sie. Ihr offener Blick, ihre Natürlichkeit, ihre ansteckende Fröhlichkeit, aber auch ihr tiefes Verständnis für andere, ihre ernsthafte und aufrechte Art zu diskutieren – alles an ihr ist liebenswert. *Und was das Wichtigste ist,* denkt er, *in ihrer Gegenwart kann ich einfach nur ich selber sein.*

Sorgfältig hat Alexander seine Vorbereitungen getroffen. Von einem Freund seines Vaters hat er sich ein kleines Segelboot ausgeliehen, das im Kieler Olympiahafen Schilksee liegt. Der schmale goldene Ring mit dem blauen Saphir, der so wunderbar zu ihren Augen passt, ist sicher in einem Kästchen verwahrt, und der Sekt liegt zusammen mit zwei Gläsern in einer Kühltasche am Bug des Bootes. Seitdem sie zusammen in Kiel wohnen, hat er schon mehrfach mit Anna zusammen einen Segeltörn unternehmen wollen, aber jedes Mal ist etwas dazwischen gekommen. Nun ist er ganz froh darüber, denn dieser Tag soll ein ganz besonderer für sie beide werden – einer von den Tagen, die man nie mehr vergisst.

Alexander ist gerade dabei, eines der Taue zu lösen, als Anna den Bootssteg entlangkommt. Ihre blonden Haare flattern im Wind und ihre blauen Augen strahlen ihn fröhlich an. »Captain ahoi, darf ich an Bord kommen?«, ruft sie ihm fröhlich zu. »Na klar, alles bereit zum Ablegen!«, antwortet er, hilft ihr aufs Boot und nimmt sie in seine Arme. Er ist schrecklich aufgeregt. *Wie wird sie reagieren?,* denkt er immer wieder. Er ist sich ziemlich sicher, dass sie ‚ja‘ sagen wird, aber wird sie dabei genauso glücklich aussehen, wie er es sich wünscht?

Ahnungslos setzt sich Anna auf den Platz, den Alexander ihr zeigt.

Sie nickt eifrig mit dem Kopf, als er ihr erklärt, dass sie beim Wenden ihren Kopf einziehen muss, um nicht vom Mastbaum getroffen zu werden. Der kleine Außenbordmotor bringt sie sicher an den anderen Booten vorbei aus dem Hafen. In wenigen Minuten sind sie in der Schilkseer Bucht und treiben mit vom Wind geblähten Segeln in Richtung Laboe. Die Sonne scheint, es weht nur eine leichte Brise, und Anna findet es traumhaft schön, so über die tiefblaue Ostsee dahin zu gleiten. Mit großem Interesse schaut sie sich die vielen anderen Segelboote an, fragt Alexander nach den Unterschieden und möchte all die kleinen Handgriffe erklärt bekommen, die für ihn beim Segeln völlig selbstverständlich sind.

Jetzt halten sie Kurs auf den Bülker Leuchtturm. Sie sind schon einmal oben gewesen, ganz allein sogar, und das war wunderschön. »Sieh doch!«, ruft Anna, »da kommt ein riesiges Fährschiff der Oslo Line! Ich glaube, es ist die ‚Fantasy‘.« »Könnte sein,« erwidert er und denkt dabei: *Jetzt ist der richtige Zeitpunkt gekommen, gleich werde ich sie fragen.*

Doch mit dem großen Schiff kommen auch Wellen herangerollt. Es ist kaum vorbeigefahren, da beginnt das kleine Boot heftig hin und her zu schaukeln. Schon nach wenigen Sekunden ist Anna kreidebleich im Gesicht. »Mir ist schlecht,« sagt sie unglücklich. »Du Ärmste,« meint Alexander fürsorglich, »ich drehe das Boot in den Wind, und du setzt dich genau in die Mitte, vielleicht geht es dir dann besser.«

Wie ein Häufchen Elend setzt Anna sich hin und atmet tief ein und aus, um gegen das Gefühl der Übelkeit anzukämpfen. Aber es nützt alles nichts – auf einmal spürt sie ein Würgen im Hals, das sich nicht mehr unterdrücken lässt. Sie streift ihr T-Shirt über den Kopf, springt ins Wasser, um dem schaukelnden Boot zu entkommen, und muss sich dort erbrechen.

Alexander kann nichts anderes tun als tatenlos zuzusehen, wie sie im Wasser herumpaddelt und sich ein weiteres Mal übergibt. Als die Wellen vorbei sind, holt er sie voller Mitgefühl wieder an Bord und trocknet sie ab. Bleich und kraftlos sitzt sie in der Mitte des Bootes. Aber ihr Elend ist noch nicht zu Ende. Auf dem Weg zurück zum Hafen kommen noch einmal Wellen, die das Boot hin und her schaukeln, und Anna muss erneut ins Wasser springen.

Zurück in Schilksee bringt Alexander sie liebevoll zu einer Bank und legt ihr seine Jacke unter den Kopf, damit sie sich ausruhen kann, dann erst kümmert er sich um das Segelboot. Voller Bedauern betrachtet er den Rucksack mit der Sektflasche und den Gläsern darin. Nein, jetzt ist wirklich nicht der richtige Zeitpunkt für einen Antrag. *Zu schade,* denkt er, *ob das heute überhaupt noch etwas wird?*

Eine Stunde später geht es Anna deutlich besser. Sie und Alexander liegen nahe beieinander in einem Strandkorb, schauen über das Wasser und betrachten die vielen Segelboote, die an einem so schönen Tag wie heute über die Ostsee dahin gleiten. Vom Ufer aus sieht das Segeln so leicht und graziös aus. Schwerelos scheinen die Boote über dem Wasser zu schweben, nur gelegentlich wiegt sich eines von ihnen sanft hin und her. *Einen ruhigeren Tag hätte sich Alexander nicht aussuchen können,* denkt Anna. *Zu schade, dass ich so empfindlich auf das bisschen Schaukeln reagiert habe!*

»Entschuldige bitte, dass ich dir die Segeltour vermasselt habe,« sagt sie zerknirscht. »Dafür kannst du ja nun wirklich nichts,« antwortet Alexander. »Hauptsache, es geht es dir jetzt besser!« »Viel besser – ich fühle mich ganz wundervoll.« Sie schmiegt sich dicht an ihn, und Alexander überlegt, ob dies endlich der richtige Moment für seine Frage ist. Er gibt ihr einen zärtlichen Kuss, dann greift er mit seiner Hand vorsichtig in seine Hosentasche.

In diesem Moment rümpft Anna die Nase. »Was stinkt denn da so fürchterlich?« Sie hat einen sehr feinen Geruchssinn, aber diesmal weiß auch er sofort, was sie meint. Ein Blick zum benachbarten Strandkorb erklärt ihnen den Geruch. Da beugt sich eine Mutter gerade über ihr kleines Kind und wechselt die Windeln. »Lass uns woanders hingehen,« meint Anna, und Alexander stimmt ihr zu. Unbemerkt lässt er das kleine Päckchen wieder in seiner Tasche verschwinden. »Wie wäre es mit einem Spaziergang?«, schlägt er vor. Vielleicht ergibt sich ja bei einem schönen Blick über die Ostsee doch noch die Gelegenheit, Anna zu fragen. Aber die schüttelt mit dem Kopf. »Ich merke gerade, dass ich fürchterlich hungrig bin, jetzt wo es mir wieder gut geht. Können wir uns irgendwo etwas zu essen holen?«

Das ist es!, denkt Alexander. Er wird sie in ein richtig vornehmes Restaurant einladen und dort bei einem gepflegten Essen den Ring hervorholen. »Mit dem größten Vergnügen,« antwortet er. »Darf ich die wunderschöne Frau an meiner Seite in den Kieler Yacht Club einladen?« »Das Hotel Kieler Yacht Club an der Kiellinie? Du machst Witze!« »Nein! Als Entschädigung für die missglückte Bootstour möchte ich dich genau dorthin einladen.«

Anna sieht ihn fragend an und denkt: *Weiß er, wie teuer das Nobelrestaurant ist?* Aber laut sagt sie nur: »Bist du dir sicher?« »Ja, Anna, bin ich.« Da lächelt sie ihn mit ihrem zauberhaften Lächeln an. »Wie schaffst du es nur, mich immer wieder zu überraschen, obwohl wir uns schon so lange kennen?« »Tja, das ist mein Geheimnis. Gut, fahren wir schnell nach Hause und ziehen uns um. Ich kann ja schlecht in meinen Segelklamotten in so ein feines Restaurant gehen.« »Na und ich?« »Du siehst immer bezaubernd aus, egal was du anhast,« erwidert er und meint es genau so.

Wenig später betreten die beiden das Restaurant und werden von einem distinguiert aussehenden Kellner, offensichtlich dem Restaurantleiter, an einen Tisch für zwei Personen gebeten. Anna braucht eine Weile, bis sie sich aus dem überreichlichen Angebot der Speisekarte eine Kleinigkeit ausgesucht hat. Voller Ungeduld schaut Alexander ihr dabei zu. Seine Gedanken sind die ganze Zeit bei dem Ring in seiner Hosentasche. *Hoffentlich gefällt er ihr!*, wünscht er sich.

Schließlich haben beide ihre Bestellung aufgegeben. Der Kellner lässt sie wieder allein, und Alexander will gerade nach der kleinen Schachtel greifen, als eine fröhliche Männergruppe den Saal betritt.

Der Restaurantleiter führt sie ausgerechnet an den großen Nachbartisch, der bereits für die Gruppe eingedeckt ist.

»Na seht doch nur das traute Glück dort,« sagt einer von ihnen. Die anderen lachen. »Mensch, sehen die verliebt aus! Bist du jemals so sehr in deine Margret verliebt gewesen, Theo?« »So hübsch hat meine Susi leider nie ausgesehen!« »Willst du sie nicht zu deiner Geburtstagsfeier einladen, Toni?« Einer der Männer macht eine abwehrende Geste. »Nun lasst die beiden doch in Ruhe!«

Mit der Ruhe ist es für Alexander jedoch vorbei. Das Essen ist delikat und köstlich, aber den Heiratsantrag muss er leider schon wieder verschieben, wenn er sich Kommentare vom Nachbartisch ersparen möchte. *Dies ist wahrscheinlich der einzige Tag im ganzen Jahr, an dem es unmöglich ist, einen Heiratsantrag zu machen,* denkt er bedauernd. Er schiebt zwei Geldscheine unter die Rechnung auf dem kleinen Teller und erhebt sich. »Komm, Anna, lass uns gehen!« »Hallo schöne Anna, bleib doch noch!«, ruft ihnen jemand zu. Sie steht auf und lächelt Alexander besänftigend an. »Wir sind ja fertig, lass sie nur feiern!« Fröhlich winkt sie der Gruppe zum Abschied zu, dann ergreift sie seine Hand und geht mit ihm zusammen nach draußen.

Enttäuscht überlegt Alexander, ob dies wirklich der richtige Tag für seinen Antrag ist. Vielleicht sind all die Missgeschicke, die ihm heute passiert sind, ein Zeichen dafür, lieber einen anderen Tag zu wählen. Unentschlossen blickt er vor sich hin, während sie zusammen zur Kieler Förde hinunter gehen. Anna bemerkt sein Zögern und fragt: »Hast du irgendetwas?« Warm und mitfühlend klingt ihre Stimme, und ihre Augen sehen ihn liebevoll an.

Da nimmt er seinen ganzen Mut zusammen und beschließt, ihr genau hier und jetzt die eine Frage zu stellen. Er holt sein hübsch eingepacktes Päckchen hervor, reicht es ihr vorsichtig und sieht erwartungsvoll zu, wie Anna es auspackt. »Willst du mich heiraten?«, fragt er sie. »Ich liebe dich so sehr und will nicht mehr ohne dich leben.«

Überrascht schaut Anna ihn an, dann beginnt ihr Gesicht zu strahlen. »Ja, Alexander, ich will – natürlich will ich!«, antwortet sie und sieht dabei genau so glücklich aus, wie er es sich gewünscht hat. Da umschließt er sie mit seinen Armen und drückt sie fest an sich – so fest, als wolle er sie nie wieder loslassen.

Eine kleine Ewigkeit lang bleiben die beiden so stehen. Dann nimmt er vorsichtig Annas linke Hand und streift ihr den Ring über den Finger. »Er passt genau,« freut er sich, und sie sagt leise: »Er ist wunderschön, danke!«

Auf einmal schleicht sich ein Lächeln in ihr Gesicht. Mit einem schelmischen Blick sieht sie Alexander von der Seite an. »Wie oft hast du mich das heute eigentlich schon fragen wollen?«

Hoch auf dem Abschleppwagen

Aufgeregt setzt sich Lisa hinter das Steuerrad. Vor gut drei Wochen hat sie die Führerscheinprüfung bestanden, und heute darf sie zum ersten Mal eine größere Strecke fahren, von Kronshagen bis nach Elmshorn zu ihren Großeltern. Wenn ihre Eltern nur endlich kommen würden! Sie will nicht zu spät ankommen. Oma und Opa freuen sich jedes Mal so sehr auf ihren Besuch und sollen nicht warten müssen, nicht ausgerechnet heute.

Minuten später, die Lisa wie eine halbe Ewigkeit vorkommen, wird die Haustür geöffnet und ihre Mutter erscheint mit einer hübsch eingepackten Schachtel und einer Orchidee in ihren Händen. Sie winkt Lisa fröhlich zu und dreht sich noch einmal zum Haus um. »Kommst du, Holger? Und vergiss die Jacken nicht, es soll Regen geben.« »Komm ja schon,« schallt es aus dem Haus zurück, »komm ja schon!«

Es dauert noch ein paar Minuten, bis Lisas Vater in der Haustür erscheint. Sorgfältig schließt er die Tür hinter sich ab und geht zum Auto. »Bitte sehr, deine Jacke, Jenny,« sagt er und reicht sie seiner Frau auf den Rücksitz, »willst du nicht lieber vorne sitzen?« »Nein danke, hier hinten kann ich besser aufpassen, dass die Orchidee nicht umfällt.« »Sind alle Fenster zu, Waschmaschine und Geschirrspüler aus?« »Zu Befehl Sir,« lacht seine Frau, »aber wo ist deine Jacke, ist sie wieder einmal spurlos verschwunden?« »Nein, sie hängt genau dort, wohin sie gehört. Du weißt doch, wie sehr ich Jacken hasse. Ich fühle mich darin immer so eingezwängt, mir reicht mein Pulli.«

»Was ist mit Lars?«, fragt Lisa. Ihr jüngerer Bruder kommt sonst immer mit, wenn es zu Oma und Opa geht. »Lars? Der bleibt hier, er hat viel zu viel Angst um sein Leben, weil du heute fährst,« sagt ihr Vater und bemüht sich, dabei ernst zu bleiben. Lisa guckt ihn verständnislos an. »Natürlich nicht,« ergänzt er fröhlich grinsend, »er hat doch heute ein Heimspiel! Aber wie ich Oma kenne, wird sie uns ein dickes Kuchenpaket für ihn mitgeben. Soll ich dir den Navi einstellen?« »Habe ich längst,« erwidert sie, »und wenn du dich jetzt noch anschnallst, können wir endlich losfahren.«

Den ersten Teil der Strecke kennt Lisa schon. Sie fährt am Kindergarten vorbei, der heute am Sonntag natürlich geschlossen bleibt, bis zur B76. Auf den sonst stark befahrenen Straßen herrscht zum Glück wenig Verkehr. Schon bald erreichen sie die Autobahn nach Hamburg.

Konzentriert beobachtet Lisa den Verkehr, wirft hin und wieder einen Blick in den Rückspiegel und achtet auf einen ausreichenden Sicherheitsabstand zu den anderen Fahrzeugen. Das Zusammenspiel von Kupplung, Gangschaltung und Gaspedal beherrscht sie noch nicht automatisch, doch es klappt von Tag zu Tag besser.

Papa Holger lächelt zufrieden, genau so hat er sich die Fahrt vorgestellt. Nur vereinzelt sind Fahrzeuge auf der Straße. »Lisa, bist du schon einmal Vollgas gefahren?«, fragt er sie, als die Geschwindigkeitsbeschränkung aufgehoben ist. »Mit unserem Auto? Nein, wann denn,« erwidert sie und spürt ein leichtes Kribbeln im Bauch. »Dann versuche es mal, ab und zu muss der Wagen richtig ausgefahren werden.«

Jennifer hat die ganze Zeit still auf ihrem Rücksitz gesessen, doch jetzt schnappt sie deutlich hörbar nach Luft. »Muss das sein, Holger? Ich fühl mich gar nicht wohl bei zweihundert Stundenkilometern.« »Es sind nur tatsächliche 193 Stundenkilometer, und irgendwann muss sie es doch ausprobieren, warum also nicht heute?«

»Danke Papa!«, sagt Lisa. Das Vertrauen ihres Vaters freut sie ungemein. Sie verstärkt den Druck ihres rechten Fußes auf das Gaspedal, und der Wagen reagiert sofort, wird schneller und schneller, bis er seine Maximalgeschwindigkeit erreicht hat. Lisa konzentriert sich ganz aufs Fahren, nimmt nur noch das wahr, was unmittelbar damit zusammenhängt. Sie weiß, wie gefährlich es wäre, jetzt einen Fehler zu begehen. *Das hier ist echt*, sagt sie sich immer wieder, *kein Computerspiel mit mehreren Leben.*

Vor ihr auf der rechten Spur fährt jetzt ein Bus mit deutlich geringerer Geschwindigkeit, dahinter befindet sich ein weißer Wagen. Ein kurzer Blick in den Rückspiegel und eine schnelle Kopfdrehung nach links zeigen ihr, dass die Überholspur frei ist. Sie betätigt den Blinker und wechselt auf die linke Fahrspur.

»Gib auf den Weißen acht!«, ruft Lisas Vater. »Der fährt viel zu dicht auf!« »Mach ich!«, erwidert sie und nimmt den Fuß vom Gas. Keine Sekunde zu früh, denn in diesem Augenblick setzt der Fahrer des weißen Autos zum Überholen an und fährt direkt vor ihr auf die linke Fahrbahn.

»Achtung!«, schreit Jennifer, doch Lisa reagiert bereits, tritt blitzartig auf die Bremse und umklammert dabei das Steuerrad fest mit ihren Händen. Bis auf einen Meter nähert sich ihr Auto dem Wagen vor ihnen, dann ist die Gefahr vorbei. »So ein verdammter Idiot!«, schimpft Holger. »Spielt mit dem Leben anderer. Das hast du sehr gut gemacht, Lisa!«

Jennifers Gesicht ist ganz bleich geworden. »Das reicht jetzt aber mit dem schnellen Fahren, Holger,« sagt sie zitternd, »länger halte ich das nicht aus.« »Keine Angst, Mama,« meint Lisa, »mir reicht es auch. Da vorne kommt ein Parkplatz, kann ich kurz anhalten?« »Ja bitte, das ist mir sehr recht.«

Wie benommen steigt Lisa aus dem Auto. »Du hast ja ganz weiche Knie,« sagt Jennifer mitfühlend, »Gott sei Dank ist alles noch mal gut gegangen, weil du genau das Richtige getan hast.« »Ja,« bekräftigt Holger, »du hast unglaublich schnell reagiert, Lisa, das hätte niemand besser machen können.« »Danke! Nur gut, dass kein anderes Auto dicht hinter mir gewesen ist, wer weiß, was dann passiert wäre.« »Daran wollen wir lieber nicht denken,« meint Jennifer.

Es dauert eine Weile, bis sich die Aufregung der drei wieder gelegt hat. »Willst du weiterfahren, Lisa,« fragt Holger seine Tochter, »oder soll ich dich ablösen?« Lisa schüttelt den Kopf. »Danke, geht schon wieder.« Ihr Vater ist stolz auf sie. Es kostet Mut, sich als Fahranfänger nach so einer Situation wieder hinter das Steuer zu setzen, aber er weiß auch, dass es das Beste für sie ist, jetzt weiterzufahren.

»Ab jetzt fahre ich langsamer,« sagt Lisa. »Oh wie schön!«, freut sich Jennifer. »Sogar viel langsamer, Mama. Das Tanklicht blinkt schon, und wir müssen ja nicht unbedingt an der Autobahn tanken.«

An der Ausfahrt Kaltenkirchen biegt Lisa von der Autobahn in Richtung Elmshorn ab. Inzwischen hat sie wieder Spaß am Fahren bekommen. In Heede winkt sie fröhlich einem Blitzgerät zu, das direkt hinter einer Kurve angebracht ist. Holger lächelt: »Schade, dass die Polizei das nicht zu sehen bekommt.«

Als Lisa in die Umgehungsstraße bei Barmstedt einbiegt, wechselt die Tankanzeige vom gelben Blinksignal auf Dauergelb. »Soll ich die nächste Tankstelle nehmen?«, fragt Lisa. »Wäre nicht verkehrt,« antwortet Holger. »Aber nicht hier in Barmstedt,« wirft Jennifer ein, »da kommt bald eine freie, die ist günstiger.« »Okay,« sagt Holger, »die Tankanzeige unseres Autos blinkt sowieso immer sehr früh, bis dahin können wir noch fahren. Und Ad Blue habe ich erst letzte Woche nachgefüllt, das sollte noch eine ganze Weile reichen.«

Wenige Minuten später erreichen sie die Freie Tankstelle. »Acht Cent weniger,« sagt Jennifer fröhlich. »Ja, war ein guter Tipp von dir,« meint Holger. Vorsichtig fährt Lisa dicht an die vordere Zapfsäule heran. »Und,« fragt ihr Papa sie aufmunternd, »kannst du auch tanken?« »Na klar!«, erwidert Lisa und entriegelt die Tanköffnung. Sie steigt aus und nimmt den Schlauch der vordersten Zapfsäule, auf der ‚Diesel‘ steht, doch der reicht leider nicht ganz bis zur Tanköffnung des Wagens, die sich hinten links befindet. Also setzt sie sich wieder ins Auto, um ein Stück vorwärts zu fahren. »Ich glaube das brauchst du nicht,« sagt Mama Jennifer, »an der mittleren Säule steht auch Diesel.« »Oh ja, stimmt,« erwidert Lisa, steigt wieder aus, nimmt einen Zapfhahn und beginnt zu tanken.

Holger steigt aus, um zu bezahlen. Als er wieder zum Auto zurückkommt, meint er stirnrunzelnd: »Irgendwie merkwürdig, soviel wie heute habe ich noch nie bezahlt.« Er schaut zur mittleren Zapfsäule, geht ein paar Schritte vor, schaut noch genauer hin, zögert einen Moment lang und fragt dann: »Lisa, hast du den linken Zapfhahn genommen oder den rechten?« »Na den linken, der ist doch viel näher.« Sie steigt aus dem Auto, um selber nachzusehen, und wird kreidebleich. Auf der Zapfsäule steht rechts oben in großen Buchstaben ‚Diesel‘, aber auf dem linken Zapfhahn selbst steht ‚Super‘.

»Nein,« ruft sie entsetzt, »das darf nicht wahr sein!« »Was ist denn?«, fragt Jennifer. »Sie hat Super getankt anstatt Diesel,« erwidert Holger. »Ach du Schande!« Jennifer schaut zu Lisa hinüber: »Du kannst nichts dafür, Liebes, das ist allein meine Schuld! Du wolltest vorfahren, und ich habe gesagt, dass du die mittlere Säule nehmen kannst.« »Aber ich kann doch lesen,« sagt Lisa unglücklich. »Tut mir echt leid! Was machen wir denn nun?« Verzweifelt wünscht sie sich, die Zeit ein Stück zurückdrehen zu können und noch einmal mit dem Tanken beginnen zu können.

»Nun mach dir mal keine Gedanken, das hätte einem von uns genauso passieren können,« versucht ihr Papa sie zu trösten, »außerdem hat Mama recht. Du wolltest vorfahren und hättest Diesel getankt. Ich frage mal an der Tankstelle nach, vielleicht können die mir irgendeinen Rat geben.« Kurz darauf kommt er mit dem Tankwart zurück. »Wir müssen zuerst das Auto hier wegschaffen, wir blockieren die Zapfsäulen.« »Soll ich ein Stück vorfahren?«, fragt Lisa zerknirscht. »Nein, lieber nicht. Ich habe keine Ahnung, was dabei passieren kann, noch ist das Benzin nur im Tank und nicht im Motor.«

Zu viert schieben sie das Auto an den Zapfsäulen vorbei und neben die Tankstelle »Wie gut, dass wir im ADAC sind,« meint Holger, nimmt sein Handy aus der Hosentasche und telefoniert. »Da kommt jemand und schleppt uns ab, das kann aber etwas dauern. Und bis das Auto wieder fahrtüchtig ist, müssen wir mit mindestens zwei bis drei Stunden rechnen.« »Hauptsache, es hilft uns überhaupt jemand,« sagt Jennifer und schaut auf die Uhr. »Es ist jammerschade, aber ich muss sofort meine Eltern anrufen und sagen, dass wir auf keinen Fall zum Mittagessen da sind. Hoffentlich können sie den Tisch noch abbestellen!«

Jennifer nimmt ihr Handy zur Hand und erzählt ihrer Mutter von dem missglückten Tanken. »Lass mich auch mit Oma reden,« bittet Lisa, und während ihres Telefonats hellt sich ihre Miene zunehmend auf. »Also das sind echt Oma und Opa! Sie sind kein bisschen sauer, sondern haben mich noch getröstet. Opa hat gleich beim Restaurant angerufen und die Reservierung rückgängig machen können, und Oma hat gesagt: ,Dann gibt es bei uns Spiegelei auf Brot, da sparen wir ganz schön viel Geld. Was mache ich nur damit, hast du nicht bald Geburtstag?' Ich soll euch ganz lieb grüßen und bitten, so ungefähr eine halbe Stunde bevor wir ankommen anzurufen, damit Oma rechtzeitig Kaffee und Tee kochen kann.«

»Tja, meine Eltern sind eben unschlagbar!«, freut sich Jennifer. »Nur gut, dass Lars heute nicht dabei ist, der wäre ganz schön enttäuscht. Für ihn ist das Mittagessen mit Oma und Opa immer etwas ganz besonderes.« »O ja,« sagt Holger, »bei den Mengen, die er im Moment verdrücken kann, wäre das eine kleine Katastrophe gewesen.«

Sie warten noch nicht lange, als Lisa plötzlich ruft: »Da kommt jemand!« Der Name ADAC ist deutlich sichtbar an der Ladefläche des Lastwagens zu erkennen, der jetzt die Straße herunter fährt und zur Tankstelle einbiegt. Ein freundlich lächelnder junger Mann steigt aus dem Führerhaus und wird von Lisa und ihren Eltern freudig begrüßt. »Nun erzählen Sie mal ganz genau, was passiert ist,« sagt er und hört aufmerksam zu, als Holger ihm von der Verwechslung erzählt. »Sie haben den Motor nicht angelassen nach dem Tanken? Das haben Sie gut gemacht. Ein Dieselmotor kann durch Benzin sehr schnell seinen Geist aufgeben. So aber reicht es, den Wagen in die nächste Werkstatt zu bringen und das Benzin aus dem Tank abzusaugen.«

»Aber heute ist Sonntag, hat die Werkstatt denn geöffnet?«, fragt Jennifer besorgt. Der junge Mann sieht auf die Uhr. »Unser Pannenservice arbeitet rund um die Uhr, aber das Büro und die Werkstatt, von der ich losgefahren bin, schließen sonntags normalerweise um zwölf Uhr. Sie haben Ihre Panne jedoch vorher gemeldet, also helfen wir Ihnen jetzt auch.« Holger und Jennifer sehen sich an. Das gibt es tatsächlich noch? »Vielen Dank, ganz herzlichen Dank!«, sagen sie aus vollem Herzen. »Wie schön,« freut sich Lisa, »da kommen wir hoffentlich noch rechtzeitig zum Kaffeetrinken.«

»Zuerst werde ich Ihren Wagen auf meine Ladefläche hieven,« sagt der Mann vom ADAC und entrollt dabei ein dickes Seil. »Leider gibt es ein Problem. Wir sind zu viert, bei mir im Führerhaus sind aber nur drei Sitzplätze. Könnten Sie sich vorstellen, dass einer von Ihnen im Auto bleibt? Eigentlich ist das verboten, aber ich kann ja schlecht einen von Ihnen hier zurücklassen.«

»Das mache ich,« sagt Holger sofort, »was muss ich tun?« Der junge Mann lächelt. »Nicht viel! Sie müssen sich lediglich in Ihr Auto setzen und anschnallen, ich ziehe Sie dann über die Rampe mit hoch. Keine Sorge, das ist völlig ungefährlich, ich passe gut auf und habe Sie immer im Blick. Haben Sie das Handy dabei, mit dem Sie den ADAC angerufen haben?« Holger nickt. »Gut, dann geben Sie mir bitte Ihre Nummer und ich gebe Ihnen meine, dann können Sie vorne im Führerhaus anrufen, falls irgendetwas sein sollte.«

»Du kannst auch einfach mich anrufen, wenn du möchtest,« wirft Lisa ein, »meine Nummer hast du ja.« »Na wunderbar,« freut sich Holger, »dann kann nichts mehr schief gehen! Allmählich verstehe ich, warum du dein Handy immer dabei hast.« Nur Jennifer sieht unglücklich aus. »Holger, meinst du wirklich, dass das eine gute Idee ist, so allein da oben?« »Natürlich, Liebes, mir kann nichts passieren, sei unbesorgt!«

Der ADAC-Mitarbeiter lässt von der Ladefläche eine Rampe hinunter, befestigt das Drahtseil an der Vorderseite des Autos und betätigt einen Motor, der das Seil aufrollt und das Auto samt Holger langsam auf die Ladefläche seines Lastwagens hochzieht. Ängstlich sieht Jennifer zu, doch Holger winkt fröhlich zu ihr hinunter. »Mach dir keine Sorgen, Mama,« sagt Lisa, »das Seil wird schon nicht reißen, das macht der vom ADAC nicht zum ersten Mal. Und sieh doch, wie vorsichtig er ist.«

Es dauert einige Minuten, bis ihr Auto ganz oben an seinem Platz angekommen ist und die Räder blockiert sind. Anschließend wird die Rampe wieder hochgezogen. Lisa holt ihr Handy hervor. »Na Papa, alles okay bei dir?« »Aber klar, jetzt beginnt das Abenteuer,« sagt er fröhlich. »Ist ein ganz neues Erlebnis, das man unbedingt einmal gemacht haben muss. Macht euch um mich keine Sorgen, ich sitze hier ganz gemütlich und schaue mir die Welt von oben an.«

Zunächst fahren sie ein kleines Stück Straße zurück, dann biegen sie ab in Richtung Itzehoe. Da klingelt Lisas Handy. »Es ist Papa,« sagt sie, »willst du mit ihm sprechen, Mama?« »Gerne,« antwortet Jennifer und hält Lisas Handy ans Ohr. »Nun mein Schatz, wie geht es dir dort oben? … Ach wie gut! … Du, warte mal, ich habe den Anfang nicht richtig mitbekommen.« Jennifer lächelt verschwörerisch und stellt den Lautsprecher an. »Also gut,« sagt Holger für alle hörbar, »hoch auf dem Abschleppwagen die zweite.« Dann fängt er tatsächlich an zu singen: »Hoch auf dem Abschleppwahagen hab ich 'ne gute Zeit, mein Auto wird getrahagen, nur ums Essen tut's mir leid.«

»Na super!«, sagt Jennifer begeistert. »Und da sagst du immer, dass du nicht singen kannst.« »Voll gut, Papa!«, meint auch Lisa. »Nein,« stöhnt Holger, »sag bloß ihr habt alle mitgehört!« »Ja und? Dafür singe ich die nächste Strophe, Papa: Hoch auf dem Abschleppwahagen bist du zum ersten Mal, warum, kann ich dir sahagen, das Benzin war nicht egal.« »Nicht schlecht, Lisa, du kannst wenigstens singen.« »Danke, Papa!«

»Ach Liebes, hör doch bitte auf, dir Vorwürfe zu machen!«, sagt Lisas Mutter zu ihr. »Das ist alles meine Schuld oder eben nur eine Verkettung ungünstiger Umstände. Mir ist übrigens auch eine Strophe eingefallen: Hoch auf dem Abschleppwahagen hast du 'ne gute Sicht, nur dieses Loch im Mahagen stopfst du damit leider nicht.« »Musstest du mich wieder an meinen Hunger erinnern?«, fragt Holger belustigt. »Aber im Ernst: mir geht es gut hier oben, also beenden wir lieber den Gesang, bevor unserem freundlichen Fahrer die Ohren wehtun.«

»Von mir aus können Sie gerne weitersingen,« schaltet der sich ins Gespräch ein, aber die Handys sind bereits wieder ausgeschaltet. Also wendet er sich an Lisa und Jennifer: »So lustige Leute wie Sie habe ich noch nie befördert. Sind Sie immer so?« »Nur in netter Gesellschaft,« erwidert Jennifer. »Aber was ich gerne wüsste: warum ist Benzin eigentlich so schädlich für einen Dieselmotor?«

»Nun, jeder einzelne Tropfen Benzin im Dieselkraftstoff vermindert die Schmierfähigkeit, und das führt zu teuren Schäden an der Einspritzanlage. Aber wenn Sie so gut wie keinen Diesel im Motor haben, sondern nahezu reines Benzin, ist die Schmierfähigkeit gleich Null und Sie müssen sich einen neuen Motor kaufen. Wie gut, dass Sie den Wagen nicht angelassen haben! Übrigens sind Sie nicht die einzigen, denen so etwas passiert ist. Gerade an dieser einen Tankstelle ist es schon ein paar Mal vorgekommen, dass falsch getankt wurde. Die Beschriftung dort sollte dringend geändert werden.«

Nach gut zwanzig Minuten taucht auf der linken Straßenseite eine Tankstelle auf. Sie biegen ab und halten auf einem Hof neben der Tankstelle. Der junge Mann hilft Holger von der Ladefläche herunter und zeigt auf ein flaches Gebäude hinter der Tankstelle. »Dort ist das Büro,« sagt er, »da können Sie Ihren Schaden melden.«

Es hat angefangen zu regnen, und besonders warm ist es auch nicht. »Sag es nicht, Jenny,« meint Holger, »wage es nicht!« »Ich sage doch gar nichts,« meint Jennifer lächelnd, knöpft aufreizend langsam ihre Jacke zu und zieht die Kapuze hoch, während Holger immer nasser wird.

»Warten Sie einen Moment!«, sagt der freundliche Pannenhelfer. »Es gibt hier einen kleinen Raum, wo sie sich aufhalten können, ich hole eben den Schlüssel.« Kurz darauf ist er wieder da und schließt ihnen ein Zimmer auf. Dort stehen eine Couch, ein Sessel und ein kleiner Tisch mit Gläsern und einer Wasserflasche.

»Bitte bedienen Sie sich! Das Büro ist gleich nebenan, dort bekommen Sie die notwendigen Formulare. Ich werde mich jetzt mit einem Kollegen um Ihr Auto kümmern.« »Danke schön!«, sagen die drei wie aus einem Mund. »Das ist unglaublich,« meint Holger, »dass jemand so freundlich und hilfsbereit ist! Ich gehe am besten gleich ins Büro, damit sie dort nicht noch mehr Überstunden machen müssen.« Nach wenigen Minuten ist er wieder zurück, mit einem Formular in der Hand, das er sorgfältig ausfüllt und gleich wieder ins Büro bringt.

»Du, Jenny,« fragt er nach seiner Rückkehr, »hast du irgendetwas zu essen dabei?« »Nur die Marzipanpralinen für meine Eltern, aber die kriegst du nicht.« »Die mag ich sowieso nicht. Komm mit, Lisa, an der Tankstelle gibt es bestimmt irgendetwas,« meint Holger. »Geht schon mal vor,« sagt Jennifer, »ich rufe erst meine Eltern an. Sie sollen wissen, dass wir rechtzeitig zum Kaffeetrinken da sein werden.«

Als Holger zurückkommt, hält er eine Salzbrezel und eine Banane in der Hand. »Was möchtest du lieber?«, fragt er Jennifer. »Na beides natürlich! Schließlich haben wir kein Mittagessen gehabt.« »Das habe ich mir schon gedacht,« sagt er, »wie gut, dass ich meine Brezel schon gegessen habe. Und hier,« er fährt mit seiner Hand in die hintere Hosentasche und holt eine Packung Schokoriegel hervor, »habe ich noch eine Notreserve.«

In diesem Moment kommt der freundliche Helfer vom ADAC zur Tür herein. »Möchten Sie auch einen?«, fragt Holger, reißt die Packung auf und hält sie ihm hin. »Danke, da sage ich nicht nein. Ich muss wieder los zu einem neuen Einsatz, aber Sie sind hier ja gut aufgehoben. Die Abrechnung übernimmt mein Kollege im Büro. Ach so, soll Ihr Wagen wieder aufgetankt werden, diesmal mit Diesel?« »Ja unbedingt,« sagt Holger, »vielen Dank für Ihre Hilfe!« »Ja, ganz herzlichen Dank!«, sagen auch Lisa und Jennifer, und selten haben sie es so ernst gemeint wie heute.

Etwa eine Stunde später steht ihr Auto abfahrbereit an der Tankstelle. Wie selbstverständlich setzt sich Lisa wieder ans Steuer. Jennifer ruft noch einmal bei ihren Eltern an, um ihre ungefähre Ankunftszeit anzugeben, und am frühen Nachmittag stehen sie endlich vor deren Tür. Beim Kaffeetrinken im ‚gemütlichsten Wohnzimmer der Welt‘, wie Lisa und Lars das Wohnzimmer ihrer Großeltern immer nennen, erzählen alle drei die Erlebnisse des heutigen Tages und können jetzt herzhaft darüber lachen. Oma und Opa stimmen sogar mit ein, als Jennifer und Lisa ihnen ‚Hoch auf dem Abschleppwagen‘ vorsingen, nur Holger weigert sich diesmal standhaft, mitzusingen.

Jennifers Mutter hat so großzügig Kuchen besorgt, dass alle für das entgangene Mittagessen mehr als entschädigt werden. In fröhlicher Runde erzählen sich die fünf, was sie an den vergangenen Tagen erlebt haben, und Lisa muss ihren Großeltern ausführlich von ihrer Fahrprüfung erzählen. Als es Zeit für die Rückfahrt wird, kommen Oma und Opa mit einem großen Kuchenpaket mit zum Auto. »Für Lars,« sagt Oma lächelnd.

Wieder zu Hause will Holger gerade die Haustür aufschließen, als sich sein Handy meldet und ihm den Eingang einer SMS meldet. »Hallo Dieselfahrer,« liest er laut vor, »im Zimmer habe ich einen Schlüssel gefunden, gehört der Ihnen? Glg Schoki.« Lisa und ihre Mutter lachen. »Hat einer von Euch einen Schlüssel verloren?«, fragt Holger und kramt selbst in seinen Hosentaschen herum. Doch keiner der drei vermisst einen Schlüssel. Holger simst zurück: »Hallo Schoki, Garten umgegraben, Haus auf den Kopf gestellt, Nachbarn gefragt: keinen Schlüssel gefunden, der nicht da ist. Glg die Dieselfahrer.«

Du gehörst zu mir

H erausfordernd sieht sie ihn an: »Wann weißt du es, Marco, wann?«
»Marie bitte, ich kann es dir jetzt nicht sagen. Da ist diese eine Sache
mit Lukas, die muss ich erst noch klären.« »Mit deinem Schulfreund,
den du seit acht Jahren nicht gesehen hast? Was hat der mit uns zu
tun!«

Seufzend blickt Marco zu ihr hinüber und überlegt, wie er es ihr erklären soll. »Wir sind beste Freunde gewesen, schon im Kindergarten.
In der Schule haben wir nebeneinander gesessen, und irgendwann
haben wir uns beide fürs Segeln begeistert, was ja auch naheliegt, wenn
man direkt an der Ostsee wohnt.«

»Das weiß ich alles! Trotzdem verstehe ich nicht ...« *Kannst du auch
gar nicht,* denkt er, aber laut sagt er: »Unser alter Streit lässt mir einfach keine Ruhe. Ich muss das endlich aus der Welt bringen, bevor ich
neu anfangen kann, besser kann ich es dir nicht erklären. Und nun
lass mich bitte packen, ich möchte noch heute Nachmittag da sein.«

Enttäuscht und auch ein wenig verärgert geht Marie in ihr Arbeitszimmer. *Ich verstehe ihn nicht,* denkt sie. *Er hat sich so viel einfallen
lassen, um mir zu imponieren, hat alles dafür getan, mit mir zusammen
zu kommen. Und jetzt? Sobald er auf seine Zeit in Flensburg zu sprechen kommt, umgibt ihn ein Panzer, den ich einfach nicht durchbrechen
kann.* Und sie beschließt: *Wenn er morgen zurück kommt, muss er sich
entscheiden.*

Marco sitzt unterdessen im Auto und denkt an Lina, das wunder-
hübsche Mädchen, das ihn zuerst so unglaublich glücklich gemacht
hat, um ihn anschließend mit seinem besten Freund zu betrügen.
Naja, ein bisschen anders ist es vielleicht gewesen, gesteht er sich ein.

Lukas und er haben Lina gleichzeitig kennengelernt, auf einem Seg-
lerball, und sie hat die feste Freundschaft zwischen ihm und Lukas
gehörig durcheinander gewirbelt. Vom ersten Moment an haben sich

beide heftig in sie verliebt. Marco hat sie nur angesehen und sofort gewusst: *Du gehörst zu mir.*

Lukas hat damals keine Freundin gehabt, während Marco noch mit Stefanie zusammen war. *Wie naiv Lukas gewesen ist,* denkt er, *mir sofort sein Herz auszuschütten, ohne zu bemerken, dass es mich ebenso erwischt hat. Aber so ist er nun einmal gewesen. Er hat mir alles anvertraut und nicht geahnt, dass ich selbst jede Gelegenheit genutzt habe, um Linas Interesse an mir zu wecken.*

Er ist der selbstsichere von beiden gewesen, während Lukas immer ein wenig schüchtern gewirkt hat. Dadurch hat er es Marco leicht gemacht, Lina für sich zu gewinnen. Die Zeit mit ihr ist für ihn das Wunderbarste gewesen, was er je erlebt hat. Sie war so bezaubernd, immer voller Leben, dazu eine Wasserratte, mit der zu segeln unglaublich viel Spaß gemacht hat.

Irgendwann hat Lukas sich sogar damit abgefunden, dass Marco ihm seine große Liebe abspenstig gemacht hat. Wenn sich zwei junge Männer in dasselbe Mädchen verlieben, kann sie eben nur einer von beiden bekommen. Doch ihre Freundschaft ist nie wieder so zwanglos gewesen wie zuvor, und der Versuch, zu dritt etwas zu unternehmen, kläglich gescheitert. Von da an hat Marco fast jede frei Minute mit Lina verbracht und sich nur noch selten mit Lukas verabredet.

Wäre es doch nur dabei geblieben!, denkt Marco. Zum tausendsten Mal wünscht er sich, er hätte sich damals bei dem schlimmen Streit mit Lina besser beherrschen können. Er hätte niemals so ausrasten und sie schlagen dürfen! Aber er ist sich so verdammt sicher gewesen, dass sie ohne ihn nicht leben kann. Sonst hat sie immer nachgegeben, nur dieses eine Mal nicht, und da ist ihm in seiner Wut die Hand ausgerutscht.

Das ist das Ende ihrer Beziehung gewesen. Lina hat sich von ihm ferngehalten, und Lukas hat sie trösten können, so sehr, dass die beiden zwei Jahre später geheiratet haben. Für Marco ist damals eine Welt zusammengebrochen. Ohne zu zögern hat er Flensburg verlassen, in Hamburg studiert und ist freier Journalist geworden.

Durch die halbe Welt hat ihn seine Rastlosigkeit getrieben, immer auf der Suche nach einer neuen Herausforderung. Seine waghalsigen Recherchen haben ihm sogar Preise eingebracht. Er hat jede Menge Verhältnisse mit schönen Frauen gehabt, doch seine Sehnsucht nach Lina hat ihn überallhin begleitet.

Auf einer Reise nach Tunesien hat er Marie kennengelernt. Sie hat genau wie er für eine Zeitung recherchiert und ihn überhaupt nicht beachtet, was ihm zuvor noch nie passiert ist. Einmal sind sie zusammen Essen gegangen, ansonsten hat sie sich nur um ihre Story gekümmert und ist wenige Tage später nach Deutschland zurückgekehrt, ohne sich von ihm zu verabschieden.

Damit hat er sich nicht abfinden können. Wann immer er sonst eine attraktive Frau getroffen hat, hat er allein entschieden, ob es zu einer Beziehung kommt oder nicht. Anfangs ist es nur gekränkte Eitelkeit gewesen, die ihn dazu verleitet hat, Marie wiederzusehen, doch dann hat sie ihn zunehmend fasziniert.

Auf einem Presseball hat er zum ersten Mal mit ihr getanzt, und von da an hat er sie hin und wieder in Lübeck besucht, wenn er zwischen zwei Reportagen in Deutschland gewesen ist. Schon bald hat er herausgefunden, dass sie nicht nur attraktiv, sondern auch sehr intelligent ist. Zum ersten Mal in seinem Leben hat er sich ernsthaft mit einer Frau unterhalten können und ihr geradeheraus seine eigenen Gedanken anvertraut. Marie hat es sogar geschafft, dass er in ihrer Nähe nicht mehr an Lina gedacht hat, und er wiederum hat sie tatsächlich dazu gebracht, sich in ihn zu verlieben.

Eine Weile lang sind die beiden sehr glücklich miteinander gewesen. Weil sie den gleichen Beruf ausüben, haben sie sich gegenseitig immer wieder helfen können, und vor allem haben sie die Aufgaben und die Probleme des anderen gut verstanden. Manchmal haben sie sogar gemeinsam recherchiert und dadurch mehr als einen Skandal aufgedeckt. Und wenn sie einmal verschiedener Meinung gewesen sind, hat Marie niemals sofort klein beigegeben. Nicht selten hat sie es sogar geschafft, ihn durch ihre Argumente zu überzeugen, und das hat ihm jedes Mal mächtig imponiert.

Doch dann hat Marco eine Geschichte gelesen, die ihn wieder an seine Zeit mit Lina erinnert hat und ihm einfach nicht mehr aus dem Kopf gehen will. Genau wie bei ihm und Lukas haben sich zwei Freunde in dasselbe Mädchen verliebt, und genau wie er hat einer der beiden seine große Liebe zunächst erobert, sie durch eigene Schuld aber wieder verloren. Dieser Mann ist genau wie er selbst in Krisengebiete gefahren und hat keine Risiken gescheut, um sie vergessen zu können. Bis er nach Jahren erkannt hat, dass er seine große Liebe nicht kampflos aufgeben darf.

Genau das wird Marco jetzt endlich auch tun: um Lina kämpfen. Acht lange Jahre sind vergangen, seitdem er sie und Lukas zum letzten Mal getroffen hat. Heute wird er sie endlich wiedersehen, und falls Lina nur halb so zauberhaft, anmutig und schön ist wie in seiner Erinnerung, wird er alles dafür tun, sie zurückzugewinnen.

Seit Tagen hat er darüber nachgedacht, wie er das am besten bewerkstelligen kann. Mit einem riesigen Blumenstrauß wird er vor ihrer Tür stehen und vorgeben, dass er sich endlich mit Lukas versöhnen möchte. Er wird aus seinem aufregenden Leben erzählen, dem ihr Alltag auch nicht annähernd entsprechen kann. Im Gespräch mit ihr und Lukas wird sie erkennen, dass er der weitaus interessantere und attraktivere Mann ist, und das wird er zu nutzen wissen.

Für den Notfall hält er noch einen weiteren Plan bereit, er ist sich nur nicht sicher, ob er in der Lage sein wird, ihn auch durchzuführen. Dieser Plan hat mit der Geschichte zu tun, die ihn nicht mehr in Ruhe lässt. Der Mann, der seine Jugendliebe an den ehemaligen Freund verloren hat, gibt vor, sich endlich mit ihm aussöhnen zu wollen. Er schlägt eine gemeinsame Segeltour vor, die wie zufällig an einem Tag mit aufkommendem Sturm stattfindet. Draußen auf dem Meer gießt er seinem Freund ein Glas Champagner ein, das er mit einem starkem Schlafmittel versetzt hat, und stößt mit ihm auf ihre ,Versöhnung' an. Sobald sein Freund eingeschlafen ist, wirft ihn der Mann über Bord. Etwas später gibt er einen Notruf an die Küstenwache durch und sorgt dafür, dass sein Boot umkippt, er sich aber mithilfe einer Schwimmweste über Wasser halten kann. Er selbst wird gerettet und kehrt zu seiner alten Liebe zurück, die er über den Verlust ihres Ehemanns hinwegtröstet.

Ganz schön clever eingefädelt, denkt Marco. *Aber bin ich wirklich in der Lage, jemanden umzubringen? Doch wahrscheinlich wird das gar nicht notwendig sein, ich habe es ja auch hingekriegt, eine Frau wie Marie für mich zu gewinnen.*

Gegen vier Uhr nachmittags hat er das Haus gefunden, in dem Lukas und Lina jetzt wohnen. Eine alte Dame, die gerade das Haus verlässt, erzählt ihm, dass die beiden in der Regel gegen sechs Uhr abends wieder zu Hause sind. Er bedankt sich, kauft einen besonders großen Blumenstrauß und steht um kurz nach sechs wieder vor der Haustür.

Lukas öffnet die Tür und kann es zunächst nicht fassen, seinem alten Freund gegenüber zu stehen. »Marco, du? Das gibt es nicht! Wie lange ist das jetzt her? Aber komm erst mal herein, ich freue mich riesig, dich wiederzusehen!« Er reicht Marco die Hand, dann ruft er in die Wohnung hinein: »Lina, komm her und sieh, wer da ist!« Es sind schnelle Schritte zu hören, dann stehen sich Marco und Lina gegenüber.

Sie ist genauso schön, wie ich sie in Erinnerung habe, denkt er. »Hallo Lina,« sagt er laut, »ich wollte euch endlich wiedersehen.« Lina ist sprachlos vor Überraschung. Schließlich sagt sie leise: »Hallo Marco, die sind aber schön!«, nimmt die Blumen entgegen und ist schon wieder verschwunden.

Lukas strahlt über das ganze Gesicht und führt seinen Freund ins Wohnzimmer. »Mensch Marco, ich kann es nicht glauben, dass du hier bist. Setz dich doch! Darauf müssen wir anstoßen, ich hole eine Flasche Wein.« Mit eiligen Schritten verlässt er das Zimmer.

Jetzt erscheint Lina mit einer Blumenvase. »Das ist ein wunderschöner Strauß, Marco, vielen Dank!« Sie stellt die Vase auf den Tisch. »Ich bin so froh darüber, dass du endlich gekommen bist. Lukas hat immer darauf gehofft, aber daran geglaubt hat er zum Schluss nicht mehr. Wie geht es dir?« Sie setzt sich ihm gegenüber auf die Couch und lächelt ihn an.

Ihr Blick trifft ihn direkt ins Herz. *Sie hat sich kaum verändert,* denkt er, *sie ist bildhübsch und begehrenswert. Nur ihr Gesicht leuchtet nicht mehr so wie früher, als läge ein Schatten darüber. Vielleicht hat sie mich all die Jahre auch vermisst und weiß genau wie ich, tief in ihrem Inneren: ,Du gehörst zu mir.'* »Ach danke, mir geht es sehr gut,« erwidert er zufrieden.

In diesem Moment kommt Lukas mit einer Flasche Rotwein ins Zimmer. Lina steht sofort auf, stellt Gläser auf den Tisch und sieht ihren Mann fragend an. Der nickt ihr zu und fragt Marco, ob er zum Essen bleibt. »Natürlich,« erwidert der, »ich habe mir das ganze Wochenende freigehalten. So schnell wirst du mich nicht wieder los!«

»Das freut mich riesig,« erwidert Lukas und setzt sich neben seine Frau auf die Couch. »Da könnten wir doch vielleicht zusammen segeln gehen, so wie früher. Das Wetter ist an diesem Wochenende nicht besonders gut, aber das hat uns nie etwas ausgemacht, oder?« *Das läuft ja noch viel besser, als ich gedacht habe,* freut sich Marco. Laut erwidert er: »Das ist eine richtig gute Idee, vielleicht morgen?«

Lukas stimmt zu und entkorkt die Weinflasche. »Du hast unglaublich viel erlebt in den vergangenen Jahren, du musst uns alles erzählen!« »Wenn euch das wirklich interessiert,« sagt Marco, allerdings nur der Form halber. »Aber natürlich,« erwidert Lukas, »wir haben jeden deiner Berichte gelesen, stimmt's, Lina?« Sie nickt. »Ja, genau so ist es.«

Lukas schenkt Wein in die drei Gläser, dann hält er sein Glas hoch. »Auf dich, Marco, und unsere alte Freundschaft.« Fragend sieht er zu ihm hinüber: »Wir sind doch noch Freunde, oder?« »Na klar!«, antwortet der, nimmt einen Schluck Wein und erhebt ebenfalls sein Glas. »Ich trinke auf die schönste und anmutigste Frau, die ich je kennenlernen durfte.« Linas Gesicht überzieht sich mit einer zarten Röte. »Du alter Charmebolzen,« sagt Lukas fröhlich, »du hast dich überhaupt nicht verändert, aber jetzt erzähl endlich!«

Marco trinkt einen Schluck Wein und lehnt sich zurück. Er hat sich genau überlegt, mit welchen Geschichten er Lina am meisten beeindrucken kann. Zuerst berichtet er von einem abenteuerlichen Ritt auf Kamelen durch Nordafrika, danach von einer Fahrt in einem Panzer durch ein umkämpftes Kriegsgebiet, einer Begegnung mit einer Klapperschlange in Südamerika, Buschfeuern in Australien, die ihn beinahe eingekesselt haben und heimlichen Interviews von Personen, die bis dahin kein anderer Reporter zu Gesicht bekommen hat.

Lukas und Lina hören ihm gebannt zu und fragen nach weiteren Einzelheiten. So vergeht eine ganze Weile, und Lukas hat längst die zweite Weinflasche geöffnet, als er Lina einen auffordernden Blick zuwirft. Sie steht sofort auf und verlässt das Zimmer. Nach einer Weile kommt sie mit einem großen Teller appetitlich angerichteter belegter Brote zurück. Marco staunt, wie schnell sie so hübsch verzierte und lecker zusammengestellte Häppchen zubereitet hat, und langt kräftig zu.

»Das war köstlich,« sagt er danach, »herzlichen Dank, Lina! Jetzt würde ich gerne wissen, was ihr so gemacht habt.« Linas Blick geht zu Lukas, und der beginnt: »Eigentlich nichts Besonderes. Vor drei Jahren bin ich befördert worden, danach haben wir uns nach einer größeren Wohnung umgesehen und sind hier eingezogen. Am Wochenende gehen wir oft ein oder zwei Tage segeln, das ist immer noch unser größtes Hobby, nicht wahr Lina?« Sie nickt.

»Und du, Lina?«, fragt Marco und sieht sie mit einem Blick an, mit dem man Eis schmelzen könnte. »Ich? Naja, ich bin immer noch Schulsekretärin, aber meine Arbeit gefällt mir gut, weil sie so vielseitig ist. Ich habe nicht nur mit Lehrern, sondern auch mit Kindern und ihren Eltern zu tun.« »Du magst Kinder?« »Ja, sehr.« Sie schweigt und senkt ihren Blick. »Und, wann wollt ihr damit anfangen?«, fragt Marco unbekümmert, »die Wohnung ist doch sicher groß genug.«

Lina schweigt immer noch, und in ihren Augen erscheint wieder diese Traurigkeit, die sie früher nicht gehabt hat. Lukas legt seinen Arm um sie. »Wir können leider keine Kinder bekommen,« sagt er leise, »wir haben alles versucht.« Er streicht Lina sanft über die Haare und zieht sie zu sich heran. »Aber wir haben uns, und das ist eine ganze Menge, oder?«

Marco weiß nicht, was er sagen soll. Auf diese Situation ist er nicht vorbereitet. Lukas wechselt schnell das Thema und fragt: »Wie wäre es jetzt mit einem Kaffee oder Cappuccino? Oder lieber ein Espresso, mit Linas knusprigen Keksen?« »Das hört sich verlockend an,« meint Marco, »ich nehme gern einen Espresso und ein paar Kekse.«

Lina scheint froh darüber zu sein, das Wohnzimmer für eine Weile verlassen zu können, und geht schnell hinaus. »Mensch, das tut mir echt leid für euch,« sagt Marco, und in diesem Moment meint er es auch so. »Und woran liegt das?« »Versprichst du mir, nicht mehr darüber zu reden, wenn Lina wieder hier ist?« »Ja natürlich!«

»Also gut,« beginnt Lukas. »Es hat Jahre gedauert, bis die Frauenärzte etwas herausgefunden haben. Linas Eierstöcke produzieren anscheinend Eier, die sich nach der Befruchtung nicht weiterentwickeln, warum ist noch unklar. Sie fühlt sich deshalb schuldig, obwohl sie nichts dafür kann. So, nun aber genug davon! Weißt du, wen ich neulich getroffen habe?« »Nein, erzähl mal!«

Die beiden unterhalten sich über ehemalige Mitschüler und Lehrer, reden von vergangenen Jugendsünden und lachen herzhaft, als Lina mit einem beladenen Tablett wieder hereinkommt. *Sie sieht aus, als hätte sie geweint,* denkt Marco. Er probiert einen der Kekse. »Sag mal, Lina,« meint er, »seit wann kannst du so gut backen? Auch dein Abendbrot war nicht nur lecker, sondern eine wahre Augenweide. Hat Lukas es die ganze Zeit schon so gut bei dir?«

Jetzt lächelt sie wieder, ein bezauberndes Lächeln. »Naja, wir sind eben beide füreinander da, und Lukas hat dafür sehr viel Geduld mit mir.« *Ja, denkt Marco, das passt zu ihm.* »Aber du verwöhnst ihn ganz schön, hat er das eigentlich verdient?« »Und wie!«, erwidert sie, und der Blick, den sie und Lukas jetzt austauschen, sagt Marco nahezu alles über die beiden.

Richtig dumm kommt er sich in diesem Augenblick vor. Lina und Lukas sind glücklich miteinander und verstehen sich auch ohne Worte, jeder Blick und jede Geste verraten ihm das. Die Frau, die er in ihr gesehen hat, ist lediglich in seiner Phantasie vorhanden: eine Frau, die sich durch Äußerlichkeiten wie Erfolg im Leben oder beeindruckende Erlebnisse dazu hinreißen lässt, ihren Ehemann zu verlassen. *So eine Frau möchte ich auch gar nicht haben,* schießt es ihm durch den Kopf.

Und noch etwas ist ihm schlagartig klar geworden: Sie kann Marie nicht das Wasser reichen. Marie ist viel selbständiger und selbstbewusster, auch eigensinniger, aber gerade das imponiert ihm ja so an ihr. Mit ihr ein sachliches Streitgespräch zu führen hat ihn schon oft vorangebracht, und das ist ihm tausendmal wichtiger als ob sie eine gute Köchin oder Bäckerin ist. Auf einmal weiß er genau, wer zu ihm gehört: Marie, niemand sonst.

»Marco, was ist los, du wirkst so abwesend,« reißt Lukas ihn aus seinen Gedanken. »Entschuldige, ich habe nur gerade an etwas gedacht, das ich am Wochenende unbedingt noch erledigen muss. Können wir den Segeltörn vielleicht ein anderes Mal nachholen?«

Eine halbe Stunde später sitzt er in einem Hotelzimmer. Er hat zu viel Wein getrunken, um noch nach Lübeck zurückfahren zu können. Am liebsten würde er Marie sofort anrufen, aber er weiß, dass sein nächstes Gespräch mit ihr zu wichtig ist, als dass er es am Telefon führen sollte. Und er hofft inständig, dass es noch nicht zu spät ist.

Sailing

Dicht gedrängt stehen die Fans vor dem Eingangstor zur Open Air Bühne am Eckernförder Strand. Wer einen guten Platz haben möchte, muss eine lange Wartezeit in Kauf nehmen. Leider sind die Wetteraussichten für den heutigen Sommerabend nicht die besten. Es soll regnen, und zwar anhaltend. »Ausgerechnet!«, seufzt Julia. »Ist es nicht schon anstrengend genug, stundenlang im Sand zu stehen?« »Wer wollte denn seinen Lieblingssänger von damals sehen?«, neckt sie ihr Mann Justus. »Außerdem hast du dein Regencape dabei und bist eigentlich noch nicht alt genug, um dich wegen so einer kleinen Unbequemlichkeit zu beklagen.«

Julia lacht. »Wie schön, dass du deine Lieblingswörter nicht zu Hause gelassen hast!« »Hä?« »Außerdem und eigentlich!« »Und nicht zu vergessen: wollt ich gerade!«, sagt Justus grinsend. »Oh ja,« stimmt Julia ihm zu, »aber musstest du das unbedingt an unsere Kinder weitervererben?« »Viel wichtiger ist, dass ich ihnen auch meine Nase vererbt habe, denn deine ist etwas zu hervorragend.« Beide lachen herzhaft. Liebevoll umarmt Justus seine Frau und gibt ihr einen Kuss.

»Es geht los!«, sagt Julia aufgeregt. »Komm, ich möchte einen guten Platz haben.« Da die beiden schon länger anstehen, sind sie unter den ersten, die die Kontrolle passieren. Sie zeigen ihre Tickets und werden von der Security durchsucht.

»Wir müssen rennen,« ruft Julia ihrem Mann zu, »sieh nur, wie viele uns schon überholt haben.« So schnell sie können laufen sie durch den tiefen Sand bis dicht vor die Bühne. Die erste Reihe hinter der Absperrung ist bereits belegt, aber sie können Plätze in der zweiten Reihe ergattern. »Geschafft!«, sagt Julia glücklich. »Von hier aus werde ich ihn wunderbar sehen können.« »Naja, er ist nicht mehr der Jüngste, vielleicht sieht er aus der Ferne viel besser aus,« gibt Justus grinsend zu bedenken. »Wir sind auch nicht mehr die Jüngsten, mein Schatz. Aber so werden wir sein Gesicht genau sehen können.«

Immer mehr Menschen sammeln sich vor der Bühne. »Sieh nur, wie viele junge Leute dabei sind,« freut sich Julia. »Stimmt!«, sagt Justus, »es ist schön, dass auch die heutige Jugend gute Musik zu schätzen weiß.«

Die junge Frau vor ihnen dreht sich um und lacht sie an. »Rod Stewart ist einzig! Er macht eine tolle Show, hat fantastische Songs und eine coole Stimme.« »Genau so sehen wir das auch,« freut sich Justus und fragt: »Sie und die anderen Fans aus der ersten Reihe sind vorhin ganz schön schnell durch den tiefen Sand gelaufen, gehören Sie zusammen?« »Ja! Wir gehören zu einem Rod Stewart Fan-Club.« »Ach was!«, sagt Julia. »Und was macht man da so als Fan?« »Wir tauschen Fotos und Fanartikel aus und versuchen natürlich, bei so vielen Konzerten wie möglich dabei zu sein.« »Gibt es bei uns denn viele Konzerte von ihm?« »Leider nicht, meistens müssen wir ins Ausland fahren. Aber ich glaube, dass er uns mittlerweile schon kennt, manchmal schaut er uns direkt an.«

Allmählich hat sich eine große Menschenmenge vor der Strandbühne versammelt. »Wenn es nur losginge!«, sagt Julia. »Mir tun jetzt schon die Füße weh.« »Meine brennen auch, aber das vergeht wieder. Freue dich schon mal auf ‚Sailing‘.«

Julias Gesicht beginnt zu strahlen. »I am sailing, unser erster langsamer Tanz, weißt du noch?« »Na klar, wie könnte ich das jemals vergessen! Dass ich ausgerechnet in einem kirchlichen Studentenheim die Frau fürs Leben kennenlerne, damit habe ich nicht gerechnet.« »Und trotzdem bist du zur Semestereröffnungsfete gekommen.« »Naja, ich habe halt jede Chance genutzt.« »Es hat aber eine halbe Ewigkeit gedauert, bis du mich gefragt hast, ob ich mit dir tanzen möchte.«

»Jetzt übertreibst du! Und schon nach dem ersten Song kam ausgerechnet ‚Sailing‘! Ich hätte mich am liebsten sofort wieder hingesetzt.« »Da hätten wir aber einiges verpasst! Mit diesem Lied hat alles angefangen.« »Ja, weil du mir nach der Fete einen Schirm mitgegeben hast, obwohl es gar nicht geregnet hat, nur damit ich ihn dir wieder zurückbringen musste.« »Es hat geregnet, mein Schatz, wie oft soll ich dir das noch sagen!« Julia und Justus sehen sich an, lächeln, und er gibt ihr einen Kuss. »Damit ist wohl alles geklärt,« meint er.

»Apropos erster Tanz: weißt du noch, wie ich dir meinen ersten Erdbeerkuchen gebacken habe?«, fragt Julia. Justus fängt an zu lachen. »Unbedingt! Da Liebe ja bekanntlich durch den Magen geht, hast du mir einen Super-Sonntags-Luxus-Erdbeerkuchen gebacken, dich damit in meinen Käfer gesetzt, und dann, oje, ist er dir schon in der ersten Kurve von der Tortenplatte gerutscht.« »Ich habe wie verrückt ,anhalten!' gebrüllt, und das hast du auch sofort getan.« »Und hab den Schreck meines Lebens gekriegt.« »Und ich erst!« »Auf einmal waren da überall Polizisten ...« »mit schussbereiten Pistolen, direkt auf uns gerichtet ...« »so etwas möchte ich nie wieder erleben ...« »es war fürchterlich!«

Die junge Frau vor ihnen dreht sich um und sagt: »Jetzt haben Sie mich aber neugierig gemacht. Warum sind Sie von der Polizei bedroht worden?« »Es war richtig schlechtes Timing,« meint Justus. »Genau an dem Tag ist die Queen nach Kiel gekommen, um ihre Truppen zu inspizieren. Der ganze Düsternbrooker Weg war schon abgesperrt, aber wir als Anwohner durften noch aus dem Sperrgebiet herausfahren. Direkt vor dem Landeshaus bin ich urplötzlich angehalten, das hat die Polizisten natürlich beunruhigt. Ganz schnell haben wir ihnen den verunglückten Kuchen auf der Fußmatte gezeigt, da haben sie uns unbehelligt weiterfahren lassen.« »Aber um den Kuchen ist es schon schade gewesen,« sagt Julia. »Und wie,« seufzt Justus, »zum Glück hast du mir ja noch viele Kuchen gebacken.«

Inzwischen ist der Himmel über Eckernförde richtig dunkel geworden. Justus klappt sich die Kapuze seiner Jacke über den Kopf, und Julia holt ihr Regencape hervor. Keinen Moment zu früh, denn es beginnt zu regnen. »Soll ich dir bei den Armen helfen?«, fragt Justus.

»Nein danke, die lasse ich lieber unterm Cape, sonst werden sie nur nass.«

Der Regen wird immer heftiger, und auch die anderen Konzertbesucher versuchen, sich so gut es geht vor den Wassermassen zu schützen. Justus zieht seine Kapuze bis über die Nasenspitze, kann aber nicht verhindern, dass seine Jeans immer nasser wird.

»Guck doch mal, da vorne tut sich endlich was,« freut sich Julia. Auf der Bühne werden Musikboxen aufgebaut, und wenige Minuten später betritt ein junger Mann mit einem Mikrofon die Bühne. »Guten Abend zusammen!«, ruft er. »Freut ihr euch schon auf Rod Stewart? Ich werde euch vorher ein wenig in Stimmung bringen.« Er beginnt mit seinem ersten Lied, das einen eingängigen Refrain hat, und bald klatschen die Zuschauer begeistert mit.

»Wie schön, wenigstens die Arme ein bisschen bewegen zu können,« meint Julia. »Weißt du, wer da gerade singt?« »Na klar, wofür gibt es Internet. Das ist Leon Taylor, er hat irgendeinen Preis bei einem Talent-Wettbewerb gewonnen.«

Der heftige Regenschauer hat aufgehört, aber es bleibt ein leichter Dauerregen. Noch einmal fragt Leon Taylor: »Freut ihr euch auf Rod Stewart? Und auf Nik Kershaw? Der kommt gleich.« Danach singt er seinen letzten Song.

»Wieso kommt noch jemand anderes?«, fragt Julia entsetzt. »Wie lange sollen wir denn noch hier im Regen stehen?« »Naja, Rod Stewart soll um acht Uhr beginnen, und es ist noch nicht einmal sieben,« erwidert Justus. »Das halte ich nie und nimmer durch.« »Aber natürlich tust du das! Nik Kershaw hat in den Achtzigern mehrere gute Songs gehabt, du wirst ihn mögen.«

Julia schüttelt den Kopf. Sie möchte einfach nur irgendwo sein, wo es trocken ist und sie sich hinsetzen kann. »Halte durch, mein Schatz, du wirst es nicht bereuen!«, versucht Justus ihr Mut zu machen, obwohl seine Jeans inzwischen völlig durchnässt ist. *Nur gut,* denkt er, *dass sie nicht weiß, wie teuer die Eintrittskarten waren. Acht-*

zig Euro pro Ticket hätte sie für einen Stehplatz im Regen bestimmt nicht bezahlen wollen!

Als Nik Kershaw die Bühne betritt, bekommt er viel Applaus. Julia schüttelt den Kopf. »Ich habe keine Ahnung, wer das ist,« sagt sie leise zu Justus. »Wart's nur ab!«, erwidert der. Und dann singt Nik seinen ersten Song: ‚I won't let the Sun go down on me‘.

Natürlich kennt Julia diesen alten Ohrwurm, und verzückt summt sie mit. Auf einmal sind ihre Füße und der Regen vergessen, begeistert lauscht sie der Musik, die sie verzaubert und mit zurück nimmt in eine frühere Zeit. Liebevoll drückt Justus sie an sich. *Ja,* denkt er, *so kann es noch ein richtig schöner Abend werden ...*

Trotz des leichten Nieselregens ist die Stimmung unter den Zuschauern gut, und nach jedem seiner Songs erhält Nik Kershaw großen Applaus. Und dann ist es endlich so weit: Rod Stewart betritt die Bühne, in eng anliegender schwarzer Hose, königsblauem Hemd und Jackett.

Tosender Jubel empfängt den Star, und Julia und Justus klatschen begeistert mit. »Der sieht immer noch sexy aus,« sagt Julia. »Ja, das muss man ihm lassen,« erwidert Justus, »und das mit vierundsechzig Jahren! Eigentlich genau das richtige Alter für dich, findest du nicht?« Julia boxt ihn nicht gerade sanft in die rechte Seite. »Okay okay, nur fast das richtige Alter.«

Rod Stewart singt seinen ersten Hit: ‚Some Guys have all the Luck‘. Und als wäre das Wetter ein Teil der Inszenierung hört es jetzt auf zu regnen. »It's a friday night, it's a party night,« ruft er ins Publikum, zeigt aufs Meer und sagt, wie sehr es ihn freue, hier an der Nordsee zu sein. Sofort fängt das Publikum an zu lachen. »Sag mal, weiß er das wirklich nicht oder ist das etwa einstudiert?«, will Julia wissen. »Ich glaub das weiß der nicht, schau doch mal, wie verwundert er gerade guckt.«

In diesem Moment geht die Saxophonistin seiner Band zu Rod Stewart und sagt ihm etwas ins Ohr. »Oh, it's the Baltic Sea,« berichtigt er sich. Justus grinst Julia fröhlich an und meint schadenfroh: »Da hat sich unser Rod wohl nicht richtig vorbereitet.« »Du kannst ihm ja eine Geographiestunde über Schleswig-Holstein anbieten.« »Eine Stunde? Das reicht nie und nimmer!«

Nun folgt ein Song nach dem anderen, jeder einzelne ist ein Welterfolg gewesen, und jedes Mal gibt es begeisterten Applaus. Rod Stewart bewegt sich mit einer Sicherheit und Eleganz über die Bühne, als wäre er ein junger Mann, und seine dichten, blond gefärbten Haare verstärken diesen Eindruck noch. Mit großen Augen verfolgt Julia jedes Detail seiner Darbietungen. *Schon verrückt,* denkt sie, *dass ich ihn erst jetzt zum ersten Male life erlebe.* Ihr Kopf ist voller Musik, fast alle Stücke, ,The first cut is the deepest' genauso wie ,I don't wonna talk about it' kennt sie so gut, dass sie mitsingt, so wie die meisten anderen Zuschauer auch.

»Das ist unglaublich!«, sagt Julia begeistert. »So viele gute Songs, und dazu seine einzigartige Stimme!« »Also doch genau richtig für dich?« »Psst, hör lieber zu, dies Stück mag ich besonders.« Rod Stewart singt jetzt ,You're in my Heart, you're in my Soul', und auf dem großen Bühnenbildschirm erscheinen Szenen aus einem Fußballspiel.

»Warum das denn?«, fragt Julia nach dem Lied. »Na das ist doch die Hymne für seinen Fußballclub aus Glasgow,« sagt Justus. »Was hat Rod Stewart denn mit Fußball zu tun?« »Er wäre fast selbst Fußballprofi geworden,« erwidert Justus. »Guck mal, was er kann!«

Rod Stewart nimmt gerade einen Fußball in die Hand, wirft ihn in die Luft, und kickt ihn beim Herunterkommen mit dem rechten Fuß immer wieder nach oben, mindestens zehnmal direkt hintereinander. »Fantastisch!«, sagt Julia begeistert. »Das habe ich gar nicht gewusst.« Jetzt wirft Rod Stewart einen Lederball nach dem anderen in die Luft und kickt ihn in die Zuschauermenge. Den letzten Ball wirft er mit ganz wenig Schwung nach vorne, so dass er direkt in den Händen der jungen Frau aus der ersten Reihe landet, die vor Julia und Justus steht. »Glückwunsch!«, ruft Justus ihr zu. Sie dreht sich um und lacht. »Sehen Sie? Er kennt mich. Vier Bälle habe ich schon, alle von Hand signiert.« »Sie Glückliche!«, sagt Justus. »Aber soviel Treue muss auch belohnt werden. Ich würde nicht für ein Konzert in den Flieger steigen.« »Zum Glück brauchten wir das diesmal auch nicht,« erwidert sie.

Bei ‚Baby Jane‘ schmilzt Julia regelrecht dahin. Ihr Regencape hat sie längst wieder ausgezogen. Ganz nah schmiegt sie sich an Justus, und der hält sie fest in seinem Arm. Auch bei ‚Maggie Mae‘ bleiben sie so stehen und wünschen sich, dass dieser Abend noch lange andauern möge. *Komisch,* denkt sie, *vorhin wusste ich nicht, wie ich es aushalten soll, stehen zu bleiben, aber jetzt fühle ich mich ganz leicht und glücklich.* »Danke,« sagt sie zu Justus, »danke für diesen wunderschönen Abend!«

Doch jeder Abend geht einmal zu Ende, und dieser auf ganz besondere Weise. Rod Stewart singt ‚Sailing‘, und währenddessen segeln tatsächlich Boote die Eckernförder Bucht entlang. Alle Zuschauer sind begeistert, auf diesen Song haben sie den ganzen Abend lang schon gewartet.

Julia ist glücklich, sehr glücklich. Schon so lange hat dieses Lied ihr gemeinsames Leben begleitet, und das wird es auch weiterhin tun. Es einmal life von Rod Stewart gesungen zu hören ist immer ein Traum für sie gewesen, und heute ist er in Erfüllung gegangen.

Die Träume des Partners zu verwirklichen ist ein wunderbares Rezept für eine glückliche Ehe, denkt Julia, *beim nächsten Mal werde ich Justus einen Herzenswunsch erfüllen, ich weiß auch schon welchen.* Sie weiß, dass sie mindestens ein Jahr lang eisern wird sparen müssen und sich zum Geburtstag und zu Weihnachten nichts anderes als Geld wünschen darf, aber in Gedanken sieht sie jetzt schon seine Augen vor Glück und Freude strahlen, wenn er zum ersten Mal in seinem Leben Elefanten, Giraffen und Löwen in freier Wildbahn erleben wird.

Entscheidendes Spiel

Erwartungsvoll betritt Udo die Ostseehalle, wie sie von den meisten Kielern noch genannt wird. Wenn der THW Kiel heute gegen die Handballmannschaft aus Lemgo gewinnt, ist er schon vor dem Saisonende Deutscher Meister. Udo ist aufgeregt und fiebert dem entscheidenden Spiel entgegen. Überall in den Gängen herrscht reges Treiben, die Zuschauer stehen in kleinen Gruppen beieinander und diskutieren das vor ihnen liegende Spiel.

Auf einmal bemerkt Udo, dass sich sein rechtes Schnürband gelöst hat. *Schon wieder!*, denkt er. *Ich sollte die Schnürbänder auch verknotet in den Schuhen stecken lassen wie die jungen Leute, dann könnte mir so etwas nicht passieren.* Er geht leicht in die Knie und bückt sich gerade zu seinem Schuh hinunter, als etwas Hartes seinen Hinterkopf trifft. »Hey, was soll das!«, schimpft er. Ärgerlich fährt er hoch um zu sehen, wer oder was ihn da getroffen hat.

Schon das erste Wort bleibt ihm im Halse stecken, so erstaunt ist er, plötzlich einer hübschen Frau gegenüber zu stehen. Sie hebt gerade einen Schlüsselbund auf und ermöglicht ihm dabei einen Einblick in einen großzügig bemessenen Ausschnitt. Er starrt sie an, bis sie wieder aufrecht und in ihrer ganzen Attraktivität vor ihm steht, und sagt verwirrt: »Oh, Entschuldigung, ich, ich wollte nicht, mir ist nur mein Schnürband, verzeihen Sie bitte, dass ich Sie angeschrien habe – das ist sonst nicht meine Art.«

Sie lächelt ihn an. »Das macht doch nichts. Ich bitte tausendmal um Entschuldigung, ausgerechnet in diesem Moment musste mir mein Schlüsselbund herunterfallen, so ein Pech!« Sie tritt etwas näher an ihn heran und streicht vorsichtig mit der Hand über seinen Kopf. »Sie haben da eine rote Stelle am Kopf. Tut es sehr weh?« Fragend sieht sie ihn mit ihren großen, sorgfältig geschminkten Augen an.

»Nein, fast gar nicht! Sie können nichts dafür, es ist ein dummer Zufall gewesen.« *Was für eine Frau!*, denkt er. *Unendlich lange Beine und so sexy! Nein, das ist kein Pech und auch kein dummer Zufall, das ist ein Glücksfall! Ich sollte ihn nicht ungenutzt vorübergehen lassen.*

»Mag sein, dass es nur Zufall gewesen ist,« erwidert sie, »aber immerhin habe ich Ihnen wehgetan und möchte das irgendwie wieder gutmachen. Sind Sie allein hier, darf ich Sie nach dem Spiel auf ein Getränk einladen?« Ihre Stimme klingt dunkel und aufregend, und in ihrem Blick liegt etwas Verheißungsvolles, das ihm die Knie weich werden lässt.

Wann hat ihn das letzte Mal eine Frau so angesehen? Seine eigene bestimmt nicht – neunzehn Ehejahre sind nicht spurlos an ihnen vorübergegangen. Früher ist Ursel immer zur Tür gelaufen, wenn er nach Hause kam, hat ihn fröhlich an sich gedrückt und in allen Einzelheiten wissen wollen, was er erlebt hat. Heute ruft sie ihm allenfalls ein »du bist aber spät dran!« aus der Küche zu.

Ihr Zuhause scheint sie mittlerweile mehr zu lieben als ihn. Das sieht immer pikobello aus, alles ist wohl geordnet. Doch wenn er einmal vergessen hat, seine Haare zu bürsten, oder wenn sein Kragen nicht richtig sitzt, bemerkt sie das überhaupt nicht mehr. Sie selbst scheint auf ihr Äußeres auch nur noch dann Wert zu legen, wenn sie das Haus verlässt. Für ihn hat sie sich schon lange nicht mehr hübsch gemacht. Zugegeben, mit fünfundzwanzig hat Ursel immer gut ausgesehen, ganz egal, was sie angehabt hat. Doch jetzt ist sie zwanzig Jahre älter und sollte mehr auf ihr Äußeres achten, wenigstens ihm zuliebe!

»Hat es Ihnen die Sprache verschlagen?« Auf einmal ist Udo wieder in der Wirklichkeit und steht vor dieser begehrenswerten Frau, die ihn geheimnisvoll anlächelt. »Ja, tatsächlich,« antwortet er, »aber wenn ein Mann wie ich ganz unvermittelt einer so atemberaubend schönen Frau wie Ihnen gegenübersteht, fehlen ihm zunächst die Worte. Bitte entschuldigen Sie!« »Da werde ich ja noch rot bei so vielen Komplimenten,« meint sie. »Ich habe mich zu entschuldigen, und Sie sind wahrscheinlich einer der letzten Gentlemen, die es noch gibt.« Lächelnd streckt sie ihm ihre Hand entgegen. »Ich heiße Sibylle. Wir sollten wenigstens wissen, mit wem wir aneinander geraten sind.« Er ergreift ihre Hand, hält sie etwas länger fest als nötig und fühlt sich so stark zu dieser fremden Frau hingezogen, dass es ihm kalt und heiß über den Rücken läuft.

»Ich bin Udo,« erwidert er, »und jetzt bin ich sogar froh über diesen kleinen Unfall.« Er lächelt sie an und ist wie verzaubert. Wann passiert einem schon einmal ein solches Glück. Mit beiden Händen zugreifen sollte er, damit er es nicht gleich wieder verliert. »Ja, ich bin allein hierher gekommen, darf ich Sie nach dem Handballspiel zu einem Glas Sekt einladen? Das ist das Mindeste, was ich tun kann, um mich bei Ihnen für meine ungehobelte Art zu entschuldigen.«

»Es wird mir ein großes Vergnügen sein,« antwortet sie mit einem gekonnten Augenaufschlag. »Ich freue mich schon darauf, Sie näher kennenlernen zu dürfen. So höfliche und aufmerksame Männer wie Sie sind selten geworden. Sollen wir uns nach dem Spiel hier am Nordeingang treffen?« »Ich werde da sein,« freut sich Udo, ergreift ihre Hand und haucht einen Kuss darauf. »Dann bis nachher!« Sibylle nickt ihm noch einmal zu und geht mit klappernden Absätzen und einem atemberaubenden Hüftschwung davon.

Mit glühenden Blicken sieht Udo hinter ihr her, bis sie in der Menschenmenge verschwunden ist. *Was für eine Frau!*, denkt er. *Heute bin ich wirklich ein Glückspilz. Wie gut, dass Ursel mit ihrer Freundin im Kino ist und die beiden danach noch in ihr Lieblingslokal gehen, um miteinander zu schwätzen.*

Um ihn herum ist es ruhig geworden, ein Blick auf die Uhr verrät ihm, dass es allerhöchste Zeit ist. Er läuft die Treppe hinauf und eilt zu seinem Sitzplatz. Die übrigen Zuschauer seiner Reihe haben ihre Plätze schon eingenommen, mühsam muss er sich an ihnen vorbei zu seinem Platz vorarbeiten. Er hat sich kaum hingesetzt, da beginnt das Spiel auch schon.

Für ihn ist Handball der Mannschaftssport schlechthin. Es hat nicht nur ein wesentlich rasanteres Tempo als Fußball, es gibt auch deutlich mehr Tore. Ein Null zu Null als Endergebnis ist beim Handball einfach undenkbar. Manchmal dauert es nur Sekunden, bis ein neues Tor fällt, so dass der Zuschauer kaum zum Atemholen kommt und die ganze Zeit über gebannt aufs Spielfeld sehen muss.

Doch heute kann Udo sich nicht so sehr auf das Spiel konzentrieren wie sonst. Immer wieder taucht in seinen Gedanken das Bild der Fremden auf, die ihm verführerisch zulächelt. *Ursel hat selbst Schuld, wenn ich einmal mit einer anderen ausgehe,* denkt er, aber er fragt sich auch: *Könnte ich sie tatsächlich betrügen, will ich das überhaupt?*

»Los doch, mach rein!«, ruft neben ihm ein Zuschauer und bringt ihn zurück in die Realität. Gebannt schaut er zu, wie jetzt ein Tor für den THW fällt, und hört die Jubelrufe um sich herum. Als der Pfiff zur Halbzeit ertönt, führt der THW mit einem Tor. Die zweite Halbzeit wird bestimmt sehr spannend.

Vielleicht kann ich ja meine unbekannte Schöne irgendwo entdecken, denkt Udo und sucht die Zuschauertribünen nach ihr ab. Aber er kann sie nirgends sehen, dafür fällt ihm eine andere Frau auf, die ihm gegenüber in der vordersten Reihe sitzt. Voller Begeisterung winkt sie einem der Spieler zu, und ihre langen dunklen Haare flattern ihr ums Gesicht.

Auf einmal hat er Ursel vor Augen. Genauso hat sie damals ausgesehen, als er ihr zum ersten Mal begegnet ist. Begeistert und mit wehenden Haaren hat sie damals an der Kieler Förde gestanden und dem kleinen Optimisten hinterher gewinkt, in dem ihr Bruder an einer Regatta der Kieler Woche teilgenommen hat. Er hat sich sofort in sie verliebt, in ihre leuchtenden Augen und ihr ansteckendes Lachen, das ihm von Anfang an so gut an ihr gefallen hat.

Was ist nur mit uns passiert, denkt er, *wo ist ihr Lachen geblieben, ihre mitreißende Lebensfreude? Nur mit den Kindern zusammen lacht sie manchmal fast so wie früher, aber nie, wenn wir allein sind.* Mit jeder Faser seines Herzens sehnt er sich plötzlich danach, sie wieder einmal so lachen zu hören, sie mit fröhlich blitzenden Augen vor sich zu sehen. Warum ist nur alles so gekommen, wie es jetzt ist? So trübe und eintönig, wie er sich ein Leben mit ihr niemals hätte vorstellen können.

Gedankenversunken sitzt er da, als die zweite Halbzeit beginnt. Doch schon bald schaut er nur noch gebannt auf das Spiel. Zwei gute Mannschaften liefern sich ein packendes Match, und zum Schluss ist der THW strahlender Sieger und kann schon die vorzeitige Meisterschaft feiern.

Unmittelbar nach dem Schlusspfiff schweben Hunderte von Luftballons, die sich bis dahin in großen Netzen unter dem Hallendach befunden haben, auf die Zuschauer und das Spielfeld hernieder. Es herrscht eine Bombenstimmung, begeistert und ausgelassen feiern die Fans ihre Zebras. Udo erhascht einen der Luftballons und schwenkt ihn enthusiastisch hin und her. Unwillkürlich gleitet sein Blick wieder auf die andere Seite des Spielfeldes, wo die junge Frau mit den langen dunklen Haaren einen kleinen Freudentanz aufführt. Sie wirkt so natürlich und liebenswert – ganz anders als die Frau, mit der er sich vorhin verabredet hat.

Jetzt kommen ihm Zweifel daran, ob es Sinn macht, sich mit dieser Sibylle zu treffen. *Vielleicht ist es gar kein Zufall gewesen, dass sie ihren Schlüssel genau im geeigneten Moment verloren hat,* schießt es ihm durch den Kopf, *vielleicht versucht sie auf diese Weise einen Mann kennenzulernen, den sie anschließend gehörig ausnehmen kann?* Ganz langsam lässt er sich von der Menschenmenge Richtung Nordausgang schieben, wo er sie schon von weitem erkennen kann. Aufreizend sieht sie aus in ihrem kurzen Rock, so ganz anders als die übrigen Handballfans, die fröhlich strahlend oder eifrig diskutierend die Ostseehalle verlassen. Auf einmal findet er ihre Aufmachung überhaupt nicht mehr attraktiv, sondern eher abstoßend und gewöhnlich.

Stattdessen hat er das Bild der Dunkelhaarigen vor Augen, denkt daran, wie sie fröhlich und voller Begeisterung gewinkt hat. Ihre natürliche Schönheit wirkt auf ihn jetzt weit anziehender und faszinierender als die auffällig angezogene und geschminkte Sibylle. *Du lieber Himmel*, schießt es ihm durch den Kopf, *auf was hätte ich mich da beinahe eingelassen!* Er kommt sich ziemlich dumm vor, weil er darauf gehofft hat, mit dieser Frau ein Abenteuer zu erleben. Es wäre höchstens eine billige kleine Affäre geworden, die er wahrscheinlich nur mit einem teuren Geschenk wieder hätte beenden können.

Mit einer raschen Bewegung dreht Udo sich um und eilt im Gedränge der vielen Menschen so schnell wie möglich auf einen anderen Ausgang zu. Dabei muss er immer wieder an die junge Frau denken, die ihn so stark an die Ursel von früher erinnert hat. Warum strahlt ihn Ursel nie mehr auf diese Weise an, was ist nur mit ihnen geschehen? Natürlich stellt sich bei jeder noch so großen Liebe irgendwann der Alltag ein, gibt es Stress im Beruf und auch zu Hause. Aber neben all dem muss es doch mehr geben. Wenn ihn Ursel nur ein einziges Mal wieder so ansehen könnte wie die junge Frau den Handballspieler angesehen hat, wenn sie ihm nur ab und zu so fröhlich zuwinken würde!

Auf einmal weiß er, was er in seiner Ehe am meisten vermisst. Es ist die Freude, die ihm fehlt, die Freude miteinander und aneinander. Es ist gar nicht Ursels Äußeres, das sich so sehr verändert hat, es ist die fehlende Begeisterung, die sie so farblos aussehen lässt.

Im Strom der Zuschauer gelangt Udo wieder nach draußen und schlägt die Richtung zu seinem Auto ein, das er zwei Straßen weiter auf einem Parkplatz abgestellt hat. Allmählich verlieren sich die Menschen um ihn herum, doch er bemerkt es nicht. Weiter und weiter geht er voran, während er über einen Ausweg aus seinem grau gewordenen Ehealltag nachdenkt. Schließlich fasst er einen Entschluss. Er fällt ihm nicht leicht, weil er jetzt noch ein weiteres Jahr auf einen neuen Fernsehapparat verzichten muss. Andererseits ist er glücklich über diese Idee, die ihm gerade gekommen ist. Von neuer Hoffnung erfüllt fährt er nach Hause.

Drei Wochen später schlendern ein Mann und eine Frau durch das nächtlich erleuchtete Wien. Nach einer Stadtrundfahrt in einem Fiaker sind sie zum Essen in einem vorzüglichen Restaurant gewesen und haben anschließend die Wiener Staatsoper besucht. Jetzt sind sie am berühmten Prater angekommen, wo sich auch spätabends noch die Wiener und ihre Gäste vergnügen.

Der Mann kauft Karten für das Riesenrad und besteigt wenig später zusammen mit der Frau eine der Gondeln. Mit einem Schwung setzt sich die Gondel in Bewegung – und dann hört er es endlich wieder, dieses bezaubernde, silberhelle Lachen, das er so lange vermisst hat. Glücklich legt Udo seinen Arm um Ursel, drückt sie an sich und gibt ihr einen Kuss.

Der Unfall

Ärgerlich blickt Bosse auf die Uhr und dann wieder auf die regennasse Straße. Wahre Sturzbäche an Wasser ergießen sich aus den grauen Wolken über ihm. Mit einem leichten Quietschen bewegen sich die Scheibenwischer in schnellem Takt hin und her. *Wenn das so weitergeht, komme ich noch zu spät,* denkt er. *Ausgerechnet heute, wo ich mich vor der Sitzung noch um Einzelheiten meiner Präsentation kümmern muss. Wenn wenigstens die A21 schon fertiggestellt wäre!*

Ungeduldig trommelt er mit den Fingern seiner linken Hand auf dem Lenkrad herum. Er hat keine Wahl, er muss schneller fahren, sonst ist die Arbeit einer ganzen Woche nahezu umsonst gewesen. Dabei ist er extra früh aufgestanden, um noch vor dem Berufsverkehr in Bad Segeberg zu sein.

Nach dem Studium der Betriebswirtschaft hat er hart gearbeitet, und sein Arbeitgeber scheint das zu schätzen. Der Chef hat ihm bereits signalisiert, dass er zum Jahresende befördert werden kann, mit gerade einmal siebenundzwanzig Jahren. Wenn nur dieser blöde Regen nicht wäre!

Zu seinem Leidwesen wird er noch eine Weile zwischen Kiel und Bad Segeberg hin und her pendeln müssen. Seine Verlobte Beke wird erst im nächsten Jahr in Kiel ihr zweites Staatsexamen machen, und getrennte Wohnungen kommen für sie beide nicht in Frage. Nach dem Examen wird sich Beke natürlich um eine Referendarstelle an einer Schule in Bad Segeberg bewerben, aber bis dahin …

Der unaufhörlich niederprasselnde Regen zwingt Bosse dazu, sich wieder ganz auf die Straße zu konzentrieren. Sie ist hier leider noch zweispurig, und in der Gegenrichtung kommt ihm ein Auto nach dem anderen entgegen, so dass ihn jedes langsame Auto vor ihm aufhält. Im Moment ist es ein silbergrauer Kleinwagen, der seine freie Fahrt behindert. *Etwas schneller könnte dieser Töffel vor mir ruhig fahren,* denkt er, *da sitzt bestimmt eine Frau am Steuer oder so ein tütteliger Alter, der sich ausgerechnet bei diesem Wetter ins Auto setzen muss.*

Hinter einer Kurve bietet sich endlich die Möglichkeit zum Überholen. Es wird aber auch höchste Zeit, denn das kleine Auto vor ihm ist noch langsamer geworden. *Meine Güte!*, denkt Bosse, *merkt der denn nicht, dass er ein rollendes Verkehrshindernis ist?* Am liebsten möchte er lange und anhaltend auf seine Hupe drücken, während er zum Überholen ansetzt, aber dann beschränkt er sich doch auf die Lichthupe. *Natürlich, eine Frau!*, denkt er, als er beim Überholen kurz zur rechten Seite blickt. Weil er ein Auto mit einer guten Beschleunigung besitzt, hat sein Überholvorgang nur wenige Sekunden gedauert. *Geschafft!*, denkt er zufrieden. *Jetzt kann ich endlich so schnell fahren, wie ich will.*

Zu Beginn der nächsten Rechtskurve gerät sein Auto auf einmal ins Rutschen. *Aquaplaning*, schießt es ihm durch den Kopf. Die Räder greifen den festen Untergrund nicht mehr und reagieren nicht auf die Bewegungen des Lenkrades. Hilflos muss er zusehen, wie sein Wagen unaufhaltsam auf die Gegenfahrbahn hinüber schlittert. Ausgerechnet in diesem Moment kommt ihm ein weißer Lieferwagen entgegen. Der andere Fahrer kann nicht mehr schnell genug reagieren, und beide Autos prallen nahezu ungebremst aufeinander. Bosse stürzt in ein schwarzes Nichts.

Angestrengt blickt Monika auf die nasse Fahrbahn. *»So ein Regen,* denkt sie, *und so viel Verkehr! Viel zuviel für die Mittagszeit!* Wie jeden Donnerstag hat sie sich in ihren silbergrauen Kleinwagen gesetzt, um ihre beiden Enkelinnen von der Kita abzuholen. Donnerstags arbeitet ihre Tochter Marina nämlich länger als sonst, deshalb fährt Monika an diesem Wochentag immer zu ihr nach Wankendorf.

Beim Gedanken an ihre Enkelinnen Mona und Mara erscheint ein Lächeln auf ihrem Gesicht. Die beiden Zwillinge stecken so voller Lebensfreude! Sie bringen die Menschen in ihrer Umgebung dazu, in eine sorgenfreie Kinderwelt einzutauchen, aus der man nicht mehr erwachen möchte. Mit ihren gerade erst zwei Jahren probieren die beiden nahezu alles aus, was nicht zu schwierig für sie ist. *Was wird ihnen wohl heute einfallen?*, fragt sie sich, während sie die B404 erreicht und vorsichtig abbiegt.

Wenn nur dieser Regen nicht wäre! Die Straße wird immer mehr zu einer reinen Rutschbahn. Plötzlich fährt dicht hinter ihr ein schrecklicher Drängler. Sie weiß schon, dass sie besonders langsam fährt, aber eine größere Geschwindigkeit traut sie sich bei solchen Wetterbedingungen nicht zu. *Kann dieser Idiot in seinem schwarzen Auto nicht warten, bis er gefahrlos überholen kann?*, denkt sie. *Muss er unbedingt einen Auffahrunfall riskieren?*

Hinter der nächsten Kurve reißt der Gegenverkehr endlich ab. Vorsichtig bremst Monika ihr Auto und wird so langsam, dass der Fahrer hinter ihr genug Zeit zum Überholen hat. Anstatt sich bei ihr zu bedanken zeigt er ihr durch seine Lichthupe, was er von ihr und ihren Fahrkünsten hält. Ihr ist das egal, für sie ist es nur wichtig, dass sie sicher bei ihrer Tochter ankommt.

In der folgenden Kurve bietet sich ihr unvermittelt ein Bild des Schreckens: Direkt vor ihr quer auf der Straßenmitte steht das schwarze Auto, das sie gerade erst überholt hat. Es ist gegen einen entgegenkommenden Lieferwagen gefahren und durch den Aufprall vorne wie eine Ziehharmonika zusammengepresst worden. Mit Entsetzen erkennt sie ihre Machtlosigkeit und fährt mit einem grauenvollen Geräusch direkt in den schwarzen Wagen hinein.

Gähnend sitzt Tim in seiner kleinen Küche und füllt den frisch aufgebrühten Kaffee in eine Thermoskanne. Um diese Uhrzeit bringt er noch keinen Bissen herunter, und mit leerem Magen bekommt ihm der Kaffee nicht. Heftiger Regen trommelt gegen die Fensterscheibe und verstärkt seine Unlust darüber, sich so früh am Morgen auf den Weg machen zu müssen. Wenn wenigstens die B404 schon komplett ausgebaut wäre, denkt er, dann wäre das eine Sache von einer guten Viertelstunde, aber so …

Er hat seinem Kunden in Klein-Barkau nun einmal versprochen, rechtzeitig bei ihm vorbeizuschauen, bevor der sich selbst auf den Weg zur Arbeit machen muss. Die geplanten Tischlerarbeiten an mehreren Fenstern sind bereits besprochen, aber sein Auftraggeber möchte ihn wegen einer schadhaften Garagentür zusätzlich um Rat fragen.

Wenig später sitzt er am Steuer des weißen Lieferwagens, den er sich als Firmenwagen angeschafft hat. Er liebt dieses Auto und pflegt es mit großer Hingabe. Mit Hilfe von Schablonen hat er eigenhändig ‚Meisterbetrieb Frahmsen‘ in großen dunkelblauen Buchstaben auf beide Seiten geschrieben.

Es ist kein geringes Risiko gewesen, gleich nach der Meisterprüfung in Bornhöved einen eigenen Betrieb aufzubauen, aber Tim hat Herausforderungen schon immer geliebt. Seine Frau Tina hat ihn in allem unterstützt und bereitwillig die Büroarbeit übernommen, die sie von zu Hause aus erledigt. Auf diese Weise kann sie trotzdem für den kleinen Tom sorgen, wenn sie ihn um vierzehn Uhr aus dem Kindergarten abholt.

Mit solider Arbeit und fairen Preisen hat Tim sich mittlerweile einen guten Ruf erworben. *Ich habe wirklich allen Grund, froh und dankbar zu sein,* geht es ihm durch den Kopf. Nach seinem großen Glück mit Tina und Tom hat er auch beruflich mehr Erfolg, als er gedacht hat.

Der Regen will einfach nicht aufhören, dazu weht ein böiger Wind. Wird er bei diesem Wetter überhaupt in der Lage sein, die notwendigen Reparaturarbeiten durchzuführen? Vielleicht hätte er doch lieber mit seinem Kunden telefonieren und absagen sollen. Andererseits soll der Regen bald nachlassen, und er möchte anschließend noch weiter nach Kiel fahren, um sich beim Baumarkt mit neuen Werkzeugen einzudecken.

Besonders wichtig aber ist ihm sein Geschenk für Tina, mit dem er sie zum fünften Hochzeitstag überraschen möchte. Bei demselben Juwelier, der ihnen ihre Hochzeitsringe verkauft und angepasst hat, hat er einen wunderschönen Ring mit mehreren kleinen Diamanten gesehen. Dieser Ring war für Tinas schlanke Finger zu groß, doch der Juwelier hat ihn inzwischen verkleinert.

Ich sollte mich lieber wieder auf den Verkehr konzentrieren, denkt er und steuert vorsichtig auf die nächste Kurve zu. Gegen das, was nun geschieht, ist er jedoch machtlos. Direkt in der Kurve schlittert unvermittelt ein schwarzes Auto mit hoher Geschwindigkeit auf seinen Lieferwagen zu, ein Ausweichen ist nicht mehr möglich. Er macht eine Vollbremsung, da hört er auch schon ein entsetzliches Geräusch. Alles um ihn herum wird dunkel.

Ist das der Tod? Ist sein schönes Leben schon zu Ende? Aber wieso spürt er auf einmal, dass etwas seine Haut berührt? Er kann sogar seine Finger bewegen. *Gott sei Dank,* denkt Tim, *ich bin noch da, ich habe diesen schrecklichen Unfall tatsächlich überlebt.*

Blinzelnd öffnet er seine Augen und realisiert, dass er in einem Bett liegt. Er muss im Krankenhaus sein. Aber warum hört dieses grässliche Geräusch nicht auf? Das kennt er doch, das ist – tatsächlich, das ist sein Wecker. Unendlich erleichtert stellt er fest, dass er in seinem eigenen Bett liegt und alles nur geträumt hat.

Immer noch benommen langt er zum Wecker und stellt ihn aus. Mit zitternder Hand tastet er nach rechts, aber seine Frau Tina ist bereits aufgestanden. Dabei hätte er ihr so gern von seinem Traum erzählt, der so ganz anders gewesen ist als sonst, viel realistischer, intensiver. Nie zuvor hat er einen derartigen Traum gehabt.

Tim zittert immer noch vor Angst und spürt kalten Schweiß auf seiner Stirn. Eilig klettert er aus seinem Bett und geht unter die Dusche. So angenehm wie heute hat sich das Wasser auf seiner Haut noch nie angefühlt. Es ist, als wäre er zum zweiten Mal geboren worden. Sein Leben erscheint ihm viel zerbrechlicher als vorher, aber auch unendlich wertvoller.

Unten hört er fröhliches Lachen. Er geht die Treppe hinunter und sieht, wie Tina frisch aufgebrühten Kaffee in zwei Becher füllt. Tom liegt auf dem Fußboden und fährt mit dem großen Feuerwehrauto zu seinem Spielzeugparkhaus. »Hallo Tom!«, ruft Tim fröhlich. »Ist das Feuer schon gelöscht?« »Ja, Papa,« antwortet der, »hab ich schon gemacht.«

Tim geht zu Tina und nimmt sie liebevoll in den Arm. Am liebsten würde er sie heute gar nicht wieder loslassen. »Einen wunderschönen guten Morgen, mein Schatz,« sagt er leise und schaut ihr direkt in die Augen. »Wie bin ich glücklich, einen so lieben Menschen wie dich an meiner Seite zu haben.«

Tina ist verwirrt. »Ist heute ein besonderer Tag? Habe ich etwas vergessen?« »Nein, es ist alles in Ordnung. Ich habe nur einen entsetzlichen Traum gehabt, und da ist mir wieder einmal klar geworden, wie wunderbar es ist, mit dir mein Leben teilen zu dürfen.« »Du Armer! Was für einen Traum?«

Leise erzählt ihr Tim, was er geträumt hat. Auf keinen Fall möchte er Tom damit ängstigen. »Wie schrecklich!«, sagt Tina. »Und wie gut, dass es nur ein Traum gewesen ist. Aber musst du nicht morgen tatsächlich nach Klein-Barkau? Ich habe gerade den Wetterbericht gehört. Es soll heute Nacht bis in den frühen Morgen hinein heftig regnen, Orkanböen sind ebenfalls möglich. Ist das nicht sonderbar?«

Tim ist verwirrt. »Ja, irgendwie schon. Meinst du, es könnte mehr sein als ein ganz normaler Albtraum? Gibt es so etwas?« »Ich weiß es nicht, aber ich glaube schon, dass es Dinge gibt, die wir mit unserem Verstand nicht erfassen können. Bitte sei vorsichtig! Wenn das Wetter morgen früh wirklich so schlecht ist, solltest du lieber erst losfahren, wenn der schlimmste Regen vorüber ist.« »Ja, vielleicht.«

Während des Arbeitstages muss Tim immer wieder an seinen Traum denken, und abends fasst er einen Entschluss. Er telefoniert mit seinem Kunden aus Klein-Barkau, der ihm verständnisvoll zuhört. Sie verabreden, dass sich Tim erst dann auf den Weg machen soll, wenn der schlimmste Regen vorüber ist. Ein Nachbar wird ihm den Schlüssel zum Haus aushändigen. Er selbst wird sich gründlich umsehen und dem Auftraggeber seine Reparaturvorschläge für die Tür am Telefon unterbreiten. Für den Besuch beim Juwelier wird auch noch genug Zeit bleiben.

Mit glücklichen Augen sieht Tina ihren Mann an, als er ihr erzählt, dass er am nächsten Morgen später losfahren wird. »Danke, Tim, das beruhigt mich sehr!« Er nimmt sie in seine Arme und drückt sie fest an sich.

Monika ist verwirrt. Gerade eben noch hat sie in ihrem kleinen silbergrauen Auto gesessen, und jetzt? Sie spürt immer noch die grauenvolle Angst, diese Schrecksekunde vor dem Zusammenprall. Dieser entsetzliche Unfall – hat sie ihn tatsächlich überlebt? Sie müsste doch Schmerzen haben, aber da sind keine.

Da wagt sie es, ihre Augen zu öffnen, ganz langsam. Im ersten Moment kann sie nicht glauben, was sie sieht, doch dann erkennt sie mit unendlich großer Erleichterung, dass sie in ihrem eigenen Bett liegt, dass alles nur ein böser Traum gewesen ist.

Mit Tränen in den Augen sieht sie sich in ihrem kleinen Schlafzimmer um. *Ach Michael,* denkt sie, *ich bin ja so froh, dass mir nichts passiert ist! Ich werde jetzt noch besser auf mich aufpassen, damit ich ganz für dich da sein kann, wenn du aus der Reha kommst und endlich wieder bei mir bist.*

Immer noch benommen steht sie auf und geht ins Badezimmer. Dort setzt sie sich zitternd auf den Badhocker und braucht eine ganze Weile, bis sie mit ihrer Morgentoilette beginnen kann. Immer wieder muss sie an ihren Traum denken. Er hat sie viel stärker berührt, ist viel eindringlicher und folgerichtiger gewesen als je ein Traum zuvor.

Am späten Nachmittag bekommt Monika einen Anruf von ihrer Tochter Marina. »Hallo Mama, ich brauche deine Hilfe, kannst du ausnahmsweise schon morgen früh zu uns kommen? Ich brauche dich für Mona und Mara, in der Kita sind die Windpocken ausgebrochen. Bitte sag ja!« »Natürlich komme ich, wenn du mich brauchst, Marina!« »Oh danke, das ist so lieb von dir! Du, ich schaue gerade auf meinem

Handy nach, für morgen früh ist leider Starkregen angesagt, es soll richtig heftig schütten! Dann solltest du wohl lieber zu Hause bleiben.« »Das ist ja merkwürdig! Letzte Nacht habe ich von genau so einer Autofahrt im Regen geträumt. Es war irgendwie ein besonderer Traum, viel konkreter und eindringlicher als sonst.« »Erzähl mal, Mama!« Monika berichtet von ihrem Traum mit dem schrecklichen Unfall. »Nein, Mama, bleibe bloß zu Hause! Sonst wird vielleicht noch Wirklichkeit aus deinem Traum.«

Monika überlegt, dann meint sie: »Wie wäre es denn, wenn du morgen etwas später zur Arbeit gehst und dafür länger bleibst? Du hast doch einen netten Chef, der wird bestimmt Verständnis dafür haben. Dann könnte ich losfahren, wenn der schlimmste Regen vorüber ist. Ich bleibe sehr gern den Tag über bei Mona und Mara, sie sind zwei so süße und liebenswerte Mädchen.« »Du, Mama, das ist eine richtig gute Idee. Ich rufe gleich meinen Chef an und gebe dir anschließend Bescheid. Danke, Mama!«

Leise betritt Beke das Arbeitszimmer ihres Verlobten. Bosse ist über seiner Arbeit eingeschlafen, sein Oberkörper liegt auf dem Schreibtisch. »Nein!«, wimmert er plötzlich, »nein!« Vorsichtig berührt sie ihn an seiner Schulter. »Bosse, was ist denn, hast du schlecht geträumt?«

Er zittert am ganzen Körper und braucht eine Weile, bis er realisiert, dass er zu Hause auf seinem Schreibtischstuhl eingeschlafen ist und den Unfall nur geträumt hat. »Ja, es ist grauenvoll gewesen. Ich bin bei einem Autounfall ums Leben gekommen.« »Wie entsetzlich! Magst du mir davon erzählen?«

»Dieser Traum – ich erinnere mich an alle Einzelheiten, ganz anders als sonst. Es hat fürchterlich geregnet. Vor mir ist ein Auto gewesen, ein kleiner grauer Wagen. Es hat mich fast wahnsinnig gemacht, so langsam ist er gefahren. Dann habe ich ihn endlich überholen können. Ich bin ziemlich schnell gefahren, ich musste doch früher da sein als sonst, wegen der Präsentation. Und plötzlich hat mein Auto nicht mehr reagiert,

Aquaplaning. Ich bin quer über die Straße gerutscht und direkt in einen Lieferwagen hineingefahren. Auf einmal war alles dunkel.«

Beke sieht ihn liebevoll an. »Du Armer, wie schrecklich! Du hast bestimmt zu lange gearbeitet und machst dir Gedanken darüber, wie gut deine Präsentation morgen ankommen wird. Aus deiner Angst, es könnte nicht so gut laufen, ist die Angst vor einem Autounfall geworden.«

»Meinst du? Ja, vielleicht hast du Recht.« »Komm, wir sollten jetzt ins Bett gehen, du musst morgen früh raus. Weißt du was? Ich stehe mit dir auf und mach dir Frühstück, dann bist du richtig wach und bestimmt topfit, wenn du losfährst.«

Am nächsten Morgen fühlt sich Bosse überhaupt nicht fit und muss immer wieder gähnen. »Hast du nicht gut geschlafen?«, will Beke wissen. »Ach, geht so. Dein Kaffee macht mich bestimmt munter.« Dabei weiß er genau, dass er eine schlechte Nacht gehabt hat und ein oder zwei Tassen Kaffee nicht ausreichen werden, um ihn wach zu bekommen. Zuerst hat er nicht einschlafen können, weil er immer wieder an diesen merkwürdigen Traum gedacht hat, und natürlich auch an seine Präsentation. Die wenigen Stunden Schlaf danach sind sehr unruhig gewesen.

»Sei mir nicht böse, aber ich fahre jetzt los. Mehr als einen Toast bekomme ich sowieso nicht runter.« Bosse steht auf, zieht Beke zu sich heran und drückt sie so fest, als wollte er sie nie wieder loslassen, dann schnappt er sich seine Aktentasche und geht nach draußen.

Der Regen ist fast noch schlimmer als vorhergesagt, dazu weht ein böiger Wind. Mit einem leisen Quietschen bewegen sich die Scheibenwischer in schnellem Rhythmus hin und her. *Zum Glück bin ich früh los und brauche nicht so schnell zu fahren*, denkt er und beobachtet konzentriert den Verkehr auf der Straße. Die Musik im Radio kann er kaum noch hören, so laut prasselt der Regen auf das Autodach. Auf der Gegenfahrbahn kommen ihm etliche Autos entgegen, aber auf seiner Fahrbahn hat er jetzt freie Fahrt. *Wie gut!*, denkt er, *dann kann ich in meinen Gedanken noch einmal die Präsentation durchgehen.*

Hinter einer Kurve muss er auf einmal wieder daran denken, was er geträumt hat. Genau an dieser Stelle hat er in seinem Traum das silbergraue Auto überholt, das ihn so genervt hat, aber hier, in der Realität, ist es nicht vorhanden. Erleichtert atmet er auf.

Sicherheitshalber drosselt er sein Tempo ein wenig, bevor er in die nächste Kurve hineinfährt. Und dann geschieht es doch: die Lenkung funktioniert nicht mehr, die Räder drehen durch und sein Auto gerät ins Rutschen. Panik erfasst ihn, ein unsagbares Grauen vor dem, was gleich passieren wird, passieren muss. Verzweifelt versucht er zu bremsen, denn jeden Moment muss der Lieferwagen auf ihn zu kommen …

Jetzt geht alles ganz schnell: sein Wagen rutscht über die Gegenfahrbahn hinaus und prallt gegen einen Baum. Ein stechender Schmerz durchfährt seinen Oberkörper, er wird gegen den ausgelösten Airbag gepresst und ihm wird schwarz vor Augen.

Da sind Stimmen in seinem Kopf, die ihn einfach nicht in Ruhe lassen wollen. »Hören Sie mich? Können Sie mich verstehen?« Die Stimmen hören nicht auf. Verwirrt öffnet er seine Augen. »Gott sei Dank!«, ruft jemand, »er reagiert endlich!« Da sind Arme, die ihn greifen, Köpfe, die über ihm erscheinen. Sein Körper wird hochgehoben und auf eine Trage gelegt. »Wir bringen Sie ins Krankenhaus,« sagt jemand, dann verliert Bosse erneut das Bewusstsein.

Wie besprochen setzt sich Monika erst dann in ihr kleines Auto, als der schlimmste Regen vorüber ist. »Ich fahre jetzt los,« sagt sie ihrer Tochter Marina am Telefon und startet den Wagen. Angespannt beobachtet sie den Autoverkehr um sich herum und achtet insbesondere auf einen großen Sicherheitsabstand. Mit Erleichterung registriert sie, dass sie nicht wie in ihrem Traum von einem schwarzen Auto bedrängt wird.

Irgendwann gelangt sie an die Kurve, hinter der sie von ihrem Auffahrunfall geträumt hat. Sie drosselt ihre Geschwindigkeit und stellt erleichtert fest, dass sich keine ineinander verkeilten Autos vor ihr auf der Fahrbahn befinden. Doch links neben ihr ist die Straße abgesperrt, und schemenhaft kann sie am linken Straßenrand einen schwarzen Wagen erkennen, der gegen einen Baum gefahren ist.

Merkwürdig, denkt sie, *ist das der Wagen aus meinem Traum gewesen? Hoffentlich ist dem Fahrer nichts Schlimmes passiert! Wie gut, dass ich erst später losgefahren bin. Dieser Traum, hat er mich vielleicht gerettet?*

Es regnet kaum noch, als sich Tim in seinen weißen Lieferwagen setzt, aber die Straße ist noch nass und rutschig. In den Kurven fährt er besonders aufmerksam und achtet darüber hinaus auf einen großen Sicherheitsabstand. In den Verkehrsmeldungen ist von etlichen Unfällen die Rede, die vermeidbar gewesen wären, wenn die Fahrer ihre Geschwindigkeiten und Sicherheitsabstände dem Wetter entsprechend angepasst hätten.

Als von einem Unfall auf seiner Fahrstrecke die Rede ist, horcht er auf. In einer Kurve ist tatsächlich ein Wagen ins Schleudern gekommen, über die gesamte Fahrbahn hinweg gerutscht und auf seiner Straßenseite gegen einen Baum geprallt. *Das ist richtig unheimlich,* denkt er. *Wäre ich früher losgefahren, so wie ich es zuerst geplant hatte, wäre das Auto dann vielleicht nicht gegen den Baum gefahren, sondern mit mir zusammengestoßen, so wie in meinem Traum?*

Kurz darauf fährt er an der Unfallstelle vorbei und sieht einen verbeulten schwarzen Wagen, der gegen einen Baum geprallt ist. *Hoffentlich konnten die Insassen gerettet werden,* denkt er aufgewühlt.

Irgendwann wird Bosse wach und öffnet die Augen. Grelles Licht blendet ihn, er hat furchtbare Kopfschmerzen und spürt heftige Stiche in der Brust. »Hallo mein Schatz,« sagt eine liebevolle Stimme, »wie schön, dass du aufgewacht bist!« Neben seinem Bett sitzt Beke und hält seine Hand. »Was ist passiert, wo bin ich?«, fragt er, und spürt bei jedem seiner Worte einen schmerzhaften Stich in seiner Brust. »Du hast einen Unfall gehabt und bist im Krankenhaus. Strenge dich bitte nicht an, ich bin gleich wieder bei dir!« Beke geht in den Flur und gibt im Schwesternzimmer Bescheid, dass Bosse aufgewacht ist.

Wenig später erscheint eine Frau in einem weißen Kittel. Sie lächelt Bosse an und sagt: »Da sind Sie ja wieder! Am besten ist es, wenn Sie noch nicht viel reden, Sie haben mehrere Rippen gebrochen und sich einige Quetschungen im Oberkörper zugezogen. Sie haben zudem eine Gehirnerschütterung und brauchen viel Ruhe, damit Sie sich wieder erholen können.« Bosse lächelt die Ärztin dankbar an, dann ist sie auch schon wieder verschwunden.

»Ach Bosse, ich bin so froh, dass dir nichts Schlimmeres passiert ist!«, sagt Beke, und Tränen rinnen über ihr Gesicht. »Und ich erst!«, sagt er mit zitternder Stimme. »Was ist denn geschehen?« »Ich habe deinen Arzt gefragt. Er hat mit dem Sanitäter gesprochen, der dich aus dem Auto geholt hat. Dein Wagen muss quer über die ganze Straße gerutscht und dann auf der anderen Seite gegen einen Baum geprallt sein.«

Bosse hat schweigend zugehört, doch eine Sache versteht er nicht. Flüsternd fragt er: »Was ist mit dem anderen Wagen, dem weißen Lieferwagen?« »Da ist kein entgegenkommendes Auto gewesen, sonst hättest du den Unfall wohl nicht überlebt. Merkwürdig, dass du diesen Traum gehabt hast! Irgendwie ist er wahr geworden und dann zum Glück doch wieder nicht.«

Schweigend blickt Bosse in ihre Richtung, aber er guckt sie nicht an, sondern scheint durch sie hindurchzusehen. Zu gerne würde er wissen, was es mit seinem sonderbaren Traum auf sich gehabt hat. *Ich hätte heute nicht fahren dürfen!*, schießt es ihm durch den Kopf.

Schließlich nimmt er Bekes Hand, zieht sie noch näher zu sich heran und sagt flüsternd: »Was genau geschehen ist werde ich wohl nie erfahren. Aber eines weiß ich sicher – ich bin unendlich froh, glücklich und dankbar, noch hier zu sein, hier bei dir. Und in Zukunft werde ich besser aufpassen, viel besser!«

Wozu sonst?

»Wären Sie so freundlich, mir diese beiden Schnitzel einzupacken?«
»Sehr gerne, Frau Dahlmann! Ist Ihr Mann wieder zu Hause, geht
es ihm besser?« »Ja, Svenja, vielen Dank, dass Sie sich so freundlich
nach ihm erkundigen. Er fühlt sich noch ziemlich schlapp nach dem
Krankenhausaufenthalt, aber er ist froh darüber, wieder zu Hause zu
sein.« *Mit Erich Dahlmann möchte ich nicht verheiratet sein,* denkt die
Verkäuferin, *so ein unleidlicher Dickmopps!*
Else Dahlmann legt das Fleischpäckchen in ihren Einkaufswagen
und geht weiter in Richtung Käsetheke. Sie fühlt sich wohl in diesem
Geschäft und freut sich jedes Mal auf die paar Worte, die sie mit anderen Menschen wechseln kann – den netten Frauen an der Bedientheke,
den Kassierern oder einer anderen Kundin. Die Menschen hier sind
alle freundlich, ganz anders als Erich, der zu Hause bestimmt schon
ungeduldig auf sie wartet.
Bis zu seiner Pensionierung hat Else es noch einigermaßen mit ihm
ausgehalten. Er ist regelmäßig zur Arbeit gegangen, und so hat sie sich
die Zeit zwischen ihrem Arbeitsende am späten Mittag und seiner
Rückkehr am Nachmittag selbst einteilen können. Aber die letzten
Jahre sind nahezu unerträglich gewesen. Seitdem sie selbst auch pensio-
niert ist, hat Erich ständig etwas an ihr auszusetzen, sie kann sich noch
so viel Mühe geben. Als sie im letzten Winter eine schlimme Grippe
gehabt und ihn um Hilfe bei der Hausarbeit gebeten hat, ist er richtig ärgerlich geworden. »Ich habe meine Arbeit auch jahrzehntelang
alleine gemacht. Wenn du nicht kochen kannst, bestell doch Pizza!«
Tagsüber stopft er jede Menge Essen und Süßigkeiten in sich hinein,
und abends vor dem Fernseher trinkt er ein Bier nach dem anderen.
Kein Wunder, denkt Else, *dass er so entsetzlich fett geworden ist und sein
Herz bei der geringsten Anstrengung schlapp macht. Er hat großes Glück
gehabt, diesen Herzanfall zu überleben. Ich habe wirklich alles versucht,*

um ihn zu einem gesünderen Leben zu bewegen. Aber er dankt es mir nicht, ganz im Gegenteil! Er ist so ganz anders als der Mann, den ich einmal geheiratet habe.

Mit diesen Gedanken stellt sie sich am Ende der Kassenschlange an. Geduldig wartet sie, bis sie an der Reihe ist, wechselt ein paar freundliche Worte mit der Kassiererin und verlässt den Lebensmittelladen wieder. Es ist Herbst geworden. Sie schlägt ihren Mantelkragen hoch, um sich gegen den Wind zu schützen, geht ein Stück die Straße entlang und überquert den Heider Marktplatz.

Else liebt diesen großen Platz mit seinen vielen Bäumen, die ihn umgeben, und stellt sich gerne vor, wie sich hier vor vielen hundert Jahren die Dithmarscher Bauern versammelt haben, um wichtige Angelegenheiten zu besprechen. An der Südwestecke bleibt sie für einen Moment stehen und betrachtet einige der wertvollen Grabplatten, die sich dort auf dem Kirchhof befinden.

Was für ein Leben mögen die Menschen wohl geführt haben, die hier zur letzten Ruhe liegen?, denkt sie. *Wie haben sie ausgesehen und was hat sie bewegt?* Es gibt so viel Interessantes in der Vergangenheit, über das sie gerne mehr erfahren würde. Aber jetzt darf sie Erich nicht länger warten lassen, sonst regt er sich wieder so fürchterlich auf. Sie muss nur noch schnell bei ihrer Nachbarin Luise vorbeischauen, die mit einer Erkältung im Bett liegt.

Mit Luise versteht sie sich sehr gut. Luise teilt Elses geschichtliches Interesse und weiß spannende Einzelheiten aus vergangenen Zeiten zu berichten. Mit ihr zusammen durch das Brahms-Haus zu gehen, in dem die berühmte Komponistenfamilie früher gewohnt hat, oder das Klaus-Groth-Museum zu besuchen ist ein ganz besonderes Vergnügen, das sie nur zu gern wiederholen würde. Doch jetzt, da Erich aus dem Krankenhaus zurück ist, wird daraus natürlich erst einmal nichts.

Die freundliche Nachbarin hat Else einen Schlüssel gegeben, also braucht sie nicht zu klingeln. »Ich bin's, Luise,« ruft sie in die Wohnung hinein. Sie verstaut die Lebensmittel im Kühlschrank, kocht einen Tee und geht damit ins Schlafzimmer. »Hallo Luise, ich habe dir einen Tee gemacht. Wie geht es dir inzwischen?« »Danke, schon viel besser, ich habe kaum noch Fieber. Aber du siehst schlecht aus. Hast du noch weiter abgenommen? Ich habe heute Morgen Erichs Geschrei bis hierher gehört. Mit ihm zusammenzuleben muss die reine Hölle sein! Warum unternimmst du nicht endlich etwas?« »Naja, was kann ich schon dagegen tun? Solange er so hilflos ist, kann ich ihn nicht allein lassen. Ich habe es schließlich versprochen: in guten wie in schlechten Zeiten.«

Viel später als beabsichtigt ist Else wieder in ihrer Wohnung. »Ich bin da,« ruft sie, als sie den Eingangsflur betritt. »Das wird aber auch Zeit!«, schimpft Erich. »Ich sitze hier allein und krank herum, so kurz nach meinem Herzinfarkt, kriege kein Mittagessen, und du machst dir einen schönen Tag! Wo bist du so lange gewesen?«

»Ach Erich, du weißt doch, dass Luise niemanden hat, der sie versorgt. Wer sollte sonst für sie einkaufen? Ich beeile mich mit dem Essenmachen, es gibt Schnitzel mit Bratkartoffeln.« »Vergiss bloß den Speck nicht!«

Eifrig begibt sich Else an ihre Arbeit. Mit ihren immer noch flinken Fingern schneidet sie die Kartoffeln in Scheiben, trennt einzelne Brokkoli-Röschen ab und klopft die Schnitzel weich. Sie ist froh, wenn sie etwas zu tun hat, bei dem sie nicht mit Erich in einem Zimmer zusammen sein muss. Dann hat sie ihre Ruhe vor ihm und kann ihren Lieblingssender im Radio hören.

»Hm, riecht nicht schlecht,« sagt Erich, als Else den Tisch in der Essecke deckt und das Essen hereinträgt. Er schaltet den Fernseher aus, wuchtet seinen massigen Körper aus dem Sessel heraus, geht schwerfällig ein paar Schritte und lässt sich am Esstisch auf seinen Stuhl fallen. »Du hast schon wieder mein Bier vergessen!« »Erich, dies ist erst das Mittagessen!« »Ja und? Was geht es dich an, wann und wieviel Bier ich trinke.« »Aber dein Arzt …« »Das interessiert mich nicht. Und du bist nicht sein Sprachrohr, sondern meine Frau und hast meine Wünsche zu respektieren!«

Else weiß, dass es keinen Sinn hat, noch länger mit Erich zu diskutieren. Sie steht auf, holt aus dem untersten Kühlschrankfach ein Bier heraus und legt gleich eine Flasche nach. Erich mag sein Bier am allerliebsten eiskalt. Er nimmt einen großen Schluck und sagt: »Merke es dir, ich kann schließlich selbst entscheiden, was gut für mich ist, und lass mir mein Leben nicht von diesem Kurpfuscher vermiesen!« »Ja Erich, du bist erwachsen und kannst essen und trinken, was du für richtig hältst.« »Hoffentlich hast du das jetzt endlich begriffen! Ich nehme meine Pillen, das muss reichen.«

Erich steckt sich ein großes Stück Fleisch in den Mund. »Ganz okay,« nuschelt er durch seine Zähne, »jedenfalls besser als der Krankenhausfraß, aber viel zu wenig!« »Möchtest du noch etwas von meinem Schnitzel abhaben?« »Na klar, aber dieses Grünzeug will ich nicht, das weißt du ja!« »Ist gut, Erich, ich esse sehr gern Brokkoli und lege sowieso nicht viel Wert auf das Fleisch.« Else steht auf, geht zu ihm und schiebt ihr Fleisch auf seinen Teller hinüber. »Und wo du gerade stehst,« sagt Erich, »kannst du mir gleich noch mehr Bratkartoffeln holen, und mein Bier ist auch fast alle.«

Nach dem Mittagessen räumt Else den Tisch ab, während Erich sich zu seinem Mittagsschlaf auf die Couch legt. Beim Spülen überlegt sie, was sie am nächsten Tag kochen soll, dann setzt sie sich an ihr Bügelbrett, bis auch diese Arbeit erledigt ist. Wieder zurück in der Küche setzt sie Kaffee auf und holt die zwei Sahneschnitten aus dem Kühlschrank, die sie vorhin beim Bäcker gekauft hat. Erich hat seinen Mittagsschlaf inzwischen beendet. »Wie lange soll ich noch auf den Kaffee warten!«, ruft er missmutig in die Küche hinein. »Und vergiss den Kuchen nicht, ich will zwei große Stücke, mit Sahne!« »Ist gut, Erich, ich kann ebenso gut einen Joghurt essen. Setzt dich ruhig schon an den Tisch, ich bin gleich da.«

»Möchtest du jetzt einen Spaziergang machen?«, fragt Else ihn nach dem Kaffeetrinken. »Der Arzt hat dir empfohlen, dich mehr zu bewegen und regelmäßig an die frische Luft zu gehen.« »Und wenn schon, soll er doch schwätzen! Außerdem ist es viel zu windig draußen, da hole ich mir nur eine Lungenentzündung. Aber wenn du frische Luft brauchst, geh doch zu dem kleinen Eckladen und hole mir die neue Fußballzeitschrift!« »Ja, Erich, mache ich gleich.« »Und guck mal, ob es schon die neue Fernsehzeitung gibt – ach ja, und bring mir meine Schokolade mit, sie ist schon wieder alle.«

»Ist gut, Erich! Ich muss nur vorher kurz bei unserer Nachbarin vorbeischauen. Du weißt ja, dass sie krank ist, vielleicht kann ich ihr auch etwas mitbringen. Ich bin spätestens in einer Stunde wieder zurück.« Aus Erfahrung weiß sie, dass sie Erich bis zu einer Stunde allein lassen kann, ohne dass er allzu ärgerlich wird.

Draußen weht es tatsächlich noch mehr als heute Vormittag, aber Else stört das nicht. Sie ist froh darüber, Luise noch einmal besuchen zu können. In ihr hat Else endlich einen Menschen gefunden, mit dem sie über alles sprechen kann, auch über ihre Probleme. Und Luise schafft es jedes Mal, ihr ein wenig Mut und Hoffnung mit auf den Weg zu geben.

Nach einer Dreiviertelstunde verabschiedet sich Else von ihrer Nachbarin, eilt zu dem kleinen Laden und ist genau fünfzehn Minuten später wieder zu Hause. Dort wartet Erich bereits auf sie, lässt sich von ihr Zeitschriften und Schokolade geben und macht es sich im Wohnzimmer gemütlich. Doch kaum hat Else sich ebenfalls hingesetzt und ihr neues Buch über Schleswig-Holsteins Kunst- und Kulturgeschichte aufgeschlagen, da fragt Erich schon ungeduldig, wann es endlich Abendessen gibt.

Zwei Tage später schaut der Hausarzt bei Erich vorbei. Er untersucht ihn gewissenhaft, misst den Blutdruck und horcht die Lunge ab. Mit ernstem Gesicht blickt er seinen Patienten an. »Herr Dahlmann, Ihre Werte haben sich leider noch weiter verschlechtert. Sie haben trotz der Tabletten einen viel zu hohen Blutdruck, und anstatt Ihr

Gewicht zu reduzieren, was dringend notwendig ist, haben Sie wieder zugenommen. Sie wissen doch, dass der nächste Herzinfarkt ihr letzter sein kann. Sie sollten unbedingt die empfohlene Rehabilitation beantragen!«

»Ne, Doktorchen, nicht mit mir! Ich bin heilfroh, nicht mehr im Krankenhaus zu liegen, und lasse mir nicht noch mal vorschreiben, was ich zu tun und zu lassen habe. Meine Else weiß schon, was ich brauche. Es genügt völlig, wenn sie für mich da ist und mir meine Tabletten besorgt.« »Aber Medikamente allein reichen nicht aus, Herr Dahlmann. Sie müssen Ihr Gewicht reduzieren, um mindestens zwanzig Kilogramm, und sie sollten sich wenigsten zwei Stunden am Tag bewegen.« Er füllt eine Verordnung zur Physiotherapie aus und gibt sie seinem Patienten. »So, hiermit gehen Sie zu einem Physiotherapeuten, das ist das Allermindeste, was sie machen sollten, und gehen Sie täglich ein bis zwei Stunden spazieren! Sie brauchen auch ein stärkeres Mittel zur Blutdrucksenkung.«

Der Arzt stellt ein Rezept aus und reicht es Else Dahlmann. »Können Sie dieses Medikament bitte heute noch von der Apotheke holen? Ihr Mann sollte morgens und abends jeweils eine Tablette einnehmen.« »Aber gern, Herr Doktor, ich gehe gleich los.« »Und achten Sie unbedingt auf eine angemessene Ernährung: viel Obst und Gemüse, möglichst wenig Fett und natürlich keinen Alkohol.« »Ich tue, was ich kann, Herr Doktor.«

»Wo warst du denn nur so lange!«, schimpft Erich, als sie wieder zu Hause ist. »Ach Erich, ich bin doch nur deinetwegen losgegangen. Hier ist dein neues Blutdruckmedikament, du sollst morgens und abends jeweils eine Tablette nehmen.« Sie zeigt ihm die Medikamentenschachtel.

»Den blöden Waschzettel kannst du gleich weg tun!«, sagt er ärgerlich. »Ganz wie du willst, Erich,« erwidert Else und hat zunehmend Schwierigkeiten damit, freundlich zu bleiben. »Du wirst schon wissen, was du tust. Wohin soll ich dir die Tabletten legen? Vielleicht irgendwohin, wo du sie nicht vergessen kannst?« »Also Else! Ich bin zwar krank, aber noch lange nicht blöd! Ich kann selber auf mich aufpassen, sieh du nur zu, dass mein Essen rechtzeitig auf dem Tisch steht.« Er nimmt die Medikamentenschachtel und legt sie auf die Kommode neben dem Fernseher. Die Verordnung zur Physiotherapie hat er längst zusammengeknüllt und in den Papierkorb geworfen.

An den folgenden Tagen ändert sich kaum etwas am Tagesablauf von Else und Erich. Jeden Morgen nach dem Frühstück fragt sie ihn, ob er einen Spaziergang machen möchte, doch das lehnt er stets kategorisch ab. »Du bist erwachsen, Erich,« sagt sie dann, »du musst selbst wissen, was gut für dich ist.« »Das meine ich auch! Und außerdem – wozu sonst hat mir der Arzt die Blutdrucktabletten aufgeschrieben!« »Natürlich, Erich, wozu sonst?«

Eines Tages fügt er noch hinzu: »Hör endlich auf mit diesen blöden Spaziergängen, verdammt noch mal!« Von da an erinnert Else ihren Mann auch nicht mehr ans Spazierengehen. Sie kocht für ihn, kauft ihm Bier und seine Lieblingsschokolade, besucht Luise und versucht, seine Beleidigungen so gut sie kann zu überhören.

Als Else drei Wochen später wieder einmal vom Einkaufen nach Hause zurückkehrt, liegt Erich regungslos auf der Couch. Doch jegliche Hilfe kommt zu spät, der eilends herbei gerufene Arzt kann nichts mehr für ihn tun. Else nickt schweigend mit dem Kopf, als ihr der Arzt den Totenschein aushändigt. Sie hat es nicht anders erwartet.

Wieder allein sucht Else ein altes Portraitfoto ihres Mannes hervor und stellt es auf die Kommode neben den Fernsehapparat. Gut sieht er aus, ihr Erich, mit seinen damals dreißig Jahren, und er lächelt sie liebevoll an. »Ach Erich,« sagt sie zu dem Foto, »wenn du doch so geblieben wärst! Aber du wolltest ja nicht auf mich hören. Viel länger hätte ich es mit dir auch nicht ausgehalten, da hat Luise schon Recht gehabt. Ihren guten Rat habe ich gerne angenommen. Der Arzt hat nicht gemerkt, dass du die Blutdrucktabletten fast nie genommen hast. Ich habe sie jedes Mal sorgfältig herausgedrückt und in den Müll getan.«